KB236828

한국소설과 결손인물

한 혜 선

국학자료원

머리말

인간의 신체는 세계를 인식하는 척도이다. 인간의 몸은 세계의 중심이 되며, 안과 밖, 나와 너를 분별하는 주체가 된다. 그러므로 인간은 신체를 매개로 하여 외부세계를 지각하고 표현하는 것이다. 그런데 현대사회는 거대해지고 초공간화 되지만 오히려 인간의 존재는 왜소화되고 있다. 따라서 인간이 자기 존재를 스스로 증명할 수 없는 이 시대에 문학은 인간의 몸을 어떻게 해석하고 있는가를 살펴보았다.

신화시대나 고대 서사문학에는 영웅이 곧 주인공으로서, 이들은 거인적 자질을 지닌 인물이다. 그러나 현대의 주인공들은 왜소할 뿐 아니라 보잘 것 없는 존재들이다. 이 글에서는 신체적 변별자질을 지닌 인물들을 조명함으로써 현대 서사문학의 특질을 해명하고자 하였다. 신체적 변별자질은 정상에서 벗어난 비정상적 신체로, 훼손·결손된, 불구적이고 기괴한 외형을 의미하며, 이것들을 '—'징표로 보았다.

한국 현대 단편문학(1919~1945)에 나타나는 변별자질로는 벙어리·장님·외눈·문둥이·언청이·곰보·외다리·절름발이·외팔이등이 있다. 여기서는 이 변별자질들을 신체적 결손 징표로 보았다. 또 불임·긴턱·거인·잘린 상투·변복과 어머니상 등에 나타나는 자질들은 1차적 의미보다는 2차적 의미에서 결손된 징표로 작용하고 있는 것을 알 수 있었다.

제1장에서는 문제의 제기 및 연구목적, 연구 방법 및 연구대상을 서술하였고, 제2장에서는 세계문학에 나타나는 신체적 상상력을 살펴보았다.

제3장에서는 신체공간 중에서 얼굴부위에 나타나는 징표를 다루었다. 「백치 아다다」와 「벙어리 삼룡이」는 '말을 한다/말을 하지 못한다'로 변별되는 벙어리이다. 아다다와 삼룡이는 자신의 본래 이름은 상실되고 신체적 결손징표로 불려진다. 그들은 열등인 또는 동물적인 존재로 인간성을 박탈당하였으며, 일상적 언어의 세계에는 존재할 수 없는 인물이 된다. 「오몽녀」의 지참봉과 「실명」의 원칠이는 '보다/보지 못한다'로 변별되는 장님이다. 여기에서 눈이 '보다'는 기능은 자신을 안다는 인식의 문제로 해석할 수 있는데, 인간은 육체의 눈으로부터 벗어나야 함을 깨달을 수 있다.

「누이동생을 따라」와 「캉가루의 조상이」의 작중 인물은 애꾸눈이다. 그들은 이 애꾸눈을 자신의 결손징표로 의식하여 타인들로부터 자신을 유리시킨다. 이러한 고립감에서 그들은 예술의 세계로 도피하려 한다. 「누님」의 남순이는 애꾸눈이라는 징표 때문에, 그리고 「추물」의 언년이는 언챙이며 추물이라는 징표 때문에 남편으로부터 버림받는 인물이다. 「계집하인」의 양천집은 추한 곰보 얼굴 때문에 주인에게서 쫓겨난다. 그러나 「정순이의 설움」에서 곰보인 정순이는 얼굴의 결손 징표보다는 신분적 징표가 더 작용하여, 행랑년이라는 계층으로부터 탈출하는 인물이다. 「바위」와 「옥심이」에서 술이어머니와 옥심이 남편은 문둥이라는 징표 때문에 가족으로부터 버림받고 마을에서 쫓겨난다.

제4장에서는 신체공간 중에서 지체부위인 팔·손·다리·발가락에 징표를 지닌 인물을 분석하였다. 팔과 다리는 외부공간과 접촉하는 매개공간이며, 몸이 움직이는 활동성에 관여한다. 다리는 '설 수 있다/

설 수 없다', '걸을 수 있다/걸을 수 없다'의 대립체계에서 변별된다. 다리의 결손은 주체성·자립성의 결여를 의미한다.

「사계와 남매」와 「지하촌」에서 절름발이는 자립성의 문제에서 조명되어야 한다. 옥순이와 칠성이는 아이들로부터 소외당하고 조롱받지만 어머니의 사랑과 보호를 받는다. 「비오는 길」과 「어둠에서 주은 '스케치'」에서는 절름발이가 결손 징표이며, 사회적 관계에서 해석된다. 병일이는 사회적 인간관계로부터 도피하여 자기 세계로 침잠하고, 노동인부 춘식이는 적극적으로 도전하고 쟁취한다. 「항구」의 외팔이와 「계산서」의 외다리는 부부관계에 '−'요소로 작용하여 별리와 단절로 나타난다. 「메밀꽃 필 무렵」의 왼손잡이와 「발가락이 닮았다」의 유난히 긴 세째 발가락은 자식을 확인하는 징표로 나타난다.

제5장에서는 신체적 징표가 변이되어 나타난 양상을 보았다. 「산협」과 「병풍에 그린 닭이」에서는 불임과 생산의 징표를 문제화하고 있다. 「인두지주」와 「지주회시」에서는 인간이 거미로 퇴화하는 동물적 존재로 은유 된다. 「황토기」에서의 억쇠는 다른 사람보다 더 힘이 센 장사이며, 「악부자」에서의 경춘이는 다른 사람보다 더 긴 턱을 가진 턱부자이다. 이 텍스트들에서는 거대한 힘과 긴 턱이 인물들의 운명에 관여하는 징표로 작용한다. 「한여름밤」 「도시와 유령」에서는 서울의 유령의 정체가 팔·다리·병신거지라는 것이 밝혀진다. 여기서 신체적 불구성은 도시의 불구적 요소를 의미한다. 「상투」와 「과도기」에서 의복의 변형은 현실 상황을 반영한다. 「광화사」와 「무녀도」에서 솔거는 추물이며, 낭이는 귀머거리·벙어리이다. 결손 징표의 인물인 솔거와 낭이에 있어서 어머니를 그림 그린다는 것은 본래의 몸 찾기를 의미한다.

목 차

머리말

제 1 장 서론

1. 문제제기 및 연구목적

인간의 신체는 세계를 인식하는 잣대이다. 인간은 몸이 주체가 되며, 안과 밖을 분할하는 중심이 된다. 인간의 발달에서, 유아기에는 자기와 어머니의 몸이 분리되지 않은 채 동일시되다가 자기의 몸을 인식하게 되면서 자(自)와 타(他)가 분리된다. 예로부터 인간은 눈을 하늘의 별·달과 동류항으로 보는 은유적 사고를 하였다. 그리고 동양사상에서는 인간의 몸을 오방(五方)으로 나누었으며 그 중심을 배로 보았다. 배꼽은 우주의 중심이고 우주는 몸의 확대이므로, 인간의 몸을 우주의 응축으로서 인식하였다. 인간의 몸은 우주로 통하는 문이며, 세계를 받아들이고 이해하는 그릇[容器]으로 이해할 수 있다. 그러므로 몸은 사유(思惟)의 출발지점이 된다.

인간은 육체를 존재의 공간으로 의탁하고 있다. 인간의 몸은 무수한 의미를 표출하는 잠재적 텍스트이다. 인간은 인간의 몸을 어떻게 인식하고 있으며, 우주 속에서의 인간의 모습을 어떻게 상상하고 있을까?

신화시대에는 인간의 몸이 동물이나 알에서 태어나기도 했으며[1], 인간은 몸을 새나 동물[2]로 바꿀 수도, 다른 세계[異界]로 넘나들 수도 있었다. 그리고, 신화적 인물의 추한 외모[3]와 기이한 모습은 그들의 비범성을 감추기 위하여 또는 신비함을 드러내기 위한 장치로서 의미를 지니고 있다.

신화적 인물들의 외형적 모습은 거인이거나, 이빨이 보통 사람보다 많거나, 귀가 가슴을 덮을 정도로 크거나, 얼굴이 뛰어나게 아름답다. 또 성기가 크거나, 발이 크고 힘이 세서 층계를 나무가 아닌 돌로 해야하는 기이함은 그들의 비범성 또는 완전성을 나타내는 징표로서 의미화된다. 이러한 신체적 징표들이 거인적 자질로서 '+'징표를 지닌 인간들의 모습이지만, 현대의 서사공간에서는 인간들의 외형적 모습들이 어떻게 그려지고 있는가? 그것이 소설미학에서 어떻게 관여하고 있으며 어떤 의미를 지니고 있는가 하는 것을 해석하는 것이 이 글의 목적이다.

신화시대의 인물은 거인적 자질을 지녔고, 영웅과 주인공이 동일한 의미로 쓰였던 고대의 서사공간에 비해서 현대의 서사인물들은 왜소한 모습으로 나타난다. 세계와 자아가 일치된 고대 서사공간에서는 인간이 거인이며 영웅일 수가 있었지만, 현대서사 공간에서는 문명의 발달, 사회의 다면화, 기계의 발달로 인간은 사회의 일원이며 기계의 한 부분품이고 한 개체이지 더 이상 특별한 개인일 수가 없다. 현대사회가 현대화, 거대화되어 가는데 반하여 인간은 왜소하고 허약한 자신의 존재를 발견하게 된다. 사회의 공간이 극대화되고 초대형의 건물이 들어설수록 인간의 공간은 과밀해지고, 극소공간을 점유[4]하게

---

1) 일연, 「삼국유사」, 단군신화에서 곰, 주몽, 탈해.
2) 일연, 「삼국유사」에 나오는 해모수.
3) 일연, 「삼국유사」, 알영의 입술이 마치 닭의 부리 같음.
4) 과거 인간은 몸으로 길이를 재었으나, 이제는 인간의 몸으로 그 크기와 길이

되면서 왜소한 인간으로 변해온 것이다. 더 이상 천상과 지하의 이계
공간을 넘나들고, 동물로나 식물로의 변신5)이 가능했던 초공간적 존
재자일 수가 없다. 비범함, 신이함으로 의미되는 거인적 자질은 현대
사회에서 그 역할을 상실했다.

　이러한 왜소한 인간, 약화된 인간의 모습들이 현대의 서사공간에서
는 어떻게 그려지고 있을까? 현대의 서사공간에서 인간은 훼손된 모
습일 뿐 아니라 주인공의 의미를 상실하고 있다. 현대인은 자기 존재
의 의미를 증명할 수 없다. 신화적 인물들은 그들의 이상을 실현시킬
수 있었으나, 현대 인물들은 자신의 욕망을 실현시킬 수 없다. 현대서
사의 인물들은 고유명사가 아닌 보통명사로서, 자신을 증명할 이름을
가지고 있지 않으며 익명의 3인칭적 존재자로 또는 신체적 징표6)로
불려지고 있다. 이처럼 현대의 서사공간에서 인물의 기능은 소멸7)하
고 있다. 영웅적 이상을 실현시키는 서사인물이 아니라 소외된 인간8)
의 모습을 그리고 있는 것이다. 현대인이 세계와 일치할 수 없는 상
황에서 출구가 없는 막다른 골목 안의 인간들의 소외감, 불안감, 고립
감 등이 병적인 현상9)으로 그려진다. 이러한 현대인들의 모습은 정상

　를 잴 수 없을 정도로 현대사회의 공간은 초대형화 되고 있다. '초고층에서
　내려다보면 인간은 땅바닥을 기어다니는 콩알같이' 보이므로 인간자신의 왜
　소함에 불안할 수밖에 없다.
5) 일연, 「삼국유사」에 이런 이야기들이 있다.
6) 벙어리, 왼손잡이, 외팔이, 곰보, 키다리, 곱추, 난장이 등.
7) Tzventan Todorov(1971), 『The Poetics of Prose』, trans, Richard Howard (New
　York : Cornell University, 1977), p.66.
8) 미셸 제라파, 『소설과 사회』, 이동열 역 (문학과 지성사, 1977), 39쪽. '소설의
　인물은 이제는 하나의 만화경 이외의 다른 것이 아닌 세상에서 방황하고 불
　확실하고 주저하며 놀라는 존재로서 제시될 때만이 진실할 수 있다.'는 것이
　며, '인습과 의식과 속박 한마디로 공식적인 사회관계를 떼어내자마자' 진정
　한 인간관계를 표출하게 된다고 한다.
9) Susan Sontag(1979), 『Illness as Metaphor』 (New York : Vintage Books), p.3.
　병이 죄의 세계와 병든 세계의 비유로 생각되어 왔다.

에서 벗어나 일그러진, 훼손·결손된 인물들이다. 신화적 인물이나 고
대 서사 인물의 기이한 형상은 거인적 자질로서 '+'징표로 의미되며,
반대로 현대인의 서사공간에서 정상에서 벗어난 외형적 모습의 인물
들은 '-'징표로 해석될 수 있다.

신화시대로부터 현대에 이르는 서사인물의 변모 양상을 노드롭 프
라이는 다섯 단계로 분류하고 있다.10) (1) 신화적 존재의 주인공 (2)
로망스의 영웅 (3) 상위모방(high mimetic)양식의 주인공 (4) 하위모방
(low mimetic)양식의 주인공 (5) 아이러니 양식(ironic mode)의 주인공
이 바로 그것이다. 서구 문학은 점차 아래쪽으로 그 중심이 옮겨왔다
고 보고 있다. 이 글에서 다루는 결손 인물들은 아이러니 양식의 주
인공들이다. 하위 모방 양식의 주인공을 경계로 하여 그 이전과 반대
되는 아이러니 양식의 주인공은 힘에 있어서나 지성에 있어서 우리보
다 뛰어나지 못한 까닭에 우리가 굴욕, 좌절, 부조리의 정경을 경멸에
찬 눈초리로 내려다보고 있는 듯한 느낌을 그의 행위를 통해 받게 된
다. 아이러니 양식의 주인공은 정상적인 인간성의 한계 너머로 우연
의 희생물이 되는 인물이다. 죄가 있는 것도 또 죄가 없는 것도 아니
면서, 자신의 행위에 비하여 불행의 결과는 더욱 크다는 의미에서 보
면 죄가 없는 그러한 전형적인 희생물이 되는 것이다.

여기서 아이러니라는 말은 자기를 실제 이하로 낮춰 보이게 한다
는 의미이며, 이러한 아이러니 양식의 인물들은 사회로부터 소외되며
추방당하는 인물이며, 자기 자신을 비하시키는 인간이다.

인물제시에 있어서 신체적 상상력은 대체로 두 개의 양식으로 나
타난다. 실제 모습(really to exist)의 정상적 신체와 결손된(deformity)
비정상적 신체가 그것이다. 정상적 신체의 미적 양식(aesthetic mode)

---

10) Northrop Frye(1971), The Anatomy of Criticism(New Jersey : Princeton
University), pp.33-34.

은 신화적 존재나 상위 모방 양식의 인물에서는 숭고미로 그려진다. 신화적 주인공이나 영웅은 힘에 있어서나 육체에 있어서, 아름다운 완전한 신체이며 불사신의 이미지이다. 그러나 아름다운 육체는 너무 숭고화 되어, 실재의 삶으로부터 거리가 있고 현실로부터 유리되므로 그 반대인 현실의 어둡고 비참하며 불완전한 삶을 표현 할 수 없다. 그러므로 현대소설에서는 새로운 인식으로 신체적 형상화를 하게 된다. 인간의 육체는 이상하고 결손된 몸이며 뒤틀리고 그로테스크하게 그려진다. 현실에서 결손된 인간의 모습을 시각화(visual image)하고 있는 것이다. 이 글에서는 전자의 숭고하고 완전한 몸을 '+'징표로 보고, 후자의 결손된 신체를 '−'징표로 해석한다.

이 글의 목적은 신체적 변별자질을 지닌 인물들을 조명함으로써 현대서사문학의 특질의 한 부분을 해명하는 데 있다.

정상에서 벗어난 몸을 지닌 인간이란 훼손·결손된 몸, 불구자, 이상한 모습을 지닌 인물들로서 '−'징표로 보며, 정상적인 신체의 인간들과는 변별된다. 한국현대서사문학에 나타나는 변별자질로 벙어리, 장님, 외눈, 문둥이, 외다리, 절름발이, 외팔, 왼손잡이, 긴 발가락, 추물, 곰보 등의 일차적 징표들이 있고, 불임, 긴턱, 거인, 유령, 상투, 옷 등으로 나타나는 2차적 징표들이 결손된 신체공간으로 표상 된다. 이와 같은 징표를 지닌 인물들이 서사문학에서 어떻게 그려지고 있는가를 살펴봄으로써 첫째, 한국문학 속에서의 인간의식을 읽을 수 있으며, 둘째, 현대소설에서 왜소한 인물, 결손된 인물들의 한 표현으로서 '−'징표는 어떻게 나타나며 어떤 의미작용을 하고 있는가를 알 수 있다.

이재선은 현대예술이나 문학의 관심은 병의 질환 상태나 증후군 및 정신 병리의 심연과 매우 밀접한 관계를 가지고 있으므로[11], 현대예술

---

11) 이재선, '현대소설의 병리적 상징', 『문학의 이해』(서강대학교 출판부, 1988),

은 근원적으로 사회적 문화적인 병리학의 박물관이라고 보았다. 신체적
이거나 정신적인 병은 인간 조건의 한 근본적인 불안내용으로서, 시대
와 사회, 그리고 문화 공동체 및 도덕성의 환부나 사회병리학의 표상으
로서 뚜렷한 문학적 상징이 되고 있는 것이 사실이다. 이재선은 정신적
신체적인 병상(pathology)을 다루고 있다. 그러나 이 글에서는 병리학적
인 특성이 아니라, 신체적인 일탈의 개념에서 접근하려 한다.

문학작품에 나타나는 신체적인 또는 정신적인 병에 관해 논의한
연구는 크게 세 종류로 구분할 수 있다.

첫째, 이상심리에 대한 연구12)에 초점을 두는 경우이다. 둘째, 병에
관한 연구13), 셋째, 인물 연구 등을 들 수 있다. 그런데 인물연구는
작가론 또는 작품론 속에 포함되어 있는 것이 대부분이다.14)

5쪽.
12) 김종은(1973), '이상의 理想과 異常', 『문학사상』 7호.
    정귀엽(1980), '정신분석학적 문학비평', 『신한국문학전집』 제3권, 어문각.
    이재선(1981), 『한국현대소설사』, 홍성사.
    김경희(1982), '광화사의 심리적 연구', 『김동인 연구』, 새문사.
13) 전혜자(1987), 『현대소설사연구』, 새문사.
    이재선(1988), 『문학의 이해』, 서강대학교 출판부.
14) 강인숙(1963), '자연주의를 중심으로 한 김동인 연구', 숙명여대 석사학위
    논문.
    김상태(1969), '동인의 단편소설고', 『국어국문학』 46호.
    김준영(1977), '한국 현대소설에 나타난 인물묘사 연구', 경희대 교육대학원.
    송하춘(1980), '한국소설에 나타난 작중인물 연구', 고려대 대학원 석사학위
    논문.
    박동규(1981), '현대 한국소설의 성격 연구', 문학세계사.
    오명환(1981), '효석 소설의 작중인물 연구', 동아대 대학원.
    이재선(1981), 『한국현대소설사』, 홍성사.
    김영화(1981), '계용묵론'. 『현대작가론』, 형설출판사.
    서종택(1982), 『한국근대소설의 구조』, 시문학사.
    정현기(1983), 『한국고대소설의 인물유형』, 인문당.
    민현기(1984), 『한국근대 소설론』, 계명대출판부.
    전광용 외(1984), 『한국현대소설사연구』, 민음사.
    조남현(1984), 『한국지식인 소설연구』, 일지사.

위의 연구 업적을 근간으로 하여 이 글에서는 정상적인 신체의 인물과 변별되는 비정상적인 신체를 지닌 인물들을 분석한다. 신체적 변별자질이 텍스트에 내적으로 어떻게 관여하고 있는가? 왜 이 텍스트들은 비정상적인 신체의 인물들을 그리고 있으며, 이러한 인물들이 보여주는 세계관은 무엇인가 하는 점에 주목하여, 이러한 인물들이 공통적으로 지니고 있는 변별자질이 어떤 의미를 표출하는가를 해명하려 한다.

2. 연구방법 및 연구대상

변별자질은 신체공간의 일탈로 결핍, 결손된 몸으로서의 '−'징표15) 이다. 이러한 신체의 징표는 정상적 신체와 변별되는 자질로 정상적인 신체로 치유될 수 없는 자질로 한정한다.

다음과 같은 점에서 신체적 징표 인물을 해독하고 있다.

첫째, 신체적 변별자질은 어떠한 유형들이 있는가?

둘째, 신체적 변별자질이 인물들의 삶에 어떻게 관여하고 있는가?

셋째, 신체적 징표는 어떠한 정신적 심리적 징후를 보이고 있는가?

넷째, '−'적 신체적 징표들이 다른 인물들과의 관계에서 어떤 작용을 하고 있는가?

다섯째, 신체적 변별자질은 정상적인 신체의 인물들과의 관계에

조명수(1985), '이효석 소설의 인물연구', 경희대 교육대학원 석사학위 논문.
조남현(1987). 『한국현대소설연구』, 민음사.
이재선(1987), 『우리문학은 어디에서 왔는가』, 소설문학사.
이정숙(1989), 『실향소설연구』, 한샘.
송하섭(1989), 『한국현대소설의 서정성 연구』, 단국대학교출판부.
유기룡(1989), 『한국현대소설 작품연구』, 삼영사.
15) 로버트 숄즈. 『기호학과 해석』 유재천 옮김(현대문학사, 1988) 120쪽.
마이너스는 부정의 속성으로 보고 있다.

'―'징표로 나타나는데 이러한 징표의 인물이 존재론적 층위에서는 어느 좌표에 위치하게 되는가?

'쓰여진 텍스트가 무엇을 의미하고 있는가'라는 문제는 진술(또는 발화)된 사실보다도 실제의 내재된 의미를 발견하는 작업이다. 그러므로 신체적 결손으로 진술된 1차 언어체에서 인물에 내재하고 있는 심층적 의미를 즉 2차 언어체를 조명하고자 한다. 결손·훼손된 신체가 의미있는 것으로 나타나도록 하는 것은 이러한 신체가 지니는 특유한 속성에 있기보다는 이러한 변별자질이 다른 인물이 가지고 있는 속성과의 차이에 있기 때문이다. 신체적으로 훼손·결손된 인물은 정상적인 신체가 존재하기에 그 차이성에 의해 변별되는 것이므로, 이러한 인물론의 고유한 특성은 타 인물들과의 관계망에서 해석이 가능하게 된다. 그러므로 "변별적 기능이 가장 큰 의의를 갖게 되는 것은 작품 속에서 밝혀낸 어떤 특성이 문학 작품의 미학적 특징을 설명하는 데 유효한 것이 될 때"[16]에 내재하고 있는 심층적 의미를 (2차 언어체) 보아야 한다.

신체적으로 변별되는 인물은 일탈된 세계를 구축하고 있다. 정상적 신체의 인물과 신체적 변별자질의 인물은 대립체계를 보여주므로, 상이한 인물들은 상이한 공간에 속하게 된다. 유리 로트만은, "텍스트의 세계는 상이한 인물들에게 상이한 방식으로 나뉘어진다. 일종의 공간적 다층성, 각자에게 상이한 종류의 분할의 유희가 일어난다"[17]고 한다. 그러므로 이 글에서는 인물들의 공간적 대립체계에서 나타나는 결손된 인물들의 공간의 변별성 즉 결손 징표가 이떻게 의미작용하고 있는가를 논의하고자 한다.

텍스트의 분석 대상은 1919년~1945년 사이의 단편을 다루고 있지

---

16) 김화영, 『프랑스 현대비평의 이해』(민음사, 1984), 3쪽.
17) 유리 로트만(1970), 『예술 텍스트의 구조』 유재천 역(고려원, 1991), 350쪽.

만 실제 발견된 작품은 1921년~1943년 사이의 34편이다. 작품 목록
은 별도로 도표를 작성하였으며, 「남생이」(현덕, 절름발이), 「아담의
후예」(이태준, 청맹과니), 「장마」(이태준, 곰보·꼽추), 「적빈」(백신애,
벙어리 며느리), 「얼어죽은 모나리자」(채만식, 곰보), 「목화와 콩」(권
환, 곰보), 「교대시간」(송영, 곰보)은 주변적 인물[18]이므로 작품에 관
여하는 바가 적기 때문에 제외했다.

작품	작가	발표년도	게재지	기타
정순이의 설음	박영희	1925. 2	개벽	월북작가
계집하인	나도향	1925. 2	조선문단	
벙어리 삼룡이	나도향	1925. 7	여명	
오몽녀	이태준	1925. 7	시대일보	월북작가
고향	현진건	1926	조선의 얼	
인두지주	계용묵	1928. 2	조선지광	
도시와 유령	이효석	1928. 7	조선지광	
한 여름 밤	조명희	1929	조선지광	월북작가
과도기	한설야	1924. 4	조선지광	월북작가
행진곡	이효석	1929. 6	조선문예	
누이동생을 따라	최서해	1930. 2	신민	
발가락이 닮았다	김동인	1932. 1	동광	
백치아다다	계용묵	1935.5	조선문단	
상투	최인준	1935. 5	신동아	월북작가
악부자	백신애	1935. 8	신조선	
광화사	김동인	1935. 12	야담	
옥심이	김정한	1936. 1	조선일보	
어둠에서주은스케치	이북명	1936. 3	신인문학	월북작가
지하촌	강신애	1936.3~4	조선일보	
추물	주요섭	1936. 4	신동아	
비오는 길	최명익	1936. 5	조광	월북작가
바위	김동인	1936. 5	신동아	1947년 1차개작 1976년 2차개작

---

18) 이 글에서 다루고 있는 결손징표의 인물은 주인공과 부인물(「오몽녀」의 지
참봉, 「옥심이」의 천수)이다. 또한 여기서 주변적 인물이란 장면에 부분적으
로 등장할 경우를 지칭함을 밝혀둔다.

무녀도	김동인	1936. 5	중앙	1947년 개작
지주회시	이 상	1936. 7	중앙	
누님	김소엽	1936. 11	조선문학	월북작가
메밀꽃 필 무렵	이효석	1936. 12	조광	
계산서	이선희	1937. 3	조광	월북작가
실명	엄흥섭	1937	조광	월북작가
병풍에 그린 닭이	계용묵	1939. 1	여성	
캉가루의 조상이	계용묵	1939. 5	신민	
황토기	김동리	1939. 5	문장	1946년 개작
항구	최태응	1940. 3	문장	
사계와 남매	박태원	1941. 1	신시대	
산협	이효석	1941. 5	춘추	월북작가

위의 34편의 작가는 22명이며, 그 중 월북작가는 11명이다. 김동리의 작품에서는 개작한 작품이 아닌 원작품을 대상으로 분석했다.

제 2 장. 세계문학에 나타나는 신체적 상상력

인간의 몸은 세계를 인식하는 매체이다. 인간은 몸을 중심으로 세계를 분절한다. 상·하·좌·우의 공간이 분절되며, 하늘과 땅을 나눈다. 인간은 자신의 몸을 감지하기 때문에 자신의 존재를 의식하고, 타인이 존재함을 인정한다. 인간의 몸은 존재를 담는 그릇이다. 인간의 몸을 떠나서 존재(정신)만을 논할 수 없다. 이 글은 존재를 담고 있는 인간의 몸을 어떻게 인식하고 있는가? 라는 점에 관심이 있다. 몸은 사람됨의 상황을 표현하는 상징이다. 몸은 곧 인간이 육체적인 존재임을 말한다. 이 사실에 주목한 철학자들은 몸을 인간 존재의 전체적인 맥락에서 이해한다. 다시 말하자면, 인간이 육체적인 존재라는 것은 그가 미완성의 존재이며 세계를 향해서 열려있고, 이 몸을 매개로 타인과 주변 세계와의 상호관계의 장을 열며 이를 통해서 비로소 인간이 자기 자신으로 설 수 있음을 보여준다.[1] 그 중에서도 정신을 담고 있는 인간의 육체가 완전하고 아름다운 정상적인 몸이 아닌 결손되고 훼손된 몸이라면, 그 몸을 어떻게 생각하고 있을까? 그러한 몸

[1) C.A.반퍼슨 (1978) 『몸·영혼·정신』 손봉호·강연안 옮김(서광사, 1985), 129 쪽.

이 문학작품에서 어떤 양상으로 나타나는가?

인물의 외모(external appearance)가 인물의 특성과 관계를 가지고 있다는 연구는 Johanu Sasper Lavater[2])로부터 시작된다. 그는 코의 길이나 모양, 눈의 빛깔, 머리카락의 색깔, 손의 모양 등을 논의하였다. 유럽문학에는 Lavater의 <인간학>의 영향을 받은 작가들이 많았다.[3])

Graeme Tytler[4])는 Lavater에 대한 연구를 기초로 19C 유럽문학에 나타나는 인상학(Physiognomy)을 분석하였다. Tytler는 인상학이 리얼리즘 문학과 밀접한 관련성이 있음을 말하면서 보다 중요한 것은 픽션에서 인상학을 어느 정도 취급하고 있느냐의 문제로 이것은 작가의 도덕적 태도의 표명이라고 했다. 프랑스와 독일소설에는 인상학이 무비판적으로 스며들어 있으며, 영국소설에는 아이러니와 앰비발런스하게 취급되고 있다는 결론[5])을 내린다.

Lavater와 Tytler의 인상학과 문학과의 관련성에 대한 논의는 현대문학에서는 중요한 쟁점은 아닐 것이다. 그러나 현대문학에서도 외모는 인물을 가리키는 환유적(metonymic)관계로 중요한 지표가 된다고 본다. 이 글에서는 특히 몸의 한 부분이 비정상적 또는 훼손된 인물, 이러한 인물이 서사문학에서 창출하는 함축적 의미를 발견해보려 한다.

먼저, 현대문학이론가들이 서사인물의 신체적 결손 징표를 어떻게 해석하고 있는가를 살펴보겠다.

레비-스트로스는 오이디푸스 신화를 구조적으로 분석하였다. 오이디푸스는 발꿈치에 흔적을 지닌 인물이며, 또 스스로 눈을 찔러 앞을

---

2) Graeme, Tytler. (1982), Physiognomy in the european Novel. Princeton University Press.
3) S.리몬-캐넌, 『소설의 시학』, 최상규 역(문학과 지성사, 1985), p.100
4) Graeme Tytler(1982), 앞책
5) 앞책, p.318

보지 못하는 인물이 된다. 레비-스트로스는 오이디푸스의 부계의 이름에 주목하였다. 라브다코스는 라이오스의 아버지로 '절름발이'라는 뜻이며, 오이디푸스의 아버지인 라이오스는 '왼잽이'라는 의미를 지닌다. 그리고 오이디푸스는 '부은 발'이라는 뜻을 그 이름에 내포하고 있다. 레비-스트로스는 세 인물의 이름이 동질성을 갖는다는 사실을 말했으며, 이것은 '곧 바로 보행하는 것에 어려움을 느끼게 하는 가설적 의미를'6) 갖는다는 것이다. 신화에서는 흔히 대지에 태어난 인간은 출현하였을 때에는 아직 걷지 못 하든가 또는 잘 걸을 수 없다고 하는 이야기가 있다.

신화시대는 인간이 흙에서 태어났다고 믿는 사회였다. 흙으로 인간을 만들거나 식물이 모계가 되고 있는 신화들이 많이 있다. 그러므로 인간이 흙에서 태어난다고 믿었기 때문에, 현실에서 남자와 여자의 결합에서 인간이 태어난다는 사실을 인정하기가 어려웠다. 한편, 오이디푸스와 부계의 이름에 '보행의 어려움'이라는 뜻을 그 고유명사에 내포하고 있는 것은 인간이 흙으로부터 출생했다는 믿음과 관련지어 해석되고 있다.

인간 본성에 관련되는 수수께끼를 낸 스핑크스는 인간이 대지로부터 출생했다는 믿음을 가능하게 하기 위해서는 퇴치하지 않으면 안 되는 지하의 괴물이다.

오이디프스의 이름이 '부은 발'이라는 뜻과 실제로 왕이 오이디프스를 버렸을 때, 발꿈치에 상처를 지니게 되었다는 사실은 걷기에 불편한 자라는 의미를 지니며, 또 그 불구의 의미는 신화적 해석으로는 흙으로부터의 출생을 부정하려는 인물임을 나타내는 것이다. 불구적 요소가 발에서 머리 그리고 눈먼자로 옮겨가는 것은, '다른 이행, 즉 흙으로부터의 출생의 부정에서 자기 파괴'7)라는 의미를 나타내는 것

---

6) 클로드 레비-스트로스, 「구조인류학」, 김진욱 옮김(종로서적, 1983), p.204

이라고 한다.

고대의 신화적 인물인 오이디프스 대왕의 발꿈치에 난 상처는 그가 누구라는 것을 가리키는 지표가 되며 신화적 해석에서는 지상과 관련되는 인물이라는 것을 의미한다. 즉 보행에 불편한 자이며 흙으로부터의 출생을 부정한다는 의미를 지닌다. 오이디프스는 스핑크스의 수수께끼를 풀음으로써 '인간'이란 물음에 답을 한 자이다. 자기 스스로 눈을 찌르는 행위는 모르던 것을 '아는 자', 즉 무지(無知)에서 지(知)로 가는 과정이다. 자기발견과 자기인식을 나타내는 것이다. 「오이디프스 대왕」을 쓴 소포클레스의 또 다른 작품에 <필록테테스>가 있는데, 그는 상처를 지닌 자이다. 그의 상처는 썩어서 악취가 나서 사람들이 곁에 있을 수 없다. 이렇게 혐오스러운 존재이나, 그는 화살을 가진 자이며, 초인적 예술의 거장이다.[8] 소포클레스는 필록테테스를 통해서 예술과 질병의 양면적 관계성을 이야기하고 있다.

소포클레스의 <오이디프스 대왕>에서 오이디프스는 자기의 눈을 잃어버리는 자이며, 자기를 발견하는 자의 대표적 인물이다. 오이디프스가 신체적으로 결손된 인물이라는 것은 신화적이며 영웅적 인물이라는 것을 의미하는 것이다.

신화적 시대를 거쳐서 중세시대에는 어떠한 신체적 상상력을 보이고 있는지를 라블레의 소설에 나오는 인물들에서 볼 수 있다.

바흐찐의 '라블레의 예술적 방법의 특징 이론'[9]에서 인간의 육체에 대해서 말한 것을 보면, 인간의 육체는 세계를 측정하는 구체적 척도

---

7) 앞책, p.206
8) 필록테테스는 치유될 수 없는 상처를 지닌 병자, 상처를 지닌 불구자 예술가로 의미된다.
   에드먼드 윌슨. '필록테테스: 상처와 활,' 『현대 영미문학 비평의 이해』 최종수 편역(한신문화사, 1987), 73-94쪽.
9) 미하일 바흐찐, 「장편소설과 민중언어」, 전승희·서경희·박유미 옮김(창작과 비평사, 1988), p.368.

가 되며, 세계의 비중과 세계가 개인에게 지니는 가치를 측정하는 기준이 된다. 이는 세계의 전체상을 육체를 지닌 존재로서의 인간을 중심으로 파악한 것이다. 라블레는 인간의 육체적 존재를 금욕적이고 내세적인 중세의 이데올로기에 대립시켰으며, 바흐찐은 인간 육체의 해부학적 생리학적 측면의 묘사의 다양함에 주목하고 있다.

라블레 소설에 나오는 인물은 거인이다. 라블레는 인물들의 해부학적 구조를 설명하면서 그 인물들의 거인적 특질을 드러난다. 빵따그뤼엘은 서술자가 그의 입안을 여행하며 기록할 정도의 거인적 인물이다. 빵따그뤼엘이 병이 났을 때 병을 고치기 위해 곡괭이와 삽을 가진 농부들과 바구니를 가진 일곱 명의 사람이 들어가 그 속에 있는 오물을 치운다. 입안에는 사람들이 거주하고 있는 왕국이 스물 여섯 이상이나 존재하며, 거주하는 주민들은 치아의 이쪽 저쪽을 구분하기를, 인간세계에서 산맥을 이쪽 저쪽 등으로 구별하는 것처럼 말한다. 이와 같은 기괴한 인물은 '기성의 가치체계를 파괴하여 높은 것을 낮추고 낮은 것을 올리며, 관습적 세계상의 구석구석을 파괴하려는'10) 라블레적 풍자로 해석되고 있다. 라블레는 파괴한 세계관 위에 새로운 세계관을 건설하고, 육체의 자연성과 조화로움을 중요시 여겼다.

라블레의 인물들인 빵따그뤼엘과 가르깡뛰아는 중세기의 인물이지만, 거인적 신체의 변별자질은 중세기적 이데올로기에 대립하는 자연성을 강조하면서 인간의 심성을 존중한다. 거인의 신체는 거인적 성업을 이룩한다는 의미이며, 모든 중세기적 종교 이데올로기로부터 인간을 해방시키고, 인간의 자기 발견을 그린 것이다.

다음으로, 근대적 소설의 개념으로 접근할 수 있는 인물로는 스위프트의 『걸리버 여행기』에 나오는 인물들11) 있다. 소인국의 작은 사

---

10) 앞책, p.373
11) 조용만·김광호 외, 「영미작품론」, (신구문화사, 1985), p.98-105

람들은 정신적·도덕적으로 옹졸함을 나타내며 영국 사회의 정치와 종교를 풍자하기 위해 사용되었다. 그리고 대인국의 인물들은 - 여자들의 젖꼭지가 걸리버 머리의 반 정도가 되는 - 장난감과 같은 인간의 모습을 모욕하는 정도로 인간의 왜소함과 인간 행위의 비천함을 상대적으로 보여준다. 스위프트의 인물들은 정상적 규범의 크기를 벗어난 변별성을 통해 풍자적 특징을 보여주고 있다.

다음으로, 현대소설에서는 어떤 인물들이 나타나고 있는가?

헨리 제임스의 『캐사마씨마 공작부인』(1886년)에는 키 작은 인물이 나온다. 현대 비평가 트릴링은 헨리 제임스의 『캐사마씨마 공작부인』을 분석하기에 앞서 이 작품은 동시대의 독자들을 기쁘게 하지 않았을 뿐 아니라, 제임스에게도 불리했다는 사실을 밝히면서, 그러나 그의 소설 중에서도 가장 현대 독자에게 직접적으로 어필한 작품이라고 했다. 트릴링은 헨리 제임스의 난해한 작품인 『캐사마씨마 공작부인』에서 특히 빈곤과 자부심을 겸비한 청년인 히아신스 로빈스의 '작은 키'에 관심을 두었다.

> 제임스는 그의 주인공의 키가 작은 것을 강조하고 있다. 히아신스의 작은 키는 이 이야기 속에서 결정적인 역할을 하고 있다. 이것은 그에게 성인의 상태를 면하게 한다. 예를 들면 포올 뮤니멘트가 계급의 장벽을 깨뜨리고 공작부인을 한 여성으로서 다루며, …(중략)… 그러나 히아신스는 성적 가능성에서 떨어져 나가며, 급기야는 이를 포기하고 만다. 이것은 그가 아직 성인이 아니라는 것을 보이는 것이 아니고, 너무 어리기 때문에 성숙의 요구를 할 수 없다는 것을 보이고 있는 것이다. 그는 이 작품에서 어린아이며 항상 가장 어린 인물이다. 그리고 이 어린애와 같은 어른은 아버지와 같은 인물들이 우굴우굴하는 소설 속에 살고 있다.12)

---

12) Lionel Trilling, (1950), 『The Liberal Imagination』(New York ; viking Press),

히야신스의 키가 작다는 것은 어린아이와 같다라는 의미를 지니고 있다. 지배계급을 파괴하려는 의도에서 그의 양부를 죽이려 했던 히아신스는 자신에게 총을 겨누지 않을 수 없게 된다. 이 사실은 히아신스는 어른들의 세계에서는 제외되며, 배반당한다는 것을 의미한다. 히아신스는 '어린아이로서 죽는다'고 평가되는데, 이때 히아신스의 작은 키는 영원히 어린아이임을 증명하는 것이 된다.

20C초기의 독일의 토마스 만은 '예술가와 예술가적 기질을 가진 사람이 평범하고 비예술적인 사람들과 운명적으로 어떻게 다른가'라는 점에 관심을 가졌던 작가이다. 토마스만은 '예술성과 병적인 것/시민성과 건강한 것'의 대립적인 세계를 그리고 있다. 여기서 그는 '정신/삶'이라는 두 상반되는 세계에 대한 질문을 되풀이 한다. 토마스만의 초기작품에는 정신적으로 육체적으로 정상의 범위를 벗어난 병적인 인물들이 많이 등장한다. 이러한 비정상적 인물들은 오히려 예술적 특성을 지닌 인물들이다. 용기 있는 아름다운 영혼을 지닌 자들이며, 침울하거나 퇴폐적이라기보다 밝음과 어둠, 약한 면과 강한 면 등 양면성을 지닌 인물들로 나타난다. 몰락한 시민, 황폐한 사회, 불안한 현실에서 정신적·심리적으로 격리되어 융화되지 못하는 비정상적인 인물들을 그리고 있는 것이다.

「키 작은 후리드만씨」에서 Friedemann은 유모 때문에 곱추가 되었고, 이러한 신체적 변별자질로 인해 스스로 소외되고 제외되는 삶을 살게 된다. 이러한 그의 삶에서 탈출구로서 음악(바이올린)이 있었으나, 오히려 그 예술성으로 인하여 더욱 몰락의 조건이 되고 만다.[13] 그에게 있어서 불구성이 예술적인 기질보다 더 강한 징표로 작용하고

---

p.342.
13) 배혜숙(1989), "Thomas Mann의 초기작품에 나타난 병의 문제" 성균관 대학교 석사논문, 미간행

있으며, 자신의 생과 정신을 파괴하는 요소가 되고 있다.

「마리오와 마술사 *Mario und der Zauherer*」(1930)에서 마술사인 치폴라는 곱추이다.

> 그가 미리 선수를 쳐서 말한 <약간 육체적 결함>이란 이제 누구에게나 뚜렷하게 보였으나, 실제로는 어디가 어떻게 되었는지를 여전히 알 수가 없었다. 가슴팍이 지나치게 높다랗게 보이는 것은 곱사등의 경우 흔히 볼 수가 있지만, 치폴라는 양 어깨 사이가 불쑥 솟아 나온 것이 아니라 좀 더 아래 쪽 허리나 엉덩이 언저리가 튀어나와 있었다.14)

신체적 결함을 지닌 치폴라는 속셈의 마술과 최면술로 지배적 능력을 보여주는 인물이다. 그는 마술사로서 모든 관중을 자신의 의도에 복종시킨다. 관중이 감춘 물건을 찾아내고, 관중석에 있는 한 부인의 옛 추억을 들추어내며 청년들을 무대 위에서 꼭두각시들처럼 춤추게 한다. 마술사는 인간의 '자유의지'을 마음대로 하여, 관중석에 있는 로마신사의 '자의결정'을 타인의 의지에 복종하게 한다. 관중은 복종을 보여주며, 마술사의 '채찍으로 상징'되는 지배력은 무한한 능력을 발휘한다. '육체적으로 결함있는 자'로 나타나는 곱추인 마술사15)는 인간의 존엄성을 위협하는 파시즘의 상징인물로 제시되고 있다. 치폴라는 무솔리니를 은유적으로 상징하는 인물이다. 무솔리니를 '유령같이 희화'(die spukhafte karikatur)하였기 때문에, 이 소설이 이탈리아에서는 금서로 지정되었다고 한다.16)

---

14) 토마스·만, 「토니오 크레가 외」, 지명렬 역(범조사, 1977), p.196.
15) 공준모 1989년 「Thomas Mann의 마리오와 마술사 연구」 서강대학교 석사논문 미간행 p.35.
16) Julius Ba 35.(!930) 「Der Italienische zauherer」, p.232. 공준모 「Thomas Mann의 마리오와 마술사 연구」 p.27에서 재인용.

발터 벤야민은 카프카 문학에 나타나는 육체에 대한 특징을 지적하고 있다. 카프카의 작품에서 현대인은 자신의 육신 속에 갇혀 살며, 그 육체는 현대인으로부터 벗어나고 있고, 현대인에 대해 적대적이다.

카프카의 소설에 나오는 인물들의 형상에 대한 묘사는 특이한 형체로 서술되는데, 그 형상들은 기형의 원형이라고 할 수 있는 '곱추'의 모습과 비슷하다. 카프카의 단편 소설들에 나오는 '제스쳐들 가운데 머리를 가슴 깊숙이 파묻고 있는 남자의 제스쳐 만큼 자주 나타나는 것은 없다.'[17] 법관들은 피로하기 때문에, 호텔수위는 소음 때문에, 그리고 미술관 관람객들은 낮은 천정 때문에 웅크리고 있다. 마치 곱추의 형상을 한 기괴한 육체인 것이다. 또 「유형지」에서는 권력가들이 매우 오래된 구식기계를 사용하는데, 이 기계는 죄인의 등에 나선형의 문자를 새겨놓고 또 바늘로 계속 등을 찔러 문자장식을 한다. 죄인의 죄명을 등에다 새기고 있는 형벌이다. 이러한 곱추와 같은 형상, 이 기형들이 우리가 살고 있는 시대의 기형의 모습이라고 볼 수 있다. 「시골의사」에서는 의사가 환자를 치료하러 갔는데 환자는 조금도 아프지가 않다. 그러니까 소년의 엉덩이에 있는 상처는 육체적인 상처가 아니라 <삶의 상처>[18]라는 것을 상징하고 있다. 이러한 삶의 상처는 카프카의 문학에서는 육체의 기괴한 변형으로 나타난다. 「변신」에서는 인간이 벌레의 모습을 하고 있다. 그레고르 잠자는 가정과 직장이라는 굴레 속에서 숙명적인 의무와 책임을 피할 수 없는 상황으로 괴로워하고 있었다. 그러나 <벌레>로 변하고 난 뒤에는 그런 책임과 의무에서 해방되는 것이 아니라, 오히려 빨리 정상으로 돌아가 세일즈를 하지 않으면 안되다고 생각하고 현실로 돌아가려고 하고 있다. 벌레는 인간적 생활에서 벗어난 소외를 상징한다. 인간 아닌 더러

17) 변성완, 「발터 벤야민의 문예이론」(민음사, 1983), 88쪽.
18) 김천혜, 「카프카」(문학과 지성사, 1978), 67쪽.

운 갑충인 육체는 인간사회로부터의 고립되고 소외된다. 카프카에게
있어서 변형은 불행한 것이고 타락이며, 나태함·추함이므로 변형에
의해 죽는 것이다.[19] 카프카가 자아를 이 세계로부터 단순화하는 가장
완벽한 방법은 결국 죽음뿐이고, 마이너스적 존재란 바로 죽음에 이르
는 존재를 말한다. 그런데 카프카는 이 세계에의 플라스적 존재의 길
을 택하지만 결과적으로 마이너스적 존재로 낙착된다.[20]

　현대적 인물들의 육체는 왜소하고 보잘 것 없으며 기형적인 모습
을 지녔을 뿐 아니라, 그들은 이름마저 상실하고 있다. 이것은 현대인
의 3인칭적 존재성과 익명성을 나타내는 특징이다. 이러한 예로써 미
국 현대소설의 초기 작품인 Stephen Crane의 『붉은 무공훈장』(1895년)
을 보면, 이 작품의 인물들은 특정한 속성과 일반적 특질을 암시하고
있다. '키다리병사'는 그의 용기와 자신감을 가지고 전쟁과 인생의 변
천에 순응해 가는 사람이다. '목청 큰 병사'는 허풍장이 이고 자신만
만한 인물이다. 그리고 '누더기 복장의 병사'는 그 복장을 통해 그의
비천하고 쇠잔한 곤경을 말해주고 있다. '쾌활한 사나이'는 그의 예리
함과 용맹으로 인하여 절망 속에 빠지는 것을 면하고 있다.[21] 이 소
설에서는 등장 인물들이 특정한 이름인 고유명사로 불려지는 것이 아
니라 신체적 특징이나 속성에 따라 지칭된다. 주인공도 이름이 명시
되지 않는다. 그들은 지금 어디에서 무슨 전쟁이 일어나고 있는지도
모르는 병사들이다. 그들은 영웅적인 군인이 아닌, 비겁하고 공포를
느끼는 병사들이다.

　셔우드·앤더슨의 「와인즈 버그·오하이오」에서는 소외된 인간들
이 등장한다. 그들은 진실을 전할 능력이 없는 사회로부터 이탈되고
거부당하는 인물들이다. 이노크 로빈슨(Enoch Robinson)은 절뚝거리고,

---

19) 바슐라르, 「로트레아몽」 윤인선 옮김(청하, 1985), 21쪽.
20) 김정진, 「카프카 연구」(탐구당, 1983), 125쪽.
21) 최종수 편역, 「현대 영미문학 비평의 이해」(한신문화사, 1987), 91쪽.

리이퍼(Reefy) 의사의 손은 비정상적으로 손마디가 크다. 파시발 의사의 이는 검고 불규칙적으로 뻗었다. 그리고 워시 윌리엄(Wash William)은 가느다란 목과 연약한 다리를 지녔다. 그들의 신체적 특이함에 의해 강조되는 것은 '사랑과 인간적 이해와 커뮤니케이션을 누구보다도 더 갈구하는 사람들'[22]이라는 것이다. 그들은 사랑을 갈구하고 인간적으로 이해 받기를 원하나, 바로 그 욕구가 사랑과 이해를 실현하는데 장벽이 되어 인물들로 하여금 고립된 세계에 살게 된다. 셔우드 앤더슨의 문학작품은 산업화되는 사회에서 물질주의와 청교도적인 종교관, 또 성 도덕관이 그 시대의 억압요소라고 보고 있는 것이다. 또 그 억압적인 것이 인간 소외와 인간적 결함의 요인이 되고 있는 것으로 나타나고 있다.

기호학자인 움베르뜨 에코는『장미의 이름』(1980년)에서 눈먼 장님인 요르게를 등장시켜 진리에의 발견과 인식의 문제를 그리고 있다. 요르게 노인은 절대적이고도 성스러운 진리, 귀족문화, 지배이데올로기를 대변하는 인물이다. 또 자신의 신념을 위해서는 살인도 가리지 않는 반민중적이다. 요르게는 '바로 당신이 악마야!'라는 소리를 알아듣지 못한다. 왜냐하면 요르게는 '육체적으로만 눈먼 것이 아니라 정신적으로도 눈멀었기 때문'[23]이다. 이는 곧 눈멂과 통찰의 문제를 생각하게 한다. '어둠 속에 살고 있는 악마'(like the Devil you live in darkness)[24]와 같은 요르게는 자신의 실수로 도서관, 교회와 함께 불속으로 사라진다. 요르게는 눈은 멀었어도 다른 감각이 발달하여 등잔 불빛이 없이도 움직일 수 있다. 그러나, 진리에는 눈먼 자이다. 이에 반해, 윌리암 수도사는 눈뜬 자이기에 어둠 속에서 볼 수 없고 빛

22) 천승걸,「미국문학과 그 전통」(서울대출판부, 1985), 89쪽.
23) 김성곤,「포스트모더니즘과 현대미국소설」(열음사, 1990), 167쪽.
24) Umberto Eco (1980), The Name of the Rose, Trans. William Weaver(A Time Warner Company. 1984).

에 의존해서만이 사물을 지각할 수 있다. 그러나, 요르게와는 달리 진실을 아는 자이다.

　신화시대의 인물인 오이디프스와 현대의 요르게는 정반대의 인물이다. 오이디프스는 눈뜬 자일 때, 오만하고 많은 것을 알고 있었으나 자기가 누구인지는 모르고 있었다. 자기가 누구인지를 발견하는 순간, 그는 스스로 눈먼 자가 된다. 자기가 누구인지를 아는 자야말로 지자(知者)이다. 그러나 현대의 요르게는 눈먼 자이고 학식이 많은 자이나, 자기가 옳지 않다는 것을 모르는 자이기에 진리에는 눈먼 자인 것이다.

제 3 장 형상의 결손징표

인간의 얼굴은 그 존재가 변화하는 순간들을 보여주는 텍스트이다. 그러므로 옛날부터 얼굴의 인상을 중요시 여겼으며, 관상학이 발달하여 왔던 것이다. 그렇다면 신체공간 중에서 상위 부분에 속하는 '얼굴'에 나타나는 징표는 어떠한 것들이 있는가 살펴보기로 하자.

서사문학에서는 얼굴의 묘사를 통해서 인물의 나이, 인품, 기분 등의 특성을 나타낸다. 얼굴은 인간과 인간이 만나는 가장 직접적인 부분이다. 그러므로 얼굴은 감정의 거울일 뿐 아니라 인격, 체면 등 윤리성과 밀착된다.[1] 한국현대문학에서 얼굴에 나타나는 변별자질로서는 '벙어리', '장님', '외눈', '추물', '곰보', '문둥이' 등이 나타나고 있음을 알 수 있다.

1. 삼키는 말 : 벙어리

언어는 가장 순수한 유기적인 기호체계이다. 또한 그것의 하나 하나의 양상은 의미를 나타내며 오직 육체적인 수단을 통해서 생산된

---

1) 이재선, 『우리문학은 어디에서 왔는가』(소설문학사, 1986), 173쪽.

다.[2] 인간은 육체의 확장인 언어라는 매체를 통해서 자신의 감정을 표현한다.

> 인간은 언어를 통해서 모든 존재의 모습을 알며, 자기 자신과 바깥 세계에 대한 자기의 감성적 반응을 표현하며, 말을 함으로써 그 말 자체가 특정한 행위를 수행하도록 하는 말을 통한 행위를 한다. 언어 없이는 인간은 아무런 문화적 행위를 수행할 수 없다.[3]

'벙어리'는 신체적 결손 때문에 언어수행을 하지 못하는 인물이다. 이해와 소통에 장애를 받기 때문에 자신을 표현할 수 없으므로 그들의 언술 세계는 단절된 공간이다. 언어란 사고의 그릇이요, 자기 자신과 타인이 서로를 이해할 수 있게 하는 매체이다. 이러한 매체를 사용할 수 없을 때 인간관계는 어떻게 이루어지고 있는가 또 자신의 내부세계를 겉으로 알릴 수 없을 때, 그 내부의 세계는 어떻게 형성되고 있는가?

「백치 아다다」와 「벙어리 삼룡이」에 나오는 아다다와 삼룡이는 벙어리이다. 이러한 변별자질이 다른 인물과의 관계망에서 어떻게 작용하고 있는지 알아보자

「백치 아다다」

아다다는 벙어리라는 신체적 결함을 지닌 인물이다. 말을 하지 못하는 아다다는 몸의 음성이 아닌 사물의 소리로 서사의 첫 장면을 장식한다. 이 아이로니한 상황은 서두와 결말의 서사공간을 비교하면

---

2) 테렌스 호옥스, 『구조주의와 기호학』, 오원교 역(신아사, 1982), 25쪽.
3) 이명현, 『이성과 언어』(문학과 지성사, 1982), 56쪽.

더욱 잘 부각되어 나타난다.

> ① 질그릇이 땅에 부딪치는 소리가 났다고 들렸는데 마당에는 아무도 없다.4)
> ② 짝을 찾아도는 갈매기떼들은 눈물겨운 처참한 인생 비극이 여기에 일어난 줄도 모르고 '끼약끼약' 하며 흥겨운 춤에 훨훨 날아다니는 깃[羽]치는 소리와 같이 해안의 풍경만을 도웁고 있다. (184쪽)

서두에서(예문①) 소리만 있고(+) 인물은 없는 (-) 공간이다. 그리고 결말에서(예문②)는 갈매기가 깃을 치며 기약끼약 하는 소리만 있고(+), 아다다는 서사공간에서 사라지고(-) 없는 공간이다. 이처럼 서두와 결말에서 소리만 있고(+) 주인공의 형체(몸)가 없는(-) 것은, 아다다의 외부세계에는 소리가 존재하나 아다다 자신의 소리를 가지지는 못하는 비극적 상황을 드러내는 장치이다.

이것은 아다다가 외부세계인 소리의 세계에 존재할 수 없는 인물임을 의미한다. 말을 하려고 할 때 '아다다'라는 소리만 나오는 벙어리이므로, 아다다는 언어에 의한 의사전달의 기능이 이루어지지 않는다. 질그릇을 깨게 된 연유를 말하여 용서를 빌려 하나, 말이 밖으로 전달되지 않는다. 마음에 있으나 타인에게 뜻이 통하지 않는다. 그러므로 외부세계의 타인들과의 관계가 정상적으로 이루어지지 않는다. 의사소통의 불능은 결국 인간 관계의 단절을 유발하고 있다.

의사 소통의 과정은 발신자가 어떤 전언(message)을 수신자를 향해 발송하고 그 전언에 대한 반응으로 다른 전언을 반송하는 (feed Back) 관계가 교환됨으로써 이루어진다.

---

4) 계용묵(1935), '백치아다다' 『한국문학전집』 12 (민중서관, 1959), 177쪽.

이러한 의사소통은 <최적의 의사소통>이다. 왜냐면 여기서는 <물리적이거나 문화적인> 방해현상이 고려되지 않았기 때문이다. 그러한 방해현상은 전언을 변화시킬 수도 있으며 잘못 이해하거 나 혹은 이해를 불가능하게 할 수도 있다. <인지작용의 방해현상 들과 마찬가지로> 이러한 의사소통의 방해 현상들이 매우 중요한 것은 분명한 것 같다.[5]

아다다는 반벙어리이기에 전언(message)을 전달하는 형태에서 손짓 또는 몸짓을 사용하게 된다. 이러한 방법으로도 의사소통이 가능하다. 그러나 아다다는 어머니에 의해서 의사전달의 교환과정에서 일방통행 의 전언만이 발송되고 있다. 아다다를 이해하려는 마음이 차단되어 의사소통의 장애를 일으키고 있다. 그러므로 아다다에게 있어서 말을 할 수 없다는 신체적 결손은 인간관계의 결손을 의미하게 된다.

아다다는 타인과의 관계에서 가장 친밀해야 할 어머니에 의해서 거부되고 추방된다. 그러면 어머니와의 관계에서 아다다의 '-'징표인 신체적 결손이 어떻게 작용하고 있는가?

첫째, 아다다의 이름이다.

아다다는 '확실이'라는 이름이 있으나, 누구나 그를 '아다다'라고 부른다. 그 부모들까지 그렇게 부름으로써 아다다 자신조차도 '아다 다'가 이름인 듯이 여긴다. 아다다는 자신의 이름을 빼앗기고 있다. 부모는 자식에게 이름을 지어주었으나, 다시 그 이름을 박탈함으로써 본래의 이름은 상실되고 벙어리라는 신체적 결손을 부각시키는 새로 운 이름으로 불리게 된다. 타인들과 부모에 의해 본래의 자기 자신이 아닌, 생소한 다른 모습으로 규정되고 있다. 이름은 공적이며 사회적 인 의미를 지닌다. 따라서 이름은 그의 인격 또는 주체적 자아를 나 타내는 것이다. '확실이'가 아닌 '아다다'라고 불려지는 것은 타인과

---

5) 베르나르 투쎙, 『기호학이란 무엇인가』, 윤학로 옮김(청하, 1987), 17쪽.

관계에서 주체의 자아가 변형되고 있는 것으로 해석할 수 있다. 애칭
이나 별칭은 그 사람의 특징 또는 특별한 관계에서 불려지는데, '아다
다'라는 이름은[6) 결손의 징표를 양각화함으로써 신체적 결손자질을
드러내고 있다.

둘째, 아다다가 질그릇(동이)을 깬 것에 대한 어머니의 반응에서 나
타난다.

> ﹒모닥불을 뒤집어쓰는 듯한 끔찍한 어머니의 음성을 또다시 듣
> 게 되는 아다다는 겁에 질려 얼굴에 시퍼런 물이 들며 넘어진 연
> 유를 말하여 용서를 빌려는 기색이나 말이 되지를 않아 안타까와
> 한다. (177쪽)

말을 하려하나 말이 나오지 않는 아다다의 '몸짓'과 모닥불을 뒤집
어쓰는 듯한 어머니의 '음성'이 대비되고 있다. 무섭고 끔찍한 어머니
의 음성은 육체적인 학대로 이어진다. 어머니는 아다다가 얼마나 다
쳤는지에 대해서는 관심이 없고. 동이를 깼다고 욕을 하며, 아다다
의 머리채를 잡아끌며 흔든다. 딸에 대한 애정어린 어머니의 모습을
보여주지 않고 인간보다도 물질에 더 관심을 보여주는 부정적 어머니
이다. 친밀의 관계가 아니고 파탄과 소외의 관계이다. 아다다가 물질
이하의 위치에 놓이게 되는 시초는 그의 어머니로부터 연유된다고 볼
수 있다.

> 「아다 어머마! 아다 메마! 아다다다다!」
> 하고 부르짖는다. 다시는 일을 아니 저지르겠다는 듯이. 그리고
> 한번만 용서를 하여 달라는 듯싶게. 그러나 사정을 모르는 채 기

---

6) S. 리몬-케넌, 『소설의 시학』 최상규 역(문학과 지성사, 1985) 55쪽.
   작중인물의 이름은 흔히 비허구적 인간의 한 가지 또는 한 묶음의 특성을
   나타내는 분류 표시 역할을 한다.

어이 쫓아간 어머니는,

「이년! 어서 뒈데라, 뒈디기 싫건 시딥으로 당장가거라. 못가
간?…」 (117쪽)

소리로써 자신을 표현할 수 없는 아다다는 무엇인가 할 수 있다는
것을 보여 주고 싶어한다. 모든 일에 참여를 하여 인정을 받고 싶어
한다. '그릇 같은 것을 깨쳐먹는 일은 거의 날마다 있다 하여도 옳을
정도로 있었다'에서 아다다는 집안 일에 매번 참여를 하나 매번 실수
를 되풀이한다. 하지 않아도 될 일을 매번 하는 유사한 행동의 반복
은 심리적 욕구가 충족되지 않았기 때문이다. 어머니로부터, 다른 사
람들로부터 소외되고 싶지 않은 심리의 표현이다. 그러나 매번 저지
르는 실수의 반복으로 욕을 먹고, 매를 맞고, 급기야는 쫓겨남으로 이
어진다. 아다다는 동이를 깨었기 때문에 어머니로부터 '뒈지' 던지 '
시집'으로 가라며 매를 맞는다. '동이'를 깨는 것과 아다다가 '쫓겨나'
는 것은 유사관계를 보여준다.

'동이를 깬다'는 것은 은유적 해석이 가능하다. 동이는 인간의 몸과
동일한 상징적 의미를 지니고 있다. 동이는 흙으로 빚었다는 점에서,
또 형태가 웅크린 인간의 몸과 유사하다는 점에서 동이가 깨지는 것
은 신체의 해체로 해석할 수 있다. 또, 인간이 죽은 후에 항아리에 넣
어서 장사지내는 장례의식도 있다. 그러므로 아다다가 서사공간의 서
두에서 '질그릇(된장독)을 깨는 것'7)은 결말에서 아다다의 죽음과 연
접된다.

셋째, 어머니에 의한 추방이 그것이다.

---

7) 홍태식,『한국근대 단편소설의 인물연구』(한샘, 1988), 173쪽.
  아다다가 일을 하는 것은 자신의 존재를 타인에게 확인시키기 위한 것이며,
  인간으로 대접받고 싶은 욕망, 즉 <인간 동질성 회복>에 대한 욕망이다. 동
  이를 깬 것의 표면적 동기는 백치적인 서투름이지만, 플롯의 전조·암시 이
  외에 아다다가 정상인의 가치관을 부수어 버리게 되는 상징이기도 하다.

어머니는 "못가간? 시집에! 못가간? 이년! 못가갔음 죽어라!"라며 머리카락이 빠지도록 흔든다. 쫓겨난 아다다는 갈 곳이 없다. 집은 모성의 공간이며, 피난처이다.8) 집안에 있는 것은 안락과 사랑을 의미하며 다른 사람과 함께 있음[同居]을 뜻하나, 집밖으로 쫓겨나는 것은 함께 있는 것이 아닌 파탄이며 소외를 뜻한다.

아다다는 네 번 쫓겨난다. 첫번째와 세번째는 집에서 쫓겨난다. 첫번째는 정상적인 결혼이 아닌 벙어리라는 신체적 결손으로 인해서 '깃보[持參金]'9)로 논 한 섬지기를 처넣어 '똥치듯 치어버렸던' 것이다. 똥치듯 치어버렸으니, 결혼이란 의미보다도 쫓겨간다는 의미가 더 크다. 이때 아다다는 똥으로 비유되고 있다. 아다다는 본가에서는 똥으로 비하되는 존재이며, 다른 한편 시집에서는 논 한 섬지기라는 물질로서 받아들여지는 것이지 인간으로 포용되는 것이 아니다. 아다다는 인간적 관계가 아닌 비하되거나 전이된 물질적 인간관계에 놓이는 것이다.

지금까지 아다다와 어머니와의 관계를 살펴보았다. 어머니의 자리에 또 다른 인물들이 대체되면서 아다다의 신체적 결손징표는 또 되풀이 아다다의 운명에 관여를 하고 있다.

똥 치듯 치워진 집에서의 첫 번째 추방은 남편에게로 연결되며, '뒈지던'지 '시집으로'가라는 세번째의 추방은 수룡이와의 관계로 이어진다. 어머니의 자리에 남편과 수룡이라는 인물이 대체된다. 아다다의 인간관계는 어머니에서 남편, 수룡이로 되풀이되는 선택축을 이루

---

8) 뢰브느와, 『징표, 상징, 신화』, 윤정선 역(탐구당, 1988), 201쪽.
　모든 집은 거기 사는 사람에겐 세계의 중심인 것이다. 평화의 장소요, 사색의 장소이다. 어린시절, 어머니 품에 연결되는 안전의 장소이다.
9) 임종국, 『한국문학의 사회사』(정음사, 1974).
　아다다의 비극의 원인은 매매결혼이라는 구시대적 불합리한 풍토에 있다고 본다(p.194).
　소박데기가 나면 가문의 수치로 친정에도 몸을 붙일 수 없는 것이다(p.195).

면서 또 다시 추방되고 있다.

다음으로, 남편과의 관계를 분석하겠다.

① 벙어리나마 일생을 먹여줄 것까지 가지고 온다는데 귀가 번쩍
    띄어 그 자리를 앗기울까 두렵게 혼사를 지었던 것이니, 그로
    인해서 먹고살게 되는 시집에서는 아다다를 아니 위할 수가 없
    었던 것이다. (179쪽)

② 해를 거듭하여 생활의 밑바닥에 깔아놓았던 한 섬지기라는 거
    름이 차츰 그들을 여유한 생활로 이끌어 몇 백원이란 돈이 눈
    앞에 굴게 되니 까닭 없이 남편 되는 사람은 벙어리로서의 아
    내가 미워졌다. 조그만 실수가 있어도 눈을 흘겼다. 그리고 매
    를 내렸다. (179쪽)

벙어리인 아다다와 혼사를 한 것은 아다다를 한 인간으로서 받아
들인 것이 아니라, 물질적으로 도움이 되기 때문이다. 아다다는 '논한
섬지기'와 등가물로서 물질적 관계에서 받아들여진 것이다. 그러므로
아다다는 '일생을 먹여 줄' 때는 가치가 있지만, 시집이 여유있는 생
활을 하게 되면서 가치가 없어진다.(예②) 남편은 아다다를 미워할 뿐
아니라 육체적으로 학대를 하게 된다. 가출한 남편은 이 만원이라는
돈을 쥐게 되자 '벙어리인 아내' 대신에 '완전한 아내'를 원하게 되는
것이다.

가난했던 처지에 얻은 '벙어리 아내' 대신에 '완전한 아내'를 자기
마음대로 신댁하여 새 집을 짓고, 아다다를 내쫓는다. 이미니와의 관
계에서와 마찬가지로 아다다는 남편과의 관계에서도 완전하지 못하다
는 이유 때문에 쫓겨난다. 처음에는 '+'로 도움이 되었으나, 이제는
'-' 판명되어 내쫓기게 된다.

신체적 결손인 변별자질이 소외와 파탄에 이르게 된 원인이었는데,

그렇다면 수룡와의 관계에서는 어떤 양상을 보이고 있는지 살펴보기
로 하자.

> 아이들은 아다다를 보기만 하면 따라 다니며 놀렸다. 아니 어
> 른들까지라도 아다다. 아다다하고 골을 올려서, 분하나 말을 못하
> 고 이상한 시늉을 하며 두덜거리는 것을 봄으로 좋아라고 손뼉을
> 치며 웃었다. 그래서 아다다는 사람을 싫어하였다. 집에 있으면
> 어머니의 욕과 매, 밖에 나오면 뭇사람들의 놀림, 그러나 수룡이
> 만은 자기를 사랑하는 것이었다. 아이들이 따라다닐 때에도 남아
> 니 말려주는 것을 그는 말려주고 그리고 매에 터질 듯한 심정을
> 풀어주는 것이었다. (180쪽)

① 어머니에게 매를 맞고 쫓겨날 때마다 → 수룡이를 찾아가 마음
의 위안을 얻는다.

② 아이들이 놀릴 때마다 → 수룡이는 말려준다는 두 가지 사실에
서 벙어리라는 신체적 징표가 수룡이와의 관계에서 친화적 자질로 관
여하고 있다. 이 때 아다다의 신체적 징표는 일차적 의미에서는 수룡
이에게 작용하는 바가 어머니나 전남편과는 다르다. 일년 전부터 아
다다를 꾀어온 수룡이는, 시집으로부터 쫓겨나고, 어머니로부터 쫓겨
나는 아다다를 얻게 되면, 결국 아내를 살 돈을 절약하여 살림 밑천
을 만들 수 있게 된다.

> 벙어리인 아다다가 흡족할 이치는 없었지만 돈으로 사지 아니
> 하고는 아내라는 것을 얻어 볼 수 없는 처지였다. 그저 생기는 아
> 내는 벙어리였어도 족했다. 그저 자기의 하는 일이나 도와주고 아
> 들, 딸이나 낳아 주었으면 자기는 더 바랄 것이 없었다.

아다다의 신체적 결손 요소가 어머니와 다른 사람들에 의해서는

조롱이 되고 천대의 원인이 되고 있지만, 반대로 수롱이로부터는 위안을 받고 결합하게 되는 이유는 수롱이 자신이 지니고 있는 신분적 차이성 때문이다. 김초시의 딸인 아다다와는 달리 마을에서 떨어진 외딴집에 살고 있고 부모 형제 없는 노총각인, 수롱이는 아다다와 수평적 관계를 이룬다. 그러나 '수롱이가 주는 사랑은 이 세상에서 더 찾을 수 없는 행복이리라' 느끼는 아다다와는 달리, 수롱이는 물질적 이해관계 속에서 아다다의 신체적 결손요소를 이용하고 있으므로 진정한 의미의 인간관계는 성립되지 않는다.

이처럼, 수롱이와의 관계에서 아다다의 신체적 변별자질이 이중의 의미로 작용하고 있음을 알 수 있다. 그리하여 수롱이와의 관계에 있어 파탄의 직접적 원인이 벙어리라는 변별 자질 때문이 아니라, 삶의 가치관의 차이로부터 발생한 것임을 알 수 있게 된다.

> ① 삼십반생에 자기 소유라고는 손바닥만한 것조차 없어 어떻게도 몽매에 그리던 땅이었는지 모른다. 완전한 아내를 사지 아니하고 아다다를 꾀어온 것도 이 소유욕에서였다. 아내가 얻어진 이제, 비록 많지는 않은 땅이나마 가져보고 싶은 마음도 간절하였거니와 또 그만한 소유를 가지는 것이 자기에게 향한 아다다의 마음을 더욱 굳게하는 데도 보다 더한 수단일 것 같았기 때문이다. (182쪽)

> ② 그많은 돈으로 밭을 산다는 소리에 지금까지 꿈꾸어 오던 모든 행복이 여지없이도 일시에 깨어지는 것만 같았던 것이다. …(중략)… 그 돈의 밑천은 장래 자기에게 행복을 가져다 주리람 보다는 몽둥이를 가져다주는 데 지나지 못하는 것 같았고 밭에다 조를 심는다는 것은 불행의 씨를 심는다는 것만 같았기 때문이다. (182쪽)

수롱이와 아다다는 <돈>에 대한 인식에 차이를 보여준다. 수롱이는 돈으로 몽매에 그리던 땅을 사려고 하고(예①), 아다다는 돈이 있기 때문에 꿈꾸어 오던 모든 행복이 깨지는 것을(예②) 느끼는 것이다. 돈 때문에 전 남편에게서 쫓겨났다고 생각하는 아다다는 수룡이도 돈이 늘어가면 돈에 눈이 어둡게 되어 정이 멀어질 것이라고 생각하기에, 돈은 미래의 불행을 의미한다. 아다다는 불행의 원인이 되는 돈을 버린다. 돈을 버렸을 때, 온갖 불행을 모두 거두어 간다고 생각하며 춤출 듯이 좋아한다. 정상적으로 언어 소통이 가능한 인물들에 비해 볼 때 벙어리이며 백치인 아다다는 정상을 벗어난 인물임에는 틀림없다. 이러한 신체적 변별자질이 다른 인물들, 전 남편, 수룡이 등이 생각하는 가치관과는 다른 이질적 간격을 보여주고 있다.

아다다는 언어 소통의 통로가 폐쇄된 단절의 공간에 위치한다. 언어의 세계는 세속적 세계이다. 세속적 삶의 방식을 지배하는 일상언어는 낡은 언어이며, 허위의 언어로서, 일반적 인간을 지배한다. 일상적 언어세계의 인물과 변별되는 아다다는 인식의 세계에서도 일탈된 인물이다. 다른 인물들은 돈을 중요한 것으로 인식했지만, 아다다에게는 불행을 의미하는 것이다. 그 것 때문에 남편으로부터 버림을 받는다고 생각한다. 이처럼 아다다의 비극은 다른 사람과는 달리 <돈>의 가치를 無에다 두는 순수함에 있다.

아다다가 '쫓겨남'은 피동적이었지만, 돈을 버리는 행위는 자기판단에 의한 선택이다. 따라서 그것은 아다다가 백치이기 때문에 무지함에서 비롯된 것이라기보다는 물질주의의 황폐함을 본능적으로 인식한 순수함에서 비롯된 행동이라고 보아야 할 것이다.[10] 수룡이와의 관계

---

10) ① 돈을 버리는 대담한 행동성, 즉 백치 아다다의 용기와 행동은 백치의 차원을 초월한 곳에서 의미가 규정되어야 하는 것이다. 아다다는 정상인들이 생각하면서도 실행에 옮기지 못하는 이상의 세계를 보여준 여인이다. 그녀는 물질 우선의 타성적 형식논리를 파괴함으로써 인간성을 옹호하는 투사(희생자)의 의미를 갖는다.
　홍태식, 『한국근대단편소설의 인물연구』(한샘, 1988), 176쪽.

에서 벙어리라는 신체적 결손자질로 인해서 그로부터 버림받는 것이
아니라, 버림받지 않기 위하여 돈을 버렸는데, 오히려 그것 때문에 그
에게 발길로 채인 아다다는 굴러 떨어져 마침내 바닷물 속으로 잠긴
다.[11]

아다다와 수롱이는 대립되는 가치관, 세계인식을 보여주고 있다.
아다다는 일상의 언어로 소통하는 세상에 존재하는 인물들과는 변별
되는 가치관을 보여주는 인물이다. 신체적 변별자질은 인식의 일탈을
의미하며, 아다다는 일상적 언어질서의 세계를 넘어선다. 언어의 카테
고리안에서 존재하는 자들이 인식할 수 없는 세계에 속하는 인물이
다.

여기서 아다다라는 한 인물이 서사공간에서 '말해지는 것'과 '의미
되는 것'의 차이를 발견하게 된다. 아다다는 신체적 결손으로 인해
'집밖'으로 던져진 존재로서 삶의 터전을 잃어 버렸을 뿐만 아니라
인간의 존엄성마저도 빼앗긴 자이다. 집은 우리들의 '최초의 세계이
며 우주'인데, 어머니에 의해 최초의 집으로부터 쫓겨난다. 아다다는
지상(일상적 俗의 세계)에서는 존재할 수 없는 자이다. 바다 물에 잠

---

② 삶 그 자체를 사랑하고 재산에의 갈망보다는 사랑에서 삶의 행복을 확인
하여 신체상의 이상성을 지니고 있는 여자가 제시되고 있다. 특히 바보일
뿐 아니라 언어장애자로서의 벙어리와 같은 비정상적인 인물을 형상화하여
그러한 열등한 바보 마스크를 통해서 오히려 인간다운 진실성과 삶의 존재
양식을 아이로니칼하게 드러내는 것에 역점을 두고 있다.
    이재선, 『한국 현대 소설사』(홍성사, 1979), 446쪽.

11)   선택축

아다다는 어머니에 의해서   집에서   쫓겨난다.
아다다는 남편에 의해서   시집에서   쫓겨난다.
아다다는 수롱이에 의해서   지상에서   쫓겨난다.

                          결합축

김으로서 하강12)은 <영원한 집>으로 귀환을 의미한다. '영원히 잠든
아다다'가 사라진 빈 공간을 '날개치는 소리'로 채우는 침묵의 '이중
기호'13)가 발생하면서, 아다다의 결손된 신체가 확장되고 있는 것이
다. 말을 하지 못하는 벙어리이며 죽은 아다다는 지상에서 쫓겨나는
백치이지만, 물질적인 가치보다는 진실의 가치를 아는 자이므로 가치
의 전도화를 보여주는 아이러니의 인물이다. 신체적 결손자와 정상인
의 대립에서 정상인들의 삶에서는 발견할 수 없는, 잃어버린 순수성
을 발견하게 하는 인물이 바로 아다다인 것이다.

「벙어리 삼룡이」

「벙어리 삼룡이」는 '나'라는 서술자로부터 이야기되지만 중심인물
은 삼룡이라는 이름의 벙어리 하인이다. 동네 사람들은 삼룡이를 삼
룡이라는 이름으로 부르는 법이 없이 <벙어리> 또는 <앵모>라고 불
렀다. 그리고 주인인 오생원에 대해서는 언제나 감투를 쓰고 다니므
로 오생원 또는 양반이라고 불렀다. 삼룡이는 신체적 결손으로 인하
여 이름이 변질되어 격하되고, 오생원은 자신의 지체보다 격상되어
불려진다. 이 두 인물은 이름 뿐 아니라 외형의 신체적 묘사에서도
대립되는 형상을 하고 있다.

르네 웰렉과 오스틴 웨렌은, 육체적인 외양을 상세하게 묘사하거나
또는 도덕적·심리적 특성을 분석하는 방법으로 주요인물을 소개14)
한다고 했다. 이 텍스트에서 서술자는 인물을 소개하는 방식으로서
처음의 두 인물 즉 오생원과 삼룡이는 주로 신체적 묘사를 통해 소개

12) 가스통·바슐라르, 『공간의 시학』, 곽광수 옮김(민음사, 1990), 115쪽.
13) 미카엘 리파떼르, 『시의 기호학』, 유재천 옮김(민음사, 1989), 97쪽.
14) Rene Welleck and Austin Warren(1949), 『Theory of Literature』 (Penguin Books). p.219.

하고, 뒤에 나오는 주인집 아들과 새색시는 도덕적 자질을 통해 성격
화하고 있다.

> 키가 크지 못하여 땅딸보로 되었고 고개가 빼지 못하여 몸뚱이
> 에 대강이를 갖다가 붙인 것 같다. 거기다가 얼굴이 몹시 얽고 입
> 이 크다. 머리는 전에 새꼬랑지 같은 것을 주인의 명령으로 깎기
> 는 깎았으나 불밤송이 모양으로 언제든지 푸하고 일어섰다. 그래
> 걸어다니는 것을 보면 마치 옴뚜꺼비가 서서 다니는 것 같이 숨
> 차 보이고 더디어 보인다.15)

삼룡이는 벙어리이면서 동시에 기괴한 형상을 한 인물이다. 몸은
왜소하고 움츠려 하나의 덩어리처럼 보이게 묘사되고 있다. 땅딸보,
몸뚱이, 대강이 등의 언표가 시사하는 바처럼 그의 신체는 외형적 모
습으로 인간적 위계까지도 비하되어 있다. 인물의 희화화는 '어떤 특
징이나 특별한 면모를 익살스럽게 과장한'16) 것으로 삼룡이는 '옴두
꺼비가 서서 다니는'것 같다고 비정상적 모습으로 서술된다. 따라서
삼룡이는 인간적 모습이 아닌 동물적 형상을 지닌 인물이 된다. 이러
한 기괴한 형상은 '낯설게하기'의 장치로서, 일상적·정상적 인물과
변별된다. 그리고 또한 그것은 '그는 주인의 집을 버릴 줄 모르는 개
모양으로 자기가 있어야 할 곳은 여기밖에 없다'라는 생각으로 드러
난다. 삼룡이는 벙어리인데 반하여, 오생원은 여름의 매미소리 같이
저르렁저르렁한 목소리를 지니고 있다. 삼룡이 얼굴은 몹시 얽고 입
이 크며 대강이를 갖다 붙인 것 같이 목이 없다. 그러나 오생원은 얼
굴이 동탕하고, '마치 여름에 버드나무에 앉아서 길게 목 늘여 우는
매미소리 같이'라는 진술에서 느낄 수 있는 바처럼, 고상함의 효과를

---

15) 나도향(1927), '벙어키 삼룡이', 『신한국문학전집』(어문각, 1971), 53쪽.
16) 필립 톰슨(1972) 『그로테스크』 김영무역(서울대학 출판부, 1986), 53쪽.

주고 있다.

오생원의 '고상함'과 대비되는 삼룡이의 그로테스크한 형상은 웃음
을 자아낸다. 이러한 모습은 그에게 근본적으로 정직하고 충직한 것
에 어울리는 순진스러운 외모를 나타내며 대부분 이런 모습의 인간은
복잡한(complexity) 성격의 결여를 의미한다.[17] 삼룡이는 무지할 정도
로 순진하며 충성스러우며, 부지런한 인물로 그려졌다. 두 인물에서
대립되는 인물묘사는 외형에서 산출되는 신분적 위치와 텍스트 내에
서의 인간관계의 위치를 형상화한 것이라 볼 수 있다.

삼룡이의 얼굴이 '몹시 얽고 추하다'와 '옴두꺼비 같다'는 외모로
미루어 보면 오생원과 대립된 형상이지만, 삼룡이가 벙어리라는 신체
적 결손의 '-'징표는 주인아들과의 관계에, 또 텍스트의 전체구조에
관여하게 된다.

> 이 집에는 삼대독자로 내려오는 그 집 아들이 있다. 나이는 열
> 일곱 살이나 아직 열네살도 되어 보이지 않고 너무 귀엽게 기르
> 기 때문에 누구에게든지 버릇이 없고 어리광을 부리며 사람에게
> 나 짐승에게 잔인 포악한 짓을 많이 한다. (53쪽)

주인아들은 잔인 포학한 짓을 하며, '벙어리를 사람으로 알지도 않
는다'는 서술은 도덕적 특성에 의해 인물을 소개하는 방법을 취하고
있다. 주인아들과 삼룡이의 관계에서 삼룡이의 '벙어리'라는 징표는
주인아들의 잔인 포학한 성격에 중요한 요소로 관여되고 있다.

주인 아들은 ① 말 못하는 벙어리라고 오가며 주먹으로 허구리를
지르고 발길로 엉덩이를 친다. 그리고 ② 낮잠 자는 벙어리 입에다
똥을 먹인 때도 있었고, 자는 벙어리의 두 팔다리를 살며시 동여매고
손가락과 발가락 사이에 화승불을 붙여놓고 죽으려는 사람처럼 괴로

---

17) HILL. Nancy K.(1981) A Reformer's Art(Athens: Ohio University Press), p.102

위하는 것을 보고 기뻐하기도 하였다. 그러나 삼룡이의 반응은 주인 아들을 원망하기보다도 자기가 병신인 것을 원망하였으며, 주인아들 을 저주하기에 앞서 차라리, 이 세상을 저주하였다.

몸은 사람됨의 상황을 표현하는 상징이다. 몸은 세계를 향해 열려 있고 또한 그것을 매개로 타인과 주변 세계와의 상호관계의 장을 열 며 이를 통해서 비로소 인간이 자기 자신으로 설 수 있음을 보여준 다.[18] 그러나 삼룡이는 벙어리라는 신체적 결손자질로 인하여 자신의 육체를 학대당하여도 항거도 하지 못하는 인물이다. 괴롭히는 주인아 들을 충견처럼 보호해 주고, 노예가 되는 것을 천직으로 알고있으며, 이 집에서 살다가 이 집에서 죽는 것이 자기 운명인 것으로 알고 있 다. 그러나 자신이 병신이기 때문에 모든 것을 운명으로 받아들이는 그의 태도가 '선함'을 나타내는 지표[19]일 수는 없다. 힘이나 지성에 있어서 우리들보다 뛰어나지 못하므로 우리가 굴욕·좌절·부조리의 장면을 경멸의 눈으로 내려다보고 있는 듯한 느낌을 그의 행위를 통 해 받게 될 때 이 주인공은 '아이로니 모드'에 속하게 된다고[20] 노드 롭 프라이는 말하고 있다. 삼룡이의 옴두꺼비같은 형상과 벙어리라는 신체적 결손자질이 바로 그의 행동과 생각을 지배하고 있으므로 '아 이로닉 유형'의 인물이라 할 수 있다. 삼룡이는 서술되는 주체가 아니 고 '대상'[21]이며 이름으로 불려지는 것이 아니라 '벙어리' '앵모'로 지 칭[22]됨으로써 신체적 징표가 강조되고 있다.

---

18) C.A. 반퍼슨(1978), 『몸·영혼·정신』 손봉호, 강연안 옮김(서광사, 1985), 129쪽.

19) 작자는 삼룡이와 상반된 인물로서 주인의 삼대독자를 등장시켜 갖은 나쁜 짓을 하게 한다. 그럼으로써 삼룡이를 선인역으로 그려놓고 있다.
정창범, 『작중인물의 심층분석』(평민사, 1978), 68쪽.

20) Northrop Frye(1971), 『Anatomy of Criticism』(New Jersey: Princeton University) p.34.

21) 김상태, 『언어와 문학세계』(이우출판사, 1989), 330쪽.

22) 이름 붙이기는 성격화의 한 방법이다. 명명하기(appellation)는 일종의 생생

　　속으로, 나는 <벙어리>다. 자기가 생각할 때 그는 몹시 원통함
을 느끼는 동시에 나는 말하는 사람들과 똑같은 자유와 똑같은
권리가 없는 줄 알았다. (56쪽)

　'주인아들/하인', '정상적인 신체/비정상적 신체'의 관계에서 신체적
결손자인 자신의 운명은 다른 사람의 운명과 다르다는 신체의식을 보
여준다. 이러한 운명 인식에 혼란을 가져온 것은 주인아들의 새색시
때문이다. 그 이전에는 삼룡이의 갈등은 나타나지 않는다.

　　그렇게 예쁘고 유순하고 그렇게 얌전한 벙어리의 눈으로 보아
서는 감히 손도 대지 못할 만치 선녀 같은 색시를 때리는 것은
자기의 생각으로는 도저히 풀 수 없는 의심이다. 보기에도 황홀하
고 건드리기도 황송할 만치 숭고한 여자를 그렇게 하대한다는 것
은 너무나 세상에 있지 못할 일이다. 자기는 주인 새서방에게 개
나 돼지 같이 얻어맞는 것이 마땅한 이상으로 마땅하지마는 선녀
와 짐승의 차가 있는 색시와 자기가 똑같이 얻어맞는 것은 너무
무서운 일이다. (56쪽)

　삼룡이의 옴뚜껍이 같은 외모는 오생원의 고상함과 대조되어 나타
난다. 그러나 이 외적 지표는 새색시의 선녀 같은 모습과 대조되는
장치로서 더 의미를 지닌다.

	A	B	B′
삼룡이 새색시	벙어리 = 개나 돼지 예쁘다 = 선녀	얻어 맞다 얻어 맞지 않는다	얻어맞는다 <-->얻어맞는다

하게 만들기, 영혼을 부여하기, 개성화하기이다. Rene Wellek and Austin
Warren (1949), 앞책, 219쪽.

삼룡이는 A항의 지표들은 B항이라고 생각했는데, 현실에서는 B'항
으로 나타난다. 그래서 삼룡이는 '어린 주인이 천벌이나 받지 않을까
두렵기까지'하다. 하늘의 '달·별·선녀'와 같은 새색시와 '짐승'인
'개·돼지'23)와 같은 삼룡이는 숭고함과 그로테스크함으로 대조되는
양상을 보여준다. 이렇게 신체적으로 대립관계에 있는데, 주인아들에
의해서 현실에서는 같은 층위에 있게 되면서 삼룡이는 세계관의 혼
란을 보이게 된다. 삼룡이의 세계관의 차별의식이 무너지고 있다. 주
인아들과 삼룡이는 <주/종>, <상/하>의 수직관계에 있다. 새색시는 주
인아들의 층위에 있어야 하며, '하늘에 올라가면 달이 되고 별이될
것'같은 선녀이므로, 천상계 존재로서 상위공간에 위치해야만 한다고
생각했다. 이러한 삼룡이의 변별적 질서체계에서 새색시 층위가 주인
아들에 의해서 파괴되고 있다. 미적 범주에서 숭고함과 그로테스크함
은 양극적 관계이며 수직적 관계이다. <미/추>이며 <별·선녀/개 옴
두껍이·벙어리>의 대립되는 양상이 수평적 관계로 전환되는 미의
전도 양상을 보여준다.

---

23) ① 주인집을 버릴 줄 모르는 개모양으로
    ② 황소같이 날뛰면서 주인을 위해 싸웠다.
    ③ 벙어리는 얻어맞으면서도 기어드는 충견모양으로
    ④ 한 개의 기계와 같이 이 집에 노예가 되어
    ⑤ 자기는 새서방에게 개나 돼지같이 얻어맞는 것이
    ⑥ 벙어리는 마치 개가 마음대로 출입할 수 있는 것 같이
    ⑦ 벙어리는 죽은 개 모양으로 끄을려 나갔다.
      이와 같이 삼룡이는 개, 돼지 등의 짐승으로 반복되어 비유된다. '동물
      종류'는 하강의 주제에서 변형의 유형(pattern ot metamorphosis)으로 나
      타난다. 특히 개는 하위 세계의 상징이다. 이와 유사한 구조적 유형의
      인간은 때때로 벙어리이거나 발음이 똑똑하지 못하다. 동물과 동일한
      세계에 인간을 위치시키는 것은 혼돈과 무질서를 의미하는 것이다.
      Northrop Frye (1976). 『The Secular Scripture』 (Harvard University press),
        p.115.

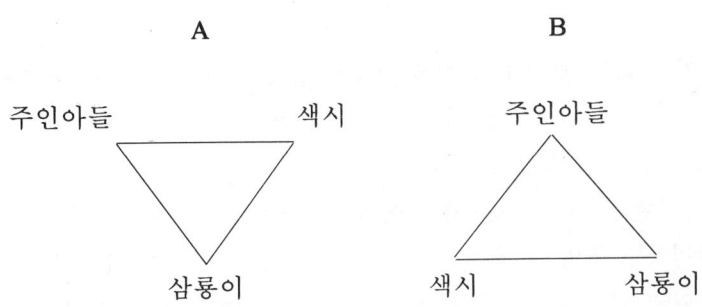

A가 B의 구조로 전도되면서, <주인아들·색시/삼룡이>는 <주인아들/색시·삼룡이>의 관계가 된다. 세 인물의 관계는 삼각구조를 형성한다. '벙어리의 충성된 마음이 고마와서 쓰던 비단 헝겊조각으로 부시쌈지'를 만들어 준 것을 주인아들에게 들키게 되어 새색시는 피가 맺히도록 얻어맞는다. 삼룡이는 자신에게 가해지는 학대는 참을 수 있어도 선녀와 같은 새색시에 대한 학대는 참을 수 없는 '의분의 마음'을 느끼게 되어 '주인아들/색시'의 관계에 개입하게 되는 것이다. 이로 인해 삼룡이는 개처럼 자유롭게 출입하던 안방에 들어가지 못하게 된다. 그러나 아씨를 보호하려는 마음에서 '한 번이라도 아씨를 뵈올 수가 있다면 자기의 목숨이라도 바꿀 수 있을 것'이라는 생각을 하게 된다. 그리하여 '정욕을 가진 사람인 벙어리도', '그의 피가 더욱 뜨거웠을지도 모른다', '그것을 폭발시킬 조건을 받기 어려웠으며'로 서술되었던 삼룡이에게 신체적 결손으로 억압되었던 감정의 '휴화산'이 폭발하는 동기가 마련된다.

신체적인 '─'징표가 삼룡이의 환경 뿐 아니라 내적 감정의 세계까지도 지배하던 상황에서, 주인아들에 의한 출입금지의 명령은 오히려 삼룡이에게는 억압되어 있던 감정의 세계를 발견하는 길이 된다. 삼룡이는 환경적·신체적 상황에서 벗어나려 하지만 결국 그것으로부터 벗어날 수 없는 상황이다. 결정론적 세계 안에서의 자기초월을 억제 당하고 마는 비극적인 인간이다. 삼룡이의 연모의 감정은 출구가 없고, 길이 없는 것이다. 이렇게 연모의 감정을 품고 아씨 곁을 맴돌던 어느 날, 명주 수건으로 목을 매고 죽으려는 주인 아씨를 구한다. 아씨를 안고 있는 것을 들키고, 오히려 삼룡이는 오해를 받게 된다. '집안이 망했군', '어디 사내가 없어서 벙어리를'하고 수근거리는 소리는 삼룡이라는 몸의 주체는 소외되고, 몸의 징표만 부각되는 진술이다. 삼룡이는 쇠줄 몽둥이로 문초를 당하고, 새서방에 의해 오생원 집으로부터 추방당한다. 말할 수 있는 사람과 '똑같은 자유와 똑같은 권리가 없다'고 벙어리 삼룡이는 세계를 차별적으로 인식하고 있었다. 이러한 생각은 선녀 같은 새색시가 매개가 되어 변하게 되고, 결국 '비로소 믿고 바라던 모든 것이 자기의 원수란 것을 알게되는' 것이다. <말하지 못하는/말하는 사람>의 변별적 구조는 새색시에 의해 그 경계가 무너졌다가 다시 더 확고하게 변별되는 대립구조를 보인다.

삼룡이는 말을 하지 못한다는 결함 때문에 차별된 세계로 소외당할 뿐 아니라, 새서방에게 추방당한다. 의미전달이 차단된 상황에서 필연적 행위로 나타난다. 오생원 집에 불을 지르고, 불길 속에서 살려달라는 새서방을 뿌리치는 것은 말 못하는 자의 강력한 의사표현이며. 파괴적인 행위로 연출된다.

> 그는 색시를 안았다. 그리고는 길을 찾았다. 그러나 갈 곳이 없다. 그는 하는 수 없이 지붕으로 올라갔다. 그는 비로소 자기의 몸이 자유롭지 못한 것을 알았다. 색시를 자기 가슴에 안았을 때 그는 이제 처음으로 살아난 듯하였다. (58쪽)

불에 타 죽는 순간 <처음으로 살아난듯>한 '행복한 웃음'은 곧 <출입할 수 없는 문>을 죽음에 의해서만 넘어갈 수 있음을 의미한다.

벙어리라는 신체적 변별자질로 인해 개같은 삶을 살았으며, 자신의 본래의 이름을 상실한 죽음 같은 삶이었기에, 죽는 순간 처음으로 살아나는 행복한 웃음을 웃는다. 이 때 비로소 삼룡이는 여러 겹의 출입할 수 없는 문을 넘어서는 것이다. 새색시(=선녀)를 매체로, 차별세계로부터 벗어나 자신의 새로운 삶을 향해 해방되는, '−' 징표로부터의 탈출이 이루어진다.

삼룡이는 자신의 진실을 전할 능력이 없어 이웃으로부터 소외되고 일탈되어야 하는, 인간으로서의 존엄성과 진실성을 박탈당한 인물이다. 죽음으로써만이 지금까지 자신을 구속하던 육체적·현세적 감옥24)으로부터 벗어나 자유로울 수 있는 것이다.

「백치 아다다」에서 아다다는 벙어리이며 백치, 「벙어리 삼룡이」에서 삼룡이는 벙어리이며 추남이다. 벙어리라는 신체적 결손자질을 지닌 아다다와 삼룡이는 다른 인물과의 관계에서 인간적인 예우를 받지 못하고 있다.

첫째, 이름에서 나타난다. 확실이가 아닌 아다다로, 삼룡이가 아닌 벙어리로 집안식구와 다른 사람들이 부른다. 신체적 결손 징표가 이름으로 지칭되어 제유적 관계를 지니면서, 한 인물의 존엄성은 상실된다.

둘째로, 아다다는 동이를 깨뜨렸을 때 동이보다 못한 존재로 인식되며, 또 결혼은 새로운 인생의 출발임에도 불구하고, 똥치우 듯이 치워지는 더러운 존재이다. 삼룡이는 주인아들에 의해서 개같은 존재가 된다. 인간과 동물을 유별하는 언어 구사능력을 갖지 못한 삼룡이는 개처럼 얻어 맞으면서, 개처럼 충성스러운 노예이다.

---

24) 황패강, 『한국문학과 원형』(단구대출판부, 1988), 192쪽.
   궁극적으로 인간은 그들의 비상(자유)을 막던 육체라는 현세적 감옥을 벗어나 영원한 그들의 고향[靈世界]으로 돌아가는 것으로 죽음을 생각했다.

이렇게 정상적이지 못한 아다다와 삼룡이는 쫓겨나는 신세가 된다. 아다다는 가장 친밀하며 화해로워야 할 어머니로부터 쫓겨나며, 전 남편으로부터 '완전한 아내'가 되지 못하여 쫓겨나며, 수룡이에게는 물 속으로 던져진다.

삼룡이는 자신의 뜻을 전달하지 못하는 의사소통이 차단된 상황에서 쫓겨나며, 새색시를 가슴에 안은 채 불에 타는 순간 새로 태어나는 기쁨을 얻는다.

아다다와 삼룡이 두 인물은 벙어리라는 신체적 결손으로 인해 타인들과의 관계망에서 자신을 이해시킬 수 없었기에 좌절되는 즉 쫓겨나는 존재이다. 그러나 타인들과 단절된 관계 속에서 오히려 순수성을 지닌 인물들이다. 그러므로 결말에서, 순수함을 지진 아다다는 물질주의적 가치관을 이해할 수 없으며 결국 물속으로 빠지는 하강적 주제를 표출한다. 삼룡이는 하강된 자신의 존재에 반항하는 내적의지 (immanent will)를 보여준다. 이들은 죽음으로서만이 그 징표를 벗어날 수 있는 것이다. 벙어리라는 결손 징표는 단지 말을 하지 못한다는 이유만으로 정상인들에게 바보로 보이는 열등인으로 비하되지만, 그들은 정상인보다 더 순수하며 인간다운 진실된 세계를 지닌 삶의 양식을 보여줌으로서 현실적 층위에서는 '-'좌표에 위치하지만, 존재론적 층위에서는 '+' 좌표에 존재한다.

2. 어둠 속 보기: 장님

'눈'은 외계의 사물을 인식하는 접합지점이다. 신체공간에서 '눈'은 우주공간에서 '태양'에 비유되고 있다. 눈뜬 자는 태양의 빛에 의존하여 사물을 감지하므로 어둠 속에서는 세상을 볼 수 없다. 그러나 눈이 보이지 않는 자는 빛에 의존하는 것이 아니라 자기 자신에 의존하여 세상을 감지한다.

「대한매일신보」(1905년)에 연재된 순국문 소설 「쇼경과 안즘방이 문답」에서는 복술을 하는 장님과 망건 일을 하는 앉은뱅이의 대화를 통해 당시대의 정치·사회·경제의 모순되고 부조리한 현실을 폭로하고 있다. 시대적 현실상황을 '보지 못하는'소경이지만, 현실의 불합리한 사회질서를 '통찰'하는 비판의식을 지니고 있다. 이렇게 문학 속의 '눈먼'자들은 '통찰'의 문제에서 표리되는 관점으로 그려지고 있다. '눈은 내부세계의 진실에로 열리기 위하여 외부세계에 대해서는 감겨지며 신의 깨달음에 빛을 받게되는 것이다.'25) 이와 같이 눈은 외부세계와 내부세계를 연결해 주는 문이다. <눈멂>은 외부세계와는 단절되지만, 내부세계로는 심화되는 것으로 해석된다.

「오디프스 대왕」에서 오이디프스는 진실에 도달하기 위하여, 또는 인지하는 순간에, 장님이 되어야 하는 '눈먼 知者'가 되는 것이다. 프로이드적 독법에서는 '눈멂'은 '거세와 신체훼손이라는 자기 징계의 결과 기호로 간주한다.'26) '눈은 욕망이 위협받는 것을 목격하고 그런 발견의 주역일 뿐 아니라 그 자체가 욕망 충족의 일부인 인식 기관이기에 특별한 의미'27)를 지닌다. 그러므로 눈의 상실은 자아 이미지의 분열과 그에 따른 주체성의 상실을 의미하는 은유라 할 수 있다. 결국 「오이디프스 대왕」과 「파우스트」는 눈먼 지자가 되어 가는 이야기인 반면, 「심청전」은 눈을 뜨는 이야기이며, 「광화사」는 눈을 그리려고 하는 보는 자의 이야기이다. 현세적·가시적 세계에 집착할 때 눈먼 자가 되며, 보이지 않는 것을 볼 수 있을 때 눈뜬 자일 수 있는 것이다.28) 눈은 외

---

25) 아지자, 올리비에라, 스크트릭 공저, 『문학의 상징 주제 사전』 장영수 옮김 (청하, 1989), 260쪽.
26) 질베르 뒤랑 『상징적 상상력』, 진형준 역(문학과 지성사, 1983), 122쪽.
27) 엘리자베드 라이트 『정신분석비평』, 권택영 역(문예출판사, 1989), 197쪽.
28) 한혜선, '눈먼 사람과 눈뜬 사람', 『화랑』, 1983, 49쪽.

부의 사실을 내부의 세계로 이행하는 신체적 매체이다.

그러므로 <눈>은 일차적 기호의미에서는 '볼 수 있다/볼 수 없다'로 가르므로 '장님'은 곧 '보는 기능'이 결손 된 지표를 나타내는 것이다. 그러나 심층적인 해석으로는 이러한 관계가 전도되어 '볼 수 있다'는 세상살이에 밝아 탐욕에 어둡다, '볼 수 없다'는 세상의 탐욕을 보지 못하므로 깨끗하다고 해석될 수도 있다.

「오몽녀」에 나오는 점쟁이 장님 지참봉, 「실명」의 맹아학교 원아인 원칠이는 보이지 않는 세계에 속하는 인물이다. 「오몽녀」와 「실명」에서는 '장님'이란 징표가 어떻게 의미되고 있는가? 여기서는 '눈멂'과 '인식'의 문제를 조명해보려 한다.

「오몽녀」

텍스트의 제목이 「오몽녀」이고 텍스트를 채색하는 인물이 오몽녀이지만, 서사는 지참봉에서 시작된다. '장님'이라는 신체적 변별자질을 지닌 지참봉은 오몽녀와 성격화의 대립을 보이는데, '눈먼'장님이라는 '-' 징표가 관여하게 된다. 지참봉은 식구가 오몽녀 하나 뿐이다. 총각으로 늙은 지참봉이 점치러 다닐 때 '아홉 살된 오몽녀를 길잡이로 사오다 → 딸같이 길러오다'에서 → 지금은 부부같이 생활하는 사이로 변했다. 두 인물의 외모를 비교해 보면,

지참봉	오몽녀
사십이 넘다	갓스물
아버지뻘 되는 늙은 소경	꽃 같은 젊은 계집
북어처럼 말랐다	살이 오르고 동그스름한 얼굴
두눈이 궤엥하다	혈색 좋은 뺨
풋고추만한 상투	복성스러운 일색이다
	꼬리치기에 넉넉하다

이와 같이 지참봉과 오몽녀는 어울리는 짝이 아니다. '남들이 딸인 줄 안다/ 부부 같은 생활을 한다'에서 겉과 속이 괴리되는 관계를 보인다. 지참봉의 외모는 오몽녀와 대조되면서 '겉'의 관계에 관여하지만, '장님'이라는 '－' 징표는 '속'의 관계에 관여하는 자질이 된다.

지참봉은 오몽녀를 사랑한다 지참봉은 먹지 못한다 지참봉은 오몽녀를 믿는다	오몽녀는 늙은 소경이라 불만이다 오몽녀는 저만 집어 먹는다 오몽녀는 눈먼 남편을 속인다

위와 같이 외적으로 볼 때, <장님>이란 징표로 지참봉이 '－'적 자질의 인물이고, 오몽녀는 '＋'적 자질의 인물이지만, 내적인 인간관계에서 오몽녀는 '－'적 자질을 지닌 인물임을 알 수 있다. 오몽녀는 눈먼 남편을 속이는 버릇에서 다른 사람들까지 속이고, 다른 사람의 물건도 훔치는 행위로 발전한다.

> 그 배에는 다음날 아침에 팔 것들이 남아 있고 금돌이는 다 팔고 나오느라면 늘 밤이 으슥했다. 오몽녀는 늘 이틈을 타서 생선과 백합을 훔쳐들였다.[29]

금돌이는 생선을 훔치는 자가 일색인 오몽녀인 것을 알고, 배를 물 위로 띄운다. 이때, 금돌이가 지참봉으로부터 오몽녀를 훔쳐오는 관계가 이루어진다. A항에서 B으로 발전한다.

---

29) 이태준(1925), 『이태준 전집』 1권(서음출판사, 1989), 17쪽.

오몽녀는	(속이다) → 지참봉	A항
	(훔치다) → 금돌이	
오몽녀	(속이다) → 지참봉	B항
금돌이	(훔치다) → 지참봉	

　오몽녀는 눈먼 지참봉을 계속 속이고 지참봉의 돈을 훔쳐 술을 사 가지고, 매일 밤 금돌이에게 가게 된다. 지참봉은 눈먼 자이기에 '속이다, 훔치다'의 관계에 놓이게 되고, 금돌이는 눈뜬 자이기에 오몽녀가 '훔치'는 것에서 벗어나 오히려 지참봉으로부터 오몽녀를 훔칠 수 있게 된다. 이 관계에서 지참봉의 신체적 결손요소는 '-' 징표로 작용하고 있으며, 금돌이는 눈뜬 자이며 젊은 총각이라는 차이성 때문에 텍스트 내에서 지참봉과 남순사에게 들키지 않고 숨겨진 자로 남게 된다.

　지참봉·오몽녀·금돌이·남순사 등 네 인물은 서로 속이고 속는 관계가 된다. 그러나 지참봉만이 텍스트 전 구조에서 속는 자의 역할에서 벗어나지 못한다. 금돌이가 속는 자로 등장하여 나중에는 속이는 자로 바뀌고, 반대로 남순사는 속이는 자로 시작하여 속는 자로 바뀐다. 남순사는 지참봉네가 객보를 하지 않았다는 것을 빌미로 오몽녀를 숙직실에 가두고, 계책을 써서 오몽녀와 관계를 한다. 남순사와 오몽녀는 처음에는 지참봉과 금돌이를 속일 수 있었다. 남순사가 지참봉을 속인 깃은 맷돌 위에 놓인 신발 때문에 들키고, 지참봉에게 돈을 주고 해결한 후에는 드러난 관계를 계속한다. 남순사와 금돌이의 관계에서는 숙직실에서 나오는 오몽녀를 금돌이가 발견함으로써 오히려 오몽녀를 데리고 무인도로 도망가는 결과로 발전한다. 오몽녀가 없어지자 지참봉은 '이 칼로 네죽구 내죽구'하자며 남순사에게 달려든다. 거꾸로 지참봉은 남순사에게 죽임을 당하는 비극적 인물[30]이 된다. 남순사는 없어진 오몽녀를 찾아서 이 기회에 아주 자기 것으로 하려는 욕심에서 '아내가 도망가자, 늙은 장님이 자살한 것'으로 꾸민다. 지참봉은, 다른 사람의 점을 쳐주는 사람이면서도 반대로 자신의 운명은 알 수 없는 '장님'인 것이다. 따라서, 여기에서의 신체적 징표는 자기를 모르는 자, '인식의 결여'를 의미하고 있다. 크리스테바는. '오이디프스 대왕이 인식과 욕망 사이에서 눈을 찔렀다'고 했다. 지참봉은 자기인식을 못하는 인물이며 욕망 때문에 죽었다. '누구나 오몽녀를 지참봉의 딸인 줄 안다'와 '지참봉과 오몽녀는 부부와 같은 생활을 해온다'에서 전자가 '자연스러움'이라면, 후자는 '부자연스러움'이라고 할 수 있다. 딸인 것이 자연의 체계에 속하는 것이기에, 지참봉은 부자연의 층위에 속하는 인물로서 자연의 리듬에 역행하는 인물이다. 금돌이는 오몽녀에 어울리는 짝으로서 자연의 체계에 속하기 때문에 보지 못하는 자인 지참봉을 속이는 자가 될 수 있는 것이다. 지참봉의 장님이라는 신체적 징표는 자연의 리듬에 따르지 않고, 욕망과 현실에 눈먼 자를 의미한다. 남순사는 장님은 아니지만, 오몽녀를 탐하며 살인까지 하는 욕망에 어두운 자로서 지참봉과 동류항에 속한다. 남순사는 다시 나타난 오몽녀를 위협하여 첩이 되게 하지만, 오히려 오몽녀는 남순사가 사준 모든 집기를 가지고 금돌이와 도망간

---

30) <하마르티아>란 말은 궁술용어에서 유래한 것으로 어원적 의미는 표적을 맞추지 못했음(a missing of the mark)을 의미한다. 이 단어는 표적을 맞추지 못한 이유를 설명해 줄 정확한 역학의 문제를 미결인 채 남겨둔다. 즉 이 말은 어떻게 하여 활량[궁술가]이 표적을 맞추지 못했는지는 우리에게 말해 주지 않는다. 그러나 우리는 자동적으로 그가 그의 점수에 책임이 있다고 간주한다. 가장 우수한 활량은 표적을 맞춘다. 그러므로 그의 하마르티아에 의해 비극적인 인물은 자기 자신의 몰락에 책임이 있다.
C, 카아터 콜웰, 『문학개론』, 이재호·이명섭 역(을유문화사, 1973), 34쪽.

다.

'속이는 자 : 속는자', '젊음 : 늙음'이 대립구조를 이룬다. 지참봉과 남순사는 욕망에 어두워 자연스러움에 벗어났기 때문에 속임을 당하게 된다. 그러나 특히 지참봉의 경우는 죽임을 당하고 있다는 점에서 남순사와 구별된다. 여기서 지참봉은 자신을 볼 수 없으며, 전존재가 보이지 않는 암흑의 세계에 존재한다. <장님>이라는 징표는 남성적 기능과 권위의 약화, 판단 능력의 상실에 대한 은유이다. 자신을 알지 못하는 자이기에 자기초월(self-transcendent)과 자기제어(self-control)가 결여되어 있다. 그러므로 자기 인식의 결여는 죽음에 이르게 된다는 것을 의미하고 있다.

「실명」

원칠이는 맹아다.

'하늘 밑에 살면서 하늘이 높은 것을 볼 수 없'다는 진술은 그가 세계 인식하는 기능이 상실되어 있음을 시사한다. 장님은 시각적 기능에서 결손(훼손)된 자이다. 땅이 높고 하늘이 푸르고 해·달·별·산·나무·바닷가가 존재하지만, 그 존재하는 것들을 볼 수가 없다. 외부세계에 존재하는 자연물이 원칠이의 세계에서는 지각되지 않는다. 외부세계는 원칠이에게 있어서 수수께끼일 뿐이다. '보인다/보이지 않는다'의 대립체계에서 광명의 기쁨을 박탈당한 암흑세계에 존재한다. 그러므로 자연의 사물들을 볼 수 없다는 것이 원칠이에게 고통의 근원이 된다. 차라리 벙어리나, 꼽추, 앉은뱅이, 조막손이로 태어난 것이 '쇠경'인 것보다 낫다고 생각한다. 같은 세계에 존재하면서, 다른 사람들이나 다른 신체적 결손자들은 보고 있음에도 불구하고 자신은 보지 못한다는 고통이 역으로 원칠이의 내부세계를 확장시키고 있다.

외부세계에는 자연물이 존재하는데 원칠이의 세계에서는 존재할 수 없다는 사실이, 텍스트내에서 어떤 관계로 나타나며 텍스트의 결미에서 어떤 변화를 보여주고 있는가.

원칠이와 아버지·어머니의 관계를 보면. 원칠이는 비정상적 관계에서 태어났다. 아버지는 매독을 앓는 방탕한 주인이었고 어머니는 식모였다. 원칠이는 자연스런 관계에서 출생한 것이 아니므로 자신을 죄악의 씨라고 생각한다. 원칠이 주위의 어른들은 아름다운 세계를 보여주지 못한다. 아버지는 밝음의 세계에 존재하지만 어둠을 지닌 자이다. 아버지 뿐 아니라, 맹아학교의 박선생과 원장 선생님도 원칠과 대조되는 상이한 세계에 존재한다는 사실이 드러난다. 원칠이는 빛이 없고 '볼 수 없는 세계 (−)'에 있지만, 다른 인물들은 빛이 있고 자연을 볼 수 있는 세계(+)에 살고 있다 그러나 텍스트를 읽어보면 이 세계는 전환되어 나타난다. 이러한 전도의 공간으로 맹아학교와 병원이 마련된다

> ① 아니다 나도 인생이 아니냐, 비록 시각은 없을지언정 다른 모든 생리적 조건이 어디하나 빠진 데가 있단 말인가 나도 훌륭한 인생이다. 청춘이라, 이성을 연모할 권리가 어째서 내게 없단 말인가. (중략) 다만 명희의 꾀꼬리 같은 노래 소리만을 사랑할 수는 없다. 명희의 두 뺨은 보드랍겠지.31)

> ② 「너이들 불구자들을 이렇게 한집안에다 모아놓고 기독교 자선실업회가 거액의 예산을 세워 너이들을 길르는 이유가 어디에 있는 줄 아니 웅? 자다 말구 일어나 후원 같은데 나아가 계집애 사내 만나서 못된 짓 하려고 해 논 것은 안이지?(739쪽)

예 ①에서 원칠이는 '두 눈깔도 없는 녀석'이 '계집애' 생각을 한다

---

31) 엄홍섭(1937), '실명' 『한국근대단편소설대계』(태학사, 1988), 731쪽.

는 자기비하와 '보지 못하지만' 이성을 연모할 권리가 있다고 반기를 드는 두 개의 반심리에 의한 자기 갈등을 보여준다. 그리고 예②에서는, 기다리던 명희가 나타나지 않고 원칠이는 박선생에게 들켜서 설교를 듣게 된다. 원칠이는 두 눈이 없는 자가 사랑을 생각하는 부끄러움에 갈등하면서 또 한편으로는 박선생이 강요하는 도덕성에 반발한다.

박선생은 원칠이가 맹아학교의 규칙을 지키지 않았다고 야단치며 강요하는 인물이다. 그리고 원칠이는 비록 규칙을 벗어났더라도 마음의 세계는 인정받기를 원한다. 맹아원의 규칙과 규범은 질서의 세계이며, 마음의 세계는 사랑과 혼돈의 세계이다. 박선생은 '맹아학교는 연애유희장이 아니'라며 '아무리 암흑에서 살아나가는 가엾은 인생이기로 도덕과 질서를 무시해서는 안돼, 암흑세계에도 도덕과 질서가 필요'하다며 원칠이에게 벌을 준다. 반대로 원칠이는 눈 먼자의 암흑의 세계에서 '명희는 어두운 인생을 비추는 별, 달이며 해'라고 말하며 사랑을 갈망한다. '규칙/무질서', '눈뜸/눈멂', '광명/암흑', '도덕성/부도덕'의 대립체계는 '박 선생, 교장/원칠이'의 관계로 대립되고 있다. 맹아원장과 맹아는 '교육자/ 피교육자'로 사회적 역할이 구별된다. 규칙을 강요하는 밝음의 세계의 박선생과 원장은 도덕성이 의심스러운 인격체임이 드러나게 됨에 따라 도덕성과 눈뜸의 관계는 전도된다.

> 넌 팔년전 이 맹아원에 들어올 때 일을 좀 생각해 봐. 에미애비없이 이골목 저골목 삭시를 짚이기며 이집저집으로 거지 노릇을 단이든 그 때일을 생각해 보란말야! 이제 아조 나이가 스므나살 되니까 그저 늬가 네 덕으로 자라난건만 가치 생각이 되니, 그래 기운이 발름발름하니까 겨우 소견 뚫인게 계집애 생각이냐? 응? 이 못된 놈 같으니! (765쪽)

이는 맹아학생을 선도하는 위치에 있는 교육자에 어울리지 않는 언술이다. 원장 선생님의 어긋난 언행은 우선, 겉으로는 자선을 베풀지만 속으로는 맹아를 비하하는 우월의식을 보여준다. 그리고, 원칠이가 학교규칙을 위반했으므로 퇴학시켜야 함에도 불구하고 맹아학교의 명예에 관계되는 일이라 하며 비밀에 부치고 점심을 굶기는 벌을 줌으로서 명예를 더 앞세우는 허위의식을 보여준다. 또한 앞 못 보는자의 도덕성을 질타하던 인물이 다른 여자랑 호텔에서 만날 약속을 함으로써 도덕적 이중성을 드러낸다. 그럼으로써 밝음의 세계에 사는 인물의 어둠의 일면을 폭로하고 있는 것이다.

박선생도 어긋나는 도덕성을 드러내는 인물이다. 앞에서 원칠이가 눈먼 자인 자기와 맹녀인 명희가 결혼하는 게 마땅하다고 호소했을 때, 못된 짓 한다고 야단쳤던 인물이다. 그러나 명희 어머니가 찾아왔을 때, 명희에게 약혼할 청년을 소개하겠다고 아첨하는 소리와 돈 봉투 받는 소리를 원칠이가 엿듣는다. 명희어머니도 '좀 엄하게 교육시켜 주시면 내년 졸업시켜 집 뒷방에다 처박어 두기 편하다'는 말을 내뱉을 정도로 도덕성에 어긋난 인물이다.

눈뜬 자들은 눈먼자에 대해 우월의식을 지니고 있으며, 자신의 어둔 면을 인식하지 못하는 위선적 인물들이다. '눈뜸/눈멂', '질서/무질서', '밝음/암흑', '깨끗함/더러움'의 대립체계는 전도되어, 규칙과 깨끗함을 강요하는 인물들이 더 더럽고 부정적인 면을 은폐하고 있음이, 원칠이의 청각을 통해서 전달된다.

원칠이는 신체적 결손으로 인해 자연의 아름다움을 보지 못한다. 빛이 없는 어둠의 세계에 존재하지만 그래도 그에게는 아름다움을 보고자 하는 순수함이 있고, 눈뜬 자들이 알 수 없는 마음의 세계가 있다. 원칠이는 꽃을, 눈으로가 아닌 마음으로 본다. '이 뜰 앞에 심은

코스모스는 자기와 같은 맹아를 위해 심어 놓은 게 절대로 아님을 그
는 이 순간 또렷이 깨달을 수 있었다'는 진술에서의 꽃은 눈뜬 자들
을 위한 장식용일 뿐이다. 그러나 눈뜬 자들은 자연의 신비함을 이해
하지 못하는 무관심한 타자들이다. 원칠이는 후각을 통해서 그 아름
다움을 마음의 세계에 간직할 수 있는 내적으로 신체적 확장을 이룬
다. 코스모스의 향내를 병원에 입원해 있는 명희에게 가져다주고 싶
은 마음을 지니고 있는 자는 곧 자연의 아름다움을 진정으로 볼 수
있는 자라고 할 수 있다. 규칙상 원칠이는 외출할 수 없으나, 퇴학을
각오하고 병원으로 명희를 면회하러 간다. 면회를 거절하는 간호원에
게 코스모스라도 전해달라고 부탁하지만, '그 분이 두 눈이 어두신 분
인데, 꽃은 갖다드리면 뭘 해요. 공연히 와서 재수없다'며 거절한다.
'꽃을 볼 수 있다/꽃을 볼 수 없다'는 눈뜬 자들이 구분해 놓은 차별
성인 것이다. 눈뜬 자들의 척도로 눈먼 자들의 세계를 재는 것이다.
눈뜬 자들은 가시적 세계만 보지만, 눈먼 자는 가시적 세계를 넘어선
불가시적 세계에 도달할 수 있다. 눈뜬 자들의 몰이해로 눈뜬 자와
눈먼 자의 진정한 인간관계는 차단되고 있다. 장님이라는 신체적 변
별자질은 '—' 징표가 되어 사회의 일원으로 수용될 수 없는 요인이
되고 있다. 다행히 명희 어머니를 만나 명희에게 꽃을 전하고, 혼수
상태의 명희는 코스모스 향내를 맡고 잠에서 깨어나게 됨에 따라 눈
먼 자만이 눈먼 자를 이해할 수 있는 비극적 장면[32]이 연출된다.

명희가 죽은 후 원칠이는 맹아학교에서 나온다. 눈뜬 자들의 모욕
과 멸시로부터 벗어나 자유를 얻고 싶었기 때문이다. 아버지로부터

---

32) 문학적 허무주의는, 인간본능으로 살아가는 생물학적 동물로서, 그러나 '자
연'의 비밀을 발견할 수 있는 의식, 그리고 또 삶과 투쟁하며 그 자신의 인
간성을 부정하는 모든 암흑의 힘에 대해서 반항하는 의식을 가지고 있는
동물로 묘사하고 있다.
　C.I. 글릭크즈버그, 『20세기 문학에 나타난 비극적 인간상』(종로서적, 1983),
19쪽.

버림받는 순간, 모든 관계로부터 버림받은 원칠이는 장님이기에 사회
로부터 버림받은 떠돌이가 되었다. 그리고 맹아들의 집단에 귀속함으
로써 사회로부터 보호받는 것 같았지만 그 맹아원 역시 위장된 자선
의 장소이므로 원칠이에게 있어서 그곳은 구원의 공간이 될 수 없는
것이다. 맹아원의 눈뜬 자들이 강요하는 권위, 멸시, 통제로부터 또다
시 탈출하는 이중탈출은 추악한 세계로부터 벗어나려는 욕망을 표현
한다. 사회로 되돌아옴이 곧 멸시와 권위와 우월 의식으로부터 완전
한 해방을 뜻하는 것은 아니지만, 그것은 자신이 선택한 자유인 것이
다. 권위와 통제로 가득한 맹아원으로부터 탈출한 원칠이가 어두운
거리에서 암흑을 느끼는 그 순간에 안마쟁이의 피리소리와 마주치게
되는 것은 의미있는 장면이다.

> 「똥구루마라두 끌지 그래 두눈이 멀정한 분이 장님행세를 하다
> 니……」
> 「험! 여보 당신은 장님이니까 눈을 뜨고 세상구경을 해봤으면
> 싶으리다만 별 수 없우. 두 눈 가진 놈이 되려 불행하우, 눈이 있
> 기 때문에 죄를 짓구 감옥사리하는 녀석들이 좀 많소. 두 눈깔이
> 있기 때문에 도덕질을 하구 남의 계집 탐을 내고…… 노름을 하
> 구 문서를 위조해서 남을 속이고 하다가 결국 큰 죄를 짓게되어
> 제 일생을 망치는 녀석들이 좀 많소! 세상에 장님처럼 팔자 편한
> 사람은 없는 줄 알우. 만일 당신이 두 눈을 떠서 세상사람 살림살
> 이를 굽어본다면 에이 비러먹을 공연이 눈을 떳군! 하고 후회할게
> 요. 내가 오직 해야 두 눈을 가진 놈으로서 장님행세를 해 가지고
> 이 세상을 사러가겠우! (789-790쪽)

안마쟁이의 피리소리에 원칠이는 자기와 같은 소경이라 생각하여
반기었으나 가짜 장님이었다. 가짜 장님에 의해 눈뜬 자들의 추악함
이 폭로되면서, 눈뜬 자와 눈먼 자의 가치가 전도되고 있다. 눈먼 자

인 원칠이를 통해서만 눈뜬 사람의 세계를 보고 있는 것이 아니라. 눈뜬 사람을 장님으로 변장시켜 눈뜬 사람의 세계를 비판하게 함으로써 눈뜬 사람들의 세계의 허위성을 폭로하는 이중의 장치이다. 눈뜬 자는 축복일터인데 스스로 눈먼 자가 되어 세상의 어둠을 폭로하는 것은 현실을 똑바로 보는 것이 진정한 <눈뜸>이라는 것을 의미하는 것이다.

장님이라는 신체적 결손의 요소를 지닌 원칠이는, 눈뜬 자들의 세계에서 소외되고 멸시되는 인물이었지만, 박선생 원장선생님과의 관계에서 '눈뜬자 · 빛의 세계 · 질서/눈먼자 · 암흑의 세계 · 무질서'의 대립체계는 전도되어서 기성사회의 질서를 무너뜨리는 가치의 전도에 도달하고 있다. 원칠이는 암흑세계의 인물이지만 빛을 지니며, 꽃의 향내를 맡을 수 있는 인물인 것이다. 아름다움의 가치를 발견하는 것이 더 중요함을 의미한다.

인간이 '눈떠 있다'고 해서 진정한 아름다움과 진실한 세계를 자동적으로 볼 수 있는 것은 아니다. 비록 '실명'된 자이지만 고통을 통해서 통찰할 수 있는 눈으로 깨어나는[明] 것이다. 인간세상이 아무리 어둡고 부정적이라 할지라도, 자기자신의 가치를 분명히 인식하는 '한 개인의 고결성을 긍정'할 수 있을 때 육체적 한계성으로부터 벗어날 수 있다.

신체적 결손자질을 지닌 인물이지만 원칠이는 자기 존재를 증명하고 진정한 가치를 추구하고 있다. 바로 이 점이 이 텍스트가 도달하고자 하는 어둠과 밝음의 양면성의 세계라 할 수 있다.

눈먼 사람은 외계의 사물과 타인을 볼 수 없는 어둠속의 인물이다. 눈 먼 것이 인식과 통찰의 문제에서는 반대로 보이지 않는 것을 볼 수 있는 자로 의미된다. 그래서, 미래를 예언하는 점쟁이나, 지자, 자

기를 인식하는 자를 상징하기도 한다. 「오몽녀」에서 지참봉은 장님이
면서 점쟁이이지만, 오몽녀에게 속임을 당하며, 결국은 죽게 된다. 지
참봉은 현실에 대한 인식이 부족한자, 어두운자, 욕망으로 인하여 판
단을 못하는 자, 자신을 알지 못하며 타인을 알지 못하는 자로서 의
미된다. 「실명」에서 원칠이는 밖의 자연의 아름다움을 볼 수 없지만,
눈뜬 자들보다 자연의 아름다움을 자신의 것으로 포용하며. 눈뜬 자
들의 경멸을 받지만, 눈뜬 자들의 위선적인 선에 대립되어 진실한 세
계를 발견하려는 인물이다. 지참봉은 하향적 인물이며, 원칠이는 상향
적 인물이다. 그러므로 자기를 보지 못하는 자는 파멸에 이르고, 자기
를 볼 수 있는 자는 구원의 삶을 찾을 수 있다는 사실을 알 수 있다.

　인간은 육체의 눈으로부터 벗어날 수 있어야 한다는 것을 말하고
있다.

3. 불균형의 예술가 : 외눈

　장님은 보는 기능을 상실한 자들이지만, '외눈'은 보는 기능을 상실
한 것은 아니다. 그러나 완전한 눈에 비해서 또는 기능이 떨어지며.
시각적 불균형과 입체감의 기능이 장애를 받는다. 장님은 감각기관인
시각기능이 결핍된 자이다. 그러나 외눈은 볼 수는 있지만 남들과 다
르다는 점에서, 외적으로 추와 연계성을 이루는 변별자질이다. '외눈'
은 다른 자질이 아니라 '외눈'에 의해서 변별되므로, 타인의 눈에 비
친 자신을 의식해야만 하는 고통을 지닌 인물인 것이다. 다른 사람이
자기를 보는 시선을 의식함으로 자의식이 강화되는 징표로 해석할 수
있다.

주인공의 자기 자신에 대한 태도는 그와 다른 사람이 갖는 관계에서 나타난다. 자기 자신에 대한 주인공의 의식은 주인공에 대한 타인의 의식을 배경으로 지각되고 있으며, '자신에 있어서의 자아'는 '다른 이에게 있어서의 나'를 배경으로 이해되는 것이다. 그래서 주인공의 말은 주인공에 관해 끊임없이 영향을 주고 있는 타인의 말에 의해 만들어진다.33)

「누이동생을 따라」에서는 피리를 부는 애꾸눈의 사내, 「캉가루의 조상이」에서는 미남자이며 작가인 애꾸눈이다. <외눈>의 징표는 외부 세계를 볼 수는 있기에 오히려 자신이 타인들에게 어떻게 보여지고 있는가를 의식하여, 자의식에 침잠하면서 고립되고 세계로부터 도피한다.

「누이동생을 따라」

일인칭 서술화자 '나'로 시작한다. '나'는 '해운대에 갔다가 이 얘기의 주인공을 만났다'라고 진술하는 주체자로서 목격자 시점으로 시작되어, 점차적으로 그의 이야기를 듣는 청자의 위치로 바뀌게 된다. 텍스트에서 '나'는 청자의 역할을 하지만 들은 이야기를 전달해주는 서술자의 역할을 하기도 한다.

① 가슴에 석양을 받고 앉은 단소 부는 사람은 사람이 가고 오는 데 아무 상관없다는 태도였다.
② 그는 눈을 떠서 돌아선 사람들을 따라보았다. 눈뜨는 것을 보고 비로소 그기 애꾸눈인 것을 알았다.
③ 그는 서산에 뉘엿뉘엿 넘어가는 별을 바라보더니 저편을 향하고 발을 떼었다. 그는 애꾸눈만이 아니었다. 왼편다리까지 절었

---

33) M.S. 까간, 『미학강의 1』, 진중권 역(새길, 1989), 163쪽.

다.34)

나는 단소 부는 사람을 목격하게 되면서, 그가 '애꾸눈', '왼편다리 절름발이'라는 사실을 발견한다. '단소 소리, 애꾸눈, 절름발이'라는 세 개의 기호가 텍스트의 중심어가 되어 이야기를 구축해 나간다. 이 세 개의 기호가 어떻게 형성되고 있으며, 인물들과의 관계 속에서 그것이 어떻게 작용되고 있는지 알아보도록 하자.

서사단락 1에서 나는 단소 부는 사나이를 목격했고 그 날밤(서사단락 2)에 달빛이 흐르는 바다와 단소소리가 어울리는 감상적 장치가 마련되면서 열흘 전 유곽의 창기였던 젊은 여자가 바다에 빠져죽었다는 이야기를 들은 것을 기억해낸다. '흘러오는 단소소리는 그 그림자의 원한을 하소연하는 듯이도 들리었다'라는 진술은 이미 '나'라는 화자가 애꾸눈의 단소 부는 사내의 내력을 듣고 난 지 4년 후에 전하는 진술이기 때문에 시간적 차이에서 발생하는 후변법의 서술로 감상적이다. 화자인 '나'와 행위자인 서술자가 혼합되어 있다. 단소 부는 사나이를 목격한 것(서사단락 1)과 젊은 창기가 자살한 사건을 들은 것(서사단락 2)이 이야기의 틀을 마련하고 있다. 화자인 '나'는 두 이야기의 인물을 텍스트의 서두에서 기억하면서 결말에서 서로 연결시켜주는 역할을 하고 있다. '나'는 주변적 시점의 화자이고, 인물의 초점화는 단소부는 사나이이다. 밤의 바닷가에 나가 배 위에서 술자리가 벌어지면서 중심인물에게 접근해 간다.

① 「저게 그 병신이지」
  「저 녀석 잡아다가 예서 좀 불라지」
  「그건 잡아오면 그저 불러주나」 (477쪽)

---

34) 최서해(1930), '누이동생을 따라', 『신한국문학전집』(어문각, 1975), 475쪽.

② 푸른 달빛에 비치인 먼지와 땀에 젖은 그 모양은 동으로 서으
로 정처 없이 흐르는 그의 운명을 말하는 듯이 애틋한 감정이
내 가슴에 젖었다. 한 곡조 두 곡조 흐르는 곡조는 곡조가 곡
조를 따라 한 걸음 두 걸음 하늘아래 퍼지었다. 한문식 문자로
표현한다면 바다에 잠긴 어룡들도 그 소리에 큰 숨을 죽이는
듯 하였다. (478쪽)

예 ①에서 술친구들의 대화는 신체적 불구인간을 비하하는 통상적
인 반응을 보여준다. 신체적 결손이 '-' 징표라 해서 상대 발화 주체
자가 우월하다고 볼 수는 없는데도 신체적 결손자에 대한 일반인들의
우월의식을 표명한 것이다. 여기서 단소부는 사나이와 인물들의 거리
화가 나타나며, 단소부는 사나이의 내력을 듣는 청자로서도 단지 흥
미의 대상일 뿐이며, 불구인물에 대한 사회인들의 일반적 통념을 반
영하는 인물들이다.

예 ②에서 애꾸눈은 신체적 결손자이지만 그 사나이의 아름다운
단소소리는 나를 감동시키며, '저게 그 병신이지'하던 친구들의 발화
는 아름다운 단소소리에 의해 무색해 진다. 비하하고 멸시하던 사람
들이 단소부는 사나이에 대해 동정과 개인적 관심을 지니게 된다. '부
모, 처 자식이 있느냐'는 물음에서처럼, 한 개인에 대한 관심을 표명
함으로써 단소부는 애꾸눈의 사나이는 3인칭적 존재에서 2인칭적 존
재로 관계가 변환된다. 이때 화자인 '나'는 목격자에서 단소부는 사나
이의 내력을 듣는 청자로 위치가 바뀌므로, 청자이면서 동시에 화자
가 된다.[35] '그'의 이야기를 전해주는 전달자의 역할이기 때문이다.

---

35) 청자는 곧 반응자라고 말할 수 있다. 반응자는 소설에서의 등장인물과 같은
위치에 있으며, 텍스트 안에 내재되어 있다. 이때 반응자의 기능은 ①이야
기의 틀을 세우는 것 ②화자의 성격을 표출하는 것 ③화자로부터 독자에게
메시지를 전달해 주는 것 ④이야기의 도덕성을 지적하여 알려주는 것 등이
있다.

그와 목격자(구경꾼)의 관계일 때는 거리가 차단되고, '저 녀석 잡아 다가 예서 좀 불라지'라는 부정적 발화를 전달해주던 '나'는 '그'와의 관계가 청자로 전환되면서 '그의 어조는 내가 상상하던 바와 딴판으로 퍽 점잖고 기품이 있었다'라고 느끼며 긍정적 발화로 바뀌게 된다. 심리적 거리는 밀접해진다. 그러므로 이야기의 진행에 따라 '그'의 개인적 내력을 듣는 청자와 '애꾸눈, 단소부는 사나이'의 관계는 내밀하게 거리로 좁혀진다. 신체적 결손 인물을 외면으로만 보았을 때는 부정적 의식이 표현되었지만, '그'의 단소소리(藝)에 감복하면서 그의 내면의 세계를 이해하게 되면서, '병신'은 오히려 '아름다움 기품'으로 전환되어 진술된다. '애꾸눈'을 바라보는 두 개의 시선이 있듯이 '사나이'에게도 양면이 존재한다. '신체적 결손(-) 추함/내밀한 아름다움(+)'이 상충하는 앰비발런스를 이룬다.

'애꾸눈, 단소부는 사나이'는 텍스트의 전반부 (서사단락 1~4)에서는 '그와 구경꾼들'과의 사회적 관계를 보여주고, 후반부(서사단락 5~8)에서는 그의 가족관계를 서술하고 있다. 사나이에게는 누이동생 용녀와 사랑하는 어머니가 있었다. 그들은 첩의 집에 기거하는 아버지로부터 천대받고 버림받은 세 식구에 불과하였다. '사랑/학대' '화해의 가정/결손된 가정'의 대립체계에서 사나이는 어려서부터 결손된 공간에 있었다. ① 아버지의 사랑을 잃고 ② 어머니가 죽고 ③ 누이동생과 헤어지게 되는, 그의 가족관계의 파탄은 원형적 공간인 모태(Matrix), 안주할 집의 상실을 의미한다. 어머니가 죽은 후 아버지 집에서 서모의 학대를 받으며 살았을 때, 서모가 밀치는 바람에 사나이는 마루 아래로 떨어져 한쪽 눈을 잃어버린다.

아버지의 사랑을 잃고, 어머니를 여의고, 한 쪽 눈을 잃어버린 사나이는 세계의 상실을 의미한다. 인체에서 '눈'은 창의 역할을 한다. 눈은 외계와 마주치는 통로로써 사물을 바라보며, '나'이외의 것을 인식하는 문의 기능을 한다. 또 외계의 사물이 내적세계로 이행하면서 자기를 투사할 수 있는 오성의 세계를 마련한다. 그러나 애꾸눈은 사물을 완전히 보지 못하는 것은 아니다. 애꾸눈은 눈의 기능이 약하고 추함과 연접된다.

단소 부는 사나이는 어머니를 잃은 후, 한쪽 눈을 잃어버림으로써 내적세계와 외적세계가 훼손되는 인물이다. 그는 자기 자신을 사랑하고 인간적 자긍심을 지니기에는 그의 신체적 징표가 이미 확연하게 노출되어 있는 인물이다. '달빛이 이상히 빛나는 그의 왼쪽 눈은 눈물에 스스로 젖었었다'. '자기 신세를 비웃는 듯한 코웃음을 쳤다'라는 진술에서 애꾸눈이라는 신체적 징표를 지닌 인물이 자의식의 시선을 의식할 수 있다. 그의 내력을 들으면서 그의 외형이 아닌 내면을 이해하게 되고, '나'와의 관계는 전환되어, '그 사람과 나 사이에 가로 놓였던 장벽은 점점 물러가고 점점 친하여 지는 듯 하였다'로 심리적 거리가 좁혀지고 있다. '나'는 그에게 있어서 개인적 관계 보다 사회적 관계에 위치하는데, 내화(內話)에서 그의 진술은 '사나이'의 인간관계가 점점 파탄, 결손의 관계로 진행하고, 외화(外話)에서 그와 나의 관계는 화해와 이해로 이행되어 간다.

그의 아버지가 후회하며 죽고 서모로부터도 버림받은 후 그는 이모네 집으로 간다. 그리고 누이동생 용녀는 민며느리로 가게 된다. 이미 결손 가족이긴 하였지만, 또 다시 단 하나의 혈육인 누이동생과 헤어짐을 겪게 된다. 이모네 집에서 학교를 다니게 되면서 그의 인간관계는 가족관계에서 발전하여 친구관계를 형성해야 함에도 불구하고 '애꾸눈이라 반기는 사람은 없고 놀려주는 이들만 있다'는 깃은 곧 신체적 징표가 인간관계에 작용하여 친구조차 사귈 수 없음을 알 수 있다. 그는 병신이라고 불리고 학대와 놀림을 당한다. 학교에서 일곱 살 위인 단 한 사람과 친화관계를 갖게 되고 그에게서 단소부는 법을 배운다. 학교 졸업 후 평양으로 가서 고생하나. '애꾸눈이 되고 보니 병신이라고 누가 돌아도 보지 않았습니다'에서 볼 수 있는 바처럼 그는 어디를 가나 신체적 징표로 해서 인간적 소외를 당한다. 한때 원산에서 색시를 만나서 살림을 차렸으나 '누가 이(그는 멀은 눈을 가리키며)꼴에 좋다겠읍니까'하고 말한다. 색시가 떠나 버린 원인도 신체적 결손에 있음을 말하고 있다. 자기집 → 서모집 → 이모네 → 평양 → 진남포 → 목포, 원산 → 부산 등으로 이동하는 삶은 어머니. 아버지, 누이, 이모와는 헤어지는 공간이 되며, 색시가 도망가는 이별의 공간이기도 하다. 가족관계에서 헤어짐은 내적 상실과 동시에 외적으로는 신체의 일부를 훼손 당하는 상실의 공간이기도 하였다. 그리고 인간관계에서는 비하와 조롱으로 인간의 존엄성이 훼손 당하고 있다. 어머니를 잃으면서부터 시작된 훼손된 인간관계는 '그'를 여기저기 유랑하는 신세가 되게 했다. 공간적 이동은 그가 정착하고자 하나 정착할 수 없는 인물, 정착과 안락함과는 거리가 먼 인물임을 의미한다. '정착/떠돔'의 대립체계에 떠돔은 신체적 결핍을 징표화 하는 계기가 되고 있다. 그는 부산에서 나무 베는 일을 하다가, 쓰러지는 나무에 깔려 다리를 다친다. 애꾸눈에 다리까지 절름발이가 됨으로서 그는 이중의 징표를 지닌 인물이 된다.

신체적 결핍은 반대로 마음의 충족을 갈구하게 된다. 애꾸눈의 사나이는 유랑의 세월 동안 결코 잊어버릴 수 없는 사람이 누이동생이었다. 파탄의 고향에서 떠났으나 항상 누이동생을 그리워하였다. 그러나 빈주먹이라 만날 수 없었다. 애꾸눈에 절름발이까지 된 이중적 결손의 징표를 지니게 됨에 따라 빈주먹이 채워질 것을 기대할 수 없게 된 것이다.

<인제야 언제 돈 벌어 가지고….>
하는 생각이 앞서서 용녀나 이모 생각을 하다가도 혼자 탄식하

였읍니다. 그리고 이렇게 병신이 되어서 어디를 가든지 별로 돌보
는 사람은 없이 되니까 더욱 고적하고 옛날의 어머니와 이모 내
외와 웅녀가 생각납니다. (486쪽)

상실되고 훼손된 육체를 지닌 애꾸눈의 사나이는 떠나온 고향, 핏
줄을 더욱 그리워하게 된다. '부끄러움을 무릅쓰고 영변읍'으로 누이
동생을 찾아간다. 부끄러움은 자기투시의 결과이다. 애꾸눈, 절름발이
라는 신체적 결손, 채울 수 없는 빈주먹과 충족되지 않은 마음의 부
끄러움을 의미한다. 고향의 이모네 집은 변하였다. 예전의 오막살이가
아닌 기와집이 있다. 집의 변화는 고향의 변화이며 고향사람이 변하
였다는 것을 뜻한다. 그가 애꾸눈이며 절름발이로 되는 신체적 변모
는 고향집이 오막살이에서 기와집으로 변하는 것과 상반된다. 그의
외형이 '+'에서 '-'로 변했다면 고향집은 '-'에서 '+'로 변한 것
이다. 변화는 과거가 아니라, 현재를 가리키는 지표가 된다. 결손된
신체는 그 자신의 것이지만 고향집은 낯선 타인의 것이다. 그 집은
이모네 집이 아닌 것이다. '그'와 '고향'은 서로 상반되는 방향으로 변
모되었기에 상실감은 더욱 증폭되고 있다. 이모네는 살기 어려워 간
도로 가고, 아편쟁이가 된 용녀의 남편이 그녀를 유곽에 팔아먹었다
는 소식까지 듣게 된다. 고향은 변하였고 그와 관계되는 가족은 떠났
으므로 고향도 이제는 더 이상 그에게 고향일 수 없다. 그는 또 다시
유랑의 길을 떠난다. 첫번째 고향집을 떠남은 이별이며 신체적 결손
자가 되었지만, 또 다시 고향집을 떠남은 하나 남은 동생과의 만남을
갈구하기 때문이다. 길을 떠나는 것은 출발이며 희망적 행동이겠지만,
'절름절름' 하면서 떠나는 길은 어두운 고난의 길이다. 용녀가 팔려
갔다는 안동현의 거리를 단소를 불면서 다녔으나, 일년이 지나도록
찾지 못한다. "참 그 오빠가 있는데 애꾸눈이래"하며 한 색시가 서울
로 갔다고 알려주자 그는 안동현, 대련, 서울, 군산, 부산으로 용녀가

흘러간 길을 뒤쫓아간다.

　① "용녀는 열흘 전에 이곳 와서 물에 빠져 죽었답니다"
　② "그 단소 불던 사람도 어제 낮에 물에 빠져 죽었다."

　단소부는 사람이 동생을 만나지 못했고 동생이 죽었다는 사실을
알게 된 후, '누이동생을 따라 죽었다'라는 소식을 나는 전해 듣는다.
누이동생을 따라 죽은 '그'의 죽음은 첫째, '사랑 = 가족 혈연관계'의
회복할 수 없는 상실감에서 선택된 길이다. 사랑의 상실은 현실에서
의 삶의 좌표의 상실을 의미한다. 신체적 결손의 인물이 마지막 마음
의 고향인 사랑을 찾으려 했으나 성취하지 못했다. 모든 것을 상실했
을 때 죽음을 택함으로써 죽은 누이와 함께 하는 것이다. 둘째, 유곽
을 전전하다 마침내 죽음을 택하는 누이동생이나, 빈손이라서 보고
싶은 동생을 만나러가지 못했던 '그'의 죽음은 현실의 가난한 삶에서
비롯되는 죽음이다. 셋째, 藝의 고난의 과정에서 발생하는 것이다. 상
처의 악취 때문에 예술가는 일단 사회로부터 추방되지만, 사회는 그
예술적인 창조력을 필요로 한다는 필록테테스의 '상처'[36]처럼 애꾸눈
이라는 신체적 불구성으로 해서 비하되고 추방되지만, 서술화자인
'나'와 친구들은 그 소리의 아름다움에 정서적 동일시를 느끼게 된다.
그러나 그의 피리소리는 다른 사람을 위해서 필요로 하는 것이 아니
라, 누이동생을 찾으러 다닐 때 누이동생을 부르는 소리로서 필요한
것이었다. 그의 단소 소리는 폐쇄적인 속성을 지니고 있다. 그가 '애
꾸눈'이라는 징표로 인해서 학교 친구들로부터 (집단사회) 소외당할
때, 나이 많은 급우로부터 단소를 배운다. 그가 다른 도시로 나가 일
을 할 때는 단소 부는 이야기가 없다. 사회, 집안의 일원으로서 일을

---

36) 에드몬드 윌슨, '필록테테스: 상처와 활' 『현대영미문학 비평의 이해』 최종
　　수 편역(한신문화사, 1987) 73－93쪽.

하고 있을 때는 <단소>와 거리가 생긴다. 단소를 부는 것은 <혼자> 있음을 자각할 때 이루어지는 행위이다. 신체적 결손으로 인해서 사회나 집단으로부터 소외될 때, 그리고 가족 관계에서 육친인 혈연과의 별리상황일 때 감성의 폭발은 새로운 출구를 필요로 하며, 그것을 표현하고자 한다. 예술의 표현력은 소외감과 상실감, 외부의 압력에서 오는 견디기 어려운 감성의 폭발물이다. 그는 단소를 불어서 소리를 울린다. 또는 고립과 추방의 고통과 함께 있는 것이다. 내적세계의 경험, 그 고통과 상실감을 외부세계로 전달할 수 있을 때라야 아름다운 소리는 울리는 것이다. '저게 그 병신이지'할 때의 그 '애꾸눈', '절름발이'라는 징표는 사라지고, 내적 기품과 단소의 음률이 듣는 사람의 가슴에 울리는 것이다. 그래서 단소 부는 사람과 '나'는 일체가 되며 마음의 교환을 이루게 된다. 화자인 '나'와 애꾸눈의 '사나이'를 연결시키는 매개가 단소소리이다. 나는 단순한 목격자가 아닌 예술가의 비극적 운명을 조우하게 되는 것이다. 신체적 결손으로 해서 정상인으로부터 변별되는 소외감, 정상적인 삶을 뒤집어 엎는 상실감은 '그'를 단소와 가까이 하게 했으며, '나는 그때 불어본 단소를 인제는 한평생 불다 죽을 것 같습니다.'라며 자기 자신의 길을 발견하게 한다.

따라서, 이 텍스트에서의 단소 부는 행위는 자기 자신의 상실감을 보상받기 위한 행위임을 알 수 있다. 즉, 아름다운 소리가 다른 사람들을 감동시키기 위해 존재하는 것이 아니라, 자기의 마음의 출구이며, 마음의 소리인 것이다. 또 자신의 일부인 누이동생을 찾는 신호로서 의미되는 것이다. 누이동생의 죽음은 마음의 상실이며, 자기 자신의 삶의 의미를 상실하는 것이기에, 그는 단소를 불면서 누이동생을 따라 간다.

「캉가루의 조상이」

텍스트의 인물은 정문보(鄭文輔)이다. 그는 한 쪽 눈이 멀은 신체적 징표를 지닌 인물로서, 자신이 신체적 이상자라는 고통보다도 자신이 아이를 낳으면 또 불구자가 된다는 사실 때문에 마음의 갈등을 보이는 인물이다. 이러한 고통과 갈등이, 전지적 시점, 정문보 또는 그인 3인칭서술, 나 또는 자기인 일인칭 서술이 혼합되어 전달된다.

정문보는 쩜손이, 절름발이, 곱사등이, 앉은뱅이, 애꾸눈 등 대대로 불구자들이 계승하여 내려오는 가계의 자손이다. <멘델>의 유전적 법칙보다 더 확실한 것이 정문보가의 유전 내력이라는 초과학적 주장이다. '불행한 생명을 세상에 내어놓아 자기와 같은 고민 속에서 일생을 보내게 한다는 것은 죄악'이며, '자기의 한 몸을 희생하여 불구의 불행한 씨를 근절시켜야'한다는 관념에 투철한 인물이다. 그러나 실제로는 정문보는 한 여인과 약혼하여 동거를 하고 있는 것이다. 이러한 이중심리의 갈등이 신체적 결손 인물인 정문보의 고뇌이다. 정문보의 겉과 속, 보여지는 것과 진상, 관념과 실제가 상반되고 있다.

> 비록 한눈은 멀었을 망정 그것이 흉하여 자수 짙은 안경을 매양 끼고 있으니 좀 건방져는 보일 망정 문보가 불구한 인간인 줄은 꿈에도 모르고 그 나머지의 부분의 부틈부틈 분명하고 고르게 정리된 뚜렷한 용모와 체격의 남자다운 늠름한 품격이 남달리 이성에의 흠모의 적(的)이 되어 동경의 학생시대엔 결혼신청을 받기도 실로 수삼차[37]

정문보가 다른 사람에게 보여지는 모습은 뚜렷한 용모와 남자다운 품격이다. 신체적 결손은 짙은 안경을 써서 외적으로 드러나지 않는

---

37) 계용묵(1939), '캉가루의 조상이', 『한국문학전집』(삼중당, 1976) 237쪽.

징표이지만, 그의 내적세계를 지배하고 있다. '보여지는 모습/진짜 모습'은 '외적/ 내적'관계로 정문보의 삶과 인간관계에 두 종류의 심리적 고뇌를 표출하게 한다. 외적 관계는 여인과의 사랑이 문제이고, 내적 관계는 자손 또는 선조들의 유전의 문제를 말하고 있다. 집안 대대로 신체적 불구를 낳는다는 내력으로 해서, 자기는 불행한 생명을 낳지 않으려고 독신을 주장한다.

<정문보>를 중심으로 외적관계는 수평적 구조를 이루며 <여인>과 사회적 관계로 확대되고, 내적관계는 수직적 구조를 이루면서 정문보의 가계로부터 시작하여, <인류>의 문제로 확대된다. 인류의 조상과 후손의 문제가 바로 <캉가루의 조상이>라는 초과학적 논리를 주장 있다.

외적관계에서 먼저 문제가 되는 것은 여인과의 사랑의 관계이다. 그의 진짜 모습은 짙은 안경에 가려져서, 미남자인 그는 여성들의 구애의 대상이 된다. 동경에서 이름난 미인인 금봉이와 현재 동거하고 있는 약혼자인 미자라는 두 여인이 대립되는 세계를 보여준다. 금봉이의 열렬한 구애에 정문보는 본능을 억제하지 못하고 사랑을 받아들일 뻔하였으나, 정문보가 불구라는 고백을 하자 금봉이는 떠난다. 금봉이는 외형을 중시하는 여인으로 불구라는 신체적 변별자질이 장애요인이 되고 있다. 외적인 것을 취하는 여인으로 가려진 안경 속의 진상을 알아채지 못했던 여인이다.

외적인 것이 아닌 속을 이해하는 여자가 미자이다. '선생님의 마음에 움직인 것 같애요'라고 대답하는 미자는 이미 안경 속의 <외눈>의 진상을 알았으니 정문보의 '예술의 이해자'로서 서로 마음과 마음이 통하는 관계이다. 미자와의 관계에서 정문보는 '이 세상이 미자같이 참되다면 자기는 결코 불구한 사람이 아니다', '왜 버젓이 눈을 내어 놓지 못하고 가리고 다니었던가'라는 자각을 하게 된다. 미자를 통해

서 정문보는 자신을 확장하고 있다. 인간의 외형이 아닌 인간의 본질
에 대한 믿음은, 외형과 본질이 대립관계이지만 미자의 참된 마음이
존재하기에 신체적 불구라는 구속감에서 벗어날 수 있게 한다. 그러
나 정문보는, 자기 자신은 자유로울 수가 있으나 동거하는 동안 혹시
'불행의 씨가 생기지 않았나'하는 유전의 법칙보다 더 확실한 정문보
가의 불구내력에 대한 두려움에서는 벗어날 수 없다. 불구자손의 씨
앗을 근절시키겠다는 생각으로 미자를 영원한 마음의 반려자로 느끼
지만, 동시에 영원히 함께 있을 수 없다는 이중 고통 속에 있게 된다.

① 불구한 성격이 비쳐 낸 그의 독특한 인생관 — 남달리 이상한
그 문제, 그 주의는 언제나 독자의 이해 밖(外)에 악평의 적(的)
이 되어 유명 무명간에 들어오는 투서는 누구의 것이나 판에
박은 듯이 욕으로 일관된 그 속에서 미자의 편지를 찾은 것은
확실히 한 가닥 기쁨이었다. (238쪽)

② 가장 회심의 작이라고 자처하고 싶던 이번의 작품도 자기의
것만은 또 악평의 대상이었다. 도대체 무슨 소린지 이런 작품
은 아마 인류사회 이후에는 몰라도, 인류의 역사가 있기까지는
이해할 수 없을 것이라는 단안을 내렸다. (241쪽)

③ 한사람의 불구자의 입을 빌어 현실사회를 상징적으로 표현시
킨 그 시미창일한 문장 속에 스스로 취하여 자기도 모르게 무
릎을 쳤다. (241쪽)

정문보는 작가이다. 수편의 작품을 발표했으나, 독자와 평자의 이
해를 얻지 못하고(예 ②), '불구한 성격이 비쳐낸 그의 독특한 인생관'
으로 독자로부터 욕을 듣는데, 미자는 불구자인 그의 작품을 이해한
다(예①). 불구자인 작가 정문보의 인생관 —사회관은 사회와 변별되
므로(예③), 정문보는 자신이 현실사회와는 인연이 먼 존재라고 생각

하며 도리어 현실을 비웃는다. 정문보의 예술은 작자 자신과 유일한
독자인 미자만이 공명을 한다. 미자는 '마음의 반려자 = 사랑하는 자
=작품에 공명하는자'로서 세상의 다른 이들과 구별되는 존재이기에
정문보는 갈등을 느낀다. 수평적 인간관계에서 정문보의 위상은, 사회
의 친구, 독자들이 외면하고 욕하며 이해 받지 못하는 작가이다. 미자
만이 정문보를 이해하고 사랑한다. 그러나 함께 살아서는 안 된다는
갈등에서 자살과 정사를 생각해 본다. '삶/죽음'에서 삶을 택하게 되
는 것은 불구를 낳는다는 고통이며, 또한 불구의 씨앗을 낳는 불행한
죄를 범하게 되므로 죽음을 택하려 한다.

　삶과 죽음의 갈등에서 정문보가 가지는 불구자라는 개인적 고통은
인류의 고통으로 확대된다.

> ① 「차펙」은 그 작품속에도 인조인간(人造人間)을 일찌기 예언하
> 였고 어떤 학자는 인류 다음에 올 고등동물은 캉가루라고까지
> 설파하였다. 이 학설을 그대로 믿고 본다면 인류는 올챙이가
> 개구리로 화하듯 캉가루로 화하여 가는 과정에 처한 존재가 아
> 닌가.
> 　그렇다면 선조가 쌓아 놓은 인류 문화의 이 찬연한 탑을 우
> 리는 아무러한 반항도 없이 그날 그날의 생활에 순응하고 만족
> 함으로 캉가루 사회에 양여하여 옳은가?‥‥(중략)… 단연히 끊
> 는 (미자와의 관계)것이 도리어 인류문화에 공헌을 더하는 표시
> 는 되는 것이다. 캉가루의 조상에서 인류를 구하는 셈은 되니
> 까 (244-245쪽)

> ② 난 천벌을 받은 사람은 아닌지 몰라, 조상적부터 대대로 내려
> 오는 이 불구의 유전 - 내 할아버지도 내 아버지도 다 병신이
> 었어. 그리구 나두 병신이니, 이 유전적 법칙을 어떡헌담 말야.
> 후계자손에게도 반드시 이런 불구자는 오구야 말것이니
> 　　　　　　　　　　　　　　　　　　　　　　　(246쪽)

예 ①은 인류의 유전의 문제이며 예 ②는 정문보 개인의 유전문제
이다. 정문보는, 유전적으로 불구이기에 불행의 씨앗을 잉태해서는 안
된다는 생각과, 인류의 다음 고등동물이 캉가루이므로 인류의 씨앗을
근절시켜서 캉가루의 조상이 되지 않게 하는 것이 인류문화를 구하는
것이라는 초과학적 논리를 전개시킨다. '애꾸눈인 불구의 심리로 인
류의 유전을 묘파'함으로써 익숙한 인간의 모습, 즉 인간이 가장 고등
동물이라고 생각하던 것을 뒤집어 놓는 논리는 텍스트 속의 독자 뿐
아니라 텍스트의 독자까지도 '낯설게'38) 하고 있다. 불구라는 징표는
정문보 개인의 유표에서 인류의 유표로 전환된다. 신체적 결손인 불
구가 정문보를 다른 사람들과 변별하는 자질이었듯이, 인류는 고등동
물인 캉가루와 변별되는 차이성을 지닌다. 여기서 정문보는, 자신의
신체적 불구로 인한 유전에 대한 고통과 인류의 후손이 캉가루가 될
것이라는 인류에 대한 고통이 겹치면서 선조와 자손, 조상과 후손의
문제를 고뇌하게 된다. 그의 내적 세계에서는 수직상에서의 인간관계
의 문제에 갈등을 일으킨다. 불구자이므로 자손이 불구자가 된다고
생각하는 불행감이 인류의 후손인 캉가루에 의해 비극성으로 대체된
다.

「캉가루의 조상」이라는 표제는 인류의 범주에서 해석해야 한다. 신
체적 불구를 인류의 정신적 불구를 내포하는 의미로 볼 수 있다. 삶
을 택하는 것이 불구자의 고통이듯이, 캉가루의 조상이 되는 것은 인
류의 차원에서 보면 슬픔이 된다. 이것은 내적세계에서는 정문보 개
인의 자손문제와 인류의 후손의 문제라는 이중의 고통을 내포하고,

---

38) 평범한 사물을 낯설게 하는 기법은 그러한 사물에 익숙하지 않은 인물을
등장시켜 그 인물의 정신적 과정을 통해 대상을 왜곡시킴으로써 합리화한
다.
쉬클로브스키 외, 『러시아 형식주의 문학이론』 한기찬 역(청하, 1986), 129쪽.

외적관계에서는 미자와 사랑하면서 동시에 사랑해서는 안된다는 이중의 고통을 보이는 다중의미를 연출한다.

이러한 다중의 고통을 해결할 방법은 죽음밖에 없다는 것이 정문보의 결론이다. 정문보는 미자에게 정사를 제의하나, 마음이 융합하며 불구적 인생관의 작품을 이해하는 미자이지만, 죽음에는 동의하지 않는다. 정문보는 죽음을 결행하려고 집을 나온다. 거리는 지나가는 사람들과 거지들이 있는 사회의 공공장소로 열려진 공간이다.

> 생각하면 거리의 사람들이 오히려 사람으로서의 일면을 갖추지 못한 것 같다. 불구한 거리에 삶을 찾는 이 불구한 무리들 —자기가 육체의 불구자라면 그들은 확실히 맘의 불구자다. 이 맘의 불구자들은 죽음이라는 것은 생각지도 않은 듯이 생기에 충만하다. 맘의 불구자는 삶을 찾고 육체의 불구자는 죽음을 찾는다. (248쪽)

'거리의 사람들/정문보'는 '맘의 불구자/육체의 불구자' '삶/죽음'의 대립체계이다. 정문보가 죽음을 생각한다면, 오히려 맘의 불구자들이 먼저 죽어야 하는데 세상은 그렇지 않다는 것을 발견한다. 정문보는 맘의 불구자들의 불구 부분을 갈아 넣어주겠다고 생각한다. '값있는 생명을 부어 넣어 캉가루의 조상이 되기 전에 인류 문화의 축적에 빛이 되는 거룩한 인류의 조상'을 만들어 주어야 한다는 생각으로 전환되면서 죽음이 아닌 삶을 택하기로 한다. 미자와의 방이 개인의 방이라면, 거리는 인류의 방이다. 개인의 방은 정문보 개인적 고뇌가 움트는 곳이며, 정문보의 신체저 불구가 의식되는 곳이다. 거리는 인류에의 고뇌와 연접되며, 마음의 불구자들이 존재하는 공간이다. 정문보는 방에서 나와 거리의 마음의 불구자들을 발견하면서 죽음의 의식으로부터 다시 깨어난다.

정문보는 불구의 씨가 자리잡을 가능성이 있는 집(방)으로 돌아가지 않고 평양으로 향한다. 다른 공간으로의 이행은 다른 차원의 세계에 존재하고자 하는 욕망이다. '사람이 사는데 그 존재가 있는 생을 빛내기 위하여 살아야 하며, 생이 빛나는 곳에 인간의 역사가 빛난다'고 정문보는 말한다. 그러니까 우리가 살고 있는 사회가 바로 불구의 공간이므로, 그 불구의 사회를 구제함으로써 완전한 조화의 세계에 도달할 수 있다고 생각한다.

텍스트에서 정문보의 불구적 신체의 변별자질은 그의 의식의 세계에 관여하며, 정상에서 벗어난 비정상의 세계를 구축하는 성격의 인물이 된다.

인간의 몸에서 '눈'은 세계와의 통로이며 세계를 인식하는 기능을 지닌 신체공간으로 설명할 수 있는데, 정문보의 '한 쪽 눈'의 결손은 인식의 뒤틀림을 의미한다. 그러나 정상적 인물들이 마음의 불구임을 인지하게 됨으로써 그의 이 가시적 세계는 축소가 아니라 오히려 확대되어 불가시적 세계에 도달하여 불구의 의미가 '육체와 마음'에서 뒤바뀐다. 이 텍스트에서 한쪽 눈이 결손된 인물이 지각하는 異常적 세계를 통해서 역설적으로 정상적 세계를 전복시키고 있다. 정상이 아닌 것이 불구라는 개념은 육체의 불구는 외면하고 두려워하면서 정신(마음)의 불구를 인식하지 못하는 정상인들의 지각(知覺)의 결손을 의미한다. 인간의 규범은 신체적 자질보다 정신적 자질의 정상성에 의미가 있기 때문이다.

한쪽 눈이 보이지 않기에 두 눈을 모두 가진 완전한 인물을 의식해야만 하는 인물들 자신의 변별성을 숙명적으로 의식해야만 하는 「누이동생을 따라」의 사나이와 「캉가루의 조상이」의 정문보는 사회로부터 스스로를 소외시키며 예술세계를 구축하는 바로 그런 인물들이다. 「누이동생을 따라」에서 애꾸눈 사내는 홀로 되고, 신체적 결손으로 인해 사회적로부터 소외되면서, 단소를 불게 된다. 단소 소리는 신체적 훼손으로부터 오는 내적 세계의 고통과 상실감을 외부 세계로 전달하는 아름다운 음율이며, 유일한 혈육인 누이동생을 찾는 소리이다. 누이동생의 죽음은 신체적 결손자인 '그'에게 회복할 수 없는 인간관계의 상실을 의미한다. 따라서 현실에서의 삶의 좌표를 잃은 그는 누이동생을 따라 죽는다.

「캉가루의 조상이」에서 정문보는 불구 작가이며, '불구한 성격이 빚어낸 그의 독특한 인생관'을 이해 못하는 비평가와 독자들로부터 비난받으면서, 더욱 자신의 밀폐된 정신세계를 구축한다. 그는 의식과잉으로 초과학적 논리를 전개시키는데, 인간의 후손은 캉가루이며 자신이 죽음으로써 캉가루의 조상이 되지 않는 것이 인류문화를 구하는 길이라고 주장한다. 불구라는 징표는 이제 정문보 개인의 유표에서 인류의 유표로 전환된다. 그의 결손된 눈은 인식의 뒤틀림을 표상하였지만, 결말에서는 거리의 마음의 불구자들의 불구부분을 갈아 넣어주겠다는 의식으로 전환된다. 그러므로 이 작품은 결손 징표를 지닌 인물의 기괴한 심리세계를 형상화하여 인간의 진실한 모습을 되찾으려는데 의의가 있다.

「누이동생을 따라」의 애꾸눈 사내는 죽음에 이르지만 「캉가루의 조상이」의 정문보는 죽음에서 벗어난다는 점에서 차이가 있다.

4. 피할 수 없는 운명 : 외눈, 언청이

얼굴에 나타나는 징표로서 「누님」에서는 애꾸눈, 「추물」에서는 언청이가 변별자질이 된다. 얼굴의 징표는 추함과 연계되며, 남편으로부터 소박맞는 징표가 된다.

레싱은 「라오콘」에서, '추에 대한 묘사는 그것이 대조적 대립을 이
용하여 아름다운 것의 모든 아름다움을 두드러지게 하는 한에서만 예
술에 필요하다.'고 말했다. 추함은 아름다움과 대조되어 드러나는 '-'
징표이다. 『노틀담의 꼽추』에 나오는 콰지모도와 같은 추한 인물들은
'추'를 재현하기 위해서만 묘사된 것이 아니라, <추>를 영원히 거역할
수 없는 삶의 한 법칙으로 간주하고 있다. '추를 거부하는 것이 아니
라 긍정하기 때문'39)이다.

「누님」

이 텍스트는 누님에 관한 이야기로, '나'에 의해서 관찰되고 회상되
고 있다. 누님의 신체적 결손요소는 한 쪽 눈이 망가진 애꾸눈인데
이러한 변별인물이 다른 인물들과의 관계에서 어떻게 소외되고 있는
지의 문제를 나의 시선을 통해 보여주고 있다.

> 아버지가 위급하다는 전갈을 받고 집에 온 '나'는 아버지가 아
> 직 숨을 쉬고 계셔서 장자로서 아버지의 운명을 지켜볼 수 있다
> 는 것만으로도 다행으로 여긴다. '나'는 아버지의 죽음을 자기와
> 의 관계에서만 생각했으나, 아버지는 죽음의 순간에도 딸에 대한
> 생각에서 떠나지 못한다.
> 다음순간 어머니는 갑작스레 잊었던 서름을 다시 생각해 낸 것
> 처럼 눈물을 흘리시며 낮옥한 한숨을 내쉬는 것이었다.
> "마득 그애의 일이 뼈에 사무쳐 잊지를 못하면 저렇게 죽게 될
> 자리에서두 딸의 이름을 부를가 …하기는 딸두 같은 자식이기는
> 하지만…"40)

---

39) M.S.까간, 『미학강의 1』 진중권 역(새길, 1989), 163쪽.
40) 김소엽, 『월북작가대표문학』 9권(서음출판사, 1989) 20쪽.

나와 어머니는, 아버지가 임종 순간에서도 딸을 부르는 간절함에 잊었던 설움을 더 생각한다. 누님인 남순이가 가족들에게 설움을 유발시키는 요인이지만, 그 이유는 진술되지 않은 채, 누님을 데리러 가면서, 나의 회상을 통해서 조금씩 드러난다.

> ① 누님은 불쌍한 사람에 틀림없다. 나희 삼십이 넘도록 슬하에 딸 자식 하나나마 없이 어미의 정을 몰은다는 것은 확실히 여인으로서 불쌍한 여인이며, 그 보다도 아직 늙지도 않은 젊은 몸이 이런 멀고 먼 생초한 곳에 와서 뭇사내들의 밥치닥거리나 해주는 부엌데기 노릇을 하고 있는 것은 인간으로서도 자못 불우한 편이다. (22쪽)

> ② 이야기 속에 이야기라고나 할지 알 수 없다. 허나, 나는 누님이 밟아온 그 험난하고도 쓸쓸한 반생을 말하려면 암만해도 이 이야기를 먼저 그집어 내지 않을 수 없다. (22쪽)

누님은 가족들의 설움이 되며 불쌍한 여인이라는(예①) 사실이 '나'의 판단에 의한 일방적 진술이므로 독자는 아직 누님의 실체와 만나지 못한다. 누님의 이야기는(예②) 나의 진술이지만 '나'의 단일한 음성이 아니고 숨겨진 서술자의 음성이 복합되어 '이중의 음성'으로 서술된다. 따라서 내화는 '나'와 3인칭 서술시점이 혼합되어 서술된다.

'십칠년전 어느 무더운 여름날이었다'로 시작되는 사건이 누님의 운명을 지배하는 요인이 된다. 동리 아이들을 잘 때리고 남의 물건을 뺏어가기도 살하는 아주 왈패 각다귀 삼봉이가 "요놈의 게집애 너 이 활촉으로 누깔을 마치겠다."며 활로 쏘아 누님의 눈을 맞췄다. 삼봉이네 개가 '나'의 집 꽃밭을 망쳐놓았기에 어머니가 그의 개를 때린 일로 분풀이를 한 것이다. 죄가 없으면서도 불행을 맞이하는 희생물이 되어 얼굴에 <외눈>이라는 징표를 지니게 되었다. 이러한 희생자들은 여성이나 어린아이 등이 대부분이다. 남순이는 힘이 없는 자의 표상이다. 자신의 죄로 인해 받은 징벌이 아닌데도, 보복의 화살은 약한 인간에게 쏟아진다. 약한 인간은 거대한 존재자의 희생물이 되고 있다. 남순이의 불행은 이 사건으로부터 시작된다. 신체적 결손 때문에 인간적 관계로부터 소외된다.

남순이의 신체적 변별자질이 남순이의 삶에 어떻게 관여하고 있는가? 이것은 공간의 차이화로 나타나는데, 남순이는 먼저 학교로부터 거부당한다. 애꾸눈 병신아이를 잘못 들였다며 학교로부터 입학하자마자 쫓겨나는 것이다.[41] '남순이/다른 아이들', '애꾸눈/정상'이라는 변별징표가 공간을 차이화한 것이다. 학교에 다닐 나이에 다른 아이들처럼 학교에 다니지 못하고 집에 있음을 나타낸다. 다른 아이들과 같이 있어야 할 공간에 같이 있을 수 없는 신체적 변별자질이 남순이의 공간위상에 관여하여 '학교' 아닌 '집'의 공간에 속하게 한다. 학교는 사회로의 첫 출발의 공간이다. 따라서 남순에게는 사회로의 영입의 통로가 차단되는 것이다.

남순이는 남편과 시집 식구들과의 관계에서도 공간적 소외를 당한다. 부부가 한방에 기거하는 경우의 그 공간이 정상적 관계의 공간이라면, 남편은 남순이의 방에 들어오지 않으므로 이 경우의 공간은 정상에서 벗어난 공간이라 할 수 있다. 남순이는 남편으로부터 배척당하며 집으로부터 쫓겨난다. 남순이는 남편과 한 집에 있어야 하는데, 남편의 집이 아닌 '네집'으로 가야 한다. 남순이는 화합의 공간에 존재할 수 없는 인물이 된다.

"천신같이 착하구 바지런한 저 애에게 무슨 죄가 있겠니, 참 애

---

41) 「사계와 남매」에서도 불구자는 학교에서 입학이 허용되지 않는다. 그 당시 사회 현실의 일면을 보여주고 있다.

매하지 모두가 원수의 그 눈때문이다. 눈 때문이야…"(25쪽)

남순이는 죄 없이 애꾸눈이 되었고, 단지 애꾸눈이라는 죄 때문에 있어야 할 공간에 존재할 수 없는 인물이다. 신체적 결손으로 인하여 학교와 시집으로부터 쫓겨나는 남순이는 자기 스스로를 대인적 관계에서 소외시키고 차단시키는 인물이 된다.

> 골목골목은 추궁으로 추천하러 나가는 색시들로 꽃밭을 이뤘는데 밖에 나갔던 내가 집으로 들어와 보니까 부엌문 어구에 누님 혼자 시름없이 앉아 있었다. (26쪽)

오늘 '나'에게 목격된 누님의 모습에서, 그녀는 '여럿이 함께 하는 공간' 속에 있지 못하는 인물임을 엿볼 수 있다. 오늘같이 좋은 날 소풍할 겸 구경가보라고 권하였더니, 누님은 '팔자존 사람'이나 댕긴다며 치마자락에 얼굴을 파묻는다. 밖은 단오날이라 색시들로 꽃밭을 이루었지만, 누님은 혼자이다. 밖은 밝음과 놀이의 공간이지만, 안은 어둠과 고독의 공간이다. '팔자 존 사람'이 아니기 때문에 밖에 나가 함께 놀 수 없다는 발화는, 다른 색시들은 '팔자 존 사람'이며 놀이 공간에 속하는 인물들임을 의미한다.

밖	안
색시들	누님 혼자
꽃밭	시름
밝음	어둠
팔자 좋은 사람들	나 같은 것

위에서 보는 바와 같이, 다른 색시들과 남순이는 구별되며 남순이

는 함께 놀 수 있는 공간에서 이탈된 인물임을 알 수 있다. 배움의
공간, 결혼의 공간, 놀이의 공간에서 소외된 남순이는 일의 공간에서
만 자리를 발견한다. 누님은 친정에서 넋을 잃고 3년이 지나도록 있
다가 백삼장으로 일하러 다녔고 두 달 전부터는 U읍에서 인부들의
밥을 지어주고 있다. 남순이가 일의 공간에 끼어 들었지만, 돈에 욕심
이 있는 것도 아니고 미래와 희망이 있는 것도 아니다. 시집에서 부
르기만을 기다리는, '동양적 윤리관에 깃드러있는', '청춘을 늙히는 기
막힌 운명'의 누님인 것이다. 화자의 침입의 정도, 자의식의 정도, 그
리고 서사대상이나 수화자로부터의 거리는 그 화자의 인물구성
(characterization)에 기여할 뿐 아니라, 그 서사물에 대한 우리의 해석
이나 반응에 영향을 미친다.42) '나'의 연민의 시선을 통해 회상되는
누님의 지나온 삶은 소외된, 기다리는 여인의 모습이다. 현재적 사건
으로는 누님을 집으로 데려오고 난 후의 일이다. 딸을 본 아버지는
매부를 부르신다. 그러나 '오지 않으려는' 매부는 어머니가 가셔서,
할 수 없이 왔다.

> "너두 이제는 … 철이 들었겠구나. 저앨 다시 다려가렴 소원이
> 다."
> "왜 대답이 없니?"
> 순간 아버지의 두 눈은 무서운 빛을 띄고 매부를 노려보았
> 다.(34쪽)

남순이는 남편과의 관계에서 <자리>를 차지하지 못한다. 마지못해
'곧 다려 가겠다'는 매부의 말을 듣고 나서야 아버지는 비로소 세상
을 뜬다. 아버지가 운명하면서까지 다짐을 받았으나 매부는 약속을
지키지 않았다. 매부의 마음의 공간에는 남순이의 자리가 없다. 남순

---

42) 제랄드 프랭스, 『서사학』 최상규 역(문학과 지성사, 1988) 27쪽.

이가 소외되는 이유는 신체적 불구라는 것이 '-' 징표로 작용하고 있기 때문이다. 남순이는 시집으로 복귀하려고 하나 좌절된다. 누님은 장례를 치른 후 다시 부엌데기 노릇을 하러 U읍으로 떠났다. 누님은 있어야 할 공간이 없는 인물이다. 이처럼 '나'는 누님을 서사공간에 드러내놓는 역할을 하고 있는 것이다.

남순이는, 서사공간의 처음과 끝에서 변화를 보여주지 않는, 변경 불가능한 숙명적 여인으로서 보상 없는 인생을 산다. 운명의 덫에 대항하여 투쟁하는 영웅적 모습이 아닌, 자신의 운명에 항의조차 하지 못하는 허약한 인물이다. 남편으로부터 버림받은 존재이며. 애꾸눈이라는 신체적 결손 징표로 인하여 소외되는 인물인 것이다. 이러한 인생에 대한 연민의 정이 '나'를 통하여 흐르기에 버림받은 존재이지만, 그와 동시에 버림받아서는 안 된다는 호소가 묻어있다.

「추물」

텍스트의 표제에 이미 신체적인 '-' 징표가 나타나 있다. 여기에서는 추물이라는 징표가 한 인물에 어떻게 관여하고 있는가를 살펴보겠다.

> 언년이가 아기를 뱄다는 일은 언년이 자신이 생각할 적에도 거짓부렁처럼 생각되었다.
> 언년이를 한번만 본 사람이면 누구나 다 언년이가 아기 뱄다는 소문을 들으면,
> "원 그래두 서방이 있든게시 하, 하"[43]

텍스트는 이러한 진술로 시작하는데, 언년이에게 서방이 있다는 것

---

43) 주요한, '추물', 『신한국문학전집』(어문각, 1972), 338쪽.

을 정상에서 벗어난 것으로 보고 있다. 언년이 자신까지도 아기를 뱄다는 사실이 거짓말 같다고 생각한다. '서방이 있을 수 없다', '애기를 배지 않았다'가 정상이라면 지금 언년이는 '아기를'뱄으므로 비정상이다. 여인에게는 서방이 있을 수 있고 또한 아기를 밸 수 있는 것이 당연한 일이나. 언년이는 추물이라는 신체적 징표가 작용하여 서방이 있을 수 없다고 생각되는 인물이다. 즉, 일반적인 생각에서 벗어난 언년이므로 그녀는 아기를 배지 않아야 정상인데, 반대로 아기를 뱄으니까 이중으로 일탈을 하고 있는 것이다. 언년이 자신도 거짓부렁처럼 생각되는 것은, 자신의 얼굴 때문에 그동안 남자들의 사랑을 받지 못하면서 남자들을 그리워했기 때문이다.

> 그처럼 언년이는 얼굴이 못생기디 못생긴 추물이었다. 툭 불거진 이마가 떡을 두어말 칠이 만큼 넓은데다가 그 밑에 불거진 두 알의 왕방울 눈은 금붕어를 연상시키었다. 두 눈이 툭 불거진 사이로 콧마루는 아주 없는 셈이어서 이른바 <꺼꺼대 상판>인데다가 편편하게 내려오던 코가 입 바로 위에까지 와서는 몽톡하게 솟아오른 콧잔등이 좌우 쪽으로 개발코가 벌룩벌룩하였다. 윗 입술은 언청이가 되어서 왼편이 버그러졌는데 아랫니는 뻐드렁니가 되어서 언제나 입을 꼭 다물 수가 없는 형편이었다. 턱은 웬일인지 앞으로 쭉 내뻗치어서 고개를 숙인다고 해도 남 보기에는 언제나 쳐들고 있는 듯이 보이는 것이었다. (338쪽)

언청이이며 추물인 언년이의 생김새는 「장화홍련전」의 계모 허씨 부인을 연상시킬 정도로 기괴하다. 기형적인 추한 얼굴은 정상에서 벗어난 부자연스러움으로 인하여 다른 이들과 변별되는 표시가 된다. 이 '그로테스크한 모습으로서 그 기괴함과 부자연스러움이 소외된 세계를 형상화시킨다.'44) '장화홍련/허씨부인'에서 미와 대립되는 추는

---

44) 한봉흠(1972), '고전소설에 나타난 그로테스크 현상', 『이화영교수 회갑기념

악덕의 표상으로 나타나지만, 언년이에 있어서 추는 악의 표시가 아니라 비운의 표시로써 사랑 받지 못하는 여인의 징표가 된다.

> ① 사람은 무엇 보다 먼저 외모를 보는 것이고 훌륭하면 속에 개차반을 품고 다녀도 높은 사람이 되었고 특히 여자에게 있어서는 얼굴의 아름다움이 거의 그 일생을 결정짓는 가장 중요한 요소로 되어 있는 이러한 세상에 추물인 우리 언년이는 불행할 수밖에 별 수가 없었던 것이다. (339쪽)

> ② 사람은 어릴 때부터 벌써 불구자나 추물의 불행을 멸시와 놀림감의 가장 좋은 대상으로 삼는 잔인성과 비열을 누구나 가지고 있다. 아마 자기는 그래도 저것보다야 낫지 하는 일종의 열등감의 소유자가 만족을 얻는데 희열을 느끼는 모양이다. (339쪽)

예 ①에서 독자는 사람은 역시 무엇보다 외모가 중요하다고 말하는 작가의 목소리를 듣는다. 언년이가 추물이기에 불행했다는 사실을 먼저 듣게 되는데, 텍스트의 표제가 추물인 것은 언년이의 추물이 그녀의 불행의 징표로서 크게 작용하고 있기 때문이다. 정상인들이 불구자나 추물 등의 신체적 결손자들을 멸시하고 조롱함으로써 만족해하는 인간의 잔인한 속성(예②)을 폭로하는 서술자45)는, 서사공간에 등장하지 않은 채 다만 논평하는 침입자이다. '우리' 언년이라는 지칭은, 서사인물(언년)과 한 서사공간에 위치하지 않으면서. 발화자와 청

논문집』, 281-282쪽.
45) 화자는 이야기되는 사건들이나 제시되는 작중 인물들이나 수화자(Narratee)로부터 거리가 멀 수도 있고 가까울 수도 있다. 이 거리는 육체적인 것일 수도 있다.(예를 들어 『양철북』에 나오는 오스카르는 난장이들을 이야기 상대자로 삼지 않는다.)
제랄드 프랭스, 『서사학』, 최상규 역(문학과 지성사, 1988), 27쪽.

자를 한데 묶어주는 기능을 하는 언표이다. '사람을 외모로 비판하지
말라'는 가르침이 시행된 적이 없다면서 언년이의 과거로 되돌아가
후변법으로 서술하고 있다.

또, 언년이의 어린 시절에 언청이라는 신체적 징표가 친구들과의
관계에도 작용하고 있다. 언년이는 '토끼' '꺼꺼대' '개발코' '황소'
'언청이' '원숭이' '금붕어'니 하는 여러 별명으로 불렸다. 자신의 이
름이 아닌 별명으로 불리며 놀림을 받았으나, '자기 얼굴이 그처럼 못
난 데 대해서 큰 설움을 느끼지는 않았었다'고 진술하고 있다. 이것은
어린시절에는 머리를 쓰다듬어 주시는 할아버지, 추한 얼굴이라 대신
솜씨를 가져야 한다고 바느질을 가르친 어머니 등과 함께 하는 공간
이었기에 설움도 갈등도 별로 없었다. 친구들이 놀리면 울다가도 금
방 잊어버리고 함께 놀았다. 어린시절에는 신체적 징표로 인한 차이
화를 의식하지 못했다.

언년이가 성장할수록 신체적 '－' 징표가 변별자질로서 관여하고
있음을 알 수 있다. 서술자는, 조물주가 심심해서 실없는 장난을 했다
는 언년이의 신체적 징표가 그의 운명에 불행의 요인으로 작용하고
있다고 진술한다. 언년이는 식구들과 함께 있는 공간에서는 갈등이
없었으나, 얼굴의 추함 대신에 일솜씨를 내세워 시집보낸다.

시절	어린시절	처녀시절	결혼시절
상대인물과 반응	(동무들) 놀리다 －울다	(총각들) 비웃다 －죽고 싶다	(남편) 마주보지않다 －소박맞다
예문	언청이 입으로 토끼새끼처럼 흐물흐물 먹는다고 친구들은 놀리고, 할아버지는 머리를 쓰다듬는다	'토끼처럼 흐물흐물 먹는 꼴이란' 총각들이 박장대소	첫날밤 신방을 뛰쳐나간 신랑은 언년이와 마주 앉기를 싫어했다 남편이 집을 나간 후 생과부로 소처럼 일하다

언년이는 첫날 밤, 신방에서 남편이 떠나고, 빈 공간에서 공허함을 느끼게 된다. 공허함은 새 세계에 대한 그리움으로 채워진다. 언년이는 '팔자를 고치겠다'는 욕구로 고향을 탈출하여 서울의 일가집으로 찾아간다. 여기에서 공간의 이동은 인물의 변신욕구를 나타내는 것으로 해석된다.[46] 그러나 언년이에 있어서의 변신은 다만 환상으로서 빈 공간을 채우게 한다. 첫 번째 환상은 서울 온 첫날밤 봉네어미와 꽃구경을 간 창경원에서 깨어진다. 창경원에는 꽃이 만발하고 남자들의 숨결이 가까이 있고 몸이 부딪치고 손이 스친다. 이처럼 창경원은 온통 무엇으로 가득찬 공간이다. 언년이는 '꿈에 걷는 사람처럼' '황홀한 환상'에 빠지고, 한 귀공자가 언년이에게 '저리 좀 갑시다'라고 속삭인다. 그러나, 환한 전등불 아래로 오니 도망을 가버린다. '그녀는 부지중 손으로 자기 얼굴을 만지어' 봄으로써 환상으로부터 깨어나 자기가 혼자일 뿐임을 알게된다. 이처럼 얼굴이 추물이므로, 팔자를 고쳐 보겠다는 변신욕구는 서울 첫날밤부터 깨어진다. 그러나 육체적 욕망은 지워지지 않는다. 서울에서의 첫날밤 봉네어미를 찾지 못해 '잃어버린 사람 수용소'에서 지내야만 했다.

두번째의 환상은 식모로 들어간 집에서 깨어진다. 언년이는 식모로 들어가는 집마다 쫓겨난다. 그래서 '열일곱 집을 경유하여' 겨우 이 집에 들어온다. 주인아씨와 손님의 대화 중에 "숙자어머닌 남편 뺏길 염려는 통 났구려"라는 말과, 언년이의 흉한 얼굴이 손님들에게 창피하다는 진술로 미루어보아 언년이의 추물인 얼굴이 유표로 작용하고 있다. 언년이의 추한 얼굴이 환영받지는 못하만, 동시에 '남편을 뺏길 염려가 없다'는 점에서는 안심이 되는 이중 외미로 작용하고 있는 것이다.

---

46) 유리 · 로트만, 『예술텍스트의 구조』, 유재천 역(고려원, 1991), 338쪽.
    공간적 이동은 변신을 의미한다.

> 빨래감으로 주인나리의 옷이 나오면 어떤 때 그녀는 몰래 그
> 남자 옷을 힘껏 움켜쥐어 보는 때도 있었다.…(중략)…
>   때로는 매일 물을 길으러 오는 그 텁석부리 물지게꾼이 몹시
> 그리운 밤도 있었다. 또 어떤 때는 비웃장수, 사랑에 간혹 찾아오
> 는 남자손님, 심지어 어떤 때는 대변 퍼 가는 늙은이를 그리워하
> 는 때까지 있었다. 또 때로는 생전 처음 보는 남자와 한자리에 눕
> 는 꿈을 꾸고 소스라쳐 깨는 때도 여러 번 있었다. (344쪽)

언년이의 육체적 욕구는 끝없는 환상으로 이어지고 있다. 어느 일
요일 주인 식구가 소풍 나간 날에 환상은 현실로 나타난다. 주인이
없다는 사실을 알고 물지게꾼은 대문을 안으로 잠근다. '이 이야기 맨
시초에 말한 애기뺐다는 것은 곧 언년이가 텁석부리 물지게꾼의 씨를
뿌리고 있었다는 것이다'라는 서술자의 목소리가 삽입된다. 이러한
서술자의 틈입은 언년이의 환상과 현실 사이처럼 갑자기 드러난다.
언년이의 환상 속에 현실이 갑자기 끼어 들게 되면서 동시에 환상은
부셔져 버린다. 그 날 이후, 살림을 오붓하게 차려 보리라던 언년이의
달콤한 환상은 물지게꾼이 나타나지 않게 됨에 따라 깨져 버린다.
  세번째는 아기를 가지면서 환상을 품게 된다. 한 남자의 사랑에 대
한 환상은 깨졌지만, 그 허무감은 다른 여자들처럼 아이를 낳을 수
있다는 기쁨으로 대치된다. 이 세상에서 가장 예쁜 딸을 갖고 싶다는
것이 새로운 환상이 된다. 제일 어여쁜 처녀의 어머니가 되고 싶은
꿈이 세상에의 희망이므로, 언년이의 장래도 여기에서 결정된다고 생
각하기에 이른다. 그리고 예쁜 딸이야말로 그 동안의 세상에 대한 복
수라 생각하여 칠성님께 빈다. 이는 자신의 신체적 결손자질인 '추함'
을 아기의 미로 상쇄시키려는 욕구이자, 자신은 비록 추물이지만 예
쁜 딸을 낳을 수 있다는 것을 세상에 보여줌으로써 자신의 추를 무화

시키고 싶은 환상욕구인 것이다.

① 「제에미 고대로군」
② 언년이는 앞이 캄캄해지는 것 같았다. 온갖 기대, 온갖 꿈,
   온 생애가 그냥 산산이 부서져 버리는 것을 느꼈다. (347쪽)

'제어미 고대로군'은 환상을 깨뜨리는 소리이다. 언청이가 언청이를 낳았다는 것은 곧 언년이의 일생의 부끄러움에 새로운 부끄러움을 얹어 주는 한 개의 절망이었기 때문이다. 닮은꼴에서 또다시 자기의 일생을 확인해야 하는 것이다. 자기의 추한 일생, 저주의 일생에서 벗어나고 싶어하던 희망은 절망으로 바뀐다. 언청이는 또 쓰라린 일생을 되풀이하게 하느니 차라리 애기일 때, 가는 것이 낫겠다고 생각한다. 처녀시절 동네 총각들이 놀릴 때 죽고싶어 하던 절망이 지금 자신의 닮은꼴을 죽임으로써 또다시 반복되는 그 절망감으로부터 탈출하고 싶은 것이다. 아기를 죽이려는 것은 자기자신을 죽이는 것과 같은 행위이다. 곱게 바느질한 저고리를 덮어 아기를 누르는 순간, "뒈데라, 뒈데라!"하는 순간, 아기의 발깍소리가 그치는 순간, 언년이는 손을 떼면서 '반년동안 꿈꾸던 이쁜 아기가' 누워 있는 것처럼 느끼게 되는 것이다.

언년이는 신체적으로 볼때 얼굴이 추한 인물이다. 동시에 그녀는 자신의 아기를 죽이려는 행위를 보이므로, 인간의 존엄성을 파괴하려는 측면에서 볼 때 행위의 추함도 드러내는 인물이라고 할 수 있다. 그러나 신체적으로 추한 징표는 존경도 동정도 받을 가치가 없는 추하고 비천한 피조물의 징표일까?

예술 속에서 추에 대한 묘사는 미에 대한 간접적인 긍정이다. 인간의 추한 모습을 폭로함으로써 아름다운 삶의 이상을 지향한다는 미적 윤리에서의 미와 추는 이 텍스트에서 과연 어떻게 형상화되고 있는

가. 추한 신체적 징표가 욕구의 좌절과 환상의 파탄으로 연접되면서
늙은이에 대한 환상은 역겨움을 유발한다. 그리고 물지게꾼의 일시적
인 욕망 해소와, 그와의 달콤한 꿈(새 살림)에의 좌절은 천박하게 그
려지고 있다. '언청이'라는 별명으로 불려지는 조롱과 경멸은 외적인
신체적 징표이지만, 언년이의 일생에서 이뤄지지 않은 환상들까지도
조롱과 경멸의 대상으로 형상화된다. 추한 외모와 아름다운 정신의
양면성의 조화를 위해서 사용된 징표가 아니라, 추한 징표를 더 추악
하게 돌출 시키고 있는 것이다. 인간의 사랑의 욕구에서 모든 가능성
을 제거해 버린 상태의 형상화로서 외형적인 추물을 그리고 있다. 미
=사랑의 성취, 추=사랑의 좌절이라는 통상적 개념이 있다. 사랑의
가능성에서 미와 반대로 추는 결핍된 상황을 보여준다. 모든 것을 제
거한 후에 추출되는 것, 가장 마이너스 상태의 인물에서 남는 것은
무엇일까. 원하는 것을 획득할 수 없는 조화될 수 없는 상황에서 그
래도 인간의 원초적 욕망은 제거될 수 없다.

언년이는 언청이로서 추한 얼굴의 '-'의 징표로 인해서 소외되고
버림받는 여인이지만, 자기의 닮은꼴인 아기를 죽이는 순간, 즉, 자기
자신이 죽는 순간 다시 깨어나는 것이다. 이러한 극적 전환은, 결국
환상에서 깨어나면서 타자들이 자기를 떠났지만 자기는 자기 자신을
떠날 수는 없는 것이므로, 자기의 분신에 대한 사랑, 생명을 부정하거
나 외면할 수 없는 것이다. 이처럼 모성의 세계에서는 모든 결손징표
가 무화 되는 작용을 하고 있다.

「누님」과 「추물」의 인물들은 얼굴의 변별 징표로 해서 남편으로부
터 버림받는 여인이다. 「누님」에서 남순이는 신체적 결손자질로 해서
변별되며 버림받은 숙명적 여인이다. 학교로부터 쫓겨나 집에 있어야
했으며, 시집에서 남편과 함께 살지 못하고 쫓겨갔으며, 동네 색시들

과 함께 하는 것이 아니라 혼자 시름 속에서 지내야만 하는 인물이다. 신체적 징표로 인하여 쫓겨나고 소외되는 공간에 속하는 징표가 된다.

「추물」에서 언년이는 언챙이이며, 기괴한 모습의 추물이라는 징표가 작용하여 서방이 있을 수 없다고 생각되는 이물이다. 미와 추의 대립이 선과 악으로 표상되어 왔지만, 언년이에게는 비운의 표시로서 사랑 받지 못하는 여인으로 변별된다. 시집간 첫날 남편으로부터 버림받으며, 식모로도 환영받지 못하는 추한 여인이다. 그러나 사랑에의 환상적 꿈은 깨어지고 아기를 낳게된다. 세상에서 가장 예쁜 딸을 낳아 복수하고 싶어하던 언년이는 자신의 닮은 꼴을 죽이는 순간 환상에서 깨어난다. 신체적 '−' 징표가 언년이의 숙명에 관여하지만, 모성의 세계에서는 무화되어 새 생명을 존중한다.

5. 자리 찾기 : 곰보

천연두에 걸리면 병으로 죽거나 아니면 살아났을 경우 흔적이 얼굴에 남게된다. 곰보라는 변별 징표는 처음에는 하늘의 벌로서 인식되어 왔으나, 지금은 미와 대립되는 추한 것으로 인식된다.

「계집하인」

이 텍스트는 주인과 계집 하인의 인간관계로부터 비롯된다. 양천집과 점순어멈이라는 두 계집 하인이 있는데, 외모뿐만 아니라 일하는 데에도 차이가 있는 인물들이다.

먼저 텍스트의 서두에서 주인 내외의 인물 묘사를 보면, 주인은 30

내외의 호색하는 청년으로 계집 하인이라도 젊고 예쁘기를 바라며, 집에 드나드는 친구들에게 불쾌하게 보이지 않는 하인이기를 바란다. 아내는 구식 가정부인으로 얼굴이 몹시 여위었으며 남편에 비해 아주 머니뻘 되어 보이므로 질투하는 여자이다. "일이 첫째 목적인데 일만 잘하면 그만이지 인물만 이쁘면 첩을 삼을테요"라는 아내의 주장으로 양천집을 데려 왔으나 양천집은 외모가 흉할 뿐 아니라 행실에도 흠이 있음이 드러난다. 양천집의 흉한 얼굴은 신분적으로, 성격적으로 저급한 인물임을 나타내는 지표로 쓰이고 있다. 이는 외모를 통해 인물의 성격을 창조하는 방법을 연상시킨다.[47]

① 그날로 양천집이 왔다. 오고 본즉 주인아내도 유쾌치 못할만치 흉한 얼굴을 가졌다. 한쪽 얼굴이 눈하나를 어울러서 뺨까지 대패로 깎은 듯하고 따라서 눈알이 껍질이 벗겨져서 툭 불그러졌다. 그래 한 눈이 유달리 크므로 다른 한쪽도 또한 몹시 작아 보인다. 거기다가 곰보며 머리는 쥐가 뜯은 것처럼 군데군데 났다. 손이 크고 발이 크다.[48]

② 며칠이 지났다. 양천집의 흠이 나타나기 시작하였다. 시골서 아무렇게나 자라난 데다가 이리 저리 떠돌아 다녀서 배운 것 없고 본 것이 없어서 어른 아이 알아볼 줄 모르고 말버릇이 없다. 거기다가 성미가 뾰롱뾰롱하고 소갈머리가 없어서 어떤 때는 주인 아내의 눈짓하는 것도 모르고 제멋대로 하는 때가 있다. (87쪽)

47) 고대소설에서는 작중인물의 성격을 창조할 때 그 외모를 통해서 내면세계를 그려내려고 한다. 이것은 외모와 성격이 일치한다는 생각에 바탕을 둔 발상법이다. 선인은 그 외모부터가 아름답고 악인은 그와 반대다.
정하영(1987), '심청전에 나타난 악인상', 『국어국문학』 97호(국어국문학회), 17쪽.
48) 나도향(1925), '계집 하인', 『벙어리 삼룡이』(삼중당, 1976), 87쪽.

예①에 그려진 양천집의 흉한 얼굴은 외양을 취하는 주인의 상을 지푸리게 한다. 주인 아들은 '애꾸눈'이라고 놀리고, 그 주인의 친구 는 "못 쓰겠네 남볼성 사나"라며 내보내라고 한다. 양천집은 곰보, 애 꾸눈인 흉한 얼굴로 배척 당할 뿐 아니라, 일과 행실에서도 흠이 나 타(예②)나므로, 주인 아내도 실망하게 된다. 양천집 때문에 불화하던 주인 내외는, 양천집이 초상을 치르러 시골에 간 기회에 새 계집 하 인을 들인다. 새 계집 하인인 점순어멈은 양천집과 외모가 다를 뿐 아니라 일하는 솜씨도 다르다.

점순어멈	양천집
인물이 반반하다	애꾸눈, 곰보, 불에 데인 얼굴
영리하다	배운것 없어 소갈 머리없다
일솜씨가 좋다	제멋대로 일한다
말솜씨도 솔깃하게 하다	말버릇이 없다
(+)	(−)

두 계집 하인의 외모에서 변별되는 차이성은 인물의 행동거지까지 관여하는 요소로서 인물을 성격화(characterize)하는 기능을 한다.[49) 이 텍스트에서 얼굴의 징표는 다른 사람들이 '좋아함/ 싫어함'으로 작용 하고 있으며, '행동거지', '일솜씨' 뿐 아니라 '성격' 또는 '운명'까지 도 대립구조를 이루게 된다.

---

49) 고대소설의 인물창조에 있어서 긍정적 가치와 부정적 가치는 서로 대립적 인 것으로 나타난다. 미와 추, 악과 선, 부와 빈, 귀와 천, 복과 화 등은 서 로 엄격하게 대립되는 영역이다. 그러면시 긍정적 가치는 긍정적 가치끼리, 부정적 가치는 부정적 가치끼리 한데 결합해 나가는 양상을 보인다. <선− 미−부−귀−복>이 하나의 결합체를 이루고 <악−추−빈−천−화>는 다른 하나의 결합체를 이룬다.
정하영(1987), '심청전에 나타나는 악인상', 『국어 국문학』(국어국문학회), 16-17쪽.

시골에서 돌아온 양천집은 '불안해하면서' 자신의 우선권을 주장한다. 양천집의 신체적 결손이라는 '－'징표는 행실에서도 나타났을 뿐 아니라, 그의 내적 세계인 성격까지도 지배한다.50) 그리하여 양천집이 자신감이 결여된, 불안한 태도를 보이는 인물임을 구체적으로 드러내 보여 준다. 반대로 점순어멈은 벌써 자기가 승리자인 것을 알아챌 정도로 영리한 인물이다.

주인나리가 두 계집 하인 중 하나를 간택하여야 하는 순간에 점순 어멈은 '기꺼운 빛이 얼굴에 보이고', 양천집은 빼앗기지 않으려고 '억지겸 변명'을 한다. 양천집과 점순어멈의 신체적 변별성은 얼굴의 '흉함/반반함'이 대립체계를 이루며 '자신 없음/자신있음'의 내적체계 에까지 관여하고 있다.

양천집은 얼굴이 흉한 것을 알고 있기에, 다른 사람과의 대결에서 자신이 없으며 그것이 삶의 태도에 작용하고 있다. 자기 자신에 대한 태도는 그와 다른 사람이 갖는 관계에서 생긴다. 자기 자신에 대한 의식은 자신에 대한 타인의 의식을 배경으로 지각되고 있으며, '자신 에 있어서의 자아'는 '다른 이에게 있어서의 나'51)를 배경으로 이해되 는 법이다.

주인나리가 점순어멈을 선택하였을 때 점순어멈은 '씽긋' 웃었고, 양천집은 '눈물이 글성 글성'하는 등 성취와 상실의 두 모습을 보여 준다. 양천집과 점순어멈으로 대립되는 두 인물은 외모의 차이성에 초점을 두고 성격화한 것으로서 애꾸눈에다 곰보이기까지 한 흉한 얼 굴이 신체적 변별요소가 되어 인물의 내적체계 뿐 아니라 주인에게 간택되지 못하는 상황에까지 '－' 징표로 관여하고 있다.

---

50) 일련의 육체적 속성은 심리적 속성명제(Attributive proposition)를 함축하고 있다.
리몬 케넌, 『소설의 시학』, 최상규 역(문학과 지성사, 1985), 64쪽.
51) M. 바흐찐, 『도스또옙프스키 시학』, 김근식 옮김(정음사, 1988), 298쪽.

「정순이의 설움」

정순이는 하인이다.

따라서, 다른 인물과의 관계 속에서, 정순이가 어떠한 인물이며 또한 정순이의 설움이 무엇인지를 밝혀볼 수 있을 것이다. 여기서는 정순이의 신체적 징표가 다른 인물과의 관계에 어떻게 작용되고 있는지를 살펴보기로 하겠다.

정순이의 설움은 주인과의 관계가 아니라 김의사와 개똥어멈과의 관계에서 발생하고 있다. 먼저 김의사를 보면, 정순이가 아프기 때문에 이 집 단골의사인 김의사가 정순이의 방에 들어오게 된다. 젊은 남자를 방안에 처음 맞게 되는 젊은 계집애인 정순이는 부끄럽고 즐거움으로 울렁인다.

> 둥그스름한 얼굴의 윤곽. 깨끗한 빗갈. 하연이가 마음에 드는듯이 정순이는 물그럼이 의사의 얼굴을 치여다 볼 때에 그의 얼굴에서는 그 무슨 따뜻한 기운이 자기를 어루만저 주는 듯 하였다.[52]

젊은 의사의 외모는 수려하게 묘사되어 있지만, 정순이의 외모는 숨겨진 채 뒤에 가서야 변별 징표가 드러난다. 처음으로 젊은 남자에게 손을 잡히는 등 이성과의 접촉을 통해서 정순이는 '잠깐동안 압흔 것도 이저버리고 여러가지 공상'을 하게 된다. 젊은 김의사와의 신체적인 접촉으로 자신의 처지를 잊어버린 정순이는 의사와 환자의 관계가 아닌 젊은 남자에 대한 그리움이 생기게 된다. 김의사의 친절한 솜씨에 감동하여 그가 어머니보다 고마운 사람인 것으로 생각하고,

---

52) 박영희(1925), '정순이의 설움', 『개벽』, 23쪽.

김의사를 그리워하게 된다. 그러나 '정순의 설움을 아는 사람은 하나
도 없었다. 그까진 남의 집 하인 노릇하는 정순의 청춘의 슬픔을 알
려고도 하지 않았다'라는 진술처럼, 정순이의 김의사를 향한 사랑의
분출은, 설움으로 변하게 된다.

> 김의사의 하얀 외모에 비해서 정순이는 얼굴을 드려다 볼 때마
> 다 '굼보 !'라는 말에 락심을 안이할 수 업섯다. 그리고는 옥양목
> 저고리를 비단저고리 삼아 떨처입었다. (24쪽)

김의사의 젊고 잘생긴 얼굴에 대해서만 서술되고 정순이의 외모는
소개되지 않은 채 마음의 울렁거림만 묘사된다. 정순이가 '곰보'라는
사실은 혼자서 김의사를 그리워 할 때에야 비로소 드러난다.

이 점이 정순이라는 인물을 이해하는 한 요소가 되는데 이는 곧
<곰보>라는 신체적 변별자질이 크게 작용을 하고 있지 않다는 사실
을 의미한다. 물론 곰보라고 낙담을 하지만 김의사를 만나러 가는데
장애가 되는 요소로 장치되어 있지 않기 때문에 분단장하고 좋은 옷
을 골라 입은 젊은 처녀의 설레임만 서술되는 것이다.

병원에 도착했을 때, 정순이가 집에서 분단장하며 설레던 감정은
파탄에 이르게 된다. 병원에서 마주친 여인은 비단옷 차림이다. '옥양
목/비단옷'은 경제적 수준 또는 신분적 차이를 나타내고 있다. 김의사
가 무슨 심부름으로 왔느냐고 물었을 때에야, '옥양목/ 비단옷'의 차
이로 부끄러움을 느낀다. 바로 여기에서 정순이와 김의사의 거리가
생긴다. 정순이는 '그리운'사람으로 생각하고, 김의사는 정순이를 남
의 집 하인으로 보는 것이다. 이러한 두 사람사이의 거리는 정순이가
생각하는 자기자신과 김의사가 생각하는 정순이의 차이성 때문에 파
생된다. '김의사/정순이'의 관계는 원래 '의사/환자'였지만, 지금은 '의
사/남의집 하인'이라는 관계에 놓인다. 그런데도 정순이는 김의사를

'그리운'사람으로 생각하므로 신분적 차이로 인한 아이로니가 발생한다.

'자기가 마음속으로 그리여 보든 생각은 불상하게도'처럼 의사가 아니라 그리운 사람으로 생각하던 환상이 파괴됨에 따라 정순이는 자기를 다시 응시할 수 있게된다.

두번째는, 개똥어멈과의 관계에서 자신을 발견하게 된다. 김의사에게 창피를 당한 정순이는 몰래 집으로 들어가려다 개똥어멈에게 들켜버린다. 개똥어멈은 새 옷을 입은 정순이를 보고 난봉났다고 놀린다. '새 옷'과 '분 바른 것'이 웃음거리가 되며, '병원갔다 왔다'는 대답에 모든 사람들이 웃는다. 개똥어멈, 주인마님, 그리고 안에 사람들 모두가 웃는데 정순이는 그들이 왜 웃는지 모른다. 바보는 자기가 웃음거리가 되는 이유를 모르기에 더욱 비극적이며, 비참한 상황이 된다. 현실의 대립적 구조를 알고 있는 현실주의자들의 현명함과, 현실을 직시하지 못하는 무지한 자의 마주침 때문에 더욱 그러하다. 정순이는 웃음의 대상이 되는 이유를 모르는 바보이지만 자신을 발견하는 자이다.

> 그러나 정순이는 아모리 생각하여도 그 웃는 까닭을 몰랐다.
> 그러는 판에 별안간 개똥어멈이 "네 까진 행낭년이, 어이구 주제 넘게"하고 악의에서 나온 말은 안이지만. (28쪽)

정순이는 왜 자기가 병원에 가서는 안 되는지, 그리고 왜 그러한 행동이 웃음기리가 되는 지를 알 수 없지만, <행낭년>소리에 모두들 웃어대는 것은 참을 수 없었다. 정순이의 경우 무지함이 순수함과 짝이 되어 있다. 때로 무지는 용기와 짝을 맺게 되기도 한다. 정순이는 행낭년이라는 소리에 어머니뻘 되는 개똥어멈을 "이…이 년 너는 행 ! 행낭년이 안, 안이냐"라고 소리치며 때린다.

김의사를 찾아간 것이 웃음거리가 되어 충격 받은 것이 아니라, '행낭년'이라고 조롱거리가 된 사실에 분노한다. 그리고는 이튿날 새벽 짐을 싸서 주인집을 나온다. '행낭년' 소리로부터 벗어나기 위해서이다. 그리고 자신이 행낭년이라는 신분에 구속받지 않기 위해서 떠나는 것이다. 김의사를 사모하는 것이 좌절당한 부끄러움보다는 '행낭년'소리 들은 것은 죽어도 잊어버리지 않으려는 결심으로 끝을 맺는다.

정순이라는 인물의 성격화는, 얼굴의 '젊고 잘생김/곰보'에서 김의사와 대조되며, 병원에 가서 본 젊은 부자마님과 옷차림에서 '비단옷/옥양목'으로 대립된다. 그리고 다시 같은 계층인 개똥어멈에 의해서 '주인/행낭년'이라는 신분상의 차이성이 드러나게 된다.

신체적 결손자질은 사랑에 있어서 장애 요소가 되기도 하는데, 이 텍스트에서는 정순이 자신에게는 작용하지는 않는다. 오히려 신체적 징표보다도 신분적 차별이 작용하고 있는 것에 분노를 느낀다. 정순이는 그 구속으로부터 벗어나려 한다. 정순이는 한계상황을 뛰어넘으려는 인물로서, 차별된 관계를 부정하며 주인집을 떠난다.

김의사나 개똥어멈은 정순이에게 신분적 한계를 의식하도록 한다. 정순이는 연모하는 김의사의 사랑을 갈망하지 않고, 신분적 구속으로부터 벗어나는 길을 선택하는 인물이다. 정순이는 자신의 얼굴의 신체적 징표를 의식함으로써 좌절하는 인물이 아니라, 오히려 자신의 사회적 상황을 인식하는 인물이다. 정순이와 김의사의 대비는 '하얀 얼굴/곰보'라는 신체적 변별성 뿐 아니라 '젊은의사/계집하인'이라는 신분적 차별로 나타난다. 정순이는 곰보이며 계집하인이라는 이중 장애를 지닌 인물이다. 정순이의 외모의 변별 징표는 결코 인간성의 품위를 비하시키는 것이 아닌 것이다. 하얀 얼굴과 대비되는 곰보인 신체적 징표는 하위계층이라는 변별자질로 의미된다. 정순이의 곰보라

는 신체적 '-' 징표는 정신과 대조되어서 인간적 존엄성, 차별세계
부정, 주체적 정신을 부각하면서 '-' 징표는 소멸된다.

「계집하인」에서 양천집은 애꾸눈, 곰보이며 불에 데인 추한 얼굴로
다른 사람에게 불쾌감을 주는 인물이다. 주인 남자로부터 외면당하고
주인 아들에게 놀림 당한다. 이러한 변별자질은 행동거지·일 솜씨
뿐 아니라 성격·운명까지 관여하고 있다. 주인에 의해 계집 하인으
로 선택받지 못하는 순간에 신체적 변별자질은 '자신 없음'을 드러내
는 성격 지표가 되고 있다.

「정순이의 설움」에서 정순이는 자신이 곰보이며, 하인이라는 것도
잊어버리고 젊은의사를 연모하여 찾아갔으나, 의사는 정순이가 심부
름 온 것으로 생각한다. 같은 계층인 개똥어멈에게 '네까짓 행낭년'이
바람났다고 놀림 당할 때 자신의 신분의 차이를 발견한다. 정순이의
무지함과 순진함이 사회적 신분의 차이에서 탈출하려는 정신을 보여
준다. 정순이의 신체적 징표와 정신이 대조되어 표출된다.

곰보라는 신체적 징표가 양천집에게는 성격에까지 관여되고 있지
만, 정순이에게는 의식되지 않으며, 오히려 신분적 구속감으로부터 벗
어나는 정신을 보여준다.

6. 추방자의 징표 : 문둥이

문둥이는 천형의 벌로서 간주되어 왔다. 그래서 그들은 일반 사람
들과 구별되어 사회로부터 고립된 삶을 산다. 문둥이의 징표는 몸 전
체에 나타나고 신체의 부분들이 훼손되지만 다른 사람에게 변별되는
자질은 얼굴부위에서 가장 잘 드러나므로 형상부위에 분류했다.

안나 아흐마토바는, 자신을 문둥이로 비유함으로써, 관료체제에 의해서 뿐만 아니라 그녀를 그들의 새 사회로부터의 추방자로 보는, 일반대중에 의해서 기피되는 그런 사람의 고통스런 소외감을 그려 보이고 있다.53)

문둥이는 가족과 사회로부터 '추방된 자'라는 표시를 지닌 자이다. 이와 같은 결손 징표를 「바위」에서의 어머니와 「옥심이」에서의 남편을 통해 살펴보기로 하겠다.

「바위」

병신들만 모여 사는 공간은 정상적인 사람들이 사는 곳이 아닌 특수한 지역으로, 소외된 공간이며 멀리 떨어진 공간이다. 이 텍스트의 서사공간은 읍내가 아닌 기차다리 밑에서 시작된다. 읍내가 사람들이 모여 사는 곳이라면, 기차다리 밑은 읍내 안에 거주할 수 없는 자들이 모인 곳이다. 그들은 안주할 만한 집이 없는 사람들이며, '한 떼의 병신과 거지와 문둥이들이 모여있는' 신체적으로 결손된 자들이기에 읍내에 거주하는 사람들과 변별된다. 기차다리 밑에서도 신체적 징표에 따라 분류되어 '문둥이'는 가장 아래에 모인다. 문둥이들은 다른 사람들과 함께 살 수 없는 표적을 지닌 자이다. "참 인제 왜놈들이 풍병 든 사람들을 다 죽일게라더군"라는 진술은 당시 사회의 풍문을 말하는 것이면서 또 하나는 텍스트 말미에서의 죽음과 연결된다. 문둥이라는 신체적 징표는 가족관계의 파괴를 의미한다.

작년까지는 그에게도 아들과 영감이 있었던 것이나, 문둥이가 된 후로, 가족이 없는 상황으로 바뀐다.

---

53) 케네스 더글러스, 새어라 N.로윌, '상징주의와 모더니즘': 『세계 문예사조사』(을유문화사, 1990), 398쪽.

① 그 흉악한 병마의 손이 그의 어미에게 뻗치지 않았던들 그래
도 처자나 거느리고 얌전한 사람의 일생을 보냈을 것이리라 한
다.54)

② 영감은 술이 취해서 아내의 토막을 찾아 왔다. 그의 품속에는
비상섞인 찰떡 한뭉치가 신문지에 싸여들어 있었다.

(생략)

"이 원수야. 그만 자빠지라구" (739쪽)

문둥이라는 신체적 징표는 아들(예①)과 영감(예②)과의 관계에 어
떻게 관여하고 있는가? 먼저 어머니와 아들과의 관계를 보면, 어머니
의 문둥병은 아들의 일생을 바꾸어 놓는 요인이 된다. 아들 술이는
나이 사십에 가깝도록 장가를 들지 못했으나 장가 밑천으로 저축하고
있던 돈을 어머니의 문둥병 약값으로 써버린 후 환장한 사람이 된다.
'처자나 거느리고 얌전한' 일생을 보냈을 아들 술이는 바라던 바가
좌절되면서 세상을 욕하는 사람으로 변해 버린다. '표연히 어디로 떠
나 버린 것'은 추방의 전도된 상황이다. 아들과 어머니의 관계에서 내
쫓는 관계가 아니라 문둥이를 버리고 떠난 것이다. 예②에서 측은해
하며 돌봐주던 영감도 아들을 떠나보낸 후, 아내가 살아서 고생하느
니 차라리 죽기를 바라는 것이다. 근력이 있을 때 꽝꽝 묻어주기나
하겠다던 영감도 비상이 든 떡을 준 후 떠나버린다. 문둥이라는 신체
적 징표로 인하여 가족들이 떠나버리게 된다.

술이 어머니는 아들과 영감과도 함께 살 수 없는 문둥이기에 죽으
려고 했으나 죽지도 못하고 비상떡을 모두 토해 버린다. 음식을 함께
나누어 먹는 것은 화합의 상징이지만, 비상이 든 떡은 나누어 먹는
것이 아니라 혼자 먹어야 하는 것이다. 비상이 든 떡을 먹음으로써
죽음을 경험하지만, 떡을 토해내는 것은 죽지 않으려는 내부의 의지

---

54) 김동리(1936), '바위', 『김동리문학전집』(삼중당, 1970), 738쪽.

이다. 죽음에서 깨어난 술이 어머니는 떠난다. 아들을 만나기를 바라며, 영감을 그리워하는 술이 어머니는 복바위 근처에 토막을 짓고 '마을 사람들의 눈을 피해 가며 술이의 이름을 부르며 복바위를 갈았다.' 술이 어머니는 자신의 병 때문이 아니라, 아들을 만나고 싶어하는 마음55)에서 바위를 간다. 그리고 복바위의 영험인지 우연인지 아들 술이를 만나게 된다.

신체적 (−) − 문둥이 − 파괴의 어머니 − 아들 떠남

술이 어머니

정신적 (+) − 아들을 만나 − 사랑의 어머니 − 아들 만남려는 소망

술이 어머니는 아들을 떠나보낸 어머니이면서 동시에 만나려고 소망하는 양면적 속성을 지녔다. 화합될 수 없는 상반되는 속성이기에 아들을 만났으나 그 만남이 영속적일 수 없다는 갈등이 내포되어 있다. 아들의 일생을 파괴시키고 방랑하게 하는 요인이 어머니의 신체적 결손에 있지만 아들을 만나보려 하는 모성의 어머니가 더 강하게 작용하는 것이다. 때로는 모성애가 결손을 극복하지만 이 텍스트에서는 화합될 수 없는 신체적 징표가 지배하고 있다. 일시적 해후는 또다시 헤어짐으로 이어져 결손된 공간을 형성한다.

밤에만 복바위에 가서 빌기 때문에 소원이 이루어지지 않는다고 생각한 술이 어머니는 마을 사람들 몰래 낮에 복바위에 가서 빌려고 한다. 술이 어머니는 신체적 징표 때문에 마을 사람들의 눈을 피해야

---

55) 이재선, 「한국 현대소설사」, 453쪽.
    救病의 기원이 아니고 혈육에 대한 재회의 성취 내지 모성애와 관계있다.

한다. 버려진 존재이다. 밤과 낮의 양면성처럼 술이 어머니의 신체적 결손과 모성애는 한 몸 안에 있는 어둠과 밝음이다.

그러나 술이 어머니는 신체적인 징표로 해서 마음 사람들과 다른 변별적 자질을 지닌 사람이기에 마을 사람들과 함께 할 수 없다. 마을 사람들이 낮의 세계의 인물이라면, 마을 사람들에게 배척되는 술이 어머니는 밤의 세계, 어둠의 인물일 수밖에 없다. 술이 어머니는 <밤, 어둠 - 소원이 이루어지지 않음/ 낮, 밝음 -소원이 성취>된다고 생각한다. 밤에는 죽은 자를 위해서 제를 드리며, 어둠 속에는 악귀 등이 나타난다. 반대로 소원 성취를 위해서는 새벽, 밝아오는 시간에 빌어야 효험이 있다.

> 아들을 만나게 해달라고 바위를 갈고 있다가 마을 사람의 눈에 띄게 되었다. 어느덧 새끼줄이 몸에 걸리는가 하더니 그녀의 몸은 곧 바위 위에서 떨어졌다. 그리하여 다리 밑까지 새끼줄에 걸린 채 개같이 끌려갔을 때는 온몸이 터져 피투성이가 되고 의식조차 잃고 있었던 것이다. 나중에 간신히 정신을 차려 눈을 떠보았을 때, 동소임은 물을 길어다 바위를 씻고 있었다. (741쪽)

위의 예는 다음과 같은 구조를 보여준다.
① 복을 비는데 마을 사람들과 함께 할 수 없다. (非合, 분리)
② 개같이 끌려 내려왔다. (동물 세계로의 하강)
③ 피투성이가 되고 의식을 잃었다. (고난·죽음)
④ 눈을 뜨다. (다시 일어남)

술이 어머니는 아들을 만나게 해달라고 빌다가 피를 흘리며 개같이 쫓겨나는 것은 하강적 존재임을 의미한다. 신체적 징표로 인해서 원망(願望)의 세계에 발을 들여놓을 수조차 없다. 복바위=원망충족의 공간이라면, 문둥이=하강·동물적 세계이다.[56] 인간이 아닌 개 같은 존재로 인간세계에서조차 받아들여지지 않는다. 바위를 물로 씻는 것은 더러움을 씻어버리는 정화행위이다. 술이 어머니가 피를 쏟리며 죽음과 같은 고난을 겪은 후에 깨끗한 물에 다시 태어나는 것을 의미하는 것이 아니라, 차별 세계에서는 술이 어머니가 문둥이기에 더러운 부정으로서 의미되고 있다. 그러므로 더럽고 깨끗함은 본질에 속한 것이 아니라 마음의 작용에 의한 것이다.

술이 어머니가 복바위에 근접할 수 없는 것은 복바위가 버린 것이 아니라 인간에 의해 쫓겨난 것이므로 복바위를 볼 적마다 아들을 그리워한다.

> 그녀에게 있어서는 바위가 한없이 그립고 아쉽고 그리고 또 원망스럽고 밉살스럽기도 하였다. 자기의 모든 행복과 불행이 전부 다 저 바위에 매인 것같이 생각되었다. (741쪽)

복바위는 아들을 만나게 해줄 수 있는 주술적 힘을 가졌다. 텍스트를 자세히 읽어보면 복바위에는 아들이 전이 투사되고 있다. 바위가 한없이 그립고 원망스럽다는 감정에는 아들에 대한 그리움과 원망이 투사되어 있다. 복바위에 가서 아들을 만나게 해달라고 빌고 싶으나 가까이 갈 수 없는 것처럼, 아들을 그리워하면서 만나고 싶으나 만날 수 없는 것이다. '자기의 모든 행복과 불행이 전부 다 저 바위에 매인 것만 같이 생각되었다.'는 것은 술이 어머니의 모든 행·불행이 아들 술이에게 속해 있다는 의미이다.

사흘 후에 다시 찾아오기로 하고 떠난 아들이 돌아오지 않는데, 장

---

56) Northrop Frye (1976), 『The secular Scripture』, (Cambridge: Harvard University Press), p.115. 동물류는 변형 유형의 하나로 하강 주제에 나타난다. 특히 개는 하위 세계의 상징이다. 동물과 동일한 세계에 인간을 위치시키는 것은 혼돈과 무질서를 의미하는 것이다.

터에서 구걸하다 얼핏 아들이야기를 들었다고 생각하며 내려오는데 토막이 활활 타는 것을 보았다. 토막은 술이 어머니의 집이며 유일하게 점유할 수 있는 공간이었다. 작은 집이며 동시에 전우주적 공간이다. "인간은 그 자신이 창조한 집이나 우주 속에 거주하는 것과 동일한 방식으로 자기의 신체속에 거주하는 것이다.57) 술이 어머니의 작은 토막은 문둥이의 손으로 지은 보잘 것 없는 집이며, 술이 어머니의 신체적 징표처럼 토막은 배척받아 왔다. 술이 어머니의 몸을 담는 작은 집의 소멸은 술이 어머니의 몸의 소멸이다. 이는 결국 술이 어머니는 현존재의 공간으로부터 완전히 소멸 당했음을 뜻한다.

① 이미 감각도 없는 두 손으로 바위를 더듬었다. 그리하여 바위를 안은 그녀는 만족한 듯이 자기의 송장같이 검은 얼굴을 비비었다. (742쪽)

② 그들은 모두 침을 뱉으며 말했다.
  "더러운게 하필 예서 죽었노"
  "문둥이가 복바위를 안고 죽었네"
  "아까운 바위를…"
  바위 위의 여인의 얼굴엔 눈물이 번질번질 말라 있었다.
                                                          (742쪽)

비상 섞은 찰떡을 먹음, 바위에서 피투성이로 끌려 내림, 토막이 불에 타는 등의 유사한 죽음의 반복은 결국 술이 어머니가 바위를 안고 죽는 것으로 이행된다. 술이 어머니의 죽음은 밤과 어둠의 세계에서 이루어진다. 낮의 세계인 마을 사람들은 문둥이의 죽음에 침을 뱉는다. 복을 빌 수 있는 자와 복을 빌 수 없는 자로 구별하려는 차별세

---

57) 엘리아데,『성과 속』, 이동하 역(학민사, 1983), 134쪽.

계에는 넘나들 수 없는 경계가 그어져 있다. <문둥이>라는 신체적 징
표가 공간을 차별화하며, 존재 층위에 관여하고 있는 것이다. 술이 어
머니는 죽어서야만 차별 없는 새로운 세계에 존재할 수 있다. 복바위
= 아들 술이의 투사관계의 틀로 볼 때 '복바위를 안고' 죽음으로써
아들 술이를 만나고자 하는 원망이 충족된다. 앞에서 마을 사람들이
바위를 물로 씻는 것은 부정한 더러움을 씻어버리려는 행위지만 텍스
트 결미에서 여인의 눈물은 자기 정화이며 변별되는 세계에서 벗어나
는 정한수이다.

「옥심이」

텍스트의 표제가 「옥심이」이고, 옥심이가 중심 인물이나, 그녀의
남편이 바로 신체적 변별자질을 지닌 인물이다. 남편은 '있어도 없는
것만 못한 사내'로 서술되다가 신체적 징표가 뒤에 가서야 드러나지
만, 이 결손 징표가 옥심이의 마음의 변전에 작용하고 있다. 옥심이가
바라보는 시선의 두 방향이, 옥심이의 마음의 방향이며 갈등의 갈래
이다. '봄은 고양이처럼 옥심이의 귀천없는 마음속에로 기어들었다'라
고 시작되는 텍스트는 봄의 속성과 함께 옥심이의 마음의 흔들림을
예시해 주고 있다.

첫번째 시선은 '눈은 역시 흘금 흘금 그쪽으로만 끌리는' 옥심이는
일하러 온 사내들로 향하고 있다. 기관차의 피스톤처럼 헐떡이며 일
하는 한산인부들을 바라보며 일하러 온 여자들이 킥킥거린다. 백암사
의 자동차길을 내기 위해 백암사 소작인들의 아내와 어머니들 옥심이
도 만두할멈도 동원되었다. 일찍 과부가 된 만두할멈이 옥심이의 마
음을 흔드는 촉진제가 된다. 만두할멈도 열녀비를 세워 주느냐, 열녀
비에서 밥이 나오느냐, 인생은 두 번이 아니라 한 번 있기에 어리석
은 여자가 되지 말라며 옥심이의 팔자를 걱정한다.

> 옥심이의 마음은 연방 들떴다. 부서진 뱃바닥에 물결이 미어
> 들듯이 옥심이의 의지가지 없는 가슴에는 안에 대한 야릇한 생각
> 이 점점 깊게 파고들었다.[58]

옥심이의 마음의 흔들림에 구체성을 부여하는 인물이 '안'이다. 어
렸을 때 고향청년으로 지금 이 노동판의 십장이다. 안십장은 옥심이
의 그리운 처녀시절을 생각나게 하는 인물이다.

처녀시절	첫날밤 이후
거침없는 웃음	세상은 달라지고 꿈이 한겹 두겹 벗겨지고
황홀한 시절	산다는 낙이 없다.

현재의 신세가 낙이 없기에 처녀시절은 더욱 그리운 것이다.

> 생각에 잠긴채, 옥심이의 눈은 절로 절로 멀리뵈는 자기동네앞,
> 냇가의 조그만 오막살이로 돌아갔다. (어서 죽기나 했으면 ……!)
> (45-46쪽)

두번째로, 옥심이의 시선이 머무는 곳은 자기 동네가 아닌 자기 동
네앞, 조그만 오막살이이다. '자기집/오막살이' '자기동네/자기동네 앞'
의 체계에서 오막살이에 있는 사람은 자기 동네와는 변별되는 공간에
속한 인물이다. 떨어진 오막살이에 살고 있는 남편은 '있어도 없는 것
만 못한 사내'이기에 죽기를 바라는 것이다.

옥심이의 마음의 방향이 흔들리는 것은 한쪽은 죽음과 연접되어

---

58) 김정한, 『김정한소설선집』(증보판)(창작과 비평사, 1985), 43쪽.

있고 한쪽은 새로운 인생이 열려 있기 때문이다. 안십장은

> 「열녀니 뭐니 하는 것도 다 옛날 얘기지요. 지금 시대에 맞지
> 않은 소리. 그야 당신 남편이 다른 병 같으면 당신이 꿈엔들 그러
> 한 생각을 가지며, 낸들 감히 그러한 죄될 엄두를 내겠어요.」(51
> 쪽)

라고 하며 옥심이와 함께 살자고 한다. 안십장과 옥심이의 대화에서
도 남편의 징표가 무엇인지 드러나지 않은 채, 그러한 병이라면 한
평생을 허무하게 내버리지 말고 안십장을 따라가도 되지 않겠느냐 하
는 것이다. 옥심이가 남편과 함께 사는 것이 한 평생을 내버리는 것
과 동질의 삶이라는 것, 또 그 남편의 신체적 징표로 해서 옥심이의
마음이 흔들리고 있다는 것만이 진술되고 있다. 옥심이와 안십장의
관계에서 장애요인이 되는 것은 신체적 결손 징표를 지닌 남편이 문
제되는 것이 아니라, 아들 수복이가 걸리는 것이다. 남편이 있지만 과
부처럼 살다가 안십장과의 관계에서 정조를 잃은 후에도 남편을 버리
고 쫓아 나설 용기가 아직은 없는 것은 아들 때문이다.
　이와 같이 남편의 신체적 징표가 옥심이의 마음의 변화에 작용하
고 있다. 이러한 신체적 징표에 대해 남편의 부모 - 시아버지와 시
어머니도 원망을 하고 있다.

> 아이구 모두가 천수 그놈의 죄지. 병신 자식 둔 죄지 그놈만
> 아니드면 이집 살림이 이라지는 안 망했을 게고, 딸자식도 공장에
> 는 안 보냈을 게고……그놈 한 놈 바람에 인제 이 집안 이씨도
> 손도 없이 다 망하고 말거유. 아이구 더러운 놈. 얼른 죽지도 않
> 고 …… 원수원수 그런 원수가 또 있을까…? (48쪽)

시아버지가 아들 천수의 약을 지어 오자, 시어머니는 만첩을 써도

낮지 않을 약을 돈이 썩어서 사 오냐며 소리친다. 시어머니의 말속에
서 아들 천수 때문에 집안이 망했다는 것과 딸자식을 공장에 보냈다
는 사실을 알 수 있다. 시아버지와 시어머니는 아들 천수에 대해 상
이한 반응을 보이고 있다. 아버지는 유일하게 아들을 사랑하는 인물
이고, 시어머니는 아들의 병을 원수처럼 생각한다. '아이구 더런놈, 얼
른 죽지도 않고'59)에서 아들의 신체적 징표가 모성의 세계에서조차
거부되고 있는 것을 알 수 있다.

서사 단락 5에서야 남편이 전면에 나타난타. 옥심이는 안십장에게
정조를 잃은 이튿날 낮, 남편을 찾아간다.

> 그날 낮, 옥심이는 뒤숭숭한 가슴을 안고 내 건너 남편의 움막
> 을 찾아갔다. 벌건 대낮에도 사립문을 꼭 닫아 두고서 등짐장수
> 밥 짓듯 시키면 뚝배기에 쓴 너삼 뿌리를 달이고 있던 천수는 아
> 내가 그렇게 한 낮에 찾아온 것을 의외로 알고. 또 덜 좋아 하였
> 다. (53쪽)

대낮에도 사립문을 꼭 닫았으며, 낮에 찾아오는 것을 싫어하는 것
은 밝음 속에 자기 몸을 드러내야 하기 때문이다. 옥심이와 만두할멈
의 대화 속에서도, 시아버지와 시어머니의 대화 속에도 드러나지 않
았던 천수의 병은 안십장과의 대화 속에서도 입에 올리지 않았던 병
이다. 여러 인물이 언급했지만, 서사공간에 나타나기는 처음이다. 지
연기법의 하나로서 천수의 병에 관하여 감추었지만, 서사공간에 드러
남으로써 천수의 몸이 나타나게 되는 것이다. 인물은 정신과 동시에
육체를 가지고 있다. 인물의 등장은 몸과 함께 움직인다. '빛깔은 무
섭게도 검노르게 시들어졌다.' 그는 '문둥이다'는 징표가 드러난다. 천

---

59) 김동리 「바위」에서도 '얼른 자빠지라문'하고 가족들은 병자가 차라리 죽기
　　를 바라며 사람들은 병자를 더럽다고 생각한다.

수는 신체적 징표로 해서 쫓겨나 지금의 움막으로 왔다. 가족을 떠나
야 했으며, 마을로부터 떨어져 있어야만 하는 징표이다.

> "왜 가라니 안가고 어름거려? 가기 싫거든 이리 좀 들어오게!"
> 옥심이는 남편의 눈치가 조금 수상스러웠으나 설마 그러리 짐
> 작하고 방안으로 들어갔다. 그리고 매캐한 냄새가 코를 푹푹 찌르
> 는 우중충한 방안을 한번 빙 둘러보고는 자리에 앉았다. 그을름앉
> 은 서까래가 죽은 구랑지처럼 구불 구불 드러나 있는 천장에는
> 어지럽게 거미줄이 얽히고 …(중략)… 꼴이 아무리 보아도 사람이
> 사는 방 같지는 않았다. (54쪽)

집은 인물의 속성을 나타낸다. 집의 공간은 그 안에 살고 있는 인
간과 동일한 의미를 지닌다. 가족과 마을로부터의 분리 = 사람이 사
는 방같지 않음 = 문둥이 = 죽음이 등식관계를 이룬다. 이러한 신
체적 징표를 지닌 인물들이 생각하는 것은 죽음이며 죽음과 같은 삶
이다. "차라리 죽어서 걱정이나 덜어 주는게 옳지"라고 말하는 천수
는 죽지 못해서 사는 것이다. 죽음이 성한 사람들에게는 부정적 상황
이지만, 징표를 지닌 인물들에게는 구원이며 해방일 수 있다. 죽음만
이 신체적 결손 징표로부터 탈출할 수 있는 유일한 길이라는 절망적
상황이 지배한다. 그러나 대결할 수 없는 절망적 상황이지만 패배하
고 싶지 않은 인물이 천수이다.

> "문둥이의 목숨도 성한 사람의 목숨과 마찬가지란 말야 그리구
> 생각도 세상이 천대하면 할수록 살고 싶은 생각이 꿋꿋하게 나
> 더라구…" (55쪽)

패배하고 싶지 않기에 포기하지 않는다. 약을 다려 먹는 것은 삶에
대한 욕구이다, 동시에 아내에 대한 욕구도 발생한다. 옥심이는 남편

이 당기는 손을 빼낸다. 거부의 몸짓은 언어로만 의미가 전달되는 것
은 아니다. 한 작은 움직임도 상대방에게 전해진다. 당황한 순간에 아
들 수복이가 문둥이 애라고 놀린다고 울며 엄마를 찾아왔다. "그냐,
그렇다! 네 아비는 문둥이고 여기는 문둥이가 사는 집이다. 냉큼 가거
라. 다시는 내 눈앞에서 보이질 말아라!"(56쪽)라고 고함치는 분노가
남아 있을 때는 아직 자신을 포기한 것이 아니다. 문둥이 애라고 놀
리는 것은 문둥이라는 신체적 징표를 지닌 사람에게만 '−'작용을 하
는 것이 아니라 그 가족에게까지도 작용을 하고 있음을 알 수 있다.
또 아버지와 아들이 한 집안에 살 수가 없는 운명의 징표이다. 천수
의 움막에서는 아들이 함께 살 수 없으며, 아들 수복이의 집에서는
천수가 함께 살 수 없기에, 천수가 집과 마을로부터 쫓겨난 것처럼,
아들은 천수의 움막으로부터 쫓겨난다. 부자의 공간은 별리의 공간이
된다.60) 옥심이는 남편과의 접촉(육체적)을 거부할 뿐 아니라, 이날
이후 밥을 갖다주는 것까지 피하게 된다. 아내 대신에 천수의 아버지
인 시아버지가 움막에 밥을 나르게 된다. 그리고 천수는 아내 옥심이
가 안심장을 만나는 것을 뒤쫓아와 돌덩이를 던지며 미칠 듯이 소리
지른다. 남편의 '그 우습고도 추근추근한 몸이 보이지 않게 되었을 때
에야 숨은 몸을 일으킨 옥심이는 집에 들어가 보지도 못한 채 그대로
안을 따라 도망친다.

　남편 천수, 옥심, 안심장 등의 인물의 관계를 보면 남편과 아내 사
이에는 성적 관계, 밥을 주는 관계가 있었는데, 옥심이는 이 두 가지
를 모두 거부한다. 남편에게 거부했던 두 가지가 다른 남자인 안심장
과의 사이에서 이루어진다. 안심장과 관계를 맺게 되고 ㄱ 후 안심장
과 도망가서 밥장사를 하며 잘 산다. 남편 천수의 신체적 징표는 옥

---

60) 김정한 문학은 부(父의) 부재(不在)의 공간이다. 이 텍스트에서도 수복이에
　　게는 아버지가 역할을 하지 못하므로 부재하는 것으로 의미된다.

심이의 마음의 변화에 작용하지만 옥심이의 모성애는 변질되지 않는다.

풍문에 잘 산다던 옥심이가 말쑥한 차림으로 다시 집으로 돌아왔다. 아들 수복이가 보고 싶어서 견딜 수 없었던 것이다. 시어머니는 화냥년이라며 나가라고 욕하고, 남편 천수는 한쪽 다리를 끌며 들이닥쳐서는 대막대기로 몰매질을 한다.

천수의 분노는 도망갔던 아내에게 무자비하게 폭발한다. 그의 '−' 징표가 거꾸로 아내에게 댓가를 치르게 하는 것이다. 옥심이는 욕설과 몰매질을 아들 수복이 때문에 견디며 움직이지 않는다. 밖에서 돌아온 시아버지가 천수에게 손을 떼라고 야단치고 며느리를 잡아 일으킨다.

> "그 더런 잡년을 이 집에 또 두겠단 말씀요! 집안이 망하려니 참 …안되어요. 안돼! 내가 죽었으면 죽었지 그년은 기어코 내쫓고 말거에요!"
> "너가 나가거라! 이 더러운 놈아! 그렇지 않으면 이 애비를 좋게 잡아먹든지! 전라도 소록도가 그렇게 무섭더냐! 이 소 같은 놈아!" (64쪽)

옥심이가 가출로부터 다시 집으로 돌아옴으로써 인간관계에 새로운 전환점이 된다. 문둥이 아들을 한번도 원망하지 않던 아버지가 아들에게 소록도로 가라고 한다. 추방당하는 자가 화냥질한 옥심이가 아니고 사랑하는 아들이다. 아들 수복이에 대한 모성애로 해서 옥심이는 시아버지의 비호 하에 있게 되고, 신체적 변별자질로 해서 아들 천수는 아버지로부터 떠나야 하는 것이다.

움막을 불태우고[61] 개나리 봇짐도 없이 떠나는 천수를 바라보는

---

61) 「바위」에서는 다른 사람에 의해 움막이 불질러졌으므로 죽음과 연결되고,

두 시선이 있다. "나도 문둥이나 되었다면, 차라리 소록도에라도 갈 것을"하며 눈물을 흘리는 아버지는 겉으로는 아들을 쫓아버리지만, 마음으로는 함께 하며 아들의 고통을 자기의 것으로 삼는다. 떠나는 남편의 뒷모습을 바라보는 옥심이는 남편보다 더욱 가엾은 시아버지를 영원히 섬기며 살리라고 맹세한다. 이 텍스트에서는 문둥이라는 신체적 '−' 징표가 별리의 공간으로 작용하지만, 내적으로는 사랑이 있는 화합적인 결말을 보여준다.

　문둥이는 사회로부터 단절되는 공간에 있게 되는 인물이다.

　「바위」에서 술이 어머니는 가족으로부터 버림받는다. 사회로부터 쫓겨나며, 남편과 아들이 떠난다. 아들 술이를 만나게 해달라고 복바위에 빌지만, 정상적인 마을사람들에 의해 근접하는 것조차 차단 당한다. 낮의 세계인 마을 사람들은 복을 빌 수 있는 자와 복을 빌 수 없는 자, 깨끗한 자와, 더러운 자를 구별하려는 차별 세계에 속한다. 마을 사람들은 문둥이라는 징표를 더러운 자로 차별하고 침을 뱉고, 복바위를 물로 씻는다. 문둥이인 술이 어머니는 자기의 몸으로부터 흘러나오는 눈물로 바위를 적신다. 이 눈물은 차별세계에서 벗어나는 자기정화의 물이다.

　「옥심이」에서는 옥심이의 남편 천수는 자기 집이 아닌 오막살이에 기거해야 하는 인물이다. 문둥이라는 신체적 변별자질로 해서 가족으로부터 분리되고, 아내로부터 외면 당하고, 마을사람들로부터 소외되는 차별 공간에 위치한다. 아버지로부터 쫓겨나는 자는 화냥질한 옥심이가 아니고 문둥이인 아들 천수이지만, 아버지는 쫓겨가는 아들과 함께 하는 고통과 사랑을 보여줌으로써 화합적 결말을 보여준다.

　문둥이라는 신체적 징표는 공간적 단절을 의미한다. 추방의 공간에

　「옥심이」에서는 천수 자신이 지른 불이기에 삶과 연결된다.

서 「바위」의 술이 어머니는 토막이 불태워지며 죽음에 이르지만, 「옥심이」에서 천수는 자기 스스로 토막을 태우고 집·마을로부터 떠난다.

제 4 장 지체의 결손징표

 팔과 다리는 몸체로부터 외부세계로 뻗어 나온 부분으로서, '나'라는 몸을 중심으로 외부공간을 연결시켜주고 접촉시켜 주는 매개체이다. 팔과 다리는 몸이 움직이는 주체가 되며 활동성과 관련된다. 이 활동성은 사회적 관계에서 작용하고 있다.

1. 헐벗은 다리 : 다리(1)

 다리는 땅을 디디는 매개부분으로 '설 수 있는' 기능을 지니고 있다. 이집트 상형문자에서 '다리'의 문양은 '똑바로 선' 모양이며, 생물학적 관점에서 다리와 발은 다른 동물과 비교할 때 인간의 형태에 근본적인 차이점을 보여준다.[1]
 똑바로 선다는 점에서 동물과 다른 인간의 주체성을 의미할 뿐 아

---

1) J. E. Cirlot(1962) 『A dictionary of Symbols』, trans. Jack Sage (London : Routledge & Kegan Paul, 1983), p.181.

니라 '혼자 설 수 있다'라는 의미에서 자아의 주체성·자립성을 나타
낸다. 다리는 보행할 때 균형을 잡아준다. 그러므로 다리가 '있다/없
다'는 '걸을 수 있다/걸을 수 없다', '혼자 설 수 있다/설 수 없다'로
변별된다. 외다리와 절름발이는 보행에 불편하며, 주체성과 자립심의
결여로 은유된다. 「오이디프스 대왕」에서 라브다코스는 절름발이를,
오이디프스는 부어오른 다리를 의미하여 '보행의 곤란함'을 나타낸다.
땅 위를 걸으며 땅을 디디고 있다는 것은 다리가 땅[地]과 관련되어
있음을 의미한다. 대지는 곧 어머니 이미지를 함축하고 있으므로, 다
리의 변별자질은 대지 또는 모성과 관련하여 해석할 수 있다. 다리의
결손자질은 기반상실의 의미이다. 몸을 받쳐주는 다리의 결손은 현실
적 삶의 곤란함으로 해석할 수 있다. 「사계와 남매」의 옥순이, 「지하
촌」의 칠성이는 어린아이이므로 혼자 설 수 있느냐의 문제와 어머니
와의 관계에서 해석되어야 한다.

「지하촌」

서사공간의 주인물은 칠성이로서 다리가 불편한 지체의 결함을 지
닌 인물이다. 서술의 초점은 칠성이를 중심으로 서술되어 칠성이의
시선에 비치는 사물과 칠성이의 내부세계를 그리고 있다. 그러나 때
로 신체적 불구아들을 둔 어머니의 내면심리를 서술함으로써 초점이
일관성을 유지하지 못하지만 어머니의 심정을 그려냄으로서 정서적
감정을 유발하고 있다.

칠성이는 다리를 절룩거리기에 산에 나무를 하러 다니지도 못하고,
어머니의 밭농사 일을 도울 수도 없고, 노동할 수 없는 몸이어서 동
리로 동냥을 하러 다닌다. 이러한 칠성이의 모습이 동리아이들의 시
선 속에 포착되는 것으로 작품은 시작된다. 칠성이는 정상적인 아이
들과의 관계 속에서 어떻게 표현되고 있는가?

　　두 팔을 번쩍 들고 부르르 떨면서 머리를 비틀비틀 꼬다가 한
　발 지척 내디디곤 했다. 애들은 이 흉내를 내며 따른다. 앞으로
　막아서고 뒤로 따르면서 깡충깡충 뛰어 칠성이의 얼굴까지 똥칠
　을 해 놓는다.[2]

　칠성이의 다리가 불구인 사실이 놀림의 대상이 된다. 아이들은 그
걸음걸이를 흉내낼 뿐 아니라, 얼굴에 쇠똥칠까지 해놓는다. '칠성이/
동네아이들'의 관계는 '불구다리/정상적 신체'라는 대립체계에서 칠성
이를 똥과 같은 존재층위에 내려놓음으로써 인간관계에서 최하위의
관계로 전락한다. 칠성이는 "난 왜 병신이 되어 그놈의 새끼들한테까
지 놀림을 받나"라고 자신이 병신임을 한탄한다. 병신은 치유될 수
없으며, 자신이 책임질 수 없는 주어진 운명이다. '자신은 세상에서
버림받은 듯 그렇게 고적하고 분하였다'라는 생각을 한다.
　이러한 신체적 징표를 지닌 자는 세상에서 버림받았기에 세상과
싸워야 하며 동시에 자신과 싸워야만 하는 이중장애의 인물이다. 칠
성이는 신체적 징표인 다리를 절룩거리며 또한 가난의 표시인 동냥자
루를 들고 다녀야 한다. 이것은 세상사람들로부터 소외되는 가장 뚜
렷한 변별자질이다. 세상사람들과의 변별은 공간을 차이화 한다. 칠성
이는 마을 사람들 속에 함께 있는 것이 아니라 마을로부터 떨어진,
신작로를 벗어나 산모퉁이를 돌아가야 보이는 동리에 산다. 칠성이가
사는 마을과 세상사람들이 사는 동네는 서로 넘나들 수 없는 세계이
다. 칠성이의 마을은 소외 공간으로서 바로 「지하촌」인 것이다.

　　텍스트의 성분들의 내적 조직화의, 바탕에 의미론적 이항대립
　의 원리가 규칙으로 놓여 있다는 것을 쉽게 증명할 수 있을 것이

---

2) 강경애(1936), '지하촌', 『신한국문학전집』 6권(어문각, 1975), 491쪽.

다. 즉 세계는 가난한 사람과 부자, 토박이와 이방인, 정통과 이단, 문명과 미개, 사회인과 자연인, 친구와 적으로 나뉜다. 텍스트에서 이들 세계들은 우리가 말했던 바와 같이 거의 거의 항상 공간적 실현을 받는다. 즉 가난한 사람의 세계는 가난한 교외, 슬럼, 판자촌의 형태로 실현되는 반면 부자의 세계는 중심가, 궁전·극장의 정장 귀빈석으로 실현된다.3)

「지하촌」의 인물들은 벗어날 수 없는 징표들을 지닌 인물들이 모여있는 공간적 특질을 보여주고 있다. 절름발이인 칠성이와 장님인 큰년이, 그리고 동리아이들은 병신이거나 앓고 있고, 가난에 굶주려 있다.

① 그의 팔을 들여다보았다. 다해진 적삼소매로 맥없이 늘어진 팔목은 뼈도 없고 살도 없고. 오직 누렇다 못해서 푸른빛이 도는 가죽만이 있을 뿐이다. 갑자기 슬픈 마음이 들어 그는 머리를 들고 한숨을 푹 쉬었다. 큰년이가 눈을 감았기로 잘했지.
만일 두 눈이 둥글하게 띄었다면 이 손을 보고 십리나 달아날 것 같다. (495쪽)

② 또 눈먼 것을 …… 그는 히 하고 웃음이 터졌다. 그 웃음이 입가에서 사라지기도 전에 왜 이 동네 여인들은 그런 병신만을 낳을까 하니, 어쩐지 이상하였다. 하기야 큰년이가 어디 나면서부터 눈 멀었다디. 우선 나도 네 살 때에 홍역을 하고 난담에 경풍이라는 병에 걸리어 이런 병신이 되었다는데. (498쪽)

③ 큰년이의 어머니가 아이를 낳았는가 했다. 그러자 불안하던 마음이 다소 덜리나, 아기하고 입에만 올려도 입에서 신물이 돌지경이었다. 지금 봉당에서 피똥을 누느라 병든 고양이 손을

3) 유리, 로트만(1970), 『예술텍스트의 구조』 유채천 역(고려원, 1991), 358쪽.

한 그런 아기를 낳을 바엔 차라리 진자리에서 눌러 죽여버리는
것이 훨씬 나을 것 같았다. (498쪽)

④ 아기는 자꾸 그 가는 손가락으로 머리를 쥐어 당기고 종기딱
지를 떼어 오물오물 먹고 있다. (496쪽)

⑤ 애들 같지 않고 무슨 원숭이 무리가 먹을 것을 구하러 눈이
뒤집혀서 다니는 것 같았다. 이 동리 애들은 모두가 미운 애들
만이라고 부지중에 생각되어 한참이나 바라보다가 걸었다. (497
쪽)

⑥ 아기는 언제 튼 헝겊을 찢었는지 반쯤 헝겊이 찢어졌고, 그로
부터 쌀알 같은 구더기가 설렁설렁 내달아오고 있었다‥‥(중
략) 아가, 아가 눈떠, 눈떠라 아가. (512쪽)

이 텍스트에서는 병신과 가난이 함께 하고 있다. 육체적 결손은 가
난으로부터 비롯되고(예①, ②)있으며, 가난하기에 병든 아이들을 낳
는다(예③). 굶주렸기에 보이는 것은 무엇이든지 먹으려고 하며 종기
부스러기를 뜯어먹고, 흙을 먹고, 오줌을 핥아먹는다(예④). 아이들이
입을 것도 없이 모두 헐벗고(예①), 다 큰 처녀도 뻘건 다리를 내보이
는 찢어진 치마를 걸쳐야만 하는 그런 결핍 공간이다.
칠성이는 이 마을의 모든 병신스런 아이들이 참을 수 없어(예⑤)
죽여버리고 싶은(예③) 마음뿐이다. 먹은 것이 없어 피똥만 누는 아기
를 '칵 밟아 죽여버리든지 어디로 멀리 들어다 버리든지 했으면 시원
할 것 같다'고 생각하며, 불쌍하고 미운 동생들한테도 걸핏하면 '죽여
버리겠다'고 말한다. 자신의 신체적 결손과 가난한 결핍상황에서 칠
성이는 모든 불쌍한 것들에 대해 분노를 느끼는 것이다. 자신에 대한
분노가 불쌍한 어린아이들에게로 분출되는 것이다.
이 텍스트에서 불구는 가난의 지표이다. 칠성이는 돈이 없어 약을

먹지 못해 불구가 되었으므로 지금이라도 약을 먹으면 낫지 않을까 생각한다. 다리를 절지 않으면 동냥하러 다니지 않아도 되고, 밭도 매고, 산에 가서 나무도 하고 애새끼들한테 놀림도 받지 않겠지 하는 생각으로 현재의 상황이 바꿔지기를 꿈꾼다. 거미줄에서 빛나는 이슬방울이 약이 되었으면 하고 거미줄을 잡아당기나 살도 없이 뼈만 있는 팔은 맥이 없어 이슬방울을 다 흘려버린다. 대싸리 나무가 약이 될까 하여 한 입 뜯어 삼키나, '목이 찢어지는 듯이 아프고 맑은 침이 자꾸만 흘러내린다' 목이 찢어지는 아픔은 불구를 확인하게만 된다.

이렇게 '─'징표를 전환시킬 수 없는 칠성이의 결핍공간을 채워주는 것이 큰년이에 대한 생각이다.

불구나 가난의 결핍공간에서 자신에 대한 원망이 거꾸로 병신스럽고 굶주리는 아이들을 죽여버리고 싶다는 울분으로 나타나지만, 큰년이를 생각하면 가슴이 뛰고 얼굴이 붉어진다. 동냥해 온 과자를 달라고 조르는 동생들에게 <죽여버린다>고 소리지르고 때리지만, 큰년이에게는 빨리 돈을 모아 '자기가 옷가지라도 해주지 않으면 큰년이는 언제나 그 뻘건다리를 감추지 못할 것 같다'(496쪽)는 마음에서 돈을 모으느라고 숨겨놓는다. 칠성이나 큰년이나 자기의 몸을 가릴 완전한 옷도 제대로 없는 가난 속에서도 칠성이는 큰년이에게 향하는 마음으로 따뜻해진다.

> "오늘 같은 날 글쎄 선보러 왔다 갔다니 큰년이는 복 좋을라!
> 언제봐도 덕성스러워. 그 애가 눈이 멀었다 뿐이지 못하는 게 뭐 있어야지. 허드렛일이나 앉아하는 일이나 휑 삽았으니 눈뜬 사람보다 낫다. 이제 그런 집으로 시집가게 되고 달덩이 같은 아들을 낳아 놀게다."
> "눈먼 것을 얻어다 뭘 해?" 칠성이는 이런 말을 퉁명스레 내친다. 그의 가슴은 지금 질투의 불길로 꽉 찼고 누구든지 큰년이

만 다친다면 사생을 결단하리라 하였다. (501쪽)

큰년이와 칠성이는 불구이며, 가난하다는 점에서 동위소(isotopy)이다. 눈 먼 큰년이는 칠성이의 결손 공간을 채워줄 수 있는 구원의 빛이다. 그러므로 큰년이가 눈이 멀었다(−)는 자질은 칠성이에게는 +로 작용한다. 그러나 큰년이를 데려가겠다는 집은 부자이며 불구가 아닌 사람이다. 큰년이는 눈이 멀고 가난하기 때문에 자손이 없는 부자 집에 아이 낳기로 시집을 가게 된다는 사실은, 큰년이의 결손자질이 약점이 되고 있다. '눈먼 것을 얻어다 뭘을 해'하고 소리지르는 것은 큰년이의 신체적 징표가 양가적 가치를 지니고 있음을 말하는 것이다. 큰년이의 신체적 징표는 칠성이에게는 동질적 관계에서 '+'로 작용하고 있고, 부자집 남자에게는 비동질적 관계에서 '−'자질을 이용하는 것이다.

큰년이의 옷감을 끊어다 주면 '큰년이와 그의 부모들도 나에게로 뜻이 옮겨질지 누가 아나'(504쪽) 하는 마음에 마을에서 멀리 떨어진 송화 읍까지 동냥간다. 큰 기와집에 동냥하다가 개에 물려 옷이 찢어진다. 공간적 대립의 그 기본속성은 불가입성이라서, 이러한 분할은 내부와 외부사이, 삶과 죽음, 부와 가난일 수 있으며, 나누어진 두 공간은 한정된 공간이 허락되며. 어떤 공간의 유형들이 어떤 퍼스나들에게 정확히 할당된다.4)

텍스트의 분할된 두 공간은 칠성이네 마을과 동네 사람들의 마을로서 칠성이에게 주어진 공간이 아닌 세상사람들의 공간을 침입하기에 항상 외적, 내적 상처를 입는다. 아이들에게 돌팔매질 당하거나 똥칠을 당하는 수모를 겪을 뿐 아니라 개에게 물려 찢기고 상처를 입는다. 대립 공간에 속한 인물은 함께 할 수가 없는 것이기 때문이다. 큰

---

4) 유리 로트만(1970) 『예술 텍스트의 구조』 유재천 옮김(고려원, 1991), 348쪽.

기와집의 대문은 닫혀있다. 대문은 안의 사람들에게는 보호이며 안락
함이지만 밖의 사람인 칠성이에게는 위협이며 폐쇄, 낯설고 적의를
나타낸다. 칠성이는 개에게 쫓겨서 마을 밖 연잣간에서 비를 피한다.
그곳에서 같은 불구자 거지를 만난다. 사내는 칠성이의 젖은 옷과 개
에 물린 다리를 걱정해 주고 노란 조밥을 준다.

> "나도 한 가정을 가졌던 놈이우. 공장에서 모범공이었구. 허허.
> 모범공…… 다리가 꺾인 후에 공장에서 나오니 계집은 달아나
> 고 어린 것들은 배고파 울고, 부모는 근심에 지레 돌아가시구"
>
> (497쪽)

불구자인 칠성이의 인간관계는 세상 사람으로부터는 단절, 소외.
추방이며 같은 불구자, 가난한 사람들과는 동질의 아픔으로 화합된다.
칠성이는 집으로 돌아오면서 자꾸 뒤를 돌아보며 '눈을 닦고 또 보았
다'는 불구사내에게 어머니처럼 의지하고 싶은 마음이 생기었기 때문
이다.

텍스트 전체에 가난함과 신체적인 결손에 대한 묘사들은

① 다리가 '비틀거리기만 하고 앞으로 가지는 않는다.' '픽 거꾸러
졌다.'

② 봉당에 들어서니 파리가 와그르 끓는데 그 속에서 아이가 똥을
누고 있다. 깽깽 힘을 쓰나 똥은 안나오고 밑이 손길같이 빠지고 거
기서 빨간 핏방울이 똑똑 떨어진다.

③ "에그 불쌍하지 얼마나 밭고랑을 타고 헤매이었든지. 아기 머리
는 고냥 흙투성이라더구나, 그게 살면 또 병신이나 되지 뭘 하겠니.
눈에 귀에 흙이 잔뜩 들었다니, 아이구 죽기를 잘했지"

④ 소변보면서 보니 허벅다리에 피가 흥건했고 또 주먹같은 살덩
이가 축 늘어져 있었다. 겁이 더럭났지만, 누구보고 물어보기도 부끄

럽고 해서 그냥 내버려두었더니 그 살덩이가 오늘까지 늘어져서 들어
갈 줄 모르고 또 무슨 물을 줄줄 흘리고 있다.

가난한 상황은 이외에도 많이 나타나는데 삶의 어둡고, 신체적 혐
오감을 불러일으키는 이러한 묘사들은 쾌락함이 아닌 불쾌감, 추한
감정과 연접된다. 예술은 추와 미가 한자리에 있다. 이 텍스트에서 인
물들의 가난함과 신체적인 역겨움은 아름답고 순수한 자연의 모습과
함께 하며 미적 감정을 환기하고 있다. '예술은, 굳이 표현하자면 묘
사된 것의 추를 묘사의 미로 보충하기 위해 언제나 그것을 아름답게
묘사하려고 한다.'[5] 동네아이들한테 쇠똥칠을 당하고 걸어가는 길은
산허리와 풀벌레 소리, 수림 속의 햇발, 새소리는 <더러움>과 함께
<깨끗함>의 양가 감정을 자아내며, <인간적 수치심>과 <자연의 순수
함>이 상이한 관계 속에서 다면화의 효과를 준다. 불구에의 원망스러
움과 불구다리를 치유하고 싶어 이슬방울을 삼키는 것, 또 다 큰 처
녀의 뻘건 다리를 내보이는 찢어진 치마와 부초냄새를 풍기는 대조적
인 묘사를 통해 미적 형상화를 보여준다. 또 다 큰 처녀의 눈몹은 '그
의 눈은 먼 것이 아니요. 언제나 창틈으로 볼 수 있는 별 눈을 빠끔
히 뜨고서 쳐다보는 듯했다.' '그 위에 별들이 나도 나도 빛나고. 별
빛이 눈가에 흐르자 눈물이 핑그르르 들며 통곡이라도 하고 싶었다.'
이와 같이 신체적 불구의 추함과 가난한 현실의 추함은 자연의 아름
다움과 결합하여 있다.

비판적 리얼리즘의 예술 속에서 추에 대한 묘사는 미에 대한
간접적인 긍정이 되었다. 비판적 리얼리즘은 추를 자신들의 예술
적 주의력의 하나 가운데 놓을 수밖에 없었다. 왜냐하면 불의에

---

5) M.S. 까간, 『미학강의 1』 진중권 옮김(새길, 1989), 162쪽.

기초한 사회 삶 속에는 추가 지배적인 위치를 차지하며, 그것은
또한 예술을 통해 지상에서 가능한 아름다운 삶의 이상에 모순되
는 것으로서 폭로되어야 하기 때문이다.[6]

이러한 추함과 아름다움의 상이한 세계를 결합하는 인물이 칠성이
의 어머니이다. 다리를 절름거리는 칠성이와 눈병 앓는 칠운이, 머리
에 구더기를 이고 있는 갓난아이들을 자식들로 보살펴야 하며, 밭일
과 나무하러 다니느라 쉬지 못하고 잠들면 깨어나지 못할 것 같은 심
한 노동 속에서도 슬픔은 내적으로만 흐르고 가난함과 불구·병신자
식을 사랑하고 껴안는 여인이다. 지하촌의 여인이며 가난하고 비참한
현실 속에서 불구자·병신자식들을 역겨워하지 않고[7] 결핍과 결손을
겪어내는 여인이기에 아름답다. 현실의 가난과 결손된 신체의 추함을
무화시키는 대모신적인 사랑이 텍스트 전체의 결손상황을 수렴하고
있다.

비가 와서 칠성이네 조도 못쓰게 되고 큰년이네 논도 떠내려가서
지하촌은 암담한 상황이 된다. "참 큰년이는 복 좋아 글쎄 이런 꼴
안 볼렴인지 어제 시집갔단다"라는 진술은 비극적 아이러니이다. 큰
년이는 시집가서 복(+)이 있지만 칠성이에게는 참담한 절망(−)이기
때문이다. 칠성이는 철저하게 분할되는 소외지대의 지하촌의 인물이
기에 동냥하러 다른 공간으로 들어간다 해도 좌절되고 차단된다. 그
러나 큰년이는 상품적 교환체계 안에서 다른 공간으로 이동이 가능해
진다.

텍스트의 결말은 칠성이가 사 온 큰년이의 옷감이 돌같이 칠성이
를 찌르고, 칠운이는 눈병이 나서 눈도 제대로 못 떠서 오줌을 바르

---

6) M.S.까간, 앞책, 163쪽.
7) 「백치 아다다」에서 아다다 어머니는 딸이 병신이기에 구박하고 결국 내쫓는
   다.

고. 아기는 머리 종기에 붙인 쥐가죽에 <구더기가 아글바글 거려서> <눈을 뜨지 못> 하는 비극적 상황으로 고조된다.

비는 좍좍 쏟아지고 바람은 미친 듯이 몰아치는데, 가다가 우르릉 꽝꽝하고 하늘이 울고 번갯불이 제멋대로 쭉쭉 찢겨나가고 있다. 칠성이는 묵묵히 저 하늘을 노려보고 있다. (512쪽)

라는 장면으로 텍스트는 끝난다. 자연의 미칠듯한 소리와 우르릉 꽝꽝하고 하늘이 우는 것은 칠성이의 내면세계의 암담함과 지하촌의 어두운 현실을 말해주는8) 파국적인 상관물이다.

이러한 어두운 현실은 반복되어 되풀이 생성되고 있다. 칠성이의 절름거리는 다리는 칠운이에게, 영애에게로 계속되어 신체가 부패해가는 선택축(paradigmatic)의 구조로 열려 있다.

「사계와 남매」

텍스트의 표제가 「사계와 남매」인 것은 서사공간이 봄에서 시작하여 겨울로 끝나기 때문이다. 서사단락을 구분하여 소표제가 봄·여름·가을·겨울이다. 남매는 옥순이와 오빠를 말하는 것이다.

주인물인 옥순이의 신체적 징표가 오빠와 다른 인물들과의 관계에서 어떻게 의미 작용을 하고 있는가? 옥순이의 신체적 징표는 부자 아이들에 의해 드러난다.

"걔들 아버진가 부다. 안경허구. 양복허구 ···· 부자다. 부자집

---

8) 비 －번갯불 등은 무생물이기 때문에 초점화의 심리적 국면은 오직 그것을 지각하는 인간인 초점 화자 하고만 관계가 있다. 초점화의 대상은 외부로부터 지각될 수도 있고 내부로부터 지각될 수도 있다.
S. 리몬－케넌, 『소설의 시학』, 최상규역(문학과 지성사, 1985), 122쪽.

이다……

속으로 혼자 그러한 생각을 하려니까, 갑자기 등뒤에서 아이들
이 낄낄대고 웃는 소리가 들린다. 돌아다보니까 전차를 타려는지
옥순이 뒤를 따라나오던 아이들이, 다섯 살이나 그밖에 더 안된
사내아이까지 셋이 모두 절름발이 흉내를 내며, 저희끼리 낄낄거
리고 웃는 것이었다.[9]

옥순이는 이웃집 부자아이들이 아버지와 놀러 가는 것을 부러워하
며 있는데, 뒤 쫓아 오던 아이들이 옥순이의 절름발이 흉내를 낸다.
어린아이들에 의해서 옥순이의 결손된 신체는 놀림감이 되고 있다.
'누구라도 한 사람 옥순이처럼 다리를 절름거리지는' 않았다 라고 생
각함으로써, 자기자신이 다른 사람들과 신체적으로 변별되는 정상인
이 아닌 자신을 의식하게 되는 것이다. 이때 옥순이는 '분하고 부끄러
웁다기 보다 차라리 괴롭고 또 슬펐다'라고 생각한다. 또 놀러 가는
아이들은 부자아버지가 있다는 것이 옥순이의 상황과 반대되는 환경
임을 인식하게 한다. 옥순이는 아버지도 없고 일요일에 놀러 갈 수도
없는 가난한 집의 딸이다. 설겆이를 끝내고 동네아이들과 놀고 싶었
으나 어머니가 영자네 집에 이자돈을 갖다 주라 하여 심부름 가는 길
이다. '아버지가 있다/ 아버지가 없다', '부자/가난', '놀러간다/놀러가
지 못한다', '정상적/불구'라는 대립 체계는 '즐겁다/외롭고 슬프다'의
대립체계로 이어진다.

꾼돈을 갚으러 간 영자네 집에서도 대조되는 상황이 드러난다. 영
자는 아버지 어머니와 함께 나갔다. '모두'라는 말이 영자할머니의 말
에 세 번 반복된다. 이웃집 부자아이들이 아버지와 함께 놀러 가는
것과 영자네가 모두 나갔다는 것은 옥순이와 대조되는 환경이다. 영
자네는 분가해 나가 살 집을 보러 나간 것이다. 옥순이는 지금의 좁

---

9) 박태원, '사계와 남매', 『성탄제』(을유문화사, 1988), 26쪽.

은 셋방과 영자네 넓은 빈방이 대조되면서, 분가해 나가고 난 빈방에
세 들었으면 하고 생각한다. 영자네가 분가하면 남의 집 살 아이를
구해야 한다. 옥순이가 왔으면 좋겠다고 영자할머니는 말한다. 가난하
고 신체적 결손자인 옥순이를 아이보기로 보내느냐 보내지 않느냐가
이 텍스트의 주요 갈등이 된다. 옥순이 오빠는 옥순이를 공장이나 영
자네 아이보기로 보내려고 하고 옥순이 어머니는 학교를 졸업시키려
고 한다.

옥순이의 결손된 신체적 자질은 가정적 결손요소와 합하여 배가되
어 나타난다. 그러나 같은 결손가정에서도 동생인 명순이와도 변별되
는 차이성을 보여준다. 동생인 명순이는 '공립소학교'에 다니고 있으
나 옥순이는 '한 쪽 다리를 절름거리는 아이를 받으려고 하지 않아'
서[10] 사립 혜명학원에 다닌다. 옥순이는 명순이와 같은 6년제 소학교
에 다니고 싶었으나 신체적 결손으로 인하여 5년제 사립학원에 다니
고 있다. 옥순이와 명순이는 사회적 관계에서 변별될 뿐 아니라 성격
에서도 차이성을 나타낸다. 옥순이가 명순이보다 두 살 더 많은 언니
라 차이가 있다 할 수도 있지만 옥순이는 여러 면에서 명순이보다 철
이 더 들고 어머니의 어려움을 이해하는 착한 성품이다. 이러한 성격
형성은 자신의 신체적 결손에 대한 인식에서 시작하는 것이다. 명순
이는 언니보고 언니라고 호칭하지 않고 '너'라고 말한다. 이것은 언니
인 옥순이를 깔보는 일면이 있기 때문이다. 명순이는 엄마한테 돈 달
라 놀러 가자하고 조르지만 옥순이는 엄마 일을 도와줄 뿐 아니라 돈
이 없는 데도 오빠를 결혼시켜야 하는 어려움을 걱정한다. 영자아버
지 생일에 가서도 명순이는 맛있는 반찬만 골라 먹지만 옥순이는 한
상을 따로 차려 준 것만도 감사히 여긴다. 영자할머니에게 명순이는
새언니와 오빠의 흉을 보지만 옥순이는 없는 집에 시집 온 새언니를

---

10) 「누님」에서도 애꾸눈이라고 하여 소학교에서 받아주지 않는다.

이해하려 한다.

이렇게 결손가정의 같은 자매라도 옥순이는 어머니의 살림살이를 걱정해주지만, 명순이는 전혀 반대이다. 또 오빠도 옥순이와는 차이가 있다. 오빠는 자신의 벌이가 많지 않은데도 어머니의 어려운 살림살이를 생각 않고 신식결혼을 하겠다고 하는 점이 옥순이와 다르다.

> ① 옥순이는 나이보다 엄청나게 지각이 난 아이라, 없는 돈에 억지로 오라비 장가를 들이려는 어머니의 신고를 알아 무턱대고 마음이 들뜰 리가 없었으나 명순이는 그렇지 못하였다. (41쪽)

> ② 옥순이는 그러한 어머니를 볼 때마다 마음이 아팠다. 그러한 어머니가 보기에 가여웠던 까닭에, 어머니 고생을 시키는 오빠가 미웁기조차 하였다. (45쪽)

예 ①과 ②에서 옥순이는 동생 명순이, 오빠와도 변별될 정도로 지각이 난 아이임을 말하고 있다. 절름발이라는 신체적 결손 (−)으로 해서 오히려 심적으로는 명순이나 오빠보다 더 성숙한(+) 철이 든 아이로 나타난다. 어머니의 어려움을 다른 형제들보다 더 이해하는 옥순이지만 가정 내에서나 사회관계에서 정당한 대접을 받지 못 하고 있다. 어머니만이 절름발이인 옥순이를 가여워 한다.

> 그러나 어머니는 결코 아들의 말을 쫓으려 하지 않았다. "귀여운 내 자식 − 더구나 가엾은 다리병신, 내 자식을 대체 어떻게 남의 집에를 가서 살라 내놓을 수 있겠느냐! 내가 살아있는 동안 나는 그건 못하겠다……(63쪽)

옥순이를 영자네 집 아이보기로 보내자는 오빠의 말에 어머니는 반대를 한다. 옥순이도 형편상 어머니가 허락하시면 영자네 집에는

가도 좋다고 생각한다. 그만큼 옥순이는 집안 형편을 생각하며 어머
니의 건강을 걱정하여, 자신이 일 년만 더 다니면 졸업하는 학교를
그만둘 생각도 한다. 어머니는 결국 아들 장가 보내려고 삯바느질을
많이 하여 '과격한 노동'으로 쓰러진다. 어머니가 돌아가시고 난 후에
야 오빠는 오빠로서 동생들을 돌볼 책임을 느낀다.

> 참말이지 지각은 무던하다만, 이제 겨우 열네 살 먹은 아이를
> 더구나 다리병신, 가엾은 옥순이를 —자기는 무슨 생각으로 공장
> 에를 보내자, 남의 집에를 맡기자하고 말을 내어 어머니의 가슴만
> 아프게 하여 들었나? —하고 생각하면 돌아간 어머니에게 마음은
> 한없이 송구스러워. (81쪽)

그러나 오빠 혼자서 벌어 사글세방 살이도 제대로 할 수 없자, 이
번에는 색시가 남편에게 옥순이를 영자네 집에 보내면 밥 굶지 않고
'외레 당자한테 좋지'라고 말하여 남편과 싸우게 된다. 이것을 듣게
된 옥순이가 밤이 늦어도 돌아오지 않게 되자 새언니는 후회하며, 옥
순이를 찾아다닌다. 영자네 집까지 찾아와 울며 후회하는 새언니와
함께 옥순이는 집으로 돌아온다. '사랑은 서로 서로의 마음을 껴안아
몸조차 추위를 깨닫지 못하였고, 발은 비록 어둠을 더듬으나 생각은
멀리 광명을 찾았다.'로 끝나는 결구는 계절적으로는 겨울이지만 사
계의 봄을 향하여 열려있다.

옥순이는 신체적으로 결손된 인물이지만 내적으로 성숙하여 결국
오빠, 새언니와 사랑으로 함께 하는 변모된 세계를 창조한다. 옥순이
의 신체적 '−' 징표는 내적으로는 '+' 징표로 의미되고 있으며, 가난
이라는 결핍 상황을 극복하여 자기 혼자만이 아닌 다른 사람들의 마
음까지도 화합세계로 향하게 하고 있다.

「지하촌」과 「사계와 남매」에서 칠성이와 옥순이는 절름발이라는 신체적 징표를 지녔다. 다리는 땅을 디디고 있으므로 모성과 관련하여 해석될 수 있는데, 두 텍스트는 가난하며 불구이지만, 어머니의 큰 사랑과 보호를 받는 인물을 그리고 있다.

「지하촌」에서 불구는 가난의 징표이다. 소외 공간인 지하촌의 인물들은 벗어날 수 없는 불구의 징표를 지닌 인물들로 가난에 굶주려 있다. 칠성이는 다리를 절며 동냥 다니며, 아이들로부터 조롱 당하고 문간에서 쫓겨난다. 칠성이는 자신의 신체적 결손에 대한 원망이 "아기를 칵 밟아 죽여버리고" 싶은 마음으로 표현된다. 칠성이는 사랑하는 눈 먼 큰년이의 시뻘건 다리를 감추어 줄 옷감을 사오지만, 큰년이는 부자집으로 팔려간 후이다. 텍스트의 결말은 동생들도 눈이 보이지 않게 되고, 머리에 구더기가 바글거리는, 칠성이의 운명은 칠운이에게로, 영애에게로 되풀이 신체적으로 부패해 가는 선택축을 이룬다.

「사계와 남매」에서 옥순이는 절름발이로 아이들로부터 놀림의 대상이 된다. 옥순이의 신체적 불구의 징표는 착하고 다른 형제보다 철 들었으며 어머니의 노고를 더 이해하는 성격적 지표가 된다. 가난하기 때문에 남의 집 애보기로 보내져야 하지만 "가엾은 다리병신"을 남의 집에 보낼 수 없다는 어머니의 사랑과 보호를 받는다. 신체적 결손으로 학교, 가정, 사회에서 정당한 위치에 설 수는 없으나, 어머니의 사랑으로 인해서 오빠와 새언니에게서도 사랑 받는 화해로운 관계를 보여준다.

2. 세상 속 걷기 : 다리(2)

인간의 몸에서 <다리>는 '똑바로 선다' '걷는다'의 기능을 가지고 있다. 똑바로 설 수 있는 기능이 있으므로 인간은 다른 동물들과 다르게 고등동물로 발전할 수 있었고, 차이화 할 수 있었다. 또 '똑바로 설 수 있다.' '혼자 걸을 수 있다.'는 뜻은 자립성, 주체성이라는 어의적 의미로 확장된다. 이렇게 <다리>는 인간의 활동과 관련하여 논의 할 수 있다. <다리>의 결손, 또는 '걷다'의 기능이 장애를 보였을 때, 하나는 자아의 주체성과 자립성의 상실, 두 번째는 기반의 상실, 또는 생활의 곤란함 등으로 비유되고 있음을 알 수 있다.

여기서 논의하려는 「비오는 길」과 「어둠에서 주은 스케치」를 사회적 현실의 문제와 관련하여 접근하고, 이차적으로는 자아의 주체성의 문제를 분석하겠다.

「비오는 길」

주인공 병일이는 각기병으로 인하여 기운이 빠져 허우적거리는 다리로 비오는 길을 걸어 다닌다. 성밖의 한 쪽 끝에 살고 있는 병일이는 성터를 지나서 맞은 편 성밖에 있는 공장의 사무실에 근무한다. 병일이에게는 신체적 징표인 '허우적거리는 다리'로 '비오는 길'을 걸어야 하는 이중의 장애가 작용하고 있다.

「비오는 길」에서의 '길'은 걷기 힘든 골목길로, 봄이면 얼음이 풀려서 물로 질척이고, 여름이면 장마물이 그 좁은 길을 개천 삼아 흐르며, 겨울에는 아이들이 첫눈 때부터 얼음을 지치는 길이다. 사시사철 걸어가야 하는 이 골목길은 편안한 길이 아니다. 병일이에게 불편한 다리로 허우적거리며 이 길을 걸어가야만 하는 것은 이중의 어려움이 된다.

'길'이란 일차적 의미로는 사람이 한 곳에서 다른 곳으로 이동하기 위한 통로이고, 이차적 의미로는 인생의 길, 삶의 길로 확대 해석할 수 있다. 이 텍스트에서 '골목길'은 바로 병일이의 인생의 길을 의미하고 있다. "한 작중 인물의 물리적, 사회적 환경은 한 가지 또는 몇 가지의 인물 특성의 원인이 되기도 하고 결과가 되기도 한다." 그러니까 '걷기 힘든 외나무다리 같은 골목길'이라는 묘사에서 볼 수 있듯이 물리적 환경은 병일이가 걷기에 편안하지 않은 인생의 길을 보여주는 것으로, 그의 인물의 특성을 제시하는 요건이 된다.

서사가 진행함에 따라 병일이가 걸어서 매일 출퇴근하는 길은 항상 '낯선 길'로 서술된다. 골목길에는 같은 집이 늘 있는 것이 아니라, 변하고 상점들이 자주 바뀌고 있다. '이 모퉁이를 지나면 있으려니 하였든 문등이 없어지기도 하고 저 모퉁이는 어두우려니 하고 가면 의외의 새 문등이 켜 있기도 하는' 낯선 길이다. 안정된 낯익은 길이 아니라 예고 없이 바뀌고 변화하는 길의 모습은 병일이가 환경과 친화할 수 없는 관계라는 것을 드러내고 있다. 병일이는 정착, 안정과는 거리가 먼 인물이라는 특성을 암시하고 있다.

골목길을 나서면 갓 딱아 놓은 신작로, 헐린 옛 성 밑의 장사 터 등, 아직 자리 잡히지 않고 변해가고 있는 길을 병일이는 이년간 걸어다니고 있다. 신작로를 새로 만드느라고 성을 헐어서 '꺼멓게 멍들기 시작한' 거리는 인물의 특성과 유사한 관계를 보여주고 있다. 병일이는 사회생활의 적응, 대인관계에서 '멍들어'있는 심리적 양상을 보여주고 있고, 거꾸로 그러한 심리상태로 인해 사회나 주변의 풍경은 병일이가 바라보는 시선에 어둡게 반영된 것이라 할 수 있다.

병일이가 보는 외부세계는 어둡고 침울하다. 성터의 거리 풍경은 낮고 작은 고가들이 '들추어 놓은 고분 속같이 침울하게 벌려져' 있고, 외짝거리 점포의 유리창 안에 앉아 있는 '노인'의 얼굴이나 그 곁에 쌓여있는 '능금'알이나 병일이가 보기에는 다를 것이 없다.

<古家=고분>나 <노인=능금>에서 생명성과 사물의 차이를 발견하지 않으려는 병일이의 심리를 반영하는 묘사로, 사람이 살고 있는 집과 사람의 얼굴이나, 오래된 무덤과 상큼한 자연물이나 다 마찬가지로 무의미하고 부동의 존재, 죽은 개념으로 드러난다. 작중인물의 눈에 비친 풍경묘사이지만 병일이의 내적심리, 성격적 기질을 해석할 수 있는 장치이다.

병일이의 성격적 기질은 고독함을 추구하고 있다. 위에서 본 바와 같이 자연적 환경이 인물의 내적세계와 상호침투하는 유기적 관계를 이루고 있다. 그런데 병일이의 내적세계를 형성하는 요인은 신체적 결함에 있다. 병일이가 '허우적거리며'길을 걸으면서 보는 사람들은, 병일이에게는 다만 '노방의 타인'일 뿐이다. 거리의 인간이나 사물을 변별화 하려 하지 않는 병일이는 '혼자'라는 외로움을 즐기고 있다. 외부환경 뿐만 아니라 다른 사람들을 사물화 하여 인간적 관계에서 심리적 거리를 노출하고 있다. 그러므로 병일이가 걷는 길은 친밀의 공간이 아닌 소외와 비인간화의 길이며, 그의 병적으로 고독한 성격을 연출하는 무대이다.

병일이의 사회활동의 공간은 '공장'이다. 다른 사람을 불신하는 성격을 지닌 주인은 신원보증을 얻지 못한 병일이를 하루도 변함없이 감시한다. 그러므로 병일이의 사회생활도 편할 수 없다. 병일이는 보증해줄 만한 사람이 없는 '혼자'이며, 가족이 함께 있는 안락한 집에 사는 것이 아니라, '하숙집'에서 독신생활을 한다. 병일이는 신체적으로 결손되고, 또한 보증을 받을 수 없는 '혼자'라는 이중의 징표를 지닌 인물이다.

병일이의 생활관과 대인관계는 '사진관 주인'과의 관계에서 구체적으로 서술된다. 어느 날, 병일이는 집으로 가다가 비가 떨어지기 시작하여 처마 밑으로 피한 곳이 쇼윈도우가 있는 사진관이었다. 아침저녁으로 매일 걸어 다니는 거리인데도 사진관이 있는 것을 처

음 보았다는 것이 '병일이는 아직 몰라보았던 것이 우스웠다.'라고
스스로 생각할 정도로 거리의 변화에 관심이 없었던 것이다. 쇼윈
도우에는 결혼사진 등, 사진들이 가득 붙여있다. 기념이 되는 그
'사진의 인물들은 모두 먹칠이나 한 듯이 시꺼멓고 구멍이 들여다
보이었다.'라고 진술하는데서 병일이의 심리적 현상을 알아챌 수
있다. 무수한 사람들이 있는 기념사진의 얼굴에서 웃음을 발견할
수도 있는데, 시꺼멓게 뚫린 '구멍'으로 느껴지는 것은 사진의 얼굴
을 이미 생명이 없는 사물로 바라보기 때문이다. 정신과 감정이 배
제된 '정기없는 눈'이 사진 속에 있을 뿐이다. 그것을 보고 있는데
갑자기 사진이 붙어있는 뒤 판장이 젖혀지며 커다란 얼굴이 나타난
다.

> 그의 혈색 좋은 커다란 얼굴은 직사되는 광선에 번질번질 빛나
> 보이었다. 그리고 그의 미간에 칼자국 같이 깊이 잡힌 한 줄기의
> 주름살과 구두솔을 잘라 붙인 듯한 거츨은 눈썹과 인중에 먹물같
> 이 흐른 커다란 코 그림자는 산 사람의 얼굴이라기 보다 얼굴의
> 윤곽을 도려낸 백지판에 모필로 한 획씩 먹물을 칠한 것같이 보
> 이었다.[11]

병일이가 보는 사진관 주인의 얼굴은 그로테스크하다. 사람의 얼
굴을 '주름살=칼자국, 눈썹=구두솔, 코 그림자=먹물' 등의 비인
간적인 사물로 비유하고, 살아있는 얼굴을 먹물로 그린 얼굴이라
함으로써 생명성은 소멸되어 무생물화 하고있다. 이렇게 병일이는
살아있는 사람의 얼굴로 느끼지 못하고 인공적으로 먹물로 그려진
얼굴이라 하여, 내적 세계에서 의도적으로 왜곡하고 있다. 생명이
없는 쇼윈도우의 사진과 주인의 얼굴은 병일이의 내적 정신상태를

---

11) 최명익(1936), '비오는 길' 『월북작가대표문학』(서음출판사, 1989), 21쪽.

투사하는 그림자이다. 병일이는 의도적으로 사진관 주인의 얼굴을 환상적으로 일그러뜨리고 있다. 병일이가 보는 외부세계는 '죽어있으며' 반대로 자신의 내면의 의식세계는 '살아있는' 것으로 인식하려한다.

'희화된 초상에서 흐르는 땀방울'을 보는 병일이는 '의식적으로 이러한 착각을 꾸며 보았다.'라고 진술하는데서 알 수 있듯이, 생명이 없는 한 사물로 만들었다가 반대로 무생명에서 땀방울을 흐르게도 하는 반역행위를 해 보기도 한다. 병일이의 내적세계는 밖의 사물로 나타나고, 다시 외부세계가 내적세계의 감정에 반영된다. '의식의 문 밖에 쏟아지는 낙숫물 소리에 귀를 기울이며' '광선이 희화화한 쇼윈도우 안의 초상'을 바라보는, 병일이의 눈에 비치는 외부의 사물들은 바로 내면의 감정이 투사된 그림자이다. 병일이는 내적 의식의 세계로 침잠하려 한다. 다만 의식세계와 밖의 세계를 구분하는 것은 빗소리뿐이다.

사진관 주인은 병일이에게 안으로 들어와 비를 피하라고 한다. 사진관 주인과의 대화는 일방적인 관계를 보여준다. 주인만 떠들고 병일이는 "글쎄요"만 반복함으로써 감정이 흐르는 진정한 대화는 이루어지지 않는다. 병일이는 여러번이나 권하는 술잔을 거절하고, 반대 의견을 말하는 것조차 귀찮아하는 등, 사진관 주인과의 감정의 교류를 거부하고 있다. 또 사진관 주인에 대해 '뚱뚱한 배가 드러나 보였'고 '친절한 것은 둥실한 그 배의 성격'이라 하고 '푸렁덩한 하늘같이 그의 내어민 배가 병일이의 조급한 신경을 거스리었다'고 반복되는 진술에서 병일이의 타자와의 인간적인 교류를 거부하고 있는 심리를 읽을 수 있다. 병일이는 타자와의 인간적 관계를 거부하고 '혼자'있음을 좋아하는 성격인 것이다. 병일이는 대인관계에 대한 불안감에서 의도적으로 사진관 주인을 '청개구리의 뱃가죽 같은 놈'이라고 동물에 비유하여, 동물적으로 인식함으로써 인간관계는 소격화될 수밖에 없다.

사진관 주인은 독립사업을 해야 사람 사는 재미가 있고, 미래를 위해서 저축해야 한다는 등의 현실적인 인생관을 주장하고 있으나, 병일이는 반대로 현실적인 생활에는 관심이 없다. 그래서 사진관 주인의 충고에 경의를 표하기보다는 인생의 선배연하는 태도를 역하게 느끼고 마주 앉은 것을 후회하고 경멸한다. '청개구리 뱃가죽 같은 놈'하고 속으로 욕하는 것은 사진관 주인의 생활을 경멸하여 그의 신체를 비하하면서, 한편으로는 '내게는 청개구리의 뱃가죽만한 탄력도 없고, 의액의 풀잎 같은 청기도 날카로움도 없지 않은가?'라고 자조하는 양가감정을 보여준다.

자연물인 태양을 보는데도, '며칠 동안 얼굴을 편 태양을 볼 수가 없었다. 혹시 비가 개이는 때라도 열에 뜬 태양은 병신같이 마음이 구졌다'라고 '병신'의 마음에 비유하고 있다. 병일이의 내적 심리의 투영으로 인해 태양을 병신으로 의인화하여 진술하고 있다.

> 정신상태를 묘사하고 <명명하는> 것보다 사물이나 풍경을 묘사함으로써 그 감정을 드러내 보인다. 내면세계와 외부의 자연은 그만큼 상호치환될 가능성을 갖고 있는 것이어서 감정이나 정념이 내적인 풍경의 탄생을 유발시킨다.[12)]

'빗물에 고인 웅덩이에는 수 없는 장구벌레들이 끊어내는 신경줄 같이 꼬불거리고 있었다.'는 병일이의 고착된 심리세계를 드러내는 은유이다. 병일이는 고독한 독신으로 현실생활과 유리되어 있다. 병일이는 자신과 반대되는 사진관 주인의 생활관을 경멸하면서 동시에 자신의 생활적 태도가 부족한 것을 의식하게 된다. 병일이가 현실의 일상적인 가치관으로 생활할 수 없는 것은 허우적거리며 걷는

---

12) 김화영 편역(1986) 『소설이란 무엇인가』(문학사상사), 227쪽.

자신의 다리를 의식하기 때문이다. 신체적 결손자질이 병일이의 현실의 생활태도에 영향을 주고, 다른 사람들과는 다른 차이성을 드러내는 요소가 된다. 또한 이러한 이유로 생활적이고 현실적인 삶을 사는 다른 사람들에게 혐오감을 드러낸다.

(돈을 아껴서 책까지 안 산다면 내 생활은 무엇이 됩니까? 지금 나에게는 도서관에 갈 시간도 없지 않소? …(필자중략)… 지금은 고학도할 수 없이 된 내 병약한 몸과 이년 내로 주인에게 모욕을 받고 있는 나의 인격이 울분한 반항이 - 말하자면 모두 자기네 일에 분망한 세상에서 나도 내 생활을 위하여 몰두하는 시간을 가져보겠다는 것이 나의 독서요)하고 이렇게 말하는 자기의 음성이 떨릴 것이요. 그 말을 듣는 사진사는 반드시 하품할 것이라고 생각한 병일이는 하염없이 웃음을 웃고나서 (35쪽)

저축하여 독신생활을 청산하고 독립사업을 해야 한다는 사진관 주인의 현실적인 충고는 병일이에게는 의미가 없다. 병일이에게는 저축보다 독서가 더 의미 있는 삶이다. 병일이는 신체적 결함으로 인한 모욕감, 그에 대한 반항에서 자기생활에 몰두하려는 한 방법으로 독서를 하려하는 것이다. 그러나 독서에의 몰두는 생활적인 사진사에게는 하품 이상의 의미가 없다는 것을 알고 있다. 자신의 내적 목소리를 의식하는 병일이에게 현실과 의식이 반작용을 하고 있다. 현실적 삶으로부터 일탈하면서 또 동시에 현실로 잠입하고 싶은 부끄러움이 이중의 목소리로 분열된다.

여기서 병일이의 의식의 세계와 밖의 생활적인 삶은 분리된다. 밖의 세계는 <골목, 거리, 사진관>으로, 병일이의 세계는 <하숙방, 의식의 공간>으로 분할된다. 병일이의 하숙방은 모기소리, 빈대냄새와 벼룩이 기다리는 가난한 방이며, 도스토엡스키로 표상되는 공간이다. 이러한 하숙방으로 돌아오는 것을 지연시키며 사진관을 방문하는 것은 현실생활로 들어가려는 시도이지만 매번 경멸과 괴리감을 느끼며 돌아온다. 병일이가 사진관을 나와서 돌아볼 때마다, '불은 이미 꺼졌든 것이다.'라고 반복 서술되는 것에서, 사진관 주인의 생활을 자신의 것으로 받아들일 수 없는 병일이의 현실이 드러난다. 또 현실로 잠입하고자 하는 병일이의 욕망이 차단되고, 소외되는 것을 암시한다. 병일이가 '신열'이 나는 것은 이러한 심리상태를 나타내는 것이다.

> 머리를 숙이고 도망하듯이 하숙으로 돌아 온 병일이는 이불을 뒤쓰고 누웠다. 신열이 나고 전신이 떨리었다.
> 신열로 며칠 앓고 난 병일이는 여전히 그 길을 걸으면서도 한 번도 사진사를 찾지 않았다. 한 때는 자기가 사진사를 찾아가는 것은 마치 땀흘린 말이 누어서 딩굴 수 있는 몽당판을 찾아가는 듯한 것이라고 생각한 적도 있었다. 그러나 그곳은 마음놓고 딩굴 수 있는 곳도 아니었다.
> 피부면에까지 노출된 듯한 병일이의 신경으로는 문어의 흡반같이 억센 생활의 기능으로서의 신경을 가진 사진사의 생활면에 도리어 아픈 곳이었다. (41쪽)

병일이는 사진관에서 한때나마 위안을 찾으려하였으나, 마음놓고 딩굴 수 있는 공간이 아닌 것을 깨닫는다. 병일이는 생활적인 것에 '신열'이 나고, 예민한 '신경'을 지녔다. 그러나 사진사는 '문어 흡반같이 억센' 신경과 생활기능을 지닌 인물이다. 병일이는 사진사의 생활력이 두려운 것이다. 그래서 공장에서 집으로 오가는 길에 사진관을 외면함으로써 다시 현실의 생활로부터 이탈한다.

사진관 주인의 생활관인 현실중시의 가치관은 개인의 안락을 추구하는 것이기에 부정적이다. 그것은 사진사가 유행하는 장질부사로 죽었다는 것에서 나타난다. 사진관은 문이 닫혔고, 이사 짐이 떠난다. 이렇게 병일이의 밖의 세계는 변하는 거리이지만, 병일이는 도스토엡스키가 있는 자기세계인 <하숙방>에서 독서한다.

신체적 결손요소인 각기병의 다리로 '허우적거리며' '비오는 길'을 걷기는 힘들다. 그래서 병일이에게 있어 세상살기는 '외나무다리' 걷기이며, 비틀거리는 다리는 현실에서의 비틀거리는 삶을 표상한다. 그러므로 병일이는 현실적인 세상사람들과 함께 할 수 없는 비친화적인 인물이 된다.

병일이의 신체적 결손인 다리가 불편함은 사회적 자아의 활동의 결함을 나타내는 징표이다. '비오는 길'은 '가고 오고'의 불편함을 부각시키는 불화의 공간이 되고, 사회적 공간으로의 들어감이 불가능함을 나타내는 '경계'가 된다. 병일이는 자기의 방, 밀폐된 세계에서 벗어나 보려고도 하나 결과적으로 한 세계에서 다른 세계로의 전이가 불가능하게 된다. 그래서 병일이의 '길'의 공간은 화해로울 수 없고 타자를 보는 시선이 비판적이며, 결국 '방'으로 칩거하게 된다.

밖의 세상은 변화, 생활적이라면, 안의 세상은 무변화, 비생활적인 공간으로 병일이는 자기세계 안에 침잠 한다. 신체적으로는 부자유하므로 정신적인 자유로움을 추구하여 사회생활로부터 탈출하게 한다. 병일이는 밖의 세상에서는 스스로 '노방의 타인'이 되고, 자기 방에서는 독서를 강행하려는 결의로 소우주를 구축한다.

「어둠에서 주은 스케치」

서술 화자인 나는 H공장 거리를 걷다가 어둠 속에서 한 스케치를 주은 이야기를 하고 있다. 어둠 속의 스케치는 바로 자기가 되고자 하는 한 이상적인 인물, 한 사내를 만난 이야기를 형상화 한 것이다. 나는 '나의 인생의 행로'에서 가장 잊지 못할 교훈을 주고,

자기를 발견하게 하고, 결정을 하게 한 곳이 H공장 거리이다.

나는 N공장 직공 모집 시험 날을 기다리며, 불야성의 N공장을 보면서 공장의 노동자들을 부러워한다. 아직 헌 학생복을 입고 있는 '나'는 '위대한 공상'을 하면서, 미처 '행동'에 들어서지 못한 비애와 고독을 토로하고, 패배자임을 자인하고 있다. 나는 위대한 공상만 하는 학생의 티에서 벗어나, 행동하는 노동자를 꿈꾸고 있기 때문이다. <위대한 공상/행동>이 대립되고 <학생/노동자>이 변별되고 있다. <행동과 노동자> 층위로 잠입하려는 '나'가 발견하는 이상적인 '노동자'의 모습은 어떠할까?

나는 밤거리를 걷다가 노동자들의 무리를 보게 된다. 노동자들의 발자국 소리, 커다란 한 덩어리의 흐름에서 위협과 공포를 발견한다. 한산인부들의 헌 공장복과 나의 헌 학생복이 가난에서는 유사하지만, 노동인부들의 '절박감과 칼날 같은 서슬'을 보이는 행동과 나는 대조되고 신분의 차이를 보여준다. 나의 정신은 '망상과 나래 부러진 수탉'으로 표상 되며, 행동에 미치지 못하고 있음을, 나는 부끄러워한다.

> 그들의 두 눈은 똑바로 앞을 쫓고 있다. 누구 한사람 나에게다 곁눈질하는 것도 없다. 그들의 행진은 내가보기에는 아주 절박한 상태로 향하여 가는 듯 하였다.13)

나는 곁눈질도 하지 않고 절박한 상태로 앞을 향하여 가는 군중들과 같을 수 없기에 고적함과 버림받은 듯한 느낌을 받는다.

'나'는 군중 속에서 이상적인 노동자를 발견하는데, 이 노동자에게서 일반적으로 생각하는 노동자의 상과는 다른 특성을 발견하게

---

13) 이북명(1936) '어둠에서 주은 스케치' 『한국근대단편소설 대계』(태학사, 1988), 381쪽.

된다. '한 이십 칠팔세' 되어 보이는 '절름발이'인부라는 점과 '절름
발이였으나 걸음은 몹시 빨랐다.'는 특성이 그것이다. 이러한 특성
들은 육체 노동자의 이미지와는 거리가 먼 신체적 징표를 보여주고
있다. 행동에서도 '절름발이는 천천히 걸었다'가 일반적인데, '몹시
빨랐다'라는 진술은 '절름발이 인부'에 대한 특별한 정보를 제공하
는 것이다. 이러한 속성14)들이 신체적 결손징표와 함께 중첩되어
이중의 변별자질이 되어 인물 창출의 낯설게 하기를 보여준다. 신
체적 모습과 특징적인 행동들은 이 텍스트의 주제를 밝혀주는 자질
이 된다.

---

14) Seymour Chatman(1987), 『Story and Discourse』 (Ithaca & London: Cornell
University Press), pp.126-7. 작중인물은 여러 특성으로 구성된 하나의 계열
(paradigm)이다.

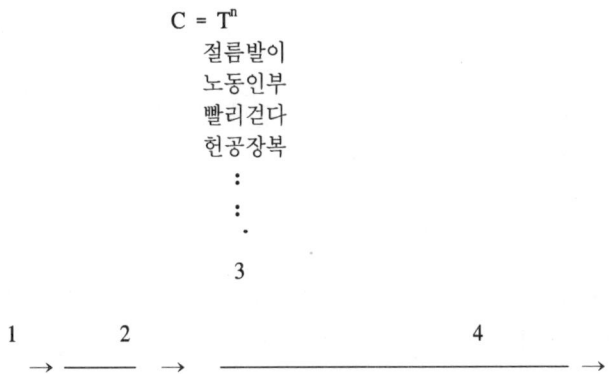

$$C = T^n$$
절름발이
노동인부
빨리걷다
헌공장복
:
:
.
3

1   2   4
→ ——— → ————————————— →

    C는 인물, T^n은 주어진 특성, 점 3에 위치한 성격특성들이 사건들(점
1,2,4)의 시간적인 연쇄와는 무관하지만, 일련의 특성들은 플롯을 구성하는
사건들의 결합적(Syntagmatic) 연쇄를 횡단하는 수직적 집합물이라고 은유적
으로 파악되고 있다. 특성 계열이 T^n으로 표시된 것은 그것의 끝없는 개방
성을 드러내기 위하여, 나중에 독서에서 스스로를 암시할 수 있는 지각되지
않은 특성들을 허용하기 위해서이다. 텍스트 「어둠에서 주은 스케치」에서도
절름발이의 성격특성이 뒤에 가서 더 드러난다.

군중들, 이 노동인부들은 비오는 밤에 밀린 삯전을 받으러 감독의 집으로 몰려가는 중이다.

> ① "그래 감독이 이 밤중에 전표를 줄까요?"
> ② "될 수 있소, 밤이 열이래두 찾어야지요. 쇠뿔은 당장에 빼야 하구, 찾을 건 즉시 찾어야." (382쪽)

나는 삯전을 받아낼 수 있는지 의문을 품었지만, 절름발이 노동자의 대답은 강한 의지를 표명하고 있어서, 나와 절름발이의 성격적 특성의 차이를 보이고 있다. 나는 절름발이의 강한 의지에서 흥분과 열기를 발견하고, 처음으로 진정한 노동자와 대화를 나누었다는 사실에 기쁨을 느낀다. '내가 찾든 인간을 만난 듯한 기쁨과 만족'으로 가슴이 뛰노는 기쁨은 자신의 세계와 다른 진정한 노동자의 세계를 발견했고, 힘있는 강철같은 의지를 지닌 노동자를 동경하기 때문이다.

삯전을 내일로 미루고 밤에 일한 삯전은 주지 않으려는 감독계층과 노동인부들은 대립한다. '힘있는 자와 힘없는 자' '돈 있는 자와 돈없는 자' '착취자와 피착취자'의 대결이다. 그것은 감독의 집의 '깨끗한 마당'에 들어서는 '추한 누더기 옷'의 인부들로 차별화 된다. 공상만 있고 행동이 없는 '나'는 노동인부들의 강철같은 의지와 행동에서 새로운 세계를 발견하는 놀라움을 경험한다.

> 백 명의 신망을 한 몸에 가지고 있는 것도 여간 어려운 일이 아닐 것이다. 나는 그 친구가 한없이 부러웠다. …(필자중략)… 앗! 나는 그 사나히를 보았을 때 깜짝 놀랐다. 그는 아까 나와 이야기하던 절름발이가 아닌가!
> 순간 그 절름발이의 영예가 나의 영예같이 생각되었다. 절름발이 고맙소 － 나는 속으로 그에게 찬사를 보내주었다. 나는 절름

발이가 한없이 부러웠다. (385)

전표를 내일 주겠다는 감독과 협상하는 인부대표로 뽑힌 인물이 '춘식이(절름발이)'인 것을 보고, '나'는 놀란다. 나는 '병신답지 않게' 행동하는 그를 선망하게 되어 '절름발이가 한없이 부러웠다.'라고 심정을 토로하게 된다. 신체적 결손인물에 대한 선입관이 깨지면서 이상적인 인물로 제시되는 것이다.

'춘식이'는 공장인부들에 의해 불려지는 이름이고, 화자인 '나'에게는 '절름발이'로 지칭되어, 한 인물이 이중의 이름으로 지칭되는 특성을 보여주고 있다. 작중인물의 '이름 붙이기'는 인물의 개인적 특성을 드러내기 위해서, 또는 주제와 밀접한 관련이 있다. 춘식이라는 고유명사의 이름이 있지만 '나'에 의해서 강조되는 특성은 겉으로 드러난 정보로 신체적 징표인 '절름발이'인 것이다.

> 신체적인 힘은 그것이 인간의 사회적 이상을 표현하는 한 미적 가치를 지닌다. 초기엔 위풍당당하고 힘이 센, 민중서사시나 동화의 주인공들에게 숭고한 성격을 부여해 주었는데 이 때 힘이 좋은 내용을 내포한 것이지 혹은 나쁜 내용을 내포한 것인지는 문제가 되지 않았다. 오늘날 인류의 미적의식 속에서 숭고는 더 이상 엄청난 크기나 비범한 근육의 힘과 같은 속성이 아니라 인격이나 정신력, 윤리적 성장의 미적 특질로 나타난다.[15]

노동인부들의 대표자로서 감독과의 협상에서 성공하여 인부들에게 전표를 나누어주는 강인한 의지를 지닌 성격의 '절름발이'는 새로운 인물로 제시되었다. 힘있고 강인한 신체의, 건강한 근육질의 노동자와는 거리가 먼 새로운 이미지로, 신체적 결손을 지녔으나 정신적으로는 매우 강인한 인물이 새로운 노동자 상으로 창출된 것

---

15) M.S. 까간(1989) 『미학강의 1』(진중권역, 새길), 173쪽.

이다.

노동력을 착취하고 힘을 과시하는 착취계층인 일인 감독에 짓눌리는 힘이 없고 착취당하는 노동자들의 대표자로서 신체적 불구자는 어딘가 어울리지 않는다. 그러나 절름발이이지만 정신적으로 강인한 의지를 지닌 인물16)임을 부각시키고 있다. 신체적 결손자일지라도 정상적인 인물 못지 않게 역할을 수행할 수 있다는 사실을 새롭게 제시함으로써 텍스트의 주제를 조명하고 있다. 그러나 이것은 사회적 통념이 결손인물은 행동을 하지 못한다는, 또는 그런 자질이 부족하다는 일반적 통념을 전제로 한 것이며, 이러한 고정 개념을 뒤집으려는 의도이다.

> 그들에게 비하면 지금의 나는 얼마나 무능력하며 외로운 몸이냐! 나는 그 자리에서 나의 고독하고도 쓸쓸한 존재를 절실히 느꼈다. 인부들은 모두 먼저 보낸 다음에 절름발이가 만족한 웃음을 웃으면서 나왔다. 나는 절름발이의 어깨를 뒤에서 가늘게 두드렸다. (386)

나와 절름발이 관계는 행동면에서 대조적인 것을 드러내고 있다. 나는 학생복을 아직 벗지 못한 공상만 하고 행동이 없는 인물이며, 절름발이는 행동하는 노동자이며 성취자이다. 그러기에 행동하는 노동자는 나에게 선망의 대상이 된다. 나는 그가 밀린 삯전을 받아낼 수 있을까 하고 회의적이었으나, 그의 행동을 보고, 신뢰하게 된다.

---

16) 아지자, 올리비에라. 스크트릭 공저(1989)『문학의 상징 주제 사전』(장영수 옮김, 청하) 45쪽. 디오니소스란 이름은 절름발이 신을 의미하며, 오이디프스도 절름발이였다. 이와 같이 탁월한 힘을 마주한 자들은, 인간의 불가사의의 해결에 대체로 접근한 자들은 다리를 절었던 것이다.

① 나는 절름발이의 어깨를 두드렸다.
② 나는 절름발이의 손을 잡았다.
③ 절름발이는 나의 손을 마주 잡았다.
④ 절름발이는 나의 손목을 잡아끌었다.
⑤ 나는 절름발이의 손을 또 한번 꽉 잡아 흔들었다.

이와 같이 두 사람간의 심리적 거리가 없어지는 것을 알 수 있다. 신체적인 접촉에 의해서 '나'와 '절름발이'는 함께 한다. '나'는 절름발이를 통하여 노동자들의 세계를 새롭게 알게 되며, 노동자와 함께 하고자 한다.

선생님 내 선생께 내일부터 일하는 법을 가르쳐드릴 터이니까 선생님은 내일부터 내게다 언문을 배워주오. 그리구 세상이야기두 많이 들려주어야 합니다. (386)

처음 보았을 때, 공장에 들어가려고 여기 왔다는 나에게 '여기는 죽지 못해 사는 사람들이나 있는 곳'이라며 내일에라도 당장 가라고 충고하던 절름발이는 '일하는 법'을 가르쳐 주겠다고 한다. '나'와 '절름발이' 두 인물의 화합은 서로 이질적인 세계의 만남이다. 정신과 노동의 화합으로 새로운 인간관계를 보여주고 있다.

'절름발이'라는 신체적 불구 인물은 사회적 위상(位相)에서 불리한 위치에 처하는데 이 노동자는 확고한 위상을 성취하고 있다. '절름발이 인부'는 '나'가 구현하려는 이상세계의 메타포로써 작용하고 있다. 즉 '나'가 위대한 공상만 하는 것이 아니라 행동으로 옮기는 인물이 되고자 하는 이상적 모델로 창출되고 있다. '절름발이'는 변별자질로 힘없는 자들을 표상하지만, 힘이 없는 신체적 결손인물일지라도 결손자질을 극복하는, 노동자의 새로운 상, 행동, 결의와 의지의 인물로 제시되고 있다.

이상으로 「비오는 길」과 「어둠에서 주은 스케치」에서 다리의 변별자질이 사회적 활동에서 어떻게 작용하고 있는가를 살펴보았다.

「비오는 길」에서는 병일이가 '허우적거리는 다리'로 걷는 길에서 마주치는 인간들을 사물화 하는 내적 심리세계를 그리고 있다. 일상적이고 현실적으로 살고 있는 사진관 주인의 생각과 삶을 경멸하여 속으로 '청개구리 뱃가죽 같은 놈'이라며 그를 비하한다. 병일이는 신체적 징표로 인하여 병적으로 고독한 성격을 연출하며 인간적 관계를 거부하는 심리적 양상을 보이고, 자기의 내적세계를 구축하고 있다.

「어둠에서 주은 스케치」에서 춘식이는 절름발이이지만, 노동인부이고 걸음이 몹시 빠른 속성을 지니고, 강철같은 의지와 행동을 보여주는 인물이다. 노동인부들의 대표자로 착취하는 일인들과 대결하여 노동의 대가를 받아내는 정신력을 지닌 인물이다. 허약하고 소외되며 사회성이 결여된 불구의 인물과는 다른 일탈된 결손인물로서 의미가 강화된다.

「비오는 길」의 병일이는 사무직에 종사하지만 사회적 현실로부터 이탈하여 내면세계로 잠입하고, 「어둠에서 주은 스케치」의 절름발이는 노동인부이지만 사회적 현실에 적극적으로 대결하는 인물이다.

3. 부서지는 몸 : 팔·다리

팔과 손은 힘의 활동성을 나타내며 주체이다. 이러한 의미에서 손은 일하고, 주는 특별한 행위와 관련된다. 또 두 팔을 들어 올렸

을 때는 호소하거나 또는 자기를 방어하는 행위의 표시이기도 하
다. 또한 팔과 손은 다른 사람을 포옹하고 손을 잡을 수 있어 친교
의 표시를 할 수 있고, 또는 그 반대로 때릴 수도 있어, 타인과 관
련하여 주체자의 의사를 표현을 하는 기능을 지니고 있다. 뿐만 아
니라, 손은 생산을 할 수 있으며, 위대한 예술작품을 창조하는 창조
성을 지니고도 있다.

「계산서」에서 '나'라는 여인은 '외다리'라는 신체적 결손징표를
지닌 주체적 자아의 갈등을 보이고 있다. 「항구」에서는 '외팔이'라
는 결손징표를 지닌 남편의 현실을 그리고 있다. 이 두 텍스트에서
결손징표는 부부관계에 어떤 양상으로 나타나고 있으며, 신체적 결
손의식이 어떠한 의식세계를 구축하게 되는가를 살펴보겠다.

「계산서」와 「항구」는 다른 작품들과는 달리 신체적 불구가 된 이
후의 서사를 다루고 있어서, 결손이전과 이후의 감정과 의식이 어
떻게 변하며, 인생에 어떻게 관여를 하고 있는가가 진술되고 있다.

「계산서」

불구인물인 '나'의 고백적 진술이다.

'나'는 신체적 불구로 남편의 완전한 신체와 대조되어, 분노의 감
정에서 벗어나지 못하고, 결국은 집을 나와 외국의 먼길로 떠난다.
'나'는 왜 가출하지 않을 수 없었으며, '집안의 여인'이 아니라, '길
위의 여인'으로 살아가려 하는가?

먼저 텍스트의 서두와 결말을 비교하여 보자,

① 내가 집을 떠난 지가 벌써 일곱째의 밤 ― 앞으로 몇 조각의
밤을 더 누릴 목숨인지 모르거니와 밤의 펄럭이는 휘장 속에서
불길한 가마귀와 같이 떨고 있다.17)

② 나는 얼마동안 이 곳에 더 머무를 것이다. 내 계산서를 완전히 청산할 때까지 이 땅에 더 있을 것이다. 이 땅은 마적이 있어서 좋고 돼지가 죽은 아히 시체를 물고 뜯어먹는다는 이야기가 있어서 좋고 죽음 같은 고독이 있어서 좋다. (823쪽)

예①은 처음에 자신을 고백하기 시작하였을 때의 심정으로, '목숨'이 며칠 밤을 더 있을지 알 수 없는 자의 고독하고 불안한 떨림을 느낄 수 있다. '불길한 가마귀'는 '나'의 심리의 객관적 상관물이며 비애와 불안을 나타내고 있다. 그러나 예②에서 '나'의 심정을 다 고백하고 난 뒤의 결말은 같은 날의 진술이지만, 감정적으로 변하는 심리적 전환을 보여주고 있다. '몇 조각의 밤을' 있을 지 모른다고 하였으나, '얼마동안 이 곳에 더 머무를 것이다'로 변하게 된다. '나'의 의지로 인하여, 주위의 분위기를 느끼는 감정까지도 변화하게 된다. '불길함' '떨고'있다는 감정은 '시체를 물고 뜯어먹는다'는 이야기와 '죽음 같은 고독'이 '좋다'라고 느낄 수 있게 된다. 떨고 있던 '나'가 변하게 되는 심리적 동인은 어디에 있을까? 첫번째는 자기 자신을 고백함으로써 수동적이 아닌 적극적인 주체적 자아를 획득하게 되었고, 두 번째는 남편도 나와 똑같이 다리 하나가 없어지기를 바라는 원망이 충족될 때까지 현재의 삶, 목숨을 연장시켜야 한다는 의지를 지니고 있기 때문이다. 이것은 '나'의 '계산서'를 완전히 청산할 때까지 살겠다는 의지를 표명한 것이다.

나는 어서 내 의무인 긴 ― 이야기를 쓰기로 하자. 나는 내 남편이 자동차에 치이거나 혹여 뜀박질하는 말발굽에 채여서라도 다리 하나가 없어지기를 바랐다. (816쪽)

---

17) 이선희(1939), '계산서' 『월북작가대표문학』(서음출판사, 1989), 811쪽.

다리가 '하나'인 '나'와 다리가 '둘'인 '남편'은 균형이 허물어지고 말 것이라고 생각한다. 균형을 잃는 것은 완전한 것이 아니다. 완전한 부부일 수 없다고 생각하여, '나'는 집을 떠나 무작정 황막한 벌판을 달려왔다. 외딴 외국의 낯선 곳에서 남편과의 관계를 계산하여 보는 것이다. 남편도 다리 하나가 없어지기를 바라는 마음을 단순히 보복심리라고 말할 수는 없다. '나'의 어두운 욕망의 그림자를 숨기는 것이 아니라, 자아와 자기 육체성의 불일치로 인한 갈등을 전면에 들추어냄으로써, 잃어버린 육체의 파편을 찾기 위한 것, 즉 자기 정체성을 찾기 위한 것으로 해석할 수 있다. 자기 자신을 깊이 들여다보기 위해서 자기 스스로 집을 떠난 것이다.

'내가 쪼그망 애기의 엄마가 되는 대신에 한 쪽 다리를 잃고 절름발이'가 되는 엄청나게 다른 운명에 처하게 되면서 이전과 이후의 삶을 다시 생각하게 되는 것이다. 한 쪽 다리를 잃어버린 후에 '나'가 어떻게 변하는지를 살펴보면,

첫째, 전에는 '나와 남편과 인형, 셋이서' 어릿광대 같이 '유쾌하게' 살았던 <모조가정>(模造家政)이었으나, 이제 '다락에서는 쥐들이 덜그럭거리고, 마루에 놓은 세간들이 부옇게 먼지를' 뒤집어 쓴 생활로 변하게 된 것이다. 인물의 심리적 변화를 일상생활에 투영하여, 인물과 주위환경 사이의 상호성에서 은유적으로 인물의 특성을 드러내고 있다.

둘째, '나'는 탄력이 있던 다리가 생명이 빠져나간 다리로 바뀌었으나 그 사실을 받아들이지 못하여 자기동일성을 상실하고 있음을 알 수 있다. 이것은 '나'가 벽에 검은 휘장을 치고, 벽에 모두 그림들을 붙여 보이지 않게 하는데서 강박적인 심리상태를 더 부각시키고 있다. 이것은 다리 하나로 걷는데 장애를 느끼는 '나'가 벽을 두려워하는 마음을 드러내는 것이다.

셋째, '나'의 옷에서 나타난다. 입지도 않는 나들이옷을 다림질하

여 걸어놓았다가 다시 들여놓는 행위에서 신체적으로 불구인 인물
의 심리적 고통을 알 수 있다. 나들이옷은 외출에 필요한 옷이다.
그러나 다리가 없는 '나'에게 나들이옷은 소용없는 것이다. '나들이
옷'은 결손된 자신의 다리를 더욱 의식하게 하는 물건이 된다. '나
들이옷/집안에서의 옷'은 대조되면서 나가 공간적으로 이동이 부자
유함을 더욱 의식하게 한다. 그러므로 남편이 나들이옷인 '외투'를
사다 주었을 때,

> 그리고 우리는 거울 앞으로 갔다. 두 사람의 모양이 거울 속에
> 박혔을 때, 두 사람은 함께 놀랐다.
> 너무도 초라한 내 모양과 너무도 두드러지게 완전한 그의 모양
> 이 두 사람 가슴에 똑같이 비수를 나누는 것처럼 선뜻한 아픔을
> 주었다. (818쪽)

우리는 자신의 모습, 자신의 존재를 볼 수 없다. 그러나 거울은
우리 자신의 모습을 드러내는 매체이다. 거울은 자신을 객관화시켜
보여준다. 거울을 통해서 자기의 진정한 모습을 볼 수 있다. 거울
속에 나타나는 '완전한 다리/ 불구의 다리'의 대조는 신체적 결손에
대한 강한 자의식을 불러일으키고, 자기혐오를 느끼게 하며, 그러한
자기를 거부하려 한다. '나'는 거울 속에 나타난 자기의 모습, 자기
의 존재까지도 부정하고 싶은 고통을 겪는다. '나'는 완전한 육체를
지닌 남편과 대조되어 신체적 결손을 확인하게되고 상실감에서 외
투의 소매를 물어 뜯어버리는 행위를 하게 된다. '남편'이 '죽은 것
보다는 낫지 않소?' '다리 하나가 무슨 상관이요. 아직 우리에게는
세 개의 다리가 더 있지 않소?'라고 위로하는 말도 멀쩡한 거짓말
이라고 생각하게 된다. 남성의 육체와 여성의 육체의 차이화는 남
편과 아내의 몸의 차별이며, 심리적 거리화를 나타내는 지표이다.

제 4 장 지체의 결손징표 157

넷째, '나'의 결손의식은 부부관계를 변하게 한다. 영원히 적의 침략을 받지 아니할 피난처라고 생각했던 '남편과 나' 사이에 '어둠은 도적과 같이'왔다는 진술은 다리하나가 없는 신체적 결손의식이 남편과 아내 사이의 신뢰를 파괴하는 작용을 하고 있다. 과거의 충족감은 현재에는 공허감으로, 과거의 사랑과 믿음은 변하여 의심하는 마음이 자리잡기 시작하는 여인의 내적심리가 잘 나타나 있다.

다섯째, 신체적 결손의식은 심리적 파탄을 가져오고, 타인을 원망하게 된다. '나는 날마다 그가 자동차에 치이거나 혹여 뜀박질하는 말발굽에 채여서 다리 하나가 없어지기를' 바라는 비정상적인 심리를 보이게 된다. 나와 남편이 육체적 불균형으로 대조되지만, 남편도 다리 하나가 없으면 완전한 조화를 이룰 수 있기 때문이다. <아내, 외다리, 불완전함/ 남편, 두 다리, 완전함>을 의식하는 '나'는 결손부분을 충족할 수 없으므로, 같이 결손된 육체이기를 바라는 것이다. 이러한 보상심리는 부정적 의지로 작용하여, 새 삶을 창조하려는 것이 아니라, 파괴하고 있다.

'이러한 되푸리는 우리의 사이를 더 한칭 어색하게 만들었고 뚜렷한 거리를 보여주었다.'고 남편과의 거리를 의식하게되고 현재의 삶을 혼란시키고 있다. 남편이 어느날, 전처럼 사과봉지도 들지 않고 들어와서는, 새 넥타이를 매고 외출한다. '내 칼날같이 파란 눈초리'는 넥타이를 훑어보며 '불길한 예감'을 느끼는 것이다. 그 새 넥타이가 '우리의 마즈막 운명을 두 개로 뻐개 놓는'[18]다고 생각하며, '두 다리가 성한 계집을 찾아갔다고 의심하게 된다. 불확실한

---

18) 신체부분의 상실은 심리적으로 사랑하는 사람을 잃어버린 것과 같다고도 볼 수 있다. 그 결과로 신체부분을 상실했을 때는 슬픔, 우울 그리고 불안이 차례로 따르게 된다고 보았다. 또한 가족이나 다른 사람이 그 사건에 대해 어떠한 태도를 보이느냐에 따라서 다양한 반응을 보이게 될 것이다. 윌리암, M.크뤽 생크(편)『특수아동 심리학』신형순 편역(이화여자대학교 출판부, 1985), 21쪽.

증거를 믿게 되는 것이다.

내 자신을 극복하거나 또는 상대방과 대결하려는 의지가 없이 오히려 싸우기도 전에 패배의식을 보이고 있다. 한 다리의 상실은 자기 자신를 지탱할 자신감을 잃게 하는 것이다. 그러므로 <남편과 나>의 결혼생활을 <계산>해 보려 한다.

> 무릇 한 개의 부부생활이 해소되는 때에는 그 안해 된 자가 그 남편된 자에게 변상해서 받아야 할 것이었다. 혹 어떤 안해는 위자료 이천원을 청구하면 재판소에서는 훨씬 적어서 오백원의 판결을 내린다.
> 나는 무엇을 받아야 할가. 이것은 내게 불구자란 약점이 생길 때부터 생각해온 문제다.
> 나는 내 남편도 나와 같이 다리 하나가 병신 되기를 바랐다.
>
> (824쪽)

여기서 '나'는 남편에게 <돈>으로 보상받으려는 것이 아니라, <다리 하나>를 받으려는 것이다. 자신이 불구라는 사실을 의식하면 할수록 남편도 <불구>여야 한다고 생각한다. 이러한 의식은 지금까지 억압받아왔던 여성의 피해의식을 드러내는 것으로 볼 수 있다. 자신의 부서진 육체에 대한 반작용으로 남성의 육체도 파괴하려는 욕망이 강화된다. 이것은 여성자아의 확대로 볼 수는 없어도, 피해 여성이 단순히 패배의식만을 보이고, 절망하는 것보다는 여성의 심리를 표출하는데 성공했다고 볼 수 있다.

그러나 이러한 계산서를 작성하고 있는 공간이 남편과는 떨어져, 먼 곳에서 이루어진다는 점에서 현실적이지 않다. 이 텍스트에서 여성적 자아는 신체적 결손이 된 후의 이상심리(異常心理)를 진술하고, 불안감에서 벗어나지 못하는 자기 고통의 시간 속에서 자의식이 강화되고 있다. 결국 정신적으로 황폐화해지고 공간적으로 고립된 세계에 있게 되는 것이다.

「항구」

곽서방은 '지게'가 몸의 일부이다. 지게는 곽서방의 과거와 오늘을 말해주는 지표가 되고 있다. 지게는 짐을 지기 위한 도구로, 과거에는 짐을 이층으로 쌓고도 빈 몸처럼 내둘렀지만, 오늘은 도구일 수 없는 것이기에 지게가 본래의 기능을 상실하게 되었다. 지게는 본래의 용도를 상실하게되면서 곽서방의 몸의 일부처럼 되어버렸다.

'한 쪽 팔밖에 못 쓰는 팔'을 가진 곽서방에게 지게는 '마고자 또는 외투'와 다를 것이 없다. 지금은 짐을 질 수 없게 되었지만 아직도 지게는 몸의 일부이고, 또 과거의 꿈이 담겨 있으므로 다른 사람이 바꾸자고 하여도 바꿀 수 없는 소중한 물건이다. 외팔이 곽서방은 항상 지게를 지고 있으므로, 지게는 신체적 결손을 부각시키면서 동시에 결손부분을 메꾸어 주는 신체적 확장을 하고 있다.

지게가 본래의 용도를 상실했듯이, 곽서방도 일의 공간에는 속할 수 없는 인물이다. 낮은 일하는 시간이다. 아이들은 학교에 가고, 장손이는 대장간에 간다. 그러나 곽서방은 낮에 '지게가 뒤엎는데도 모르도록 혼곤히 잠이 들어' 단꿈을 꾸고 있다. 텍스트의 표제인 <항구>는 배가 드나들고 짐이 내리고 짐꾼들이 움직이는 일의 공간이다. 항구는 개방성, 교통, 활동성, 상업성의 공간인데, 곽서방은 이제는 항구에 속하지 못하는 인물이다. 배가 닿을 때마다 본능적으로 지게를 만질 뿐이지 산더미 같은 짐이 쏟아져도 이제 신이 날 것도 없이 멀건히 바라볼 수 밖에 없다. '외팔이'인 곽서방은 노동조합 자격에도 미끄러졌으므로, 일의 공간인 항구는 곽서방에게는 폐쇄적인 차단된 곳이다.

백사장에서 과거를 꿈꾸고 있던 곽서방은 '아즈바안'하고 부르는 장손이의 달콤한 소리에 꿈에서 깨어난다. 곽서방과 장손이의 관계는 아들 없는 손자 또는 아버지 없는 할아버지와 같다. 온종일 떨어져 있다가, 해질녘이 되어야 그들의 시간이 시작된다. 장손이는 곽서방의 온기가 없는 소매뿐인 오른 손을 가만히 잡아 본다. 지게가 곽서방의 신체의 일부가 되었듯이, 장손이는 곽서방의 몸의 일부가 된다. 곽서방은 일이 없지만 지게가 있고, 한 쪽 팔이 없지만 장손이의 두 손이 곁에 있다. 곽서방은 과거에 속하지는 인물이지만, 장손이에 의해 미래로 열려있다. 그러므로 곽서방은 신체적으로 결핍(−)과 확충(+)을 동시에 결집한 인물이 된다.

장손이의 손을 잡고 지루한 형무소의 붉은 담을 돌아가는 곽서방은 집이 있지만, 집으로 곧장 들어 갈 수 없다. '항구'는 개방과 공공의 공간이며, '집'은 안락하고 내밀한 개인적 공간이다. 그러나 곽서방의 집은 곽서방의 공간이 아닌 뭇 사내들의 공공의 공간이 되어 있다. 곽서방의 집은 갈보인 아내와 뭇 사내들이 투전하며 술을 마시는 상업적 공간으로 변하였다. 곽서방의 개인적 공간이 변질되어 상업적 공간으로 되었기에, 항구의 개방적인 공공의 공간이 곽서방에게는 내밀한 꿈꾸는 공간으로 구축되어 공간의 전도 양상이 나타난다. 곽서방이 집으로 가는 것은 공공의 공간에서 개인의 공간으로 가는 것이 아니라 거꾸로 내밀한 공간에서 공공의 공간=집으로 가는 것이 된다. 아내는 남편인 곽서방이 오는가를 보려고 파수를 세운다. 또 곽서방도 집에 들어가도 되는지 장손이를 먼저 보내서 알아보게 하고, 도토리 나무 밑에서 기다린다. 파수를 세우는 아내와 장손이를 먼저 보내야 하는 남편의 관계는 정상적인 부부관계가 아니다. 남편은 아내에 의해 내쫓겨진 존재이다.

한 낮을 두루마기와 '망토'나 되듯 지게를 끼고 부두에서 어름

거리다가 허기가 일고 원래 불수된 몸에 피곤이 덮칠 땐 몰아내
던 계집, 여우가 아니면 독사가 되어 가는 것 같은 계집.[19]

  신체적으로 결손자인 남편을 쫓아내는 아내는 '여우, 독사'등의
부정적 이미지로 표현된다. 먼저 간 장손이는 곽서방 집의 문틈으
로 벌거벗은 남녀와 투전판에 굴러다니는 맥주병과 빈대떡을 본다.
아랫목을 보며, '저기 왜 곽서방 아즈반이 아닐까?'하고 생각한다.
곽서방이 있어야 할 자리에 다른 인물이 있으므로 곽서방에게는 집
은 부재의 공간이 된다. 반대로 항구와 거리가 '있음'의 공간이 된
다. 곽서방에게 <집>은 아내와 함께 있을 수 없고, 맥주도 빈대떡도
함께 먹지 못하므로 <사랑이 부재>하는 공간이고, <항구와 거리>는
장손이와 함께 있고, 대장간에서 받은 돈으로 곽서방에게 시루떡과
약주를 사 주며 함께 먹는 공간이므로 <사랑>의 공간이 된다.
  신체적 불구인 곽서방에게 아내는 마이너스적이고, 장손이는 충
족감을 주는 존재이다. 장손이는 곽서방이 죽은 아버지인 듯 착각
하기도 한다. 그러니까 곽서방과 장손이는 아버지와 아들의 감정이
교류되며, 외부공간을 사랑의 공간으로 변모시키고 있다.
  악마적 이미지의 아내에 의해서 거부되고 남편의 자리를 상실 당
한 곽서방은 장손이에 의해서 혈연적 관계를 넘어서 아버지의 자리
와 사랑을 받는다.

    ① "너 좀 더 크거든 지겔 가져라"
    ② "용타 우리 장손이 다 컸다. 지게두 맞는다. 이건 네가 가져라"

  과거의 향수이며 마고자처럼 몸의 일부인 지게를 장손이한테 준
다는 것은 아들에게 피를 물려주듯이 몸을 나누어주는 부성(父性)

---

19) 최태응(1975), '항구'『한국근대문학전집』12권(삼중당), 611쪽.

의 원리이다. 육체를 넘겨주는 것은 소멸이면서 동시에 새로운 생성이 된다. 곽서방에게 장손이가 과거의 꿈을 열어주는 미래의 인물로, 현재는 상실의 시간 속에 있지만 장손이를 매개로 하여 미래로 꿈을 확산시킬 수 있다.

> 여편네를 죽인 것은 장하다. 그러나 반신불수건 굶어 살았건 그리고 알쭈한 고생살이로만 늙었다 한들 쉰 넷이라는 나이에 그다지도 허퍽스러울 데가 어딘가 - (619쪽)

신체적 결손으로 인해 일의 공간에서 소외되고, 노동력을 상실한 남편은 아내로부터 버림을 받게 되고, 결국은 아내를 죽이게 된다. 곽서방도 죽는데, 장손이에게 <지게>를 주면서 "넌 내 조상이다. … 아반이다"라고 속삭인다. 곽서방은 장손이를 통해서 미래를 열고 과거를 새롭게 구축한다.

> 너무 길다란 것 같은 지게다리를 서너치쯤 짤라 버리면 당장 가벼운 짐이라도 지고 견딜 듯 싶으나 그랬다가 보통지게가 될 것 같아 망설이다 그냥 둔다. (620쪽)

장손이는 곽서방이 준 지게를 져 보지만 아직 너무 크다. 그래서 지게를 작게 자를까 하다가, <보통지게>가 될 것 같아 그럴 수는 없다고 생각한다. 지게는 곽서방이 직접 만들었고, 곽서방의 몸의 일부였던 것이기 때문에 <보통지게>와는 다르다고 생각한다. 이 <지게>는 심을 지는 일반적인 도구가 아니라, 특별한 것이다. 곽서방이 세상을 떠난 후, 장손이는 지게를 지고 '곽서방이 쪼그리고 앉아서 낮 꿈에 잠기던' 항구에 나가본다. 나루터를 한 바퀴 돌아보기도 하며, 장손이는 '바다 건너 구름 가린 산꼭대기를 까마득히 바라본다. 곽서방은 이제 그 곳으로나 가야 다시 만나 볼 것 같다' 곽서방은 항구에 장손이와 함께 있었으나, 지금, 여기에는 없고, 저 산 꼭대기에나 있다.

　― 아즈바안 ―

　귀에 울리는 소리, 그것은 자기가 부르던 것이 아니라 이렇게 가만히 듣기만 하던 소리 같다.

　코빼기가 시큰하고 가슴이 뭉클하거나 말거나 장손이의 성난 것 같은 눈과 뇌리에는 열 다섯 살 된 자신이 꽤도 장성했고 곽서방의 크고 무거운 그 굉장한 지게가 자기에게는 어느덧 마고자보다도 더 가뜬하고 홀가분해서 깡충하며 업혀있는 양이 보인다.

(620쪽)

　'아즈바안'은 원래는 장손이가 곽서방을 부르는 소리이나, '가만히 듣기만 하던 소리 같다'라고 진술한 것은 장손이의 의식 속에서 장손이가 곽서방으로 자리바꿈 한 것이다. 이렇게 곽서방과 장손이는 일체감을 이루게 된다. '장손이-부르다' '곽서방-듣다'의 관계가 '장손이-부르다-(곽서방)-듣다'로 전환된다. 장손이와 곽서방은 하나의 몸이 된다. 장손이에게 '지게'는 너무 길고 무겁지만, 지금 가뜬하고 홀가분하다고 느끼는 것은 장손이의 몸 속에 곽서방의 정신과 육신이 내밀화 되어 합일되는 경지에 이른 것이다. 장손이가 마고자보다도 더 가뜬한 지게를 진 열 다섯 살 된 자신의 모습을 상상함으로서, 미래의 시간이 현재의 시간으로 수렴되고, 산꼭대기에 묻혀있는 곽서방의 과거와 죽은 육신까지도 장손이의 몸으로 다시 살아나는 것이다.

　곽서방은 몸의 한 부분이 결핍되어 있었지만 몸의 일부인 '지게'를 장손이에게 줌으로써, 장손이의 몸에 새롭게 기거하며 다시 부활한다. 집에서 곽서방은 부재하며 현존할 수 없지만, 곽서방이 일하고 낮꿈 꾸던 항구에서는 장손이에 의해 존재하게 된다.

탈육(dismemberment of body)을 통해서 자기 실현을 하고 있다.

「항구」에서 오른 팔이 없는 곽서방은 노동력이 상실됨으로써 남성의 자리가 훼손 당하고 결국은 죽게 되고, 「계산서」에서 다리 하나가 없는 '나'는 가정이 상실되었다고 생각하고 아내의 자리를 떠난다.

「계산서」에서 나는 다리가 하나 없는 결손징표로 인하여 두 다리가 완전한 남편과 완전한 부부관계가 성립될 수 없다고 생각한다. 신체적 결손으로 인한 자괴감에서 남편과의 관계가 파괴되는 작용을 하게 된다. 나는 남편과의 부부관계가 완전해 지기 위해서는 남편도 나처럼 다리 하나가 없어지기를 바라면서, 집을 뛰쳐나와 멀리 떠나온다. 나는 이국 땅에서 남편과의 관계를 계산하면서, 신체적 결손자질로 자기 스스로를 폐쇄시키며 정신적으로 황폐해진다.

「항구」에서 곽서방은 팔이 하나 없으므로 지게를 지고 있어도 일을 하지 못한다. 신체적 결손으로 인하여 곽서방은 노동의 공간에서 소외됨으로써 항구는 '내밀의 공간'으로 변하고, 집은 아내에 의해서 육체적, 상업적 공간이 되었으므로 집으로부터도 추방된 자가 된다. 몸의 일부인 지게를 장손이에게 줌으로써 장손이의 몸에 다시 태어나게 된다. 곽서방의 육체는 분절, 해체되었다가 다시 통합되는 자기 실현을 하고 있다.

「계산서」의 나는 신체적 한계성, 구속감에서 벗어나지 못하는데 비해, 「항구」의 곽서방은 신체적 결손의 한계성에서 벗어나 신체적 확충을 구현하고 있다.

4. 닮은 꼴 찾기 : 손·발가락

손은 일을 하고 생산을 하는 활동성과 창조성을 지니고 있다. 또 만나고 헤어지는 인사를 하고, 다른 사람을 만지고 접촉을 하거나 때리기도 하는 인간의 감정을 나타내기도 한다. 또 '손이 떨린다' '손이 끈적끈적 하다.'등 손은 감각할 수 있는 기능을 지니고 있다. 그러므로 손은 감정을 나타내거나, 성격을 나타내는 지표가 되기도 한다.

오른 쪽 손은 정의, 선, 축복을 나타내고, 왼쪽 손은 불의, 재난, 악, 불운 등을 의미하기도 한다. 한국인은 좌우의 손에서 우수우위관(右手優位觀)을 갖고 있어 서양인들처럼 왼손잡이가 많지 않다.[20]

「발가락이 닮았다」에서 M은 성병으로 인해 생식불능의 인물이며, 가운데 발가락이 길어서 보통 사람과 변별되는 징표를 지니고 있다. 「모밀꽃 필 무렵」에서 허생원은 얼금뱅이이며 왼손잡이를 변별징표로 지니고 있다. 두 텍스트의 인물은 이중의 징표를 지니고 있는 인물이다.

두 텍스트에서 변별징표가 어떻게 작용하고 있는가를 자식과 관련하여 논하고자 한다.

「발가락이 닮았다」

화자인 '나'는 의사인데, M의 신체적 결함에 관하여 진술하고 있다. M은 남달리 강한 성욕을 지니고 있어, 질보다 양에 치중하다보니 삼백육십 일을 성병이 떠나 본 적이 없는 인물이다. 의사인 '나'의 판단으로는 M은 생식불능의 신체적 결함을 지니고 있다고 생각한다. '나'는 M은 성병으로 인한 육체적 결함 때문에 서른이 넘도록 총각으로 지낸다고 생각하고, 늙은 뒤에 슬하도 없이 지낼 인생을 동정하고 '가련한 존재'라고 말한다.

의사인 '나'의 진술은 M의 생식능력의 유무에 대해서 반복하여

---

20) 이재선, 『우리문학은 어디에서 왔는가』(소설문학사, 1986), 178쪽.

강조하고 있다. 화자는 생식불능의 징표에 대해 반복 진술하면서 M이라는 인물에 관여하는 강도가 강화되어 나타난다. 성적탐욕은 성병을, 성병은 생식불능을, 생식불능은 자손이 없음을 자손이 없다는 것은 '가련한 존재'라는 원인과 결과의 연쇄적 고리의 관계를 서술하고 있다.

'나'에 의해서 진술되는 연쇄적 고리의 관계는 M의 돌연한 행동에 의해 끊겨진다. 생식불능이기 때문에 결혼을 하지 않는다고 생각했던 '나'의 판단과 도덕관과는 반대로 모르는 사이에 'M'이 혼약을 한 것이다. 결혼식을 올렸다는 소식을 듣고, 여러 친구들과 이야기를 하다가 의사는 '고환염을 그만침이나 심히 앓은 녀석에게 자식은…'라고 말하는 실수를 하게 된다. 이로써 M의 결혼으로 인해 M은 신체적 결함을 표면화시키게 된다.

의사인 '나'에게 친구인 M은 몇 번 찾아와서 성병과 자식의 생산 문제를 상담하게 된다. M이 결혼하기 전에 찾아와서, 생식을 할 수 있을 정도로 성병을 경하게 앓았지 않느냐고 질문하였을 때, 나는 어이없어 하면서도 경하게 앓았다고 대답하지 않을 수 없었었다. 결혼 후, M이 생식능력이 있는지를 상담하였을 때, '나'는 검사를 해보아야 알 수 있다고 대답한다. 그리고 얼마 후, M의 아내가 임신을 하였다는 소식을 듣게 된다. M은 검사를 하겠다고 하면서도 몇 번씩이나 검사를 하지 않고 그냥 되돌아간다. M은 자신의 신체적 결함을 확인하기를 두려워하는 것이다.

> 검사를 해서 정충이 살았다면 다행한 일이지만 사멸하였다면 시재 제 아내와의 새에 생길 비극과 분노 절망은 둘째 두고라도 일생을 슬하에 혈육이 없이 보내고 노후에 의탁할 곳을 가질 가능성조차 없는 절망의 지위에 빠지지 않을 수 없을 것이다.[21]

---

21) 김동인, 『김동인 전집』5권(삼중당, 1976), 814쪽.

신체적 결함으로 인해 자식이 없는 일생은 노후에 쓸쓸함을 의미
한다. 이러한 부정적 상황을 피하기 위하여 검사를 받을 수가 없는
것이다. 제 남편이 생식불능자인 줄 모르고 아내는 죄의 씨를 '자랑
하고' 있을 거라고 상상하며, M과 아내의 관계를 '재미있는 연극'
이라고 진술하고 있다. 나의 도덕적 판단으로는 M은 '쓸쓸한 노년'
을 보내게 되고, '재미있는 연극'을 하고 있는 인물로 양각된다.

하루는 M이 와서 말하기를 P병원에서 검사한 결과 '살았다네'라
고 한다. '살았다네'는 이중의 의미를 지니고 있다. 정충이 살았다
라는 의미와 생식불능이 아니므로 이제 자식을 낳을 수 있으니, 쓸
쓸한 노년을 지내지 않아도 괜찮다는 의미를 나타내고 있다. 의사
인 나는 M이 거짓말을 하며 자기자신의 의혹까지도 은폐시키려 하
고 있음을 알아차렸다. 생식능력의 유무는 M에게 중요한 의미로
관여한다. 자신의 성적 도덕성과 자손의 유무를 뜻할 뿐 아니라 아
내의 순결성의 문제까지도 결정하기 때문이다. M은 '무서운 선고'
를 확인할 용기를 가질 수가 없는 것이다. '십중팔구는 향그럽지 못
한 결과'를 나타낼 검사를 회피하면서 자식에게 억지 애정을 가지
려는 것은 모험을 하는 무서운 일이라고 '나'는 판단한다.

M이 그 아들을 몸소 안고 병을 보이러 병원에 '나'를 찾아왔다.
"이 놈의 발가락 보게, 꼭 내 발가락 아닌가, 닮았거든."하고 말하는
M의 '마음과 노력에 눈물겨워'하며, 나는 '요절할 비극이었다'라고
진술한다. 도덕관, 세계관이 잣대가 되어 생식불능의 신체적 결함이
반복 진술되면서 한 인물의 속성을 조명하고 있다. '쓸쓸한 노년'
'재미있는 연극' '요절한 비극'이라는 진술에서 볼 때, '나'와 'M'의
심리적 거리는 가까워 질 수 없다. M은 의사인 친구에게 과학적으
로 증명해 주거나 적어도 친화적 관계를 원하고 있으나, 의사인
'나'는 표면적 관계를 유지하고 있을 뿐이다. 심리적으로 소원화 되

고 있다. <나/M> <의사/병자> <정상인/생식불능자>의 관계에서 결손된 육체를 지닌 인물이 정상인에 의해 일치될 수 없는 거리를 보여주고 있다.

M의 생식불능의 결함은 은폐됨으로써 '자식이 없다' '쓸쓸한 노년이다'는 → '자식이 있다'로 변질된다. M의 성적 타락이 은폐되고, 아내의 순결에 대한 의혹을 회피함으로써 얻어진 결과가 '아들'이다. 그러므로 M은 진실이라고 믿을 만한 증거를 확보해야만 한다. "내 발가락은 다른 발가락과 달라서 가운데 발가락이 그 중 길어서 쉽지 않은 발가락이야."라며 셋째 발가락이 길다라는 징표를 드러내 확인시킨다. M은 신체적 변별징표인 길다란 발가락을 통해서 자기동일성을 증명한다. 그럼으로써 생식불능이라는 신체적 결함은 은폐되고 발가락이 길다라는 신체적 징표는 <->가 아니라 <+>로 작용하고 있다. 신체적 징표를 감추는 것이 아니라, 이 텍스트에서는 징표를 양각시키고 있다.

「모밀꽃 필 무렵」

허생원의 신체적 변별자질은 얼금뱅이요, 왼손잡이 이다. 얼금뱅이는 계집과의 관계에서, 왼손잡이는 자식과의 관계에서 의미작용을 하고 있다.

> 허생원은 계집과는 연분이 멀었다. 얼금뱅이 상판을 처들고 대여 설 숫기도 없었으나 계집편에서 정을 보낸 적도 없었고 쓸쓸하고 뒤틀린 반생이였다. 충주집을 생각만 하야도 철없이 얼굴이 붉어지고 할 말이 떨리고 그 자리에 소스라쳐 버린다.[22]

---

22) 이효석, '모밀꽃 필 무렵' 『한국의 근대소설』2권(민음사, 1985), 785쪽.

허생원은 얼금뱅이라는 징표로 인해서 계집에게 외면 당하거나
또는 스스로 폐쇄해 버리는 성격적 속성을 보여준다. 외형의 신체
적 변별자질이 내적 성격 형성에 영향을 주고 있다. 계집 앞에서
숫기가 없는 허생원은 계집과 농당질 치는 동이를 책망하는 반응을
보이게 된다. 또 한편으로는 '내 꼴에 계집을 가로채서는 어떻헐 작
정이었을까'하고 자신을 책망하는 양가적 심리를 보이는데, 이것은
자기의 신체적 결손을 의식하는데서 발생하는 감정이다.

계집을 하나 후려보지도 못하였을 뿐 아니라 평생 인연이 없음을
서글퍼 하는 허생원은 홀로 장을 도는 장돌뱅이 이다. 계집과 짝하
는 것이 아니라, <나귀>와 짝하여 '아름다운 강산'을 반평생 함께
한다.

> 반평생을같이 지내온 즘생이었다. 같은 주막에서 잠자고 같은
> 달빛에 젖으면서 장에서 장으로 걸어 다니는 동안에 이십년의 세
> 월이 사람과 즘생을 함께 늙게 하였다. 까스러진 목뒤털은 주인의
> 머리털과도 같이 바스러지고 개진개진 젖은 눈은 주인의 눈과 같
> 이 눈꼽이 흘렀다. (759)

> 허생원은 모르는 결에 잦이 뜨거워졌다. 뭇시선을 막으랴고 그
> 는 즘생의 배 앞을 가리워서지 않으면 안되었다. (759)

허생원은 나귀와 함께 반평생을 걸어왔다.[23] 계집과 함께 늙은
것이 아니라 나귀와 함께 늙어가고 있다. <나귀>와 <허생원>의 외
형은 '나귀의 목 뒤털 = 주인의 머리털' '나귀의 젖은 눈 = 주인
의 눈꼽'에서 닮은꼴일 뿐 아니라 '늙은 주제에 암내를 내는' 즘생
이나, 허생원이 동이를 때린 것도 충주집(=여자)으로 인한 질투 때

---

23) 장돌뱅이로서 길을 걸어왔다는 의미와 인생의 여정을 나귀와 같이 걸었다
   는 의미가 있다.

문인 점이 유사하다. 낯이 뜨거워 즘생의 배를 가리는 것은 허생원
이 자신의 욕망을 들킨 것 같은 부끄러움에서이다. 나귀의 성적 욕
망의 노출은 늙은 자신의 모습을 노출하는 것과 같다. 나귀에게서
자기를 발견하는 것이다.

나귀[24]는 허생원의 분신이다.[25] 나귀가 허생원이며, 허생원이 나
귀로 전이되어, 인간과 동물이 변별되지 않는다. 허생원이 나귀로
비유되는 것은 하위비유로 인간적 존엄성은 소멸이 된다.

허생원이 놀리는 아이들을 좇아내려고 챗찍 들었을 때, "쫓으랴
거든 쫓아보지, 왼손잡이가 사람을 때려."하고 놀린다. 왼손잡이는
사람도 때릴 수 없다는 진술에서 '왼손잡이'라는 신체적 변별자질
이 아이들에게 놀림의 대상이 되고 있다. 또 '왼손잡이는 아해 하나
도 후릴 수 없다.'에서 신체적 변별징표가 양각되면서 '−'자질로
의미활동을 하고 있다. '오른 손잡이/ 왼손잡이'가 변별되는 것은
사람의 분류에서 왼손잡이는 일반적인 습관에서 벗어나기 때문이
다. '오른손잡이'는 무표(無標)이다. 왼손잡이는 오른손잡이 보다 부
정적 의미를 지니는 기호이다. 오른 손으로는 만나서 악수를 하며
반기는 기쁨과 축복의 의미를 지니며, 연암의 소설 「허생」에서 보
면 숟가락을 사용할 때와 글씨를 쓸 때, 오른 손을 사용하는 예법

---

24) 나귀는 ① 무지몽매, 현학, 허위를 드러내 주는 것으로 ② 우화에서 조롱과
    학대의 대상으로 ③ 조심스러움과 겸허함에 의해서 온순함을 낳는 것으로
    해석되며, 비유된다.
25) ① 이상섭은 '당나귀는 드팀전 장사치에게 없어서 안 될 수단이지만 주인
    공 허생원의 아나로그(analogue)이다. 늘고 볼품없는 이 당나귀가 허생원을
    꼭 닮았다.'
    '어째서 「메밀꽃 필 무렵」인가?' 『자세히 읽기로서의 비평』 289쪽.
    ② 이재선은 '나귀는 단순히 떠돌이 장사꾼의 상품운송 수단으로서의 구실
    로서 끝나는 것이 아니다. 주인공인 허생원의 분신적인 역할을 해 줄 뿐 아
    니라 부자가 기구한 숙명론적인 상봉을 하게 되는 모티브의 상징적인 에피
    소드로서의 긴요한 상관성을 갖고 있는 것이다.' 『한국문학의 지평』(새문사,
    1981), 109쪽.

제 4 장 지체의 결손징표 171

을 가르치게 한다. 허생원의 왼손잡이는 아이들의 조소의 대상이
될 뿐 아니라 소외의 변별징표로 작용한다.

'고향을 돌보러 간 일'도 없는 '허생원'은 나귀와 걷는 아름다운
강산이 '고향'이 되고 있다. 허생원은 정착성, 안락함, 고정성의 인
물이 아닌 떠돔, 비고정성의 인물에 속하기 때문에 길이 그의 공간
이 되는 것이다. 고향은 모성의 공간이며, 모성은 여성으로 대체되
는 이미지이므로 고향상실은 계집과 인연이 없는 허생원의 속성으
로서 어울린다. '밖/안, 길/고향, 떠돔/정착'의 대립체계에서 고향과
정착은 여자와 함께 할 수 있는 공간이지만, 밖, 길, 떠돔은 여성부
재의 공간이다. 허생원이 길 위의 인물이라는 것은 여성결여라는
속성을 부각시킨다. 그러므로 여성과 인연이 없는 허생원은 과거의
공간, 과거의 시간으로 되돌아가려는 속성을 보이게 된다. '길'로
떠돌아다님은 과거로 되풀이 되돌아가는 행위의 변환이다.

> ◦ 오늘밤은 또 그 이야기를 꺼집어 내려는
> ◦ 허생원은 오늘밤도 또 그 이야기를 꺼집어 내려는 것이다.
> ◦ 조선달은 친구가 된 이래 못이 백이도록 들어왔다.
> ◦ 달밤에는 그런 이야기가 격에 맞거든

라고 반복되는 서술은 평생 계집과 인연이 없는 허생원이 평생동안
잊지 못하는 달밤에 있었던 물방앗간에서의 만남을 되풀이하고 있
다. '꼭 한번 있었던' 일이지만 허생원에게는 되풀이 일어나는 일로
과거의 경험이 현재에도 반복되는 것이다. 허생원이 반평생 동안
장돌뱅이로 장을 돌아다니는 반복의 행위와 단 한 번의 괴이한 인
연을 되풀이 반추하는 것은 유사행위로 허생원의 인물 특성을 나타
내는 정신적 구축물이 되고 있다.[26] 허생원은 얼금뱅이지만 성처녀

---

26) 스토리 사건과 텍스트내에서의 그 서술과의 반복관계는 정신적 구축물로

는 봉평에서 제일 가는 일색이다. 제일 가는 일색인 처녀와의 괴이
한 인연은 계집으로부터 소외되었던 허생원에게는 일탈된 경험에
속한다. 그러기에 '무섭고도 기막힌 밤'이었다고 고백한다. 그 다음
날 '줄행랑을 놓은' 행위로 설명될 수 있다. '무서운 밤'으로부터 도
망을 쳤지만 허생원의 내면세계에서는 되풀이 그 시간으로 되돌아
가고 있다. '떠남과 되돌아감'의 반복행위는 장돌뱅이의 삶이면서
허생원의 성격적 속성이다.

성처녀와 만남은 개울가 물방앗간에서 이루어진다. 허생원은 개
울로 목욕하러 갔다가 돌밭에서 벗어도 좋을 것을 달이 너무도 밝
은 까닭에 옷을 벗으러 물방앗간으로 들어갔는데 거기서 울고 있는
성처녀를 만났다. 물은 여성의 이미지이며, 물방앗간은 여성의 자궁
으로 비유된다. 허생원은 물방앗간의 성처녀에 의해서 새롭게 태어
나는 것이다. 꼭 한 번의 첫 일이기에 무서운 일이며, 물방앗간 속
에서 사랑 행위는 죽으면서 동시에 새롭게 태어나는 경험이기에 무
서운 기억이 된다. 물방앗간은 탄생의 공간이면서 동시에 떠남의
공간이 된다.

얼금뱅이라는 신체적 징표로 해서 평생동안 계집과 인연이 없는
허생원은 물을 매개로 하여 성처녀와 만나고 다시 태어난다. 또 조
소와 부끄러움의 표상이었던 왼손잡이라는 신체적 징표는 물을 매
개로 하여 '동이'와 만나게 된다.

장마에 다리가 흘러가 버려 개울 물 속으로 걸어가며, 고향이 봉
평이고 애비의 성도 모르고 어머니와 자랐다는 동이의 말을 듣는
순간 허생원은 눈이 가물가물해져 발을 빗디디어 몸채 물에 빠진
다. 이 때 물은 죽음과 재생으로 의미된다.[27] 허생원은 물에 빠짐으

간주된다.

S. 리몬, 케넌, 『소설의 시학』, 최상규 역(문학과 지성사, 1985), 89쪽.
27) 그것은 죽음과 매장, 삶과 부활을 표현한다. 우리가 매장될 때처럼 물 속에

로써 새롭게 태어날 수 있다.

　　옷채 졸딱 젖으니 물에 젖은 개보다도 참혹한 꼴이었다. 동이
　　는 물 속에서 어른을 햇갑게 업어 볼 수 있었다. 젖었다고는 하야
　　도 여윈 몸이라 장정 등에는 오히려 가벼웠다. (763쪽)

　몸채 물에 빠진 허생원은 장돌뱅이로서의 몸이 씻기고 동이의 등
에 업히는 순간 새로운 몸으로 태어난다. 동이의 등에 업히운 형상
은 몸과 몸의 합일이며 완전한 만남이다. 동이의 등어리가 '뼈에 사
모쳐 따뜻하다'는 마음까지도 합일되는 것이다. 동이에게 제천으로
같이 가자고 하는 것은 '떠남'에서 다시 '되돌아감'으로 장돌뱅이로
서의 삶에 변화를 예시한다.

　　① 나귀 생각하다 실족을 했어 말 안했든가, 저 꼴에 제법 새끼를
　　　얻었단 말이지.
　　② 동이의 채쭉은 왼손에 있었다. 오래 동안 아둑신이 같이 눈이
　　　어둡든 허생원도 요번만은 동이의 왼손잡이가 눈에 띄이지 않
　　　을 수 없었다. (764쪽)

　마지막까지 나귀와 허생원이 동일시되어(예①) 허생원이 자식 생
각[28]을 하다가 실족한 것을 나귀의 새끼[29] 생각으로 바꾸어 말하고

――――――――――
　우리의 머리를 집어넣을 때, 낡은 인간은 잠기어서 완전히 묻힌다. 우리가
　물에서 나올 때, 그와 동시에 새로운 인간이 출현한다.
　　얼치아, 엘리아데. 『성과 속』, 이동하 역(학민사, 1983), 102쪽.
28) 부자상봉이라는 이 기적과 같은 우연성의 달콤한 귀결도 비현실적 낭만적
　　인 생활태도를 지닌 허생원의 소유지 합리적 현실적인 조선달의 것이 될
　　수 없다. 그래서 허생원은 자기는 숨기고 그 대신 서두부분에서 이미 그 자
　　신의 상징적 존재로 부각시켰던 나귀이야기를 꺼내는 것이다.
　　윤병로, 『한국근대작가작품연구』(성균관대출판부, 1987), 201쪽.
29) 인간과 짐승을 전혀 별개적인 것으로 보지 않는다. 늙은 나귀와 허생원은

있다. 왼손잡이는 아이들의 놀림의 징표가 되지만 물에 빠졌다가 나온 허생원에게는 동이의 왼손잡이가(예②) 의미 있는 징표로 해석된다.

'왼손잡이'는 처음에는 마이너스의 변별자질로 작용하지만 끝에서는 아들을 발견하는 변별징표로 의미 작용하여 플러스 징표가 된다. 허생원의 신체적 변별자질은 자기 동일성을 발견하는 징표로 의미화 된다.

「발가락이 닮았다」에서 M은 생식불능이므로 '자식이 없다'이며, 자식이 없는 것은 '가련한 존재'라고 단정되는 인물이다. 그러나 이러한 판단은 M이 결혼하고, 아내가 임신함으로써 '재미있는 연극' '요절한 비극'으로 바뀐다. 그러나 M은 자신의 생식불능이라는 결손자질을 은폐하고, 셋째 발가락이 길다라는 징표를 드러냄으로써 아기가 자신과 닮았다는 자기 분신임을 증명한다.

「모밀꽃 필 무렵」에서 허생원의 얼금뱅이라는 결손자질은 여인과 인연이 없는 징표로서 의미된다. 왼손잡이는 아이들의 조소의 대상으로까지 차별되는 자질이지만 결말에서 동이도 왼손잡이라는 것을 알게 되면서 자기의 분신이라고 확신하고 자기동일성을 발견하는 징표로 의미화 된다.

서로가 밀접한 분신관계에 있음은 물론 나귀가 허생원의 정감의 원형이 되고 있는 것이다. 즉 나귀와 나귀새끼의 생태를 통해서 인간의 애욕과 출생의 비밀 피붙이를 찾는 부성애를 연역해 내고 있다. 이처럼 효석의 자연미학의 근거에는 인간의 동물적 환원이란 문제가 잠재되어 있다.
이재선, 『한국현대소설사』(홍성사, 1981), 350쪽.

제 5 장 변이양상과 신체적 상상력

제 3장에서는 신체공간에서 얼굴 부위를, 제 4장에서는 몸의 지체부위에 나타나는 변별징표를 해독하여, 신체공간에서 전체로서의 몸과 분절된 몸의 징표들이 어떠한 의미로 작용하고 있으며, 인간관계에 어떠한 영향을 주고 있는가를 보아 왔다.

제 5장에서는 분절된 몸이 아니라, 몸의 해체 또는 변이된 양상을 통하여, 텍스트에 나타나는 신체적 상상력을 살펴보고, 그 은유적 의미는 무엇인가 해석하고자 한다.

인간의 몸이 어떠한 기호들로 표현되고 있으며, 몸이 일차 언어체로부터 일탈(ostranenie)함으로써 자기와 세계를 어떻게 재구축 하는 매체가 되는지를 살펴보려 한다.

문학은 본질적으로 일상적인 지각방식(mode of perception)을 벗어나 세계를 새롭게 보는 비젼을 제시하는 것이다. 인간의 몸은 세계를 관측하는 주체가 되며, 세계를 받아들이는 공간이 된다. 그러므로 몸은 사람됨의 상황을 표현하는 상징이다. 반퍼슨은 인간의 육체를 외부적인 사물의 지각과 내부적인 정신생활의 지각에 필수적인 전제조건으로 보았다.1)

여기서 살펴보게 될 배(배꼽), 장사, 거대함, 유령, 상투, 옷, 어머니라는 기호는 몸의 변이징표로써 이차적 의미를 표출하고 있다. 이와 같은 징표들은 사물로서의 몸이 아닌 지각되는 신체로서 텍스트에서 육화된 논리(incarnate logic)의 내적 질서를 구현하고 있다. 즉 가시적 몸으로서의 기호는 전이되어 변형되는 상징적 기호로 표현된다. 이러한 결손징표들은 몸의 이미지를 창출하며, 결손·훼손된 몸의 표면을 투시하여, 세계를 새로운 관점으로 조명하도록 하는 신체의식을 형상화하고 있다. 이 변별징표들의 일차적 의미와 전이된 비유로서의 이차적 의미를 해독하고자 한다.

1. 비어있는 몸: 배(배꼽)

신체공간의 한 가운데 배(배꼽)이 있다.

가장 거룩한 자는 세계를 태아와 같이 창조한다.[2] 태아가 배꼽 부위에서부터 성장해 가듯이 신은 배꼽에서부터 세계를 창조하기 시작하며, 거기서부터 그것은 모든 방향으로 퍼져 나간다.

인간의 몸은 우주와 비유되며, 이 때 배꼽은 우주의 중심으로 비유된다. 신체공간에서 배꼽이 모든 근원의 중심이라는 것은 새롭게 시작할 힘의 원천이 배 안에 있음을 말하는 것이다. 즉 배는 새 생명을 잉태하는 자리를 마련하는 공간이다.

「병풍에 그린 닭이」과 「산협」에서 새 생명을 잉태할 수 있는 배꼽을 가지지 못한 결손인물들이 가부장 사회에서 어떠한 인간관계를 형성하고 있는지 살펴보려 한다.

---

1) C.A. 반퍼슨, 『몸, 영혼, 정신』 손봉호, 강연안 옮김(서광사, 1985) 129-134쪽.
2) 엘리아데 『성과 속』 이동하 역(학민사, 1983), 35쪽.

「산협」

「산협」에서 공재도는 서사의 중심인물이다. 서사는 공재도가 소금을 받아 가지고 남안리로 들어오는 것으로 시작된다. 마지막에는 공재도가 소금받이로 마을을 떠난다. 공재도가 소금받이를 목적으로 마을을 떠나고 들어오는 것은 매년 되풀이되는 일이었다. 그러나 현재의 서사공간에서는 소금받이를 목적으로 떠났다가 돌아오는데, 소금받이 이외에 다른 목적을 이루고 돌아왔음이 드러난다. 텍스트의 처음과 끝을 비교하여 보면,

	처음	결말
마을	들어오다	떠나다
목적	소금받아 가지고 오다	소금받이 하러 떠나다
사실	색시를 데리고 오다	작년처럼 색시를 싣고 올까?
마을사람들	소원성취 하다.	마을에 발을 들여놓을까?
생각	+	-

마을로 들어오는 것은 먼길에서 돌아 와, 휴식하고 안정을 되찾는 것을 뜻하며, 길을 떠나는 것은 고난이며 비정착을 의미한다. 서두에서 '들어오다'는 '+' 적 요소를, 결말에서 '떠나다'는 '-' 적 의미로 작용하고 있다. 서사의 서두에서는 공재도가 소금을 가지고 오는 것은 자랑스러움이며, 마을사람들도 마중 나오고, 온 마을이 들떠 있다. 서사의 결말에서 공재도가 소금받이 하러 가면서 뒤도 돌아보지 않고 떠난 후에, 마을 사람들은 공재도가 다시 이 마을에 발을 들여놓지 않을 거라고 생각한다. 서두와 결말의 분위기가 전환되는 것은 사건이 전도되기 때문이다. 처음에는 긍정적 요소들이 결합되어 화해적

'+'이지만, 결말에서는 부정적 요소들이 드러나고 파탄 '−' 된다. 이러한 사건의 전도는 텍스트에서 반복되어 나타나고 있다. 즉 한 개의 기호가 앞에서는 '+'의 의미로 작용하다가, 뒤에 가서는 '−'로 작용하여 의미 전도가 반복되고 있다. 어떻게 이러한 의미전도가 이루어지는가?

산악마을이므로 소금이 귀하여, 마을 대표로 공재도는 매년 '소' 등에 콩섬을 싣고 소금을 바꾸러 간다. 이번에는 공재도가 '두 필의 소'를 끌고 갔기 때문에 마을 사람들은 일년 동안 먹고 남을 소금을 싣고 오리라 기대한다. 그러나 공재도는 한 필의 소만 끌고 오는데, 소금은 조금 싣고 그 위에 색시를 태우고 오는 것이다. 두 필의 소가 한 마리의 소로 변하였다. 색시와 바꿀 수 있었기에 '소'가 공재도에게는 '+'이지만, 조카인 중근이는 소를 빼앗긴 꼴이니 '−'로 작용한다. "황소와 색씨와 바꿨단 말인가. 그럴 법이, 그게 어떤 황손데, 나와 동무하구 나와 잠자구 내가 타구하던 것을 갖다가"라고 말한다. 중근이에게 있어서 소는 소 이상의 의미를 지녔던 것인데 아무런 말도 없이 빼앗긴 것이다. 공재도는 소와 색시를 바꿀 때, 색시의 남편인 대장장이와 계약서를 썼다. 중근이의 소를 대장장이 아내와 맞바꾸었다는 것은 소의 주인이 바뀐 것 이상의 의미가 발생한다. 소의 주인이 중근이에게서 공재도로 또 대장장이로 바뀌는 과정에서 여인들의 위치가 뒤바뀌는 일이 벌어진다. 대장장이의 색시는 대장장이에서 공재도로 위치가 옮겨지며, 공재도의 부인 송씨는 공재도에게서 중근이에게로 옮겨지게 된다.

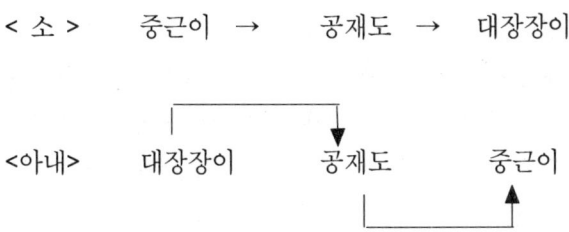

이러한 과정에서 공재도는 중근이의 소로 색시와 바꿀 수 있었으므로 '+'로 작용하지만, 뒤에 가서 공재도의 부인 송씨가 중근이와 관계를 맺게 되므로 2차적 체계에서는 '-'로 나타난다.

여기서 '여자'와 '소'는 동격으로 은유되고 있다. 소와 여자를 맞바꾼다거나, 부인 송씨가 아이를 낳지 못한다고 '둘소'라 부르는 것이 그러하다. 공재도는 많은 땅을 지켜 줄 자식이 없어, 황소와 바꿔 온 색시에게서 자식을 바란다. 텍스트에서 두 번의 '잔치'가 차려 진다. 첫번째 잔치는 원주 색시와 혼례하는 것, 두 번째 잔치는 공재도가 늦게 얻은 외아들의 득남턱을 내기 위해서 차려진다. '잔치'는 본래는 긍정적(+)인데, 공재도에게서는 상황이 전환된다. 처음에 공재도는 아들을 기대하며 원주댁과 잔치를 했다. 그러나 아이를 낳기 전에, 남편인 대장장이가 와서 값을 치르고 배부른 원주댁을 찾아간다. 두 번째는 '둘소'인 부인 송씨가 낳은 아들의 잔치였다. 그러나 아들은 공재도의 씨가 아닌 것이며, 두 달 후에 죽는다. 이렇게 해서 잔치는 '+'이지만, 공재도에게는 결과적으로 '-'로 작용하고 있음을 알 수 있다.

'소'들이 살고 있는 '외양간'도 의미 있는 공간으로 사용된다. 공재도와 색씨(원주댁)의 신방은 외양간에 차려진다. 외양간에 신방이 차려지는 풍습은 소의 본성을 본받아 잘 낳고 많이 늘라는 뜻이다. 소같이 튼튼한 아들을 낳아 대를 이어야 한다는 게 공재도의 소원이다. 원주댁과 첫날밤이 외양간에서 치루어지고, 두 번째는 송씨부인이 택일하여 오대산으로 백일 치성을 드리러 떠나기 전날 밤에 외양간에서 거동을 치른다. 공재도는 원주댁과 송씨부인 두 사람과의 외양간에서의 거사로 기대에 부풀었으므로 외양간은 '+'요소로 작용한다. 그러나 외양간에서 두 번의 거사는 뒤에 사실이 뒤집어져 밝혀지면서 '−'로 바뀌게 된다.

여인은 소와 같으며, 소는 농사와 관계되며, 밭은 열매를 맺는다. 생산적 층위에서 볼 때, 밭은 잉태와 여인의 생산성에 비유된다. 원주댁과 송씨부인을 보면, 원주댁은 이 마을에 들어오기 전에 이미 대장장이의 아이를 배고 소 외양간에서 거사를 치렀고, 송씨부인은 잉태하기 위하여 치성 드리러 가기 전에 거동하였으나 송씨부인은 이 마을을 떠난 후에 잉태하게 되었던 것이다. '마을 안, 공재도/마을 밖, 다른 사람'의 관계에서 불임의 몸이 누구인가가 밝혀진다.

서사공간인 남안리는 원주 땅 문막에서는 삼백리나 떨어진 산골짜기이다. 서울서 한강을 거슬러 올라온 소금섬이 문막 나루강에 쌓인다. 매년 공재도는 이 소금을 교환하러 떠나곤 한다. 남안리 산골은 마을 사람들이 농사를 지으며 살고 있는데, 공간적으로 '안락과 고립'의 이중의미를 지니고 있다. 남안리에서 공재도는

> 삼대나 걸려 알뜰히 장만한 토지를 길이길이 다스려 가려면 아무래도 핏줄이 필요하다고 생각하고 있었다. 자기 한 몸이 없어진 후 행여나 재산이 다른 사람 손으로 넘어가게 되어 선조의 무덤을 돌보는 자손도 없이 그 제사를 게을리 하게 된다면 사람의 자식된 몸으로서 그 보다 죄스러운 일은 없다고 생각하고 있었다. 일정한 땅에 목숨을 박고 그 곳을 다스리게 됨은 그것을 다음 대에 물려주자는 뜻이라는 것을 굳게 믿고 있었다. (334-335쪽)

조부 대에 산골로 온 후, 당대에 거농이 되고, 그 후 사촌은 땅을 잃었지만 공재도는 땅을 지키고 있다. 사촌은 자기의 외아들을 공재도의 양자로 들이려 하지만, 공재도는 자기의 핏줄에게 땅을 물려주고 싶어한다. 공재도는 땅과 밀착된 인물이다. 이해 가을 예년에 없는 풍년이었고, 원주댁과 송씨부인, 두 아내의 배는 부를 대로 불렀다. 땅도 풍년이고, 몸인 밭에도 풍년이 들어 행복(+)함을 느끼지만 뒤에 사실이 밝혀져 불행(-)으로 전도된다. 공재도는 아내에게 불임의 원인이 있다고 생각하여, 아내를 '둘소'라고 불렀지만, 이제 자신감을 잃고 의혹에 빠지게 된다.

① 겨우 두 달이 넘은 아이가 돌연히 목숨을 끊었다. 커다란 상처를 주었다. 그 하루살이 같은 목숨을 받은 내 자식을 바라보고 한 편 겨우 한 달로서 어미로서의 생애를 마치고도 그다지 슬퍼하는 양이 없이 차라리 개운해 하듯이 누워있는 아내를 바라보는 동안에 재도에게는 어찌 된 서슬엔지 문득 한 가지 무서운 의혹이 솟아올랐다. 어미가 말하는 것 같이 정말 병으로 급히 목숨을 버린 것일까 하는 끝도 없는 당돌한 생각이 솟자 그 자리로 슬픔도 사라지면서 무서운 느낌에 소름이 쪽 끼치면서 정신없이 방을 뛰어나와 버렸다.3)

② "동세, 저 자식은 잘 죽었다우. 세상에 가장 같이 불쌍한 사람은 없어…저 자식은 남편의 자식이 아니었어"
"그만둬요. 말하지 않아도 다 안다니깐 ─ 중근이 내뺀 곡절이며 머며 다 알아요." (361쪽)

오대산에 같이 갔던 중근이가 백모인 송씨 부인과의 관계로 괴로

---

3) 이효석 (1941), '산협' 『이효석 전집』(창미사, 1975), 359-360쪽.

워 하다가 마을을 떠나자, 공재도는 의혹을 품게되고(예①), 송씨부인
은 동서에게 사실을 밝히어(예②) 외양간에서의 거사는 무의미했음이
드러난다.

원주댁이 배태한 것도 전남편이 찾아오면서 공재도의 자식이 아님
이 밝혀지고, 치성을 드리러 갔다 온 부인 송씨가 낳은 아들도 공재
도의 씨가 아닌 것이 드러난다. 원주댁과 송씨부인이 배태한 곳은 남
안리 산골이 아닌 마을 밖에서 일어난 일이다. 남안리는 공재도에게
있어서는 불임의 땅인 것이다. 공재도는 땅은 풍요롭지만, 반대로 몸
은 불모인 것이 드러난다. 땅의 풍요와 육체의 결손을 한 몸에 지니
고 있다. 자신의 핏줄에게 땅을 물려주고 싶어했던 공재도는 소 등어
리에 콩섬을 싣고 마을 밖으로 떠난다.

공재도의 몸에는 '잉태할 수 있는 씨가 없는 것이다.' 땅을 지키려
는 욕망에서 아들을 낳으려는 노력은 자신이 신체적으로 결손된 자질
을 지녔음을 발견하게 된다.

> "그럼 그 집은 대체 어떻게 된단 말유. 알뜰히 장만한 밭과 산
> 과 소, 돼지는 다 어떻게 된단 말유." 하고들 남의 일 같지 않게
> 궁금해하는 것이었다. (362쪽)

이렇게 마을 사람들은 의아해 한다. 공재도도 다른 해와 다름없이
올해도 소금을 받아 가지고 돌아올지 자신도 모를 일이었다.

이 텍스트에서는 동일한 사건이 반복되어 나타나 앞에서 '+'의미
였던 것이 뒤에서는 '-'로 뒤바뀌는 현상이 발생한다. 처음부터 생식
불능이 누구인지 명백하게 나타난 것과는 다르게 육체적 결함을 지닌
인물이 뒤바뀌므로 '둘소'가 둘소가 아니고, 남편이 '불용'인 것이 밝
혀지기 때문에, 신체적 결손은 황폐함이 증폭된다.

땅의 풍요로움을 지키려던 공재도는 그 집착으로 인해서 자신이

신체적으로 결함(−)이 있는 인물이라는 사실을 알지 못한다. 처음에는 아내가 둘소(−)이고, 공재도 자신은 '+'라고 생각했던 것이 뒤에서 자신이 신체적 결손자질을 지닌 '−'징표를 지닌 인물이고, 아내가 '+'의 인물로 전도된다. 공재도는 자신의 신체적 결함을 인식하지 못했기 때문에 송씨부인, 중근이 등과의 관계에서 비극적 요인을 초래하고 있다.

「병풍에 그린 닭이」

서두에서 박씨는 베를 짜고 있다. 베를 짜는 것은 생산성과 관련이 있다. 베를 생산하는 것은 생활 수단이다. 박씨 부인은 이 집안의 생활 수단에 관련해서만 가치가 있다.

박씨부인은 남편의 코를 닦아주고 대님을 쳐주며 자식같이 남편을 길렀다. 삯김, 삼베, 생선자배기, 엿광주리 장사를 하며 가난한 살림살이를 맡아왔다. 박씨부인이 남편을 기르고 살림을 맡아 하던 시기에는 가치가 있었으나, 지금은 애를 낳지 못한다고 시어머니가 구박하고 남편이 정을 떼는 것이다. 이런 설움에 잠기어서 사흘이면 끝나던 삼베 한 필이 나흘째나 되어도 끝나지 않는다.

'생산성/비생산성' 체계에서 박씨부인은 과거에는 생산성의 층위에 속했지만, 현재는 비생산성에 속한다. 과거의 생산성의 기준은 생활 수단과 관련하였기에 박씨부인의 역할이 인정되었지만, 지금 생산성은 자식을 낳는 역할에 가치를 두기 때문에 박씨부인은 가치가 전도되어 '−'자질을 지닌 인물이다. 박씨부인의 신체적 결함은 불임이므로, 낳을 수 없는 자식을 갖기 위한 방법을 구하게 된다. 자연적인 생산성이 결손된 박씨부인은 인위적인 생산의 한 방법으로 남편에게 '첩'을 얻어 준다. 그러나 자식을 낳기 위해 얻은 첩에게 남편을 빼앗기게 된다. '−'요소를 '+'요소로 전환시키기 위해 취한 수단이 '자식이 없다'에서 '남편도 없다'의 상황으로 배가된다.

남편의 정까지 빼앗긴 박씨는 첩년보다 자기가 시퍼런 아들을 하나 먼저 낳아 남편의 정을 '온통 끌어다' 평화로운 가정을 만들어 보려는 욕구에 집착하게 된다. 아이를 낳고자 하는 욕구는 '선달네 굿에나 한 번 더 가서 애를'빌어보려고 한다. '이년이 굿 핑계를 대구 무슨 수를 푸이누라구? 다 알디 다 알아'하며 시어미는 욕한다. 쫓아내겠다는 시어미의 위협에도 불구하고, 박씨부인은 전재산인 '하나의 보물인 은바늘통'을 팔아서 자식을 빌러간다. 박씨부인이 자식 낳기의 바램은 마지막 보물인 '은바늘통'까지도 팔만큼 강하게 나타난다. 옥동자 금동자 오형제를 둔다는 말을 듣고 집안으로 몰래 들어와 무당이 가르쳐 준대로 '자식 낳게' '남편이 제 방으로 건너오게' 해 달라고 빈다.

> "야! 이 년이 더럽대두 안 나가구 버티구 섰네. 안 나갈테냐? 그래 야 있네! 야! 만복이 있네. 이년을 그래 그대루 둔단 말인가. 계집년이 밖에 나가 밤을 새고 들어 온 년을!"[4]

굿에 갔다가 늦게 와서 잤다고 해도, 시어미와 첩년의 방에서 나온 남편이 때리며 내쫓는다. <생산성/비생산성> <자연적/인위적>의 체계에서 자식을 낳지 못함은 남편을 빼앗김으로, 집에서 내쫓김의 상황으로 귀결된다. 자식이 없는 박씨는 남편에게 첩을 얻어주는 인위적인 생산방법을 추구함으로써 남편마저 빼앗기게 된다. 두 번째 방법으로 자신의 마지막 보물까지 털어서 무당굿의 효험에 의존하려 하지만, 오히려 그것 때문에 시어머니와 남편에게 쫓겨난다.

배태할 수 없는 박씨 부인은 남편을 빼앗기고 안주할 집을 잃는다.

---

4) 계용묵(1939) '병풍에 그린 닭이', 『백치 아다다』(학원사, 1988), 82쪽.

박씨 부인에게는 남편이 전 우주이고, 집은 우주의 축소공간이므로 이것은 우주의 상실을 의미하게 된다. 박씨 부인은 우주 내에 존재할 수 없다. 한편, 우주의 중심은 배꼽에 있다. 박씨 부인이 애를 낳지 못한다는 결함은 아이를 배태할 배꼽의 부재5)를 의미한다. 그러므로 자식이 없다는 것은 박씨 부인에게 의지할 기둥이 없다는 것이다.

> 박씨는 기가 막혔다. 정은 변씨한테 빼앗겼다 하더라도 그래도 어디론지 한껏 믿고 있던 남편의 입에서 이런 말이 나올 줄은 참 으로 몰랐다. 아무리 시어미가 불어 넣었기로서 밉지만 않다면야 이런 행동까지는 차마 없었을 것이다. 분한 생각을 하면 이 자리 에서 죽더라도 같이 맞싸와 보고 싶으나 그래도 남편이다. 그래서 는 안 된다. (82쪽)

아이가 없다는 것은 남편도 더 이상 믿을만한 기둥이 될 수 없다는 것을 의미한다. 남편에 대한 믿음이 무너지는 순간 박씨 부인은 전 우주를 상실하는 낙담을 하게 된다. 남편 김만복과 박씨부인이 화해 로운 관계일 수가 없는 것은 가부장 중심사회에서 발생하는 한 양상 이다. '자식낳기', 그 중에서도 '아들낳기'가 '여성'의 임무인 것이다. 자식을 낳지 못하면 쫓겨나도 '여성'은 아무 말도 못한다. 여기서 '박 씨 부인'은 '자식을 낳지 못하여', 부인 스스로 '첩'을 남편 방에 앉힌 것이다.

박씨 부인은 가부장 사회에서의 전형적인 여성의 모습을 보이고 있다. 자식을 얻으려고 '첩'을 들렸으나, 남편을 빼앗기고 집에서까지 쫓겨나게 된 것이다. 같은 여성인 '첩'을 단지 '자식'만 낳는 도구로

---

5) 가장 거룩한 자는 세계를 태아와 같이 창조한다. 태아가 배꼽 부위에서부터 성장해 가듯이 신은 배꼽에서부터 세계를 창조하기 시작하며 거기서부터 그 것은 모든 방향으로 퍼져나간다. 엘리아데. 『성과 속』 이동하 역(학민사, 1983) 35쪽.

생각하였던 것이다. 박씨 부인은 '여성'을 '생산성'에만 가치를 두고, 인간의 가치를 인식하지 못하였던 것이다. 첩을 얻자고 말했을 때, 남편은 "글쎄 첩을 얻으면 집안이 편안하야디 그르문 님재레 더 불쌍하디 않갔습마?"하고 처음에는 반대하였다. 남편 김씨의 발언은 여성의 생산성보다는 인간적 관계를 더 중요시하였음을 알 수 있다. 또한 텍스트에서는 첩이 아직 아이를 잉태하지 않았는데도 남편의 정이 첩에게로 옮겨 간 것에서도 알 수 있다. 남편은 자식보다도 인간적 관계에 더 치중되는 인물이다. 남편과 박씨 부인은 '무목적/목적'의 인간관계를 보이고 있다. 부인 박씨는 비생산성인 '-'의 층위에 속할 뿐 아니라 목적을 위한 인간관계를 지니고자 함으로 그 수단이 좌절되고 있음을 알 수 있다.

텍스트의 표제인 「병풍에 그린 닭이」에서 병풍에 그린 닭은 생명성이 소멸되고 사물화 된 것이다. 그렇듯이 불모성을 지니고 있는 여인은 생명성을 상실한 여성을 의미하고 있는 것이다. 텍스트에서는 집을 쫓겨난 박씨부인이 '병풍에 그린 닭이 홰를 치고 우는 한이 있다하더라도 그 집을 못 떠나야 옳다' 생각하는 것에서 「병풍에 그린 닭이」라는 제목을 붙였다. 이렇게 '죽어도 그 집에서 죽어야 한다는 생각은 가부장 사회의 전통적인 여인의 사고체계이다. 가부장 사회에서는 자식을 낳지 못하는 여자는 쫓겨나며, 시집에서 쫓겨난 여자는 친정에서도 받아들여지지 않는다. 그래서 죽어도 그 집에서 죽어야만, 자기 자리를 지키는 것이라고 생각하여 왔다.

> 집을 받길을 돌리며 내려다보니, 남편의 방에도 아직 불이 빨갛게 켜져 있는데, 오직 자기의 방만이 홀로 어둠에 싸이시 이서 주인이 돌아와 밝혀주기를 기다리는 듯 하였다. (85쪽)

불빛의 방과 어둠의 방이 대립되고 있다. 불빛은 '있음'을 나타내고, 어둠은 '없음'을 나타낸다. 따라서 박씨의 공간은 어둠이며, 빈방으로 소외와 쫓겨남을 시각화하고 있다. 남편의 방은 불빛이며, '함께' 있는 방이지만, 박씨 부인의 방은 '홀로' 있는 방이다. 여인의 공간은 남편과 자식이 있어야만 '완전한 공간, 충족된 공간'이다. 그러나 박씨 부인의 방은 자식 없음이 남편의 없음으로 연결되고, 자기 자신도 '비어있는' 공간이 되었다. 박씨 부인은 '자궁'이 '비어있는'여자이다. 신체적 변별자질인 '배'의 결손으로 인하여 '비어있는' 방을 지니게된 박씨 부인은 그래도 자기의 방을 지키려는 끈질긴 욕망을 버리지 않는 여인이다.

결국 박씨 부인은 '여자는 자궁이외에는 아무 것도 아니다.'라는 가부장적 이데올로기에서 헤어나지 못하는 여인으로 자신의 정체성의 확인을 '몸'에 한정시키고 있다. 진정한 '나'를 발견하지 못한 여인이며, '자기의 공간'을 빼앗긴 여인이다.

「산협」에서 공재도는 땅은 풍요롭지만, 육체는 '불모'이다. 공재도의 몸에는 '잉태할 수 있는 씨가 없는 것이다.' 그는 부인 송씨가 애를 낳지 못한다고 '둘소'라고 불렀다. 그리고 부인 송씨가 불임의 자질을 지니고 있다고 생각하였으나, 자신이 신체적으로 결손된 자질을 지녔음을 발견하게 된다. 불임의 결손징표를 지닌 자가 뒤집어진다. 공재도에 있어서 몸의 결손징표는 상실과 떠남으로 작용한다.

「병풍에 그린 닭이」에서 박씨 부인은 베를 짜며 집안의 살림을 일으켜 왔다. '생산성과 비생산성'에서 박씨는 과거에는 생산하는 여인이었으나 현재는 생산하지 못하는 층위에 속하는 여인이다. 지금 중요한 생산의 의미는 '자식을 낳는'것에만 가치를 두기 때문이다. 박씨 부인의 불임은 남편과의 관계에 파탄을 초래하며, 집에서까지 쫓겨나게 된다.

「산협」과 「병풍에 그린 닭이」에서는 생산과 불임의 징표를 서사화하고 있다. 여기서 공재도와 박씨부인은 '비어있는 몸'을 지닌 인물이다. 「산협」에서는 땅에서의 생산자가 불모성을 지닌 자로, 「병풍에 그린 닭이」에서는 베를 짜는, 생산하는 여인이 아이를 생산하지 못하는 자로 나타난다.

2. '거미'로 몸 바꾸기 : 몸

현대인은 자신의 본래의 모습을 잃어가고 있다. 규격화되고 획일화된 현대 사회는 자신의 본래의 모습이 부재중이거나 소외되고 거부되는 상실의 시대이다. 소외되고 거부되는 자신의 모습을 발견했을 때, 자신의 허약한 모습이나 자신의 불확실한 모습에서 벗어나기를 꿈꾼다. 자기를 증명할 수 없는 세계로부터 벗어나기를, 또 자기가 아닌 다른 존재이기를 꿈꾸는 것은 인간의 원초적 욕망이다. 그러므로 변신은 자신을 속박하는 틀로부터 벗어나기이며, 자유롭기를 꿈꾸는 원망이 전이되어 나타나는 것이다.

인간의 몸은 잠재적 텍스트이다. 몸은 영혼(정신)이 자리잡은 곳이며, 죽음이 표현되는 공간이기 때문이다. 인간의 종말을 보여주는 것이 몸이기에 영혼이 죽었기 때문이 아니라 몸이 죽었기 때문에 한 인격체가 끝남을 확인할 수 있다. 인간은 죽음이 아닌 또 다른 양상으로 몸 바꾸기를 꿈꾸고 있다. 몸이 다른 형태로 변화하기를 꿈꾸는 것은 현세적 삶으로부터 초월하려는 변신욕구를 나타내는 것이다. 변신에는 두 종류가 있다. 자기 자신으로부터 초월하는 상승적 변신과 자기로부터 퇴행하는 하강적 변신이다.

신화시대·고대 서사시대에서의 변신은 초월적이고 神異함을 구현

했으나, 현대인은 좌절과 일탈의 상징으로 변신을 꿈꾸는데, 이는 불행이며 타락을 의미한다.

「인두지주」와 「지주회시」에서는 거미로 퇴행하고 있다. 인간과 동물의 위상이 변별되는 現世에서 인간이 동물적 존재로 변모하는 것은 현실적 삶으로부터의 초월이 아닌 하강이다. 이에 비해 단군신화시대에서 곰과 환웅의 인간으로의 변신은 화해로움이며 자기실현의 양상이다. 인간적 존재가 자연적(식물·동물) 존재로 또는 초자연적 존재로 변신하는 것은 인간세계로부터 추방이며 하강으로 볼 수 있다. 따라서 현대인의 변신은 도피·소외의 의미가 내포되고 있다.

거미는 남근적 이미지이며, 또 거미는 알 수 없는 세계에서 길을 잃은 사람의 고통을 상징하고 있다.6) 인간 존재가 거미인 존재자로 변형되는 것은 무엇을 상징하고 있을까?

'거미'로의 변형은 자신의 몸을 매체로 하는 신체적 상상력의 표상이다. 세계를 어떻게 인식하고 있으며, 이러한 몸 바꾸기는 어떠한 의미를 지니고 있는가? 여기서는 「인두지주」(1928. 계용묵), 「지주회시」(1936. 이상)를 텍스트로 하여 현세적 삶을 어떻게 관측하며 몸 바꾸기는 어떠한 양상으로 나타나며, 의미되고 있는지를 고찰해보려 한다.

「人頭蜘蛛」

구경꾼과 구경 대상이 되는 인물은 대립관계이다. 구경꾼은 광장에 속하며 구경 대상은 골목 안에 속하는 두 개의 공간으로 변별된다.

광장은 넓은 공간이며 여러 사람들이 모이는 곳으로 개인적 공간이 아니라 공동의, 대중적인 공간이다. 이 광장은 '구경이라면 머리를

---

25) 아지자, 올리비에리, 스크트릭 공저, 『문학의 상징 주제 사전』 장영수 옮김 (청하, 1989), 200-201쪽.

동이고 달려드는 사람'들이 모여드는 곳이며, 온갖 놀이와 소란으로
가득한 곳이다. 구경하려는 사람들이 떠도는 공간인 광장과는 반대로
막다른 골목 안에는 '가마니와 섬개'로 막을 친 곳이 있다. 막다른
골목이며 막을 쳤다는 것은 광장과 대립되며 더욱 밀폐성을 지니고
특별한 공간으로 전환된다. 공간의 변별은 인물의 변별과 인접성을
이루며 '광장/골목안'은 '구경꾼/구경거리'로 대립체계를 형성한다.

광장의 구경꾼들은 "세상에 별 괴상한 것도 다 보겠군"하면서 골
목 안으로 모여든다. 광장은 일반적인 구경거리라면, 골목 안은 '희안
한'구경거리인 것이다. 구경꾼들의 관심을 끄는 흥미로운 구경거리는
세상에서 볼 수 없는 것, 괴상한 것이다. 일상적인 것, 흔히 볼 수 있
는 것은 구경거리가 될 수 없다. 일상으로부터 벗어난 것, '사람 대가
리에 거미몸뚱이란 이상한 짐승 올시다'는 몸의 일탈성으로 인하여
구경거리로서 가치가 있다. 사람이면서 거미이고, 거미도 아니면서 사
람일 수도 없는 그로테스크한 것이다. 세상에 존재할 수 없는 것인데
'골목안'에 존재하기에 구경꾼의 시선이 집중되는 물건이다.

> 과연 사람거미였다. 눈이며, 코, 입, 모든 것이 영락없는 사람이
> 다! 아니 사람 중에서도 미남자다. 갸름한 얼굴에 이목구비가 번
> 듯한데 머리는 왼쪽을 타서 하이칼라로 갈라 붙였다. 그런데 몸뚱
> 이는 사방 한자 반씩이나 될 놈이 검붉은 빛으로 게발 같은 발을
> 뻗치고 있는 것은 보기에도 흉한 큰 거미 몸뚱이가 아닌가.[7]

텍스트의 제목인 「人頭蜘蛛」인 것은 사람 얼굴에다 거미 몸을 한
것을 의미한다. 사람이면 사람이고, 거미이면 거미이어야 하는데 한
몸 안에 사람과 거미가 함께 있기에 믿을 수가 없다. 눈·코·입이
똑똑한 미남자이면서 몸뚱이는 흉한 거미이다. '미남자'와 '흉한 거

---

7) 계용묵(1928), '인두지주'『현대한국단편문학전집』 8권(원문각, 1974) 24-25쪽.

미'가 한 몸이기에 그로테스크하다. '美와 醜' '사람과 거미'의 이질
적인 자질이 한 몸 안에 존재한다.

> 꼭두각시나 자동인형 등에는 무엇인가 잠재적으로 그로테스크
> 한 것이 분명히 있다. 인간처럼 생겼는데, 즉 살아있는데 사실상
> 생명 없는 물체들은 희극적이면서 동시에 섬뜩하다 ― 희극적인
> 까닭은 그들의 형태와 행동이 인간에 흡사하면서도 꼭 같지 않기
> 때문이고, 섬뜩한 까닭은 어쩌면 인간의 형상을 한 살아있는 물체
> 에 대한 두려움이 인간의 마음 속 깊이 아득한 옛날부터 뿌리를
> 내리고 있기 때문일 것이다.8)

인간의 형상을 한 인형이나 꼭두각시도 그로테스크하지만 꼭두각
시나 로봇의 모습을 한 인간 역시 그로테스크하다고 보는데 '인두지
주'는 사람의 얼굴에 거미몸뚱이이므로 거미형상을 한 인간인지, 인
간의 모습을 한 거미인지 모르는 구경꾼들에게 섬뜩함을 느끼게 한
다.

그로테스크한 것은 우스꽝스러움과 무서움 혹은 혐오감을 동시에
전해준다. 이러한 상충되는 감정을 불러일으키는 구경거리인 인두지
주는 신체적으로 정상을 벗어난 인물이다. 그로테스크는 '신체적으로
비정상적인'것과 강한 친화관계를 보이고 있다. 신체적으로 비정상적
인 요소가 섬뜩한, 기괴한, 무시무시한, 불가사이한 느낌을 주고 있다.
인두지주는 비정상적인 섬뜩함, 기괴한 느낌을 줄 뿐 아니라 신체적
으로는 비인격적인 형상으로 변별되기에 이화감을 주고 소원화 된다.

인간은 생명적 가능성의 총체로 '동물을 초월한 존재 suranimal'이
며 모든 동물계를 자신의 마음대로 자유롭게 소유한다고 본다. 이러
한 점에서 인간과 동물의 위상은 변별되는데, '인두지주'는 인간이 동

---

8) 필립 톰슨(1972),『그로테스크』김영무 역(서울대학교출판부, 1986), 50쪽.

물적 존재로의 변형이므로 퇴행이며 불행한 모습이라고 보아야 한다.
구경꾼인 인간과 거미형상을 한 인간의 모습에는 거리가 생긴다. 구
경꾼과 구경거리가 유사할 때, 구경의 재미는 소멸되며, 구경거리가
다른 존재일 때만이 구경하려는 심리를 충동한다. 별난 존재 또는 우
스꽝스러운 존재, 이화적인 존재는 구경의 대상이 된다.

> 이때 거미는 혀를 쑥 빼물고 눈을 이상하게 껌뻑이며 고개를
> 앞으로 내밀고는 앞발로 줄을 당기며 흔든다. 그것은 마치 기생에
> 게로 달려들려고 하는 것같이 보이었다.
> "아이구머니!"
> 이때 기생은 정말로 달려드는 줄 알았는지 그만 기절을 하여
> 뒷걸음치는 바람에 구경꾼들은 모두 허리를 잡고 웃었다. (28쪽)

"사람같으면 좀 잘 생겼나"라고 말하는 기생의 말을 알아듣고 달
려들 듯이 장난치는 인두지주의 행위는 구경꾼들에게 웃음을 제공한
다. '모두 허리를 잡고 웃었다'는 구경꾼이 느끼는 일상으로부터의
해방감이며, 긴장감으로부터 벗어나는 감정의 해소이며, 같은 존재가
아닌 이물체에 대한 우월 의식이다.

> 그로테스크가 유발하는 웃음과 그와 뒤섞인 혐오, 공포 따위의
> 반대반응은 둘 다 신체적으로 잔인한 혹은 비정상적인 혹은 음란
> 한 것에 대한 반응일 수 있다는 가능성이다. 다시 말해서 우리의
> 지적으로 세련된 반응과 나란히 우리 내부 깊이 무의식의 어떤
> 영역에 묻혀있는 어떤 것, 은폐되어 있으나 분명히 작용하고 있는
> 가학적 충동이 우리로 하여금 그런 것들에 대해 성스럽지 못한
> 환희와 야만적 기쁨을 나타내도록 했을 가능성이 그것이다.9)

---

9) 필립 톰슨(1972), 『그로테스크』 김영무 역(서울대학교출판부, 1986), 12쪽.

그로테스크가 유발하는 웃음은 은폐된 감정을 터뜨리는 것이다. 이 상한 것에 대한 재미와 동시에 미지의 것에 대한 공포와 긴장감이 생 긴다.

구경하러 골목 안에 들어왔지만, '경수'는 '이상한 괴물의 정체'에 대한 의구심 때문에 웃을 수가 없다. '사람이 거미의 탈을 썼다고 하 자니 두 다리는 어디다 처치를 하였을까?'하고 생각하는 경수는 일반 적인 구경꾼과는 다르다. 육체의 실체를 알고 싶어하고, 수수께끼를 풀고 싶어한다. 인간의 몸의 빈 공간은 무엇을 의미하는 것일까? 구 경꾼들은 이상한 물체를 재미있는 구경의 대상으로만 여겼지만, 그 괴물에게 말을 시켜보는 경수는 구경꾼의 부류에서 벗어난다. 말을 거는 경수를 보고 '인두지주'는 눈물을 흘린다. '대화'와 '눈물'은 감정적 교류를 의미한다. '저것이 어째서 나를 보고 눈물을 흘릴까?' 라는 생각이 구경꾼들의 무리에서 벗어나게 한다.

공중에서 프로펠러 소리가 나자 구경꾼들은 모두 밖으로 몰려나간 다. 구경꾼의 관심은 일시적일 뿐이고 영속성이 없다. 그러나 경수는 비행기를 구경하고도 싶었으나 몸의 빈공간에 대한 의구심과 눈물에 대한 의아심 때문에 골목 안에 머문다. 구경꾼들은 광장의 공간에 속 하며 오직 즐거움만이 구경의 대상이라면, 경수는 즐거움을 넘어서 거미의 진상을 알고 싶어하는 마음이 있다.

구경꾼들이 또 다른 구경거리를 찾아나간 후에, 인두지주는 '거미 껍질'을 벗는다. '두 다리가 엉덩이까지 잘라진 두루뭉수리인 사람' 이 드러난다. 인두지주는 허상일 뿐이고 껍질 안에는 경수와 똑같은 인간이 있다. 탈을 씀으로서 상실했던 인간성, 인간의 모습은, 탈을 벗음으로서 인간의 본성10)을 찾았으나, 그것은 본래의 모습이 아닌

---

10) 이상일(1972), '설화문학의 변신사상과 원초적 사유'『이회영 교수회갑기념 논문집』(서울대학교출판부, 1972), 305쪽.

훼손된 몸이다.

인두지주는 경수와 같은 사람일 뿐 아니라, 한 동네에서 같이 자란 친구로, 똑같이 가난한 소작인이었고, 돈벌이를 쫓아 같이 길을 떠났으며, 걸인처럼 같이 방랑했던 친구임을 알게 된다. 경수와 창오는 같은 삶을 살았다. 인간이 거미로 퇴행할 수 없는데, 현실에서는 거미탈을 쓰고 있어야만 하는 창오는 경수와 헤어진 후 탄광에서 일하다가 두 허벅지를 잘렸던 것이다.

> 병원에서 나올 때는 위로금 한푼 받지 못하고 빈손으로 앉은뱅이 병신 걸인이 되어서 노상에 내던짐을 받았다. (p.28)

앉은뱅이 병신 걸인이 된 창오는 육체의 공간이 비었듯이 삶의 공간을 상실하게 된 것이다. 믿을 수 없는 황당무계한 인두지주는 인간이지만 인간다운 삶을 살 수 있는 근거를 빼앗긴 인간이다. 육체노동을 하는 창오는 그 육체를 상실한 것이다. 거대한 힘있는 자에게 삶의 근거를 유린당한 약자의 모습이 창오이다. 삶의 근거를 빼앗긴 자 = 약자 = 불구자 = '인두지주'로 변한 모습이다. 삶의 근거를 빼앗긴 것은 생존공간의 상실이다. 육체의 상실이 현실의 진상이다. 다리가 없는 창오는 거미탈을 쓰고 구경꾼들로부터 돈을 받는다. 이상한 물체인 인두지주는 희극적 구경거리의 대상일 뿐, 진실한 모습은 외면 당하고 인간적 관계는 단절된다. 인간의 범주에 존재할 수 없는 거미로의 변형은 하강적 변신이다. 거미에 지나지 않았던, 거미의 삶을 살았던 창오는 인간성을 상실하면서 인간존재의 치욕적인 부조리를 상징하는 이중적 존재[11]로 나타난다. 거미는 인간이면서 인간적

---

11) 동물이미지 - 인간이 개미나 원숭이, 바퀴벌레나 늑대로 보인다는 것은 인간존재의 치욕적인 부조리를 상징하는 수단으로서 현대문학에 있어서 자주 사용되고 있다. 이러한 동물에의 변신의 상징은 허무주의적인 세계관에 특

삶을 살 수 없는 자를 표현하는 기호로 의미된다.

> 그로테스크는 일종의 갈등에 의존하며 본질적으로 조화롭지 못
> 한 것이고 심각한 일탈감과 소외감의 표현이거나 혹은 풍자와 같
> 은 것에서 쓰이는 한가지 공격적인 기법이라는 사실을 달리 표현
> 한 것에 불과하다.12)

미남자에 거미탈이라는 신체적 변별성은 그로테스크하며 일탈감과 소외감을 자아낸다. 인간이 거미로 전락하는 것은 거대한 존재에게 빼앗기고 상실 당하는 인간의 모습을 신체적 불구로 표상했으며, 인두지주로 몸 바꾸기를 한 것이다. 즉 현실상황에 공격적 기법으로써 인두지주가 등장한 것이다.

인간이 아닌 거미의 존재는 인간 사회에서 소외자, 국외자(outsider)이며 다른 세계에 속하는 자이다. 다른 세계에 속하는 자가 현실에 출현했을 때, 현실의 모습에 길들여진 사람들에게는 낯선 자로 느껴진다. 이러한 낯선자, 다른 세계에 속하는 존재들은 현실의 부조리와 아이러니한 양상에 대한 대응물로서 등장하며, 현실사회의 척도를 무너뜨리고 역전하게 되는 것이다. 따라서 평형과 조화로운 사회가 아닌, 불균형과 착취로 인해 상실한 인간의 모습이 거미이다.

인간이며 거미인 동물은 존재할 수 없다. 만약 존재한다면, 인간의 종에도 동물의 종에도 속할 수 없는 존재가 된다. '인두지주'는 '사이'에 낀 존재, 즉, 머리는 인간이지만 몸은 거미이기 때문에 의식은 인간이면서 동물적 삶을 살아야 하는 존재인 것이다. 동물적 삶이란 자신의 삶을 인간답게 살 수 없게 한다. 구경의 대상이지 구경꾼이

유한 존재론적 이중성을 표시하는데 도움이 되고 있다.

C.I. 글릭크스버그, 『20세기 문학에 나타난 비극적 인간상』, 이경식 역(종로
서적, 1983), 192쪽.

12) 필립 톰슨(1972), 『그로테스크』 김영무 역(서울대학교출판부, 1986), 12쪽.

아닌 것이다. 동시에 뒤집어 보면 구경꾼이 될 수 없는 인간은 유희 정신 즉 '놀이적 인간'은 박탈당하고 구경의 대상인 '일하는 인간'으로만 남겨진 것이다. 신체적 변이형으로서 인두지주의 인물은 일 = 생존을 위한 삶만이 주어졌다. 실존적 차원의 인간성은 죽임을 당한 것이다. 동물로의 몸바꾸기는 인간적 속성의 죽음인 것이다. 또한 일차적 삶을 살아가기에도 지친 인간의 모습을 '인두지주'를 통해 나타내 보인다.

> "나같은 병신이 무슨 일을 할 수 있으며 또는 나 같은 사람을 누가 같이할 친구로 알겠나? 다만 병신 걸인으로 알뿐이겠지…". (29쪽)

신체적 결손 자이기에 친구로서 함께 하는 자가 없고 인간이 아닌 병신으로만 변별될 뿐이다. 그러나 경수 역시 구경꾼에 속할 수 없었고, 창오와 다를 바 없이 '사고무친 한 나 한 몸이 남아서' 떠도는 인물로, 빼앗기고 짓밟히는 상실자라는 점에서 동질의 삶을 사는 인물이다.

> 하루하루 품팔이해서 살기는 사네 마는 나 같은 우리 … 에는 수백 명의 건장한 동무가 있으므로 그들과 함께 … 배우는 것이 나의 지금 통쾌한 생활일세, 그러면 자네도 나하고 같이 가세. (29쪽)

'수백 명의 건장한 동무'들이 구체적으로 어떤 집단인지는 텍스트에 생략되어 있지만, 건장한 동무는 함께 할 수 있는 친구들이다. 창오의 '눈물'은 거미가 아닌 인간의 눈물이며, 자신이 인간임을 인식하는 표현이다. 거미의 삶을 살았던 그에게 친구가 나타나게 됨에 따라 고향의 어린 시절, 과거의 시간을 되돌아봄으로써 인간성을 되찾게 되는 것이다. 그는 거미의 탈을 벗음으로서 인간성을 회복한다.

'두번째의 눈물'은 인간과 동물 사이의 공간에서 인간적 삶의 회복 가능성을 확인하는 의미를 담고 있다. 즉, 인간 구원의 표상이다. 친구와 함께 하는 소외가 아닌 집단으로의 귀속이다. 창오의 눈물은 자기 존재의 발견이며 동시에 인간 집단에 귀속하게 하는 동질성의 회복이다. 창오는 다리가 불구라는 신체적 변별자질로 인해서 인간으로부터 소외 단절되었지만 인두지주의 진상을 알고자 하는 경수에 의해서 창오의 진짜 모습이 밝혀지고, 인간관계도 회복된다. 경수와 창오는 현실사회에서 이탈할 수밖에 없는 자신들의 상황을 인식하고, 함께 집단화함으로써 현쉴 상황을 향상시키려 한다.

이 텍스트에서 거미는 현실에서 소외되고 왜곡된 자의 변형된 모습이다. <거미>는 상황적 존재로 현실상황에서 움츠린, 왜소한 모습이 육체적으로 기괴한 <거미>로 환치되며, 사회적 존재로서의 자기자신에 대한 물음의 지표로 기능한다.

「蜘蹰會豕」

「지주회시」란 거미와 거미가 돼지와 만남이란 뜻이다. 거미이며, 돼지가 되는 것은 인물들의 대립적 관계 속에서 이루어진다. 먼저 그와 안해와의 관계에서 안해가 거미가 된다.

> 거미, 안해는꼭거미. 라고그는믿는다. 저것이어서도로환퇴를하여서거미형상을 나타내였으면--그러나거미를총으로쏘아죽였다는 이야기를들은일이없다. 보통발로밟아죽이는데신발신기커녕일어나기도싫다. 그러니까마찬가지다. 이방에 그외에 또생각해보면--맥이뼈를디디는것이빤히보이고, 요밖으로 내어놓는팔뚝이 밴댕이처럼소스르하다-이방이그냥거민게다. 그는 거미속에넓적하게 드러

누워있는게다. 거미내음새다.13)

안해가 거미이므로 방까지도 거미가 된다. '방=거미'이면서 귤 궤 짝 만한, 버선처럼 생긴 방은 자연적 환경으로서의 공간이 아닌 인물 의 속성을 지시하는 함축적 의미를 지닌 기호로 작용하고 있다.

거미를 밟아 죽이는데 신발을 신기도 싫고 일어나기도 싫은 그는 '오늘과 반닫이가 없어져라'고 한다. 이것은 행동과 시간, 공간에 대 한 반역심리를 드러내는 것이다. 시간과 공간 속의 행동은 인간의 외 적세계에 속한 것이며, 내적세계에서는 시간과 공간이 파괴되고 행위 는 거부된다. 그는 내적세계인, 방=거미 속에 드러눕는다. 거미인 방 안에서 그는 안해에게 거미의 탈을 씌우고 또 반대로 탈을 벗기기도 한다. 그의 탈 씌우기 놀이는 자신으로부터 도피하려는 욕망, 자신의 육체로부터 벗어나려는 욕망이 '안해'에게로 전이되는 것이다. 이것 은 그/안해와 '非거미/거미'의 대립체계의 환상구조에서 그가 다른 인물과 접촉하게 되면서 그 자신이 거미라는 사실을 인식하게 된다. 그가 거미로 변이되는 것은 방안에서가 아니라 방밖에서 확인된다. 그러므로 '방안/방밖'의 대립공간은 인간적 대립관계를 형성하게 된 다. 그가 방밖으로 나가는 행위는 다른 이질적인 세계로 들어가는 것 이다. 이러한 공간 전환은 '그/안해'의 관계에서 '그/다른 사람'들의 관계로 전환되는 선택축(paradigmatic)을 이룬다. 방안에서 그와 안해 의 대립체계는 방밖에서 '그와 오', '그와 R카페주인', '그와 양전무' 의 대립체계로 전환된다.

吳는완전히자신을활활열어섯혀놓은모양이었다. 흡사그가吳앞에 서나세상앞에서나그자신을첩첩이닫고있듯이. 오냐왜그러니나는 거

---

13) 이상, '지주회시', 『이상전집』, 임종국 편(문성사, 1966), 72쪽.

미다. (73쪽)

'그와 오'는 '자신을첩첩이닫다/자신을활활열다'로 대립되는 속성
을 지닌 인물이다. 그는 오의 열린 모습 앞에서 자신이 거미인 것을
알게된다. 인간 존재의 본질적인 면보다는 인간의 외적인 면의 장식
적인 요소는 가면성을 지니게 된다. '나'는 이러한 장식적인 가면을
벗어버리고 싶어하는 속성을 지닌 퍼스나이다. 그의 신체적 상상력은
인간의 가면을 벗어버렸을 때 만나는 진실한 모습이 거미로 나타난
다.

그가 탈신하여 거미로 변형하려고 하는 것은 세상 속의 인간들과
명백히 대립되는 인물임을 나타내는 것이다. '오'는 세상의 인간들의
환유적 존재이다. '오'는 '도통하면 돈이 돈 같지 않아지는 인물이며,
기다란 털외투, 기름 바른 머리, 금시계, 보석 박힌 넥타이핀으로 장
식된 인물이다. 이 기호들은 '오'가 '돈'에 속하는 현실적 층위의 인
물임을 의미한다. 그는 '오'의 '이런차림이한없이그의눈에거슬렸다.'
에서 그가 돈과는 관련이 없는 속성의 인물임을 말하고 있다. 이것은
'그/R카페 주인'과의 관계에서도 드러난다. 그가 안해를 앞세우고 돈
을 꾸었던 카페 R회관 주인은 '뚱뚱한 신사'이다. '오'의 사무실에서
만난 뚱뚱한 신사에게 자기도 모르게 '얼떨결에꾸벅인사를하여버렸
다', 머리를 숙이는 행위는 R회관 주인과의 관계에서 하위적 관계임
을 자인한 것을 의미한다. '오, R회관 주인'과 대립되는 자기 자신을
발견할 때, 그는 '분명히그자신이거미였다'고 또 다시 고백하게 된다.
돈이 '거미'인 것을 판별하게 해 주는 매체가 된다. 돈 = 세상이 등
가관계를 형성하며, 그는 돈으로부터 추방당하거나 초월해야만 하는
존재이다. 그러나 그는 세상과의 대결에서 '거미'로 전락하는 것이다.
여기서 현실적 층위의 '오, R회관 주인'과 '그'와의 거리는 증폭된다.

안해에게 투사되었던 '거미'는 자기 자신에게로 반사되어, '대상/주체, 안해/그, 거미/非거미'는 반전하여 '그 = 거미'라는 자기확인을 하게 한다.

① 거미 - 분명히그자신이거미였다. 풀뿌리처럼 야위어들어가는 안해를 빨아먹는거미가너자신안것을깨달아라. (74쪽)

② 거미와거미와거미냐. 서로빨아먹느냐. (74쪽)

그는 자신이 거미인 것을 확인하지 않을 수 없다. 그러므로 자신이 '거미'라는 형상을 숨기기 위해서는 '세상'으로부터 도피해야만 한다.

생명에뚜껑을덮었고사람과사람사귀는버릇을닫았고   그자신을닫았다. 온갖벗에서 - 온갖관계에서 - 온갖慾에서 - 온갖욕에서 - 다만방안에서만그는활발하게발광할수있다. (74쪽)

그는 자신이 '거미'인 것을 숨기기 위해서 방안에 있는 것이며, 동시에 세상과의 관계로부터 도피하고자 하는 '거미'로 의미되는 이중성을 지닌다. 현실공간의 육체로부터 벗어나 거미로 변신하고자 하는 탈육체화는 방밖에서가 아니라 방안에서 가능하다.

'그/및 R회관 주인'과의 대립체계에서, 그의 움직이는 향방은 방안으로 들어오는 것이며 현실의 층위에서는 굴러 떨어지는 것이다. 그래서 안해에게는 '굴러떨어지다'고 외친다. '굴러떨어지다'라는 동사는 공간성을 내포하며 동시에 변형의 행위이다. '날아오르다'가 변신의 긍정적 의미라면, '굴러떨어지다'는 부정적 변신을 의미한다. '거미'로의 몸 바꾸기와 '오늘이 없어지는' 시간 바꾸기는 자연의 질서

로부터 일탈이듯이 '굴러떨어지다'는 행위로부터의 일탈이다. 텍스트
에서 첫 문장과 마지막 문장에서 진술되는 '굴러떨어지다'는 모두 6
번 반복된다.

1. 그날밤그의안해가층계에서굴러떨어지고
2. 그날밤안해는멋없이층계에서굴러떨어졌다.
3. 안해는층계에서굴러떨어졌다.
4. 발길로채웠고채워서는층계에서굴러떨어졌고굴러떨어졌으니분하
   고-모두분하다.
5. 전무는한번더안해를층계에서굴러떨어뜨려주려므나
6. 걷어차거든두말말고층계에서내리굴러라.

6번의 진술은 '과거 사건 서술 → 사건 발생상황 서술 → 미래에
기대되는 행위'로 전진하면서 반복된다. 안해가 층계에서 굴러 떨어
진 사건은 또 다시 굴러 떨어지기를 원하는 그의 심리를 보여준다.
굴러 떨어지는 것은 그의 내면심리와의 연계성에서 해석해야 한다.
안해가 양전무의 발길에 채여서 층계에서 굴러 떨어진 것은 그가 뭇
와의 관계에서 '세상으로부터 뛰어내리고 싶은'것과 또 R회관주인에
게 '저도모르게 머리숙여인사'한 것과 동위소이다. 그러므로 안해에
게 굴러 떨어지라고 외치는 것은 그 자신이 굴러 떨어지는 것을 의미
한다.

층계는 오르고 내려가야 하는 상하이동의 매개공간이면서 또 상·
하의 공간을 분할하는 중간항이다. 오르고 내려가는 움직임은 자연스
러움이지만 '굴러떨어지'는 것은 자연스러운 행위가 아니다. 이것은
좌절 또는 굴복을 의미한다. 또 상위의 공간에 속할 수 없으며, 추락
이다.

　상향작용은 하향작용보다는 더 어렵기 마련이다. 그래서 상향
운동은 성취개념으로 연상되며, 드높음이나 상승의 의미를 지니는
여러 이미지들이 탁월함과 왕권지배 등의 개념을 흔히 연상시키
는 것은 당연한 일이다. 때문에 누구에게나 <애써 올라가려고 노
력한다>고 하면 자연스러우나 <애써 내려가려고 노력한다>고 함
은 부자연스럽게 들린다.14)

　필립 휠라이트에 의하면 하향성은 공간과 혼미, 상실을 연상시킨다
고 하면서 애써 내려가려고 노력하는 것은 부자연스럽다고 했다. 지
금 '그'는 애써 '굴러떨어지려고' 한다. 그는 '층계'15)인 중간 매개공
간을 통과하여 밖의 세계 또는 다른 세계로 가고자 하는 열망이 좌절
되고 있다.

　上/下의 대립 체계는 각기 그 세계에 속하는 존재양식의 대립성을
지니게 한다. '상'이 현실적 공간이라면 '하'는 일탈의 공간이다. 상의
공간은 돈에 속하는 인물들의 공간이고, 하의 공간은 돈과는 거리가
먼 인물의 공간이다. 昊 · R회관주인 · 뚱뚱보 양전무는 '상'의 공간에
속하는 인물이고, 그와 안해는 '하'의 공간에 위치하는 인물이다. 굴
러 떨어지는 인물은 안해이지만 차이성을 의미화 시키는 것은 '그'이
다. 굴러 떨어지라고 외치는 것은 '그'가 상의 공간에 속하고 싶어하
는 욕망의 반어적 진술이면서 또 상의 공간에 속할 수 없다는 자기인
식이다. 이때 그는 다시 '거미'라는 의식이 발동한다.

　'거미'는 上位의 공간에서 上 · 下 · 左 · 右의 공간으로 줄을 연결
하며, 그 줄을 따라 상 · 하로 움직인다. 그러나 거미는 上昇의 이미지
노 下降의 이미지도 아니다. 거미는 올라갈 수도 내려갈 수도 없다.

---

14) 필립 휠라이트, (1962)『은유와 실재』, 김태옥 역(문학과 지성사, 1987), 11 4
　　쪽.
15) 한혜선, 「시간구조와 공간구조에 나타난 事象性 연구」(이화여자 대학교 석
　　사논문 미간행, 1974), 103쪽.

지상에 속하는 것도 아니며, 날아갈 수도 없는 것이다. 거미는 공중에
매달려 있어야만 한다. "거미는 알 수 없는 세계에서 길을 잃은 사람
의 고통을 상징하고 있다." 그가 올라갈 수 없기에 굴러 떨어지라고
소리치는 것이며, 세상과의 관계에 대한 두려움이며, 인간관계의 폐쇄
성을 의미한다. '생명에 뚜껑을덮었고' '사람과사람이사귀는버릇을닫
아버리는' 그는 인간의 탈을 벗고 '거미'로 환퇴하는 것이다. '굴러
떨어지다'가 반복 진술되면서 '안해＝거미'는 '그＝거미'로 전환된
다. 그가 '안해를빨아먹는거미'가 되며, 그의 방이 거미가 된다. 그와
거미의 차이성이 소멸되면서, 인간과 거미는 미분화 상태가 된다. 반
대로 그는 '인간'과 차별화 된다. 그러므로 '거미'인 '그'는 유표화
된다.

> 그리이스 비극에서는 본래의 얼굴을 가리기 위해 가면이 쓰여
> 졌지만 현대에서는 본래의 얼굴이 그대로 가면이 되어 버렸다.[16]

거미탈이 그 자신의 모습이 된다. 그는 인간적 속성을 부정하고, 거
미가 자신의 진실한 모습인 것을 발견한다. 전도된 그의 세계에서는
물리적 시간관은 파괴된다.

> 이번에는생시가보인다. 꿈에는생시를꿈꾸고 생시에는 꿈을꾸고
> 어느것이나재미있다. (71쪽)

꿈과 생시가 구별되지 않는 시간의 미분화 상태에서, 오전과 오후,
꿈과 생시, 오늘과 내일, 겨울과 봄의 차이성이 소멸된다. 그가 방안
에 있을 때, 모든 경계는 무너진다. 방밖은 첩첩이 닫고 싶은 세상이
다. 그가 세상 속으로 들어갔을 때, 대립적 관계망이 형성되어 '그,

---

16) 후꾸다 쯔네아리, 『예술이란 무엇인가』, 이성화 역(열화당, 1983), 46쪽.

안해/吳·R회관주인, 뚱뚱보 양전무, 마유미는 돈이라는 매체에 의해 '그'와 대립된다. 그가 안해가 다니는 R회관 주인에게 돈 100원을 꾸었고, 吳는 그의 돈 백원을 꿀꺽 삼켰으며, 뚱뚱보 양전무는 그의 안해를 차서 굴러 떨어지게 했으므로 위자료 20원을 주었다. 돈을 '주다/받다'의 대립 체계에서 돈이 '있다/없다', '약하다/강하다'의 속성이 결정된다. 또 돈의 유무는 '뚱뚱하다/마르다'의 신체적 속성을 결정한다. 이러한 양분적 대립세계는 그가 세상 속으로 나갔을 때 발견되는 속성들이다. 세상 속의 吳와 마유미의 관계를 목격한 그는 자신을 투시하게 된다. '吳와 마유미/그와 안해'의 관계는 그의 안해와 마유미의 변별성에서 드러난다.

> 그의 안해 — 파리한 바탕 주근깨, 코보다작은코, 입보다얇은
> 입, 야위어가는 안해.
> 마유미 — 이글이글하게 살이 알르나, 잘쪘다. 곁에 와 앉기만
> 하는데도 후끈후끈하는, 금알 났는, 화수분, 넓적한 잔등.

그의 안해와 마유미는 '야위다/살찌다'의 신체적 차별을 보여준다. 그는 마유미를 보고서 자기 안해를 '내안해만은왜 그렇게야위나' 하고 생각하게 된다. 반대로 '오'는 '이게마유미야이뚱뚱보가 — 하릴없이양돼진데'하고 그에게 속삭인다. 마유미는

> 송두리째갖다바치고나면속이시원합니다. 저를 빨아먹는 거미를
> 세손으로기르는세음이지요. (72쪽)

'그와 안해/吳와 마유미'는 '파리한거미/튼튼한한쌍'의 거미로 대립체계를 이룬다. 같은 거미라도 '그와 오'는 차이화 된다. 마유미의 '넓적한잔등'에서 그는 '꼬챙이같은안해'를 의식하게 되고, 오에게서

마유미가 여위지 못하도록 금하여 놓은 '강력한 힘'을 발견하게 되면
서 자신에게는 강력한 힘이 없음을 인식한다. 때문에 '들창을열고뛰
어내리'고 싶어진다. 들창으로부터 뛰어내리고 싶은 것은 자신을 초
월하려는 것이 아니라 '거미는나밖에없다'는 자기확인과 자의식의 결
과이다.

> 독일철학자들은 '물체로서의 몸'(korper)과 '체험된 몸'(Leib)을
> 구별한다. 그래서 셸리는 인간의 육체성(Leiblichkeit)을 외부적인
> 사물의 지각과 내부적인 정신생활의 지각에 필수적인 전제조건으
> 로 보았다. '물체로서의 몸'은 밖에서 본 육체성이다.17)

그에게 외부로부터 지각하는 육체와 내부로부터 인식되는 육체는
변별된다. 자기 존재의 정체성에 대한 혼란에서 <거미>로 환치된다.
세상 속에서 그는 인간이라는 육체를 지닐 수 없다. 인간일 수 없기
에 그는 인간의 탈을 벗고 거미의 탈을 쓴다. 이러한 확인에서 그는
인간의 몸이 존재할 수 없는 세상이기에 뛰어내리고 싶고, 안해에게
는 '굴러떨어지라'고 말한다. 이 하강은 그의 정신적 하강을 의미한
다.

> 뭇 네생활에 내생활을비교하여 아니 내생활에네생활을비교
> 하여어떤것이진정우수한것이냐, 아니 어떤것이 진정열등한것이
> 냐. (82쪽)

'오'와 자기자신의 생활을 비교함으로써 자신의 열등함을 느끼기에
'뛰어내리'고 싶어지는 것이다.

---

17) C. A. 반퍼슨, 『몸·영혼·정신』, 손봉호, 강경안 역(서광사, 1985), 134쪽.

손에쥔인20원-마유미-십원은술먹고십원은팁으로주고 그래서
마유미가응하지않거든 예이 양돼지라고그래버리지, 그래도그만이
면 그 십원은 그냥 날라가-헛되다-그러나어떠냐공돈아니냐, 전
무는 한번더안해를층계에서굴러떨어뜨려주려므나. 또 20원이다.

(82쪽)

'오'와 비교해 봄으로써 '거미는 나밖에 없다'는 것을 확인하게 된
다. 그래서 역설절으로 '뭇의자신있는계집'인 마유미에게 양돼지라고
말하겠다는 것인데, 그것은 그 자신이 '굴러떨어'질지도 모른다는 심
리가 전환되어 발화된 것이다. 안해가 양전무에게 양돼지라고 해서
층계에서 굴러 떨어진 사건을 반추하다 보니, 굴러떨어질 사람은 그
자신이라는 사실을 인식하게 되는 것이다. 세상으로부터 굴러떨어질
지 모른다는 불안감과 굴러떨어지고 싶은 욕망이 역설적으로 작용한
다. 이러한 심리는 거미인 그가 다른 인물과의 관계 망에서 역피라밋
구조를 형성하면서, 그를 억압하는 모든 관계에서 탈출하고자 하는
반역심리이다.

그는 방안에 있지만, 세상밖에 있다. 다른 사람들은 세상 안에 있
다. 타자들과 세상이 그를 억누르므로 그는 굴러 떨어지고 싶고, 세상
으로부터 뛰어내리고 싶은 것이다.

'굴러떨어지다'와 '뛰어내리다'의 반복은 세상으로부터 탈출하고자
하는 욕망을 의미한다. 세상으로부터 이탈하여 다른 세계로 이주하고
싶은 욕망의 표출이다. 그는 자신의 몸을 매체로 하여 세계를 인식한
다. 가면을 쓴 인간들의 세상에서 초월하고자 하는 욕망의 반어적 표
현이 '굴러떨어지다'의 상황으로 나타난다. 인간의 몸은 '걷다'라는
행위어와 연결되지 '날다'라는 행위어로 수식되지 않는다. 신체의 존
재론적 변환을 꿈꾸는 그는 '날다'의 욕구가 반대로 '굴러떨어지다'
의 행위어로 표출된다.

상향적인 것을 하락시키고 하향성의 부정적 가치 속에서 새로
운 힘의 원천을 찾는 태도 자체가 양가성이다. 하락의 의미는 신
체의 하부의 삶과 일체가 됨을 의미한다.[18)

그는 거미이기에 '굴러떨어지'고 싶은 것이며, 양돼지와 대립되는
인물이다. '그'의 신체적 상상력에서는 인간의 몸은 '거미'와 '돼지'
로 변별되고 있다. 그의 신체는 밖에서 보는 물리적 신체가 아닌 내
부에서 의식하는 신체이다. 그의 신체적 상상력의 체계에서 거미와
돼지의 대립되는 속성은 그의 세계 인식의 표현으로서 상징된다. 그
의 신체의식은 인간의 가면을 벗고, 진정한 자아를 인식하는데 의의
가 있다. 인간의 몸은 외적으로 사물을 지각하고, 내적인 정신이 인식
하는데 필수적인 전제조건이다.

「인두지주」의 창오는 외적으로 변형된 몸이며, 거미로 퇴행하지 않
을 수 없는 몸이며, 사회적 현실의 반영인 몸이다. 변형된 몸으로서
거미는 사회적 지배계층, 착취자에 의해 짓밟힌 몸이다. 노동자인 창
오의 짓밟힌 육체는 노동력까지도 박탈당한 인간의 최후의 모습이다.
거미탈을 쓴 인간의 다리불구인 몸은 인간성까지 파괴당하며 거미라
는 동물적 기괴한 존재로 구경의 대상물로 전락한다.

「지주회시」에서는 내적으로 변신하고자 하는 욕망의 표출로, 거미
로 환퇴하는 몸은 정신적 현상이다. 인간과 거미의 미분화 상태에서
'그'와 '거미'의 차별성은 소멸되고, 그는 거미로 몸바꾸기를 한다.
뚱뚱한 자 돈있는 자들인 돼지로 상징되는 인물들과 대립되는 '거미'
는 짓밟히는 자, 파리한 핏줄이 보이는 야윈 몸의 모습이다. 돼지는

---

18) 츠베탕 토도로프, 『바흐찐: 문학사회학과 대화이론』 최현무 역(까치, 1987),
   274쪽.

세상 속에 있는 타자들이며, 거미는 세상밖에 있는 자신이다. 그러므로 층계에서 굴러떨어지고, 세상에서 뛰어내리고 싶어하는 그는 거미가 된다. 거미는 세상으로부터 이탈하여 다른 세계로 이주하고자 하는 욕구의 표상이다.

「인두지주」에서는 사회적 존재로서 박탈당한 결손(deformity)된 인물의 비참한 몸을 그렸고, 사회적 인식을 환기하려는 의도가 내포 되어있다. 아름다운 세계, 숭고한 세계의 인물이 아닌 와해되고 파괴됨으로서 끔찍하고, 추한, 현실적 인물일 수 없는 그로테스크한 인두지주를 시각화(visual image)하여서 한계적 상황과 훼손된 인물을 드러내고 있다. 그러므로 「인두지주」에서의 변신은 사회적 인식의 한 방법으로 낯설게 하기이다.

「지주회시」에서는 실존적 존재로서 현실의 공간에서 소외되거나 일탈하려는 인간의 정신적 변환으로서의 몸바꾸기이다. 그는 타인들 속에 있을 수 없으며, 다른 사람들과 변별되는 자신을 의식한다. 이러한 자기인식은 '거미'라는 은유로 표출된다. 여기서의 변신은 정신적, 심리적 일그러짐이 육체적인 그로테스크함으로 변형되어 시각적 이미지를 형성한다. 거미는 인간이 아닌 동물적 존재이므로 현실로부터 던져진 자를 표상하며, '나'와 '타'를 변별하는 의식을 표출하고 있는 은유이다.

두 텍스트에서 외부세계의 반영으로 인간의 몸은 거미로 인식되며, 타자들과 변별되는 자질이 거미라는 징표이다. 인두지주인 창오는 다른 집단으로 귀속하려 하고 있으며, 「지주회시」의 거미인 그는 다른 세계로 뛰어내리려고 한다. 인간이 인간이 아닌 거미로의 전환은 인간성은 상실되고 비인격체인 사물(곤충)로 변하지만, 반대로 인간의 본성에 접근하게 하는 반어적인 은유이다. 자신이 거미임을 인식하는 것은 인간이면서 인간일 수 없는 경계 공간에 속하는 존재이다. 두

텍스트의 거미인간은 현실의 공간에서는 안주하거나 존재할 수 없는
인물을 의미한다.

3. 비운의 징표 : 巨大함

보통 사람보다 몸집이 크고 힘이 센 장사는 일반인과 비교할 때,
유표화 될 수 있다.

힘이 센 장사는 장차 나라에 변을 일으킬 사람이라 하여, 역적이
된다는 민중 전설이 있다. 턱이 긴 사람은 부자로 산다는 속설이 있
다. 이러한 관점은 관상학에 근거를 둔 속설이다. 이 <장사>와 <턱부
자>는 어떤 기호로 어떻게 작용하고 있는가?

거인이며 힘이 센 장사는 전설적 인물이다. 장사라는 변별자질이
보통사람에게 나타날 때는 힘을 주체할 수 없으며, 가난한 백성이면
먹을 음식조차 마련하기 힘들다. 민중 설화에서 장사는 나라의 역적
이 되므로 죽어야만 하는 비극적인 인물이다. 「황토기」에서는 황토골
의 지명이 유래하는 전설로부터 장사인 억쇠의 운명을 이야기하고 있
는데, 장사라는 신체적 징표가 억쇠의 삶에 어떻게 관여하고 있는가
를 보겠다.

「악부자」는 신체적 특징을 나타내는 기호이다. 턱이 긴 사람은 부
자로 산다는 말이 있는데, 이러한 관점은 관상학에 근거를 둔 속설이
다. '경춘이'는 턱이 길어서 '택부자'라는 별칭으로 불린다. 이러한 속
설이 어떻게 받아 들여지고 있는가? 턱이 길다는 신체적 징표가 '경
춘이'의 삶에 어떻게 작용하고 있는지 알아보자.

「황토기」

황토골이란 상룡성, 쌍룡설, 절맥설의 전설에서 붙여진 이름이다. 억쇠, 득보, 분이, 리설이는 이 마을에 전해내려 오는 이야기와 마찬가지로 서로의 피를 흘리며 황토골을 채색하고 있다. 이 인물들은 타자들을 파괴시키면서 동시에 자신들까지도 와해되는 인간관계를 보여준다. 그들이 흘리는 피와 떨어지는 살점들은 거듭나기 위해서가 아니라 죽음에 이르는 제물이다.

> 억쇠는 아까부터 벌써 두 차례나 허리를 펴고 이러나 분이가 술을 갖어 오는가 그것을 살펴보는 것이지만…[중략]…오늘 이 부근 사람들은 모두 저 두레논을 매러 모이고 왼들에는 두레꾼과 억쇠 밖에 사람의 그림자라고는 보이질 않는다.[19]

이 텍스트의 중심인물인 억쇠가 서사공간에 처음으로 나타나는 장면이다. 1946년 개작[20]에서는 억쇠의 몸이 보통사람보다 크다는 변별자질이 뚜렷이 드러나며 다른 사람과 동떨어져 혼자 있는 것이 강조되고 있다. 그러나 처음 발표한 「황토기」에서(예문)는 신체적 변별자질이 드러나지 않은 채 억쇠가 들에서 다른 사람들과는 떨어져 혼자 일하고 있는 장면을 서술하여 그의 고립성을 드러내고 있다. '그의 운명에'관련되는 세 전설 중에서 절맥설을 보면,

---

19) 김동리, '황토기',『한국의 근대소설』2, 전광용 엮음(민음사, 1985), 906쪽.
20) 김동리,『김동리 단편집』(1946), 702쪽.
  그의 팔다리나 허리가 보통사람보다 훨씬 크고 길뿐 아니라 어깨나 몸집이나 다 그렇게 두드러지게 장대하게 생겼고, 또한 머리털이 이미 희끗희끗 새어 있음을 알리라.
  그의 이름은 억쇠다. 그는 몸이 그렇게 보통사람보다 두드러지게 큰 것처럼 일도 동떨어진 곳에서 혼자하고 있는 것이다.

옛날 당나라에서 나온 어느 장수가 여기 이르러 가로되 앞으로 이 산맥에서 동국의 장사가 난다면 능히 대국을 범할 것이라 하야 이에 혈을 지르니 이 산골에 석 달 열흘동안 붉은 피가 흘러 내리고 이로 말미암아 이 일대가 황토지대로 변한 것이라는 절맥설이나, 이런 것들이 다 본대 그의 운명에 아주 교섭이 없으리란 법만도 없는 터이었다. (907쪽)

위의 '절맥설'이 「황토기」의 인물의 운명을 암시하고 서사의 흐름을 밝혀준다. '절맥설'은 '억쇠와 득보'의 신체적 특이성과 연관성이 있다. 육체적으로 남보다 힘이 센, 억쇠와 득보는 그 힘을 사용할 때가 없다. 힘이 세다는 것은 좋은 것이겠지만, 그 힘이 유용하지 않을 때는 넘쳐나는 힘을 어떻게 할 수 없게된다. 그래서 억쇠와 득보의 싸움은 의미없는 힘의 대결이다. 그들의 싸움은 이상한 장면을 연출한다. 억쇠와 득보는 싸우기 위해서 자리를 마련하고 술과 음식을 준비한다. 마치 '싸움잔치'를 준비하는 것 같다. 서로에게 증오와 분노로 고함치고 싸우는 것이 아니라, 장난하듯이 욕하고 춤추듯이 달려들고 때린다.

> ① 억쇠는 얼른 한쪽 손으로 턱을 받고 고개를 젯겨서 그 피를 도로 입으로 쓰러너으며, 바른 손으로 한머리 득보의 공격을 막는 것이다. (911쪽)

> ② 억쇠는 왼골작이 울리도록 소리를 질러 껄껄 웃었다. 그의 왼쪽귀가 부터 있을 자리에 다 찟기인 살과 피가 있을 따름이요, 귀는 아주 득보의 입속에 들어가 있고 득보는 아끼는 듯 그것을 얼른 뱉어 내지를 않았다. (913쪽)

피를 도로 삼키고 귀의 살을 입 속에 넣은 채, 춤을 덩실덩실 추는 식인육의 carnibalism 의식21)을 행하는 것이다. 이는 싸움이라기보다 자신의 몸을 제물로 바치는 장엄한 의식과 같다. 득보는 억쇠의 아랫배를 겨냥하고 발길로 찬다. 이것은 억쇠의 생산성을 파괴하려는 행위이다. 즉, 새 생명을 낳을 수 없는 완전한 죽음을 위한 파괴행위이다. 억쇠와 득보는 항복이 아닌 완전히 지칠 때까지 서로를 파괴시킨다.

억쇠는 순수한 황토골 '토종 농부'였고, 득보는 지난해 처음으로 황토골로 온 '타지사람'이다. 억쇠가 토종 농부라는 사실은 '땅'과 관련 있는 인물임을 나타낸다. 텍스트의 서두에서 논을 매고 있으며, '그의 두 눈에 비치는 것은 언제나 마찬가지로 건너편의 벍언 황토재다.'라는 것은 특히 황토골의 인물임을 의미한다. '예쉰 이전까지 그렇게 무심히 들어오던 상룡설이니 쌍룡설이니 하는 것도 이제 와서는 도저히 지나가는 말로만 들리지는 않게 되었다.'는 황토골의 전설이 억쇠의 운명과 인접관계를 이루고 있음을 의미하는 것이다.

장사가 난다고 당나라 장수가 혈을 지른 절맥설이 또한 억쇠에게서 재현되어 나타난다. 억쇠가 열두살 때 동네 장골들이 겨우 다루는 돌 하나를 성큼 들은 것이, 온 마을에 말썽을 일으킨 사건이 되고, 그의 운명에 작용하게 된 것이다. 어린아이가 장정만큼 힘이 센 것은 다른 사람과 변별되는 요소이다. 힘이 센 것은 '+'자질일 수 있는데 황토골에서는 '-'징표로 해석된다. 장사가 나면 부모한테 불효가 되

---

21) ① 인육 먹기의 관습은 살인자의 원초적인 처벌형태로 보아 대체로 복수(vendetta)의 한 형태로서 간주하는 주장과 한편 주술적 의미와 굶주림과를 연결하고 있는 것, 원시공동체에 있어서 매장의 형식으로 본 것 등이 있다.
② 카니발리즘의 이미지는 보통 고문이나 사지절단의 이미지뿐만이 아니라 전문용어를 사용하면 스파라그모스 즉 산 제물의 몸뚱이를 갈기갈기 찢는 행위의 이미지. 오시리스, 오르페우수, 펜테우스의 신화에서 볼 수 있는 이미지가 포함되어 있다. 사람을 먹는 거인이나 민담에 나오는 식인귀가 있으며, 샤일록의 계약 등이 여기에 속한다.
노드롭 프라이, 『비평의 해부』 임철규 역(한길사, 1982), 205쪽.

며 역적이 된다고 하여 어른들은 걱정거리로 의논한다. '어깨의 힘줄
을 끊으라' '등침을 맞히자' '팔을 하나 부질르자'라는 등의 의견이
분분하였다. 어떻게 해서든지 역적이 되는 운명을 막으려 하는 것이
다.

'힘이 장사다'라는 기호는 '집안을 망친다'는 의미가 되어 억쇠의
운명에 작용하고 있다. 신체적 변별자질은 장사라는 기호가 '+' 징표
이지만 의미해석에서 역적인 '-'징표로 전환되어 억쇠의 일생에 관
여한다. 억쇠의 힘이 '일신을 조지고 집안 문을 닫게'할 징표로 나타
날까봐 그는 씨름판, 힘내기, 사람 많이 모이는 곳 등에는 일체 나갈
수 없게 되는 것이다. 힘이 세다는 기호는 자신의 힘을 드러내서는
안되고 자신을 숨겨야만 하는 운명의 인물로 의미화 된다. 신체적 변
별자질이 공간성에도 차별화 하여 사람과 함께 있는 것이 아니라 '떨
어져'있어야만 하는 것이다.

그러나, 억쇠는 스무 살이 넘어 제 기운을 스스로 감당하지 못하여
밤이면 산에가 돌을 들면서 몸부림치고, 바위를 안고 산을 오르락내
리락 하는 것이다. 넘치는 힘을 쓸 곳이 없는 자의 비극이며, 숨어서
만 힘을 소모해야 하기에 '흡사 미친 사람의 형용'이 되어 혼자 몸부
림친다. '자식하나 병신 만들면 그만이지 집안 멸문 당하면' 안 된다
고 주장하던 큰아버지도 후환을 피해 황토골을 떠나 버린다.

힘이 센 자는 민중의 의지와 화합하여 사회적 가치를 실현할 때 영
웅이 된다. 그러나 기존의 지배권력 사회에서는 이러한 민중의 영웅
은, 권력의 유지를 위해서 제거되어야만 하는 것이다. 또 한편 힘센
자는 사회적 가치의 실현으로부터 소외될 때는 반영웅이 된다. 그 때
힘은 무용한 것이며 무가치한 것이다. 이렇게 힘센 자는 이중의 아이
로니칼한 상황에 처해지는 운명적으로 비극적인 인물이다. 그러므로
반영웅 또는 역적이 되는 것을 피하기 위해서, 또 집안을 망하게 하

는 비극적인 인물이 되지 않기 위해서는 스스로 희생되어야만 하는
운명이다.

억쇠는 집안을 망하게 하는 역적이 되지 않으려고 '제 손으로 낫을
갈아서 오른쪽 어깨를 끊고 피를 흘려'자신의 힘을 빼었다. 그래도 나
날이 미칠 듯이 솟는 힘을 누르고 누르며, 한번 크게 쓰일 날을 기다
리느라고, 오늘인가 내일인가 하는 동안에 어느 듯 수염과 머리들이
히끗히끗 반이 넘어 세어버렸든 것이다. 억쇠는 예순이 넘도록 힘을
쓸만한 곳을 찾지 못한 채 머리가 희끗희끗 해지고 안타깝게 희망도
끊어져 버리자 계집과 술, 노름과 주먹질로 세월을 보내게 된다. 억쇠
의 신체적 징표는 운명에 '－'자질로 관여하고 있다. 이러한 때에 타
지에서 온 득보를 만나게 된다. 득보는 주막에 있는 분이를 조카딸이
라고 데려가려다가 시비가 붙는다. 득보와 싸우는 노름꾼들은 머리가
깨지고 손목이 분질러지며 마당에 자빠진다. 이때 억쇠가 나서서,

> 멱살을 잡고 체력을 한번 다루어 보니 결코 그저 이만저만 힘
> 센 놈이나 부량한 놈이 안이란 것을 깨달었다. 그러자 그는 문득
> 자기 몸이 공중으로 떠오르는 듯한 즐거움이 가슴에 솟아오름을
> 깨닷고 저도 모르게 멱살을 잡었든 손을 노아 버리고 멱살 대신
> 그의 손을 꾹 잡었다. (917쪽)

억쇠는 이제껏 힘 자랑을 하지 못하고 숨어살았는데, 비로소 힘을
겨룰 만한 득보를 만나게 되자, '즐거움이 가슴에 솟아오름'을 느낀
다. 힘이 세어도 쓸 곳이 없고, 알아주는 사람도 없었으나, 비길만한
사람을 발견하게 된 것이다. 타자에게서 동질성을 발견하고는 공중으
로 떠오르는 듯한 승화감을 느낀다. 공중으로 떠오른다는 것은 우주
적 차원으로의 승화를 뜻한다.22) 이것은 인간이 콤플렉스에서 완전히

---

22) 김현, 『현대프랑스문학을 찾아서』(홍성사, 1978), 116쪽.

해방된, 인간의 한계를 벗어난 순수한 절대적 순간이다. 억쇠는 장사라는 기호의미를 부정적 가치 때문에 드러내지 못했으며, 겨룰만한 상대가 없이 지내온 고독한 세월, 무용의 시간들로부터 해방되는 기쁨에 충만하게 된다.

인간적 억압으로부터 벗어난 순수 절대자에게 대상은 비효용적인 것이다. 겨루다, 이기다 등의 효용적 가치가 지배적인 세계에서 비효용적으로 세계를 바라본다는 것은 그가 전도된 관점을 가지고 있음을 뜻한다. 전도된 관점은 대상의 아름다움에 경도한다.[23] 억쇠는 다른 노름꾼들과 다른 시선으로 득보를 바라보게 되며, 득보와 대결하려는 것이 아니라 동질적 친밀감을 지닌다. 예쉰이 되도록 힘을 써보지 못한 억쇠는 득보를 만남으로써, 또 다른 세계를 구축하게된다. 억쇠와 득보는 친화관계이면서 상호 파괴적인 관계, 즉 일탈된 세계에서 살게 된다.

득보는 분이를 억쇠와 함께 살게 한 후에도 분이와 이상한 관계를 지속한다. 억쇠와 분이, 억쇠와 이설의 관계에 득보가 끼어 들어 이중의 삼각구도로 얼키게 된다. 또 득보가 이설에게 가는 것을 분이가 시샘함으로써 네 인물은 서로 질투하게 된다. 분이와 이설을 사이에 놓은 대결은 억쇠와 득보의 쓰일 곳 없는 힘을 소모하기 위한 구실일 뿐이며, 사실은 자신들의 몸을 제물로 바치는, 두 사람의 힘이 대결인 것이다. 이것은 텍스트 서두에서 여의주를 잃고 저희들끼리 머리를 물어뜯고 피를 흘리는 쌍용설의 재현이다.

억쇠와 득보의 공동의 제물이 되는 이설은 서사공간의 서두에서 분이에게 머리를 다 뜯기고 불도 켜지 않은 방에 죽은 듯이 누워있다. 머리가 다 뜯기고 '죽은 듯이 누워있다.'라는 말은 이설이 죽음과 유사한 상태에 있음을 뜻한다. 득보가 억쇠의 여자인 이설에게 드나

---

23) 김현, 앞의 책, 117쪽.

드는 것을 눈치 챈, 분이는 살인 충동에 휩싸인다. 분이는 억쇠와 살기 전부터 묘연한 관계였던 득보에게 향하는 마음 때문에 결국 이설을 죽이게 되는 것이다. 이러한 악마적인 인간관계[24])에서 이설은 희생제물이 되는 속죄양이다. 속죄양은 다른 사람의 이익을 위해서 죽음을 당해야만 하는 자이다. 이설은 분이의 파괴적 사랑과 열정의 희생자이며, 또 억쇠와 득보의 파괴적 인간관계에서 오는 상실감과 무력감의 제물이 된다.

장사라는 신체적 특징을 큰아버지와 동네사람들은 역적이며, 집안이 멸문 당한다는 의미로 받아들였다. 그런데 집안의 멸문이라는 사실은 억쇠가 예순이 넘어서야 이설에게서 얻을 뻔했던 자손이 이설이 죽음으로써 절손되는 결과로 나타난다. '아기장수 설화'에서 보면 힘이 센 장사는 지배자나 왕권에 반역한다고 생각되기에 일찍 그 싹을 제거 당하는 것이다. 또는 사실 역적이 되면 그 집안은 지배자에 의해 씨를 말리게 되기 때문에 집안이 멸문 당하게 되는 것이다. 장사라는 자질은 역적이 되고, 집안이 멸문 당하게 된다는 의미로 해석되고, 설화에 의하면 사회의 지배자에 의해 징벌 당하는 것으로 나타나지만, 이 텍스트에서는 개인적이고 자기 스스로를 파괴하는 무의미한 힘의 대결로 인한 인간성의 붕괴 현상이 나타난다.

거인설화는 원래 천지개벽설화였으나 신성성을 상실하면서 전설이나 민담으로 장르변이[25])가 나타난다. 현대문학에서는 거인이 현대사회가 필요로 하는 인물이 아니고, 인간의 거대함이 무용의 가치이기에 받아들여지지 않아 거인들이 스스로 붕괴하는 모습, 즉, 반영웅적인 모습으로 나타난다. 「황토기」에서는 힘센 장사로 역적이 된다는 운명을 지니고 있는 억쇠는 자기의 힘을 제대로 쓰지 못하여 스스로

24) N. 프라이, 『비평의 해부』, 임철규 역(한길사, 1982), 203-205쪽.
25) 장주근, 『한국의 신화』(성문각, 1961), 11-12쪽.

붕괴되는 파괴적 삶을 살게 된다. 외적으로 거대한 힘이 내적으로 축적되지 못한 인물이므로 거대함은 오히려 기형적 인간이 되어 사회로부터 변별되며, 소원화 된다.

분이는 억쇠의 아기를 밴 이설을 죽인 후, 득보에게로 달려가 가슴을 찌른다. 이설이 죽은 후, 억쇠의 분노는 분이가 아닌 득보에게 향한다는 해독하기 어려운 인간 심리를 보여준다. 이것은 분이가 억쇠 때문이 아니라 득보에 대한 질투로 이설을 죽였기 때문이기도 하지만, 분이와 이설은 채색된 부분이고 억쇠와 득보의 비극적 인간관계를 바탕으로 짜여진 직조물이기 때문이다.

억쇠는 '그의 머리 속에 떠오른 생각은 세상에 남어 있는 오죽 한 가지 자기의 할 일은 이 득보의 처리가 있을 따름'이라고 복수의 의지를 지니며 대결할 때를 기다린다. 억쇠와 득보의 힘의 대결은 무목적, 무의미한 양상이므로, 억쇠의 아기를 밴 이설의 죽음만으로는 희생제의(犧牲祭儀)가 완결되지 않는다. 억쇠와 득보의 대결은 겉으로는 복수의 양상을 띠지만, 내적으로는 욕망의 좌절과 허무한 무력감을 강렬하게 분출하고 있다.

득보의 가슴의 상처가 아물자, 억쇠는 칼을 품고 찾아가, '득보를 먼저 안냇벌로 드러보내고 나서, 자기는 주막에 말을 하야 다시 소주 한 두르미를 받어 메고 그의 뒤를 쫓아' 대결의 장소로 간다. 두 인물의 대결은 술, 춤 그리고 인육 먹기의 싸움이다. '정상적/비정상적', '보통사람/장사' 사이의 대립이 아니라 동류의 대결은 비극적인 결말을 초래한다. 장사는 자신의 육체의 비상한 힘으로서 이상을 구현하여야 하는데, 이상을 실현할 기회가 없으므로 좌절되고 타락하게 된다. 힘의 실현을 꿈꾸었으나 좌절됨으로서, 자신의 몸으로부터 자유로울 수 없는 몸이 장사라는 구속감으로부터 벗어나지 못하면서 파행적 자기파괴를 보여준다.

똑같은 역설이 희생제의의 두 요소에도 있다. 하나는 성찬 의
식으로 영웅의 육체 또는 신의 육체를 일군의 사람들이 나누는
행위이며, 이 행위를 통해서 그들은 그 육체와 하나가 되고 또 그
육체 자체가 된다. 또 하나는 유화의식으로 이 의식에는 그 성찬
의식에도 불구하고, 그 육체는 실제로 더욱 강한 노여움을 지니고
있는 어떤 별개의 힘에 속해 있다는 생각이 자리잡고 있다.26)

이 텍스트는 거대한 힘의 무의미한 대결은 인물들이 스스로 함몰
하는 황폐한 세계를 그리고 있으며 동시에 자신의 육체를 희생 제물
로 삼아서 무용의 시간에 대한 분노를 표출하며 무력감과 상실감으로
부터 벗어나려는 것이다.

작중인물의 사회적 갈등요인이란 오히려 사회적 갈등요인의 부
재자체에 있다고 할 수 있다. 대가없는 허망한 힘의 탕진이야말로
이 시대에 있어서의 삶의 무의미성, 무상성의 표현이다.27)

억쇠와 득보는 자기들의 신체적 변이징표를 증명할 세계가 마련되
어 있지 않은 소외자(outcast)이므로 무의미하며 무용의 존재자가 된
다. 장사라는 신체적 징표의 '+' 자질이 가치를 상실하고 있는 상황
(사회구조)에서 자신의 신체적 의미를 증명할 수 없으므로, 거대한 몸
은 무화되고 황폐화해지는 신체의식을 드러내고 있다.

「악부자」

악부자(顎富者)는 신체적 특징을 나타내는 기호이다. 텍스트의 인물

---

26) N. 프라이, 『비평의 해부』, 임철규 역(한길사, 1982), 300쪽.
27) 서종택, 『한국근대소설의 구조』(시문학사, 1982), 233쪽.

인 경춘이의 얼굴의 한 특징으로서 턱(顎악)이 길다라는 것이 신체적
변별자질이 되고 있다. 그러니까 경춘이는 본래의 이름보다는 <택부
자> <아고모찌>라는 별명으로 불린다. '작중인물의 이름은 흔히 비허
구적 인간의 한가지 또는 한 묶음의 특성을 나타내는 분류표시 역
할'[28]을 하는데 여기서는 별칭이 서사인물의 특성을 그대로 표시한
다. 부자라는 말이 들어가 있으니 좋아할 수도 있겠지만 경춘이는 싫
어한다. 먹고 살만하던 살림이 구멍 뚫린 독 속에 부은 물같이 빠져
나가기 시작할 때부터 '택부자'란 별명이 붙기 시작했기 때문이다. 사
람들은 택부자, 모찌에서 떡, 빵으로 바꾸어 부르며 놀리고 웃었다.

원래 악부자라는 기호의 의미는, 턱이 긴 사람은 말년에 부자로 산
다는 관상학적 해석에서 나온 뜻이다. 턱이 길다는 징표는 '부자'로
'+' 징표인데, 경춘이에게 있어서는 점점 살림이 '가난'해지므로 상
반되는 작용을 하고 있다.

> 자기 집이 잘 살 때는 아무도 이 턱을 보고 택부자라고는 않던
> 것이, 살림이 모두 빠져나가고 거러지같이 된 후는 경춘이라면 몰
> 라도 택부자라면 오히려 더 알게되어 버렸다.[29]

경춘이는 '날 못 살라고' 부자의 별명을 붙였다고 분노하며, '택부
자'라고 불릴 때마다 부자 될 복이 감해진다고 분해하는 것이다. 이렇
게 턱의 징표의 일차적 의미와 실제상황의 차이성은 반어적 상황을
연출하여 경춘이를 괴롭힌다.

아내의 아픈 허리를 찜질하려고 솔 잎사귀를 따러 산에 올라 온 경
춘이는 산지기에게 허락을 받으려 하는데, '택부자 자네 오늘 산에 웬
일인가?'라는 소리에 그만 속으로 반감을 품게 된다. 산지기는 장에

---

28) S.리몬, 케넌, 『소설의 시학』, 최상규 역(문학과 지성사, 1985), 55쪽.
29) 백신애, '택부자' 『백신애작품집』(보성출판사, 1987), 87쪽.

갔다가 '상투를 널름 뺏겼다'며 '목을 베인 것'이나 다를 바 없다고
원통해 하는 소리를 한다.

> ① "상투를 베인 후 나는 손해가 많네. 바로 상투를 베인 날 밤에
> 보리 한 섬 도적 맞았지. 그까짓 것보다 머리 깍은 후로는 늘
> 몸이 시원치 못하고 골치가 횡하다는 거야. 아마도 죽을 라는
> 가봐." (92쪽)
> ② 자기는 택부자라는 팔자에 과한 부자가 이름이 된 후부터 가
> 난이 심해지고, 산지기 첨지는 상투를 베인 까닭에 도적도 만
> 나고 몸이 성치 못하고, (93쪽)

예문 ①②에서 두 인물은 신체적 징표를 자신의 운명과 관련지어
생각한다. 산지기는 60년 동안 지켜오던 상투를 남의 손에 잘렸기 때
문에 도둑도 맞고 몸도 신통치 않아졌다고 생각한다. 신체의 중요 부
분을 거세당한 피해의식이다. 경춘이는 가난해지면서 몸이 수척해지
니까 턱이 유난히 길어 보이게 되어서 택부자라는 별명을 얻게 되었
는데, 반대로 택부자란 별명 때문에 가난해졌다는 피해의식이 있다.

신체적 특이징표가 삶에 영향을 주었다고 생각하는 점에서, 경춘이
는 산지기와 동일한 감정을 공유하게 되면서, 산지기가 택부자라고
부른 것에 대한 반감이 사라진다. 그럴 뿐 아니라 경춘이는 산지기
영감의 얼굴과 자신의 얼굴을 섞어서 나누면 더 완전한 얼굴이 될 것
이라 생각한다.

> "저 놈의 첨지는 턱이 짧으니까 늘 고생을 하는 거시. 내 딕이
> 이렇게 길지 말고, 저 놈 첨지의 이마가 저렇게 넓지 말고 했더라
> 면 피차 오직 좋겠나!" (93쪽)

경춘이는 둘의 얼굴을 합하여 신체적 결손부분을 보완함으로써 정

상적인 얼굴이 되고, 또 정상적인 - 복 없는 것이 아닌- 삶을 살고
싶은 것이다. 경춘이는 턱은 부자이지만 살림은 끼니를 굶는 정도로
가난하다. 경춘이의 집안은 폐병으로 망했고, 지금 경춘이도 객혈을
하는 약한 몸이고, 아내도 객혈로 누워 죽어가고 있다. 폐병이 가족의
몰락의 요인이지만, 경춘이는 '턱이 길다'가 몰락의 지표라고 생각한
다. 결핵은 병이지만 턱이 긴 것은 병적 징후는 아닌데, '-'적 신체
적 징표로 경춘이의 삶에 작용하고 있다.

경춘이는 농사를 지을 땅도 없을 뿐 아니라, 마을에서는 객혈하는
경춘이에게 일을 주는 사람도 없으므로, 방천 공사장에 일하러 나간
다. 경춘이는 몸이 약하여 힘에 부치는 수레를 밀다가 객혈을 하게된
다. 이때 일꾼 패장이 다가온다. 객혈을 한다고 내쫓는 줄 알았는데,
일꾼 패장은 경춘이의 병을 약점으로 잡아 하루에 한 수레만 하면 스
물 수레 품삯 도장을 찍어 줄 터이니 반씩 나누자는 제의를 한다. 양
심의 갈등을 느끼면서 수레를 끌지 않을 수 없다. 하루는 아내가 "오
늘은 일터로 가지 말았으면"하고 붙잡는데도 품삯을 받는 날이라 뿌
리치고 갔다오니, 아내는 '조금도 움직이지 않고 눈은 그대로 가만히
천장만 바라보며 눈물이 주루룩 내려있을 뿐이었다.' 경춘이는 열심
히 수레를 나르는 사람들 속에서 거짓 도장으로 돈을 탄 것에 대한
양심의 부끄러움과 돈을 타 가지고 아내 몰래 일 원을 숨긴 것에 대
한 부끄러움을 생각하며 '아내가 이미 숨이 끊어져 있는 것'도 깨닫
지 못하다가 아내가 움직이지 않으므로 의원의 집으로 뛰어간다.

① "김경춘 아니 윤동에 와서 택부자 집이 어디냐고 물으면 다
　 알지요."
② "택부자 집이 여기요"
③ "웬일인지 오늘은 그의 귀에 송충이 같이 찡그려지던 택부자
　 라는 별명이 하나도 귀에 거슬리지 않았다.

경춘이는 택부자라는 말이 듣기 싫었는데 자기 스스로 '택부자'(예①) 집을 찾으라고 가르쳐준다. 그만큼 '택부자'는 경춘이를 지칭하는 기호로 부각되고 있다. 아내의 병을 보기 위해 온 의원이 부르는 '택부자'(예②) 이기에 찡그러지던 별명도 귀에 거슬리지 않는 것이다. (예③) '택부자'는 경춘이가 가장 싫어하는 별명이면서, 인물의 신체적 특징을 집약하는 기호로 유표화 되고 있다. '택부자'라는 별명을 스스로 사용하게 되는 순간, 현실에서 '아내의 죽음'이라는 사실로 확인되는 '불운의 징표'가 되고 있다.

결말에서 아내가 죽었다는 의원의 말을 듣고, 경춘이는 목놓아 울면서, '손에 쥐었던 돈을 그제야 문을 열고 힘껏 내어 던졌다.' 아내의 죽음은 반대로 경춘이의 양심을 살아나게 하여 거짓으로 번 돈을 버리게 한다.

경춘이는 실제로는 가난하게 살고 있는데, 반대로 '택부자'라는 별명을 듣기에 오히려 복이 나간다고 싫어한다. 부자로 산다는 신체적 징표가 오히려 복을 나가게 하는 지표로 작용하고 있다고 생각하는 것이다.

「황토기」에서 억쇠는 다른 사람보다 크고 힘이 센 신체적 변별징표를 지닌 인물이며, 「악부자」에서 경춘이는 턱이 길다는 징표를 지니고 있다. 여기서 다른 사람과 다른 신체적 양상은 비극과 불운을 의미하는 징표로 작용하고 있다.

장사라는 자질은 역적이 되고, 집안이 멸문 당하게 된다는 의미로 해석된다. 「황토기」에서는 이러한 운명을 지니고 태어난 억쇠는 자기의 힘을 제대로 쓰지 못하고 스스로 붕괴되는 파괴적 삶을 살게 된다. 억쇠의 거대함은 오히려 기형적인 변별자질이 되어 사회로부터 소외되고, 고독한 삶과 이상한 사랑의 열정을 분출하게 되는 것이다.
거대한 억쇠와 득보의 무의미한 힘의 대결은 자신의 몸을 희생 제물
로 바치는 의식행위이다. 술과 춤이 싸움의 희열을 더 해 주고 있다.
귀와 살점을 뜯어먹으며 흘리는 피는 거듭나기 위해서가 아니라, 서
로를 파괴하는 희생제물이다.

「악부자」에서 경춘이는 턱이 길어서 '택부자'라 불리며 놀림을 받
는다. 경춘이는 가난해지면서 턱이 길게 보인다. 그러기에 별명이 불
릴 때마다 부자될 복이 감해진다고 분해한다. 턱이 길다는 기호는 부
자로 산다는 의미로 해석되는데, 경춘이에게는 반대로 작용한다.

4. 병든 몸, 병든 도시: 유령

유령은 인간과는 변별되는 존재이며, 현실적 존재가 아니다. 유령
은 불명확한 형체를 지니며 현실의 공간을 넘나드는 초자연적 존재이
다. 그러므로 인간은 유령을 무서워하거나 두려워하고 꺼린다.

노드롭 프라이는[30] '옛 신화의 신들과 영웅들은 사라지고 우리와
닮은 인간들이 그 자리를 차지하게 되었다. 현대작품에 이르면 등장
인물들은 그들 스스로가 유령이 되어 있다.'고 했다. 「한 여름밤」과 「
도시와 유령」은 서울 한복판에서 마주친 유령이야기이다.

두 텍스트에서 '유령'이 나타나는 도시를 어떻게 해석할 수 있을
까? 도시는 인간의 몸으로 환유되기도 한다. 그러므로 '도시' '인간의
몸' '유령'의 비유적 관계에서 두 텍스트를 보고자 한다. 여기에서 유
령은 병든 다리불구의 걸인으로 나타난다. 인간의 몸은 병과 죽음의
자리이다.[31] 이렇듯이 '도시'는 병과 죽음의 저장소이다. 도시라는 거

---

30) 노드롭 프라이, 『문학의 구조와 상상력』, 이상우 역(집문당, 1987), 47쪽.

대한 몸에 나타나는 병(=불구의 몸), 죽음(= 유령)이라는 기호를 해석
함으로써, 상징적으로 내포하는 신체적 상상력을 살펴볼 수 있다.

또 유령이라는 기호는 어떤 의미로 해석되고 있는가? 어둠 속의 유
령을 찾아감으로써 병든 도시의 환부를 찾아낼 수 있다. 도시와 병든
몸은 상동관계를 보이고 있는 서사공간이 된다.

「한여름 밤」

표제에 '밤'의 시간성이 제시되고 있는데, 밤은 어두워 시계가 명확
하지 않다. 대상을 분별할 기능이 약화되는 시간이다. 어둠 속에서 사
람인지 물체인지 분별이 되지 않으면, 알 수 없는 물체를 보고 도깨
비이나 유령이라고 두려워하기도 한다.

화자인 '나'는 실직한 후 안해와 아이들을 시골로 내려보내고 혼자
서 떠도는 인물로, 가정이 없고 집이 없는 즉 '안'의 공간이 결핍된
인물이다. 그러므로 '밖'의 공간에서 떠돌 수밖에 없다. 잘 곳이 없는
'나'는 하룻밤을 지내려고 서울 한복판에 있는 추성문 안에 들어선다.
어둠 속에서 무엇인가 꿈틀거린다. "누구요"하고 물으니,

> "사람이요"
> "나도 사람이요"[32]

그 곳에 집이 없는 사람들이 들어와 있다. 어둠 속의 인물이 '사람'
이라고 응답하는데, 역설적으로 사람답지 못하다는 상황을 드러낸다.
이곳은 사람답지 못한 사람들이 모여있는 공간이다. 그 어둠 속의 인

---

31) J. E. Cirlot, 『A dictionary of Symbols』, (London: Routledge &Kegan Paul),
    (1962), 135쪽.
32) 조명희, '한여름밤', 『월북작가대표문학』 제13권 (서음출판사, 1988), 278쪽.

물들은 '한 다리, 한 팔이 병신인 거지'와 '눈과 코가 없어져 마치 썩은 날고깃동이 같은 낯짝을 하여 사철 서울거리를 돌아다니던 그 여편네 거지 모자'들이다. 나는 그 어둠 속의 사람들을 보며 낮에 모여 앉아 지껄이든 사람들은 어디 있나, 하고 생각한다. 추성문 안에는 '봉건유물인 늙은이들. 승지니 참판이니 하여 민중을 호령하던 중늙이들, 벼슬살이 무관퇴물, 개홧군, 몰락 당한 무리들, 실업자무리, 폐물 같은 병신거지들'이 모이는 곳이다. 추성문은 퇴락 해 가는 공간으로 온전한 생활권에서 소외된 무리들이 모이는 곳이다. 낮에는 폐물 퇴물들이 모이는 추성문 안은 오히려 어둠의 시간, 밤이 대비되면서, 이 곳에 모이는 부류들을 명확하게 구체화되고 있다. 낮에는 온전한 인물들이지만, 실상 그들은 사회적으로 퇴물들이다. 밤의 시간에는 사람답지 못한 병신들이 모이는 곳이다. 온전하지 못하고 집이 없는 병신들이 어둠 속에서 그들이 실체를 드러내지 못하고, 유령이나 도깨비들처럼 보인다.

'다수의 현대소설에서는 대도시가 인물들의 가장 생생한 현실'[33]인 것이다. 추성문 안은, 서울이라는 거대한 공간에서 소외된, 내밀한 공간이 결손된 인물들, 신체적으로 훼손된 인물들이 밤에 모이는 곳이다. 이 훼손된 인물들이 서울의 이면을 말하는 기호가 된다. 즉 서울은 훼손된 몸이 된다.

밤의 추성문에 모이는 훼손된 인물들은 서로의 사연을 알게 되면서, 더 친밀한 관계가 되고, '나'도 그들과 다를 바 없는 삶을 살기에 병신 인물들에게서 인간적 동일시를 느끼게 된다. 추성문은 나라의 건물이기에 수직이가 병신 거지들을 쫓아내려 한다. '수직'이는 병신 거지들을 쫓아내야 한다는 역할에서 대립되는 인물이지만, "당신도

---

33) Rene Wellek and Austin Warren,(1949), 『Theory of The Literature』, (Penguin University Press), p.221.

앞으로 얼마나 더 그 구실을 다녀 먹을지 모르지마는…"라는 '나'의 말에 수긍하게 되고, 같은 부류의 사람이라는 것을 깨닫는다. 맡은 직책이기에 마지못해 한다는 수직이의 말에, 나는 반감이 사라지고, 수직이가 다른 계층의 사람이 아니라 자기편에 가까운 사람이라는 것을 느끼게 된다.

온전한 인물과 병신거지들이라는 신체적 변별성은 전환되어 사회계층의 층위에서 변별되는 인물들로 대립된다. 소외계층의 층위에서는 수직이도, 나도, 병신 거지들과 동류항에 속한다. 예전에 몸도 성하고 방직공장에 다녔지만 지금은 팔·다리병신이어서 사는 것이 불행하다는 거지와 마찬가지로 수직이도 언제 이 직책을 그만두게 될지 모르는 인생이라는 점에서 상동성34)이 있다.

	과거	현재
거지	방적회사 다니다	팔다리 병신
나	고무신 직공	실직
수직이	추성문 지키기	(언제 실직할지 모른다)

처지가 같다는 점에서, 사회적 관계에서는 상실·소외되는 계층인 것이다. '구체적 세계에서는 개인이 사회적 요소에 의해 비춰지는 반면에 소설세계에서는 개인이 사회적 요소의 거울처럼 보인다.'35) 이들은 서울이라는 거대한 몸에 투사된 인물들이다. 밖의 공간인 서울은 불빛으로 찬란하지만, 추성문 안은 어둠 속이다. 밤의 추성문 안에는 '온전하지 못한' 인물들, 집이 없는 인물들이 몰래 몰려들어 하룻

---

34) "이때껏 가졌던 반감은 모두 사라지고, 도리어 다른 계급보다 자기네 편에 훨씬 가깝게" 느껴지는 계급의식이 고취된다.
35) 미셸 제라파, 『소설과 사회』, 이동열 역(문학과 지성사, 1977), 54쪽.

밤을 지낸다. 수직이는 지난밤 여기서 잔 사람이 똥을 누어 놓았다는
일로 인해서 젊은 수직장에게 뺨을 맞았다. 그래서 추성문 안에 잠자
려던 사람들을 쫓으려 왔으나, 오히려 병신거지들의 딱한 처지를 동
정하며, 같은 처지에 속한다는 것을 인식하게 된다. 어둠 속의 사람들
과 담배를 나누어 피우고, 굶고 병든 모자에게 호떡과 약을 사서 줌
으로써 감정적으로 일체감을 느끼는 것이다.

　현대의 작가들은 성스런 황금도시나 낙원의 비젼에 관해서 이야기
하는 일이 매우 드물다. 그들은 인간존재의 참상·좌절 혹은 부조리
에 관해서 말하는데 상당히 많은 시간을 보낸다.36) 어둠 속의 인물들
은 '몸슬 서울'이 '내어 던져버린 존재'들이다. 얼굴인지 종기덩어리
인지 알 수 없는 여편네 거지와 아들을 보면서 '나'는 자신을 다시 돌
아본다. 팔다리 병신이 '나'요, 시골로 내려 쫓은 처자가 저 거지 모
자인 듯 싶은 것이다. 병신거지 모자는 '나'의 '거울'이 되고 있다. 거
지 모자를 통해서 '나'를 들여다봄으로써 나의 미래의 어두운 모습이
반사되고 있다. 거울 속의 나를 보면서 '나'는 적극적으로 현실을 타
개하려는 결심을 하게 된다.

　인간은 육체적 존재이며, 육체를 통하여 세계를 발견하고 자기의
위치를 확인한다. '몸'은 세계를 향해 열려 있으며 몸을 매개로 타인
및 주변세계와 상호관계 속에서 비로소 인간이 자기 자신으로 설 수
있음을 보여준다.37) '나'는 다른 인물의 신체적으로 훼손된 몸을 매개
로 하여 현실을 인식하고 있다. '나'는 추성문에서 노숙하는 서울에서
내던져진 어둠 속의 사람들을 통해서 자기 자신을 발견하게 되며, 서
울의 이면을 목격함으로써 소외된 무리들을 드러내는 역할을 하고 있
다. 신체적으로 훼손된 인물들은 생존의 현실공간에서 버려진 무리들

36) 노드롭 프라이,『문학의 구조와 상상력』, 이상우 역(집문당, 1987), 47쪽.
37) C.A.반퍼슨,『몸, 영혼, 정신』손봉호, 강연안 옮김(서광사, 1985), 129쪽.

을 표상하고 있다. 신문에 경성시가엔 거지가 너무 많아서 도회미(都會美)를 손상시키므로 거지떼들을 모두 내몰아야 하겠다는 기사가 실리고, 그 후 병신거지들은 보이지 않는다. 거지들을 거부하고, 서울 밖으로 쫓아내는 것은 은폐행위이다. 사회구조가 만들어낸 희생물, 서울이라는 도시 속의 소외된 무리들, 쫓겨나는 무리들의 모습을 구체화 한 것이 바로 「한 여름 밤」이다.

대도시의 희생자들을 외면하고, 병신거지들을 소외시킴으로써, 인간적인 우애감과 책임감으로부터 벗어나려는 비인간적 사회상을 그리고 있는 것이다. 은폐함으로써 도회적 미의 공간을 구축하려는 자들은 병신거지들과 대립되는 계층이다. 서울이라는 공간성은 그 안에 살고 있는 인간들의 모습을 투영하고 있으므로, 공간과 인간은 동일성을 이룬다. 이러한 비유적 관계에서 추성문 안의 한 공간 속의 인물은 서울이라는 대도시의 개개인의 모습의 파편으로 집약된다. 외적으로는 밝음(불빛)의 서울이지만 어둠의 추성문이 자리잡고 있듯이, 외적으로는 온전한 인물 군상들이지만, 내적으로 병신불구적 요소가 존재한다. 이 작품은 인간관계가 파탄되어 가는, 사회계층의 분별의식에서 외면되는 인간상을 불구적 인물로 형상화하는 신체적 상상력을 보이고 있다.

「한여름 밤」에서 병신·불구적 요소는 계급의식 나아가서는 항일정신과 연관되어 해석할 수도 있다. 그러나 사회적 계급의식이나 항일정신에 바탕을 두었다 하더라도 인간관계의 파탄으로 집약할 수 있으며, 병든 도시를 그리고 있다는 점에 의의가 있다. 여기서 신체의 불구성은 도시공간의 불구성을 의미하며, 또 당대 현실의 희생물임을 의미한다.

「도시와 유령」

서두에서 화자는 어슴푸레한 저녁녘, 산골짝이나 무덤 곁에서, 혹은 몇 백년 묵은 듯한 우중충한 늪 가에나 도깨비나 귀신이 나타나지, 서울에서는 도깨비를 본 적은 없다고 진술한다. 그런데 시골이 아닌 '문명의 도시'인 서울에서 유령을 보았기 때문에 놀라고 있다.

시골에서의 유령이 일반적 해석이라면, '유령'은 '도시'라는 공간과는 거리가 먼 속성을 지니고 있다고 보아야 한다. 도시에서의 유령은 특이한 상황을 드러내는 지표로 보아야 한다. 이 텍스트의 표제는 '도시의 유령'이 아니고 '도시와 유령'이다. '도시'와 '유령'이 병렬되는 것은 도시의 속성과 유령의 속성이 유사하다고 보기 때문이다. 도시는 유령의 속성을 함축하면서 의미작용을 하고 있다.

화자인 '나'는 미장이로, 몸뚱이 하나뿐, 행랑방 하나 없는 신세로 노숙을 하러 비오는 여름날 밤 동묘로 간다. 동묘는 죽음의 공간이다. 산 자들의 장소가 아닌 죽은 자들이 묻혀 있는 곳이다.

> 두어개의 불덩어리가 번쩍번쩍하였다. 정신의 탓이었던지 파랗게 보이는 불덩이가 땅을 휘휘 기다가는 훌쩍 날고 날다가는 꺼져버렸다. 어디선지 또 생겨서는 날다가 또 꺼졌다.[38]

잠자러 간 동묘 안에서 두 개의 불덩어리가 날아다니는 것을 보고 놀라서 도망쳤다. 또 동대문 담 밑에서 자려고 앉았다가 엉덩이에 물큰한 것이 깔리자 무서워서 줄행랑을 놓았다. '나'는 하룻밤에 두 번씩이나 유령을 만난 것이다. 서울에는 많은 사람들이 사는 도시인데, 서울의 밤에 마주친 것은 사람이 아니라 도깨비였다. "이놈의 서울이 사람 사는 곳이 아니구 도깨비굴 이었던가"하는 놀램은 후에 도깨비

---

38) 이효석(1928), '도시와 유령', 『이효석 전집』(창미사, 1983), 25쪽.

의 실체를 발견함으로써 놀라움이 전도되는 복선이다. 두 번씩이나
도깨비를 만나는 이유가 무엇일까? '노숙을 하지 않으면 아니 되는
나의 운명일까?' 아니면 '그외 무엇일까?'하고 생각한다. '나'는 유령
의 정체를 밝히고 싶어하는 마음과 왜 문명의 도시인 서울에 유령이
있는가에 의문을 품는다.

이튿날 도깨비를 만났던 이야기를 하는데, 박서방이 말하는 도깨비
이야기를 듣고는 더욱 도깨비에 의심을 품게되어 '나'는 혼자서 동묘
에 다시 간다.

① 손에든 몽둥이 ……(중략)……도깨비를 정복하러 가는 유령장
군 같이도 생각되어서 사실 한다하는 ×자 놈들이면 몰라도 무
엇을 못먹겠다고 하필 가난뱅이 노숙자들을 못살게 굴고 위협
과 불안을 주는 유령을 정복하여 버리는 것은 뜻있고도 용맹스
런 사업일 것이다 - 고 나는 생각하였다. (31쪽)

② · 산발한 두개의 그림자가 있었다.
· 틀림없던 도깨비가 순식간에 두모자 거지로 변하다니!
· 나는 또 다시 몽둥이를 번쩍 들었다.
"요게 정말 도깨비 장난이란거야"
하나 도깨비란 소리에 영문을 모르는 두 모자는 손을 모으
고 싹싹 빌었다. (32쪽)

③ "정말 저희들밖에는 아무것두 없었습니다. 그리구 저희는 저지
른 것두 없습니다. 밤중은 돼서 다리가 하두 아프길래 약을 바
르려고 찾으니 생전있어야지유, 그래 그것을 찾느라구 성냥 한
갑을 다 거어 내버린 일밖에는 아무 것도 없었습니다."하고 여
인네는 한쪽다리를 홀떡 걷었다. 그리고 눈물이 그 다리 위에
뚝뚝 떨어지기 시작했다. (33쪽)

예①에서 '나'는 유령이 가난뱅이 노숙자를 못살게 굴고 위협하며 불안하게 하는 것으로 생각하고 유령을 정복하려 한다.[39] 그러나 사실은 유령이라고 생각했던 것이 모자 거지인 것이다. (예②) 또 도깨비불이 아닌 성냥불인(예③) 것이 밝혀진다. 그 거지는 자동차에 치여서 '발목이 끊어져' 구걸할 수 없는 병신이 되어 있었다. 유령이 가난뱅이 노숙자를 못살게 군다고 생각해서 유령을 정복하러 왔는데 반대로 거지 모자를 몽둥이로 벌할 뻔했던 것이다. 생각한 것과 사실의 진상은 다른 것을 알게 된다. 서울에는 사람 아닌 도깨비가 사는 곳이라 생각했는데 실상은 사람인 도깨비가 살고 있는 곳이다.

서울	전	사람이 사는 곳이 아니라	도깨비가 사는 곳	(생각)
	후	사람이 살고 있는데	도깨비 같이 산다.	(발견)

자신이 거주하는 공간과 미지의 불명확한 공간이 대립관계로 나타난다. '나'는 자기가 거주하는 공간은 사람이 살고 있는 조직된 사회지만, 낯설고 불확실한 공간은 유령과 도깨비가 사는 이방지역으로 단정했던 것이다. 비인간적 세계에서 인간은 유령으로 변모되는 것이다. 그러나 미지의 낯선 곳에 가까이 가서 점거하고 익숙해짐으로써 친근해지고, 이해함으로써 진상을 발견하게 되는 것이다.[40]

나는 달포전에 목격한 불량배와 기생년들이 탄 자동차에 깔린 여

---

39) 서술화자와 서사적 자아가 분리되지 않은 미숙함을 보이는 부분이다. 유령을 정복하려는 돈키호테식 용기는 이미 서술자가 유령의 실체를 알고 있기 때문이라 볼 수 있다.

40) 미지의 낯선. 점거되지 않은 지역은 그것을 점거하고, 거기에 정주함으로써 인간은 우주창조의 제의적인 반복을 통해 상징적으로 하나의 코스모스로 전이시킨다.

엘리아데, 『성과 속』, 이동하 역(학민사, 1983), 24쪽.

인네를 기억해 낸다. 자동차를 타고 놀러다니는 유한층과 생존을 위해 구걸하는 거지 모자는 대립계층에 속한다. 빈민에 대한 부자의 횡포를 통해서 도시사회의 사회적 갈등과 빈부의 구조적 단층의 모습이 제시[41]된다. 거지여인의 신체적 훼손은 가진 자(有産者)와 유한층(有閑層)에 유린당한 계층을 의미한다. 도깨비의 일차적 의미는 실체가 없는, 존재할 수 없는 것이지만 이 텍스트에서 도깨비는 실체를 지닌, 존재하는 자이며, 생존권이 박탈당한 군상이다.

텍스트의 결말에서 화자와 작가의 목소리는 분리되지 않은 채 '독자여!'하고 독자의 시선을 환기시킨다. '나와 같은 운명을 가진 애매한 친구를 유령으로 생각하고'라는 발화는 '나'와 '거지모자'의 운명이 동질적 관계임을 밝히고 있다. 가지지 못한 자인 '나'와 다리병신 '거지'들은 동위 계층이다. 유령은 사실 살기는 살았어도 '기실 죽어 있는 셈이다'라고 하는 진술은 생존권을 박탈당한 존재가 유령임을 말한다. 생존권을 박탈당한 존재는 살았어도 인간답게 살지 못하고 있는 것이다. 그러므로 <유령>은 인간답게 살지 못하는 존재이다. 나는 서울에 그런 유령들이 늘어나지 않았으면 하고 생각한다.

현대소설에서는 비인간적인 세계에서 버려진 인간이 유령과 같은 삶을 그리고 있다. 소설의 인물은 사회현실을 반영[42] 하도록 되어 있으며, 상징의 성격을 지니고 있다. 인간이 불구화되는 사회이며 궁핍과 추방으로부터 자유로울 수 없는 사회가 서울이다. 이 불구화된 도시공간의 표상으로 <유령>이 등장한다. 나는 사실의 진상을 알고 난 후에는 실체가 없는 유령이 아니라, 서울에는 진짜 도깨비가 살고 있다고 생각하게 된다.

---

41) 이재선, 『한국문학의 지평』(새문사, 1981), 505쪽.
42) 미셸 제라파, 『소설과 사회』, 이동열 역(문학과 지성, 1977) 54쪽.

① '이 서울안에 그런 유령이 얼마나 많이 늘어가는가를' (37쪽)
② '어떻게 하면 이 유령을 늘어가지 못하게 하고 아니 근본적으
로 생기지 못하게 할 것인가' (37쪽)

라고 작가의 목소리로서 외치고 있다.

서울은 비인간적 세계이며, 이런 비인간적인 관계를 외면하므로 유
령이 떠도는 세상이 된다. 이러한 사람이 아닌 도깨비라는 허상은 실
상을 은폐시키려는 의도이다. 유령들은 또 다른 자신의 모습이다.[43]
자신의 모습을 발견함으로써 미지의 허상이 아닌 실상을 주목하게 되
는 것이다.

「한여름 밤」과 「도시와 유령」은 서울에 나타난 유령들의 이야기이
다. 두 텍스트에서 서울은 사회현실의 거울이 된다. 유령은 실체가 없
는 초자연적 존재인데, 이 텍스트에서는 몸을 지닌 인간이기에 2차
언어체계에서 해석하여야 한다. 유령은 서울한복판에서 어둠 속에 나
타나는 병든 다리병신의 걸인이다. 「한여름 밤」에서 어둠 속의 유령
이 '나도 사람이요'하는 대답은 사람답지 않은 사람이라는 것을 나타
내는 반어적 상황이다. 사람 같지 않은 사람, 사람 대우를 받지 못하
는 병신불구의 거지이지만 사람이라는 것을 강조하고 있다. 온전한
사람/불구거지로 대별되는 서울은 밤의 어둠 속에서 불구병신거지들
의 실체가 밝혀진다. '한 다리, 한 팔이 병신인 거지'와 '눈 코가 없어
진 낮짝'을 한 여편네 거지는 몸을 의탁할 집이 없어 추성문 안에서
유숙하면서 수직이에게 쫓겨나야만 하는 인물들이다. 쫓겨나야만 하
는 병신거지들은 또 신분계층의 층위에서 변별되는 인물들이다. 신체
적 변별 징표가 계층의 변별성으로 의미되며 서울에서 쫓겨나는 자들

---

43) 엘리자베드·라이트, 『정신분석비평』, 권택영옮김(문예출판사, 1989), 198쪽.

이 된다.

「도시와 유령」에서 나는 서울 동묘에 노숙하러 갔다가 도깨비불에 놀라 도망친다. 이튿날, 나는 유령이 가난뱅이 노숙자들을 못살게 위협하며, 불안하게 하는 것으로 생각하고 유령을 정복하러 갔다가 바로 다리병신 거지 모자인 것을 발견한다. 서울에는 사람이 아닌 도깨비가 사는 것이라 생각했는데 다리병신 거지 여자를 발견한 후에 서울은 사람이 살고 있지만 도깨비같이 살고 있다는 것을 알게 된다. 신체적 결손은 가진자·유한층에 억눌린 짓밟힌 계층의 삶을 의미한다.

두 텍스트에서 서울은 비인간적 세계이며, 유령이 떠도는 세상이다. 유령은 계층적 변별성을 지닌 인물들이며 병신불구의 신체적 징표를 지닌 거지들의 상징인데 유령이라는 허상이 아닌 진상을 발견함으로써 빈부의 대립과 신분적 대립, 지배계급과 피지배계급의 대립적 양상을 폭로하고 있다. 따라서 인간의 신체공간에서 불구적 요소는 도시공간의 불구성을 의미하고 있는 것이다.

부서진 육체, 상처난 몸을 전경화하여 병든 도시를 그린 은유적인 상상력으로 볼 수 있다.

5. 머리 자르기: 상투

머리카락은 힘과 독립의 상징이다. 일반적으로 머리카락은 힘과 계층의 신분을 상징하는 것과 관련된다. 힘은 의지와 결합되며, 불의 요소로 상징되며, 그리하여 정신적인 힘의 속성을 상징하게 된다. 머리카락을 잃게 되면, 실패와 빈곤을 의미한다.[44] 성서(聖書)에서 삼손은

---

44) J.E.Cirlot (1962), 『A Dictionary of Symbols』(London, Routledge & Kegan

힘과 독립의 상징이었던 머리카락을 잘리게 됨으로써 힘을 잃고 눈
먼 자가 되며 결국 노예가 된다.

머리를 자른다는 것은 신체의 일부가 바뀌는 것으로, 변신의 의미
를 지니고 있다. 이전의 모습이 아닌 다른 존재로 새롭게 태어난다는
의미에서는 긍정적이지만, 이전의 존재를 상실한다는 의미에서는 부
정적으로 해석된다. '머리카락은 자연의 거대한 영역을 나타내는데
민감한 인간 육신의 한 장식물'[45]이라고 보고 있다.

한국인의 전통적 사상은 신체발부는 부모로부터 받은 것이기에 훼
손하거나 함부로 머리카락을 자르지 않는 것을 효와 예로 생각했다.
상투는 신체공간의 가장 상위에 위치하며 인간의 정신과 고상함을 표
상하는 신체의 일부이다. 그래서 머리 위에 쓰는 '감투'라는 낱말도
이차적 의미로는 '감투를 쓰다' 즉 '벼슬자리'에 오르다 라는 의미를
지니고 있다. '감투가 떨어졌다'는 '자리'를 빼앗겼다 라는 의미가 된
다.

「과도기」에서 창선이는 상투를 자른다. 「상투」에서 김첨지는 강제
로 잘린 상투 때문에 통곡한다. <상투>는 몸의 일부이기는 해도 인간
의 온 인격을 대표하는 기호이다. 일부를 통해 전체를 말하는 기호는
강력한 의미 작용을 하게 된다.

두 텍스트에서 상투를 어떻게 해석해야 하는가, 어떻게 인물들에게
관여하고, 의미작용을 하는지를 살펴보도록 하자.

「과도기」

텍스트의 결말에서 창선이는 '그리하여 다음날부터 창선이는 상투
를 자르고, 감발치고 부삽들고 콘크리트 반죽하는 생소한 사람이 되

Paul), p.135.
45) 아지자, 올리비에라, 스크트릭, (1988), 앞의 책, 115쪽.

었다.'[46] '상투'를 자르고 '생소한' 사람이 되었다는 것은 창선이의 변화를 그리고 있는 것이다.

상투를 자르고 감발을 친 것이 생소한 사람이라면 반대로 친근한 모습은 상투가 있고 조선옷을 입은 모습이다. 텍스트의 결말에서 생소한 사람으로 변하니까 「과도기」는 무표에서 유표로 전이되는 과정을 그린 것이다. 그러니까 유표화 되기 이전의 무표는 어떤 모습이며, 또 왜 유표화 되가는가 하는 것이 여기서 제기하는 문제이다.

창선이는 4년만에 간도에서 옛 땅으로 돌아왔다. 4년만에 본 고향은 알아볼 수 없게 변하였다. 아니 '고향'이 아주 없어진 것이다. 고향이라는 옛 공간이 지금 사라졌다는 것은 그곳에 발을 붙이고 살고 있는 인물의 변화를 의미하는 필연적 관계이다. 서사인물은 살아서 움직이는 공간이 필요하다. 공간은 인물이 움직이는 무대이며, 자연적인 배경은 인물이나 행동의 성격에 적절한 자연을 그들의 주변에 어울리게 장치하는[47] 것이다.

또 Welty여사는

　　장소에 대한 감각은 윤리적인 사고만큼이나 본질적으로 중요한 것이다. 우리는 우리가 어디에 서 있는가를 알게 됨으로써 우리가 존재하는 곳에 관하여 판단할 수 있는 능력을 기르게 된다. 장소는 우리의 최초의 주의와 관심을 끌어당기게 되는 것이다.[48]

소설은 그 본질에 있어서 장소와 실재와 일상경험으로 이루어졌다고 말한다. 텍스트에서 창선이는 다시 고향에 돌아왔으며, 아주 사라

---

46) 한설야, '과도기', 『한설야 작품집 귀향』 (동광출판사, 1990), 23쪽.
47) 정한숙, 『소설기술론』(고려대학교출판부, 1973), 165쪽.
48) E. Welty, 'Place in Fiction', 『Critical Approaches to Fiction』, (New York : McGraw-Hill, 1968), p.112.

진 것처럼 변해버린 고향에 발을 디디게 되는 것이다. 이것은 서두에
서부터 주의를 환기시키는 장치이다. 고향은 친숙한 공간이다. 그러나
이 텍스트의 고향은 낯설고, 뒤바뀌어 버린 고향이다. 고향이 변한 것
만큼이나 창선이에게는 새로운 세상의 장이 마련되어 있다.

옛고향 '창리'가 아닌 현재의 창리는

· 길쭉길쭉한 벽돌집(회사사택)들이 병대같이 규칙있게
· 평바닥에는 고래등같이 커다란 공장들이 들어차 있다.
· 높다란 굴뚝들이 거만스럽게 우뚝 버티고 서 있다.
· 검푸른 공장복에다 진흙 빛 감발을 친 중국사람인지, 조선사람인
  지, 일인인지 모를 눈에 서툰 사람들이 바쁘게 쏘다닌다.
· 조선사람들이라고 생각되는 사람들은 어울리지 않는 감발을 치고
  상투를 갓 자르고 남도 사투리를 쓰는 패뿐이다.

위의 예문에서 볼 수 있듯이 낯익은 '고향'이 아니다. 몇 년만에 고
향으로 돌아왔으나, 완전히 바뀌어져 있고, 낯선 사람들이 있다. 창선
이는 변모한 존재의 공간을 마주하게 된다.

현재의 공간에서는 '옛날같이 상투 짜고 곰방대를 든 친구들은 하
나도 볼 수 없는' 상태로, 과거의 흔적49)은 사라졌다. 창선이는 고향
에 돌아와서 고향이 없어진 것을 발견한다. 고향의 공간이 없어졌을
뿐 아니라 고향사람들까지 보이지 않는다. 고향사람들은 '구룡리'로
이주해 가서 사는데 그곳도 예전의 모습은 아니고 '놀랍고 야단스런'
것이다. 공간의 변화는 인물의 변화, 풍물의 변화를 의미하게 된다.

---

49) 텍스트의 퍼스나들의 환경을 채우는 사물과 대상들에 대한 묘사너머에서
공간적 관계들의 체계, 「토포스」의 구조가 나타난다는 사실이다. 예술적 연
속체내에서의 퍼스나들의 조직화와 배치원리로 소용되는 동안 「토포스」의
구조는 텍스트 속의 다른 비공간적 관계들은 표현하기 위한 언어로 나타난
다.
유리·로트만,『예술 텍스트의 구조』, 유재천 옮김, (고려원, 1991), 350.

손수레 위에 구성지던 아리랑 소리가 끊어지고 왱왱거리는 부
수레(기차)소리가 아무래도 내것 내소리가 아닌 딴청으로 울어댔
다. (15쪽)

과거의 고향인 창리의 소리가 수레소리와 아리랑소리였다면 지금
은 기차소리로 변하였다. 시간적 거리를 소리의 차이성으로 나타내어
변모된 모습을 느끼게 한다. 손수레 소리와 아리랑 소리가 정답고 아
름다운 과거의 고향이지만 지금의 기차소리는 '귀에 아쓰러웠다' '내
소리가 아닌 딴청으로 울렸다'라고 대비되면서 현재의 단절감을 소리
로 형상화하고 있다. 변해가는 고향, 짓밟히는 고향이다. 산업화하는
사회의 변모에서 인간은 소외되고 부정된다. 변모된 고향을 표로 정
리하여 보면

	과거	현재
집	초가집	벽돌집, 공장, 쇠사슬집, 무쇠통집, 높은굴뚝
옷	흰옷	공장복, 감발
머리	상투	상투 자르다
사람	조선인 고향사람(함경도)	중국인, 일인, 남도 사투리 쓰는 사람
소리	소수레,아리랑,산염불	철도 기차소리
고향	창리	창리가 없어짐, 구룡리로 이주

살기 좋았던 창리에는 일인들이 화학비료공장을 세우려고 토지를
매수하고 고향사람들을 구룡리로 이주시켰다. 토지를 매수하는 과정
에서 순진한 고향사람들이 속임을 당하였다. 제 2의 인천항을 만들어

주겠다던 약속도 지켜주지 않았다. 또한 구룡리는 포구가 나빠서 창리에서 했던 것처럼 고기잡이를 할 수가 없다.

'산눈깔을 빼먹은 놈들이야' → 땅 빼앗아간 일인들
'패우는 놈이 병신이지' → 속아서 고향 땅을 판 사람들

어머니에 의해서 발화되는 이 진술에서 '눈깔을 뺀 놈/눈깔을 패운 놈'이 대립체계를 이루며, 땅을 판 사람이 '병신'이라는 것이다. 어리석어서, 속았기 때문에 '병신'이 되는 것이다. 지적으로 모자람이 신체적 결손으로 전이되어 발화되고 있다.

<창리/ 구룡리>, <고기잡이/ 고기잡이 못함>은 창리에서 고기잡이 하던 사람들이 구룡리에서는 고기잡이를 하지 못하는 <병신>으로 표상된다. 이해타산에서 '모자람'은 세상살이에서 '병신'으로, 신체적 징표인 '병신'으로 전환되면서, 결국은 순진한 고향 사람들이 신체적으로까지 변화하게 된다는 것을 의미하게 된다.

· 이 고장 사람들은 뒤를 이어 상투를 자르고 비료회사 공장으로 들어갔다.
· 창선이는 상투를 자르고, 감발치고… 생소한 사람이 되었다.

조선옷을 입고 상투를 기르던 고향사람들이 상투를 자르고 변해간다. 또한 창선이도 상투를 자르고 감발치고 '생소한 사람'으로 변해가는 것이다. 창선이가 옛사람이 아닌 생소한 사람으로 변해 가는 징표가 바로 '상투'를 자르는 것이었다. 이렇게 변해 가는 모습이 일제 강점기 시대 조선인의 모습이었다. 일본자본의 진출로 인해 '조선농촌의 몰락과 공장도시의 발흥과 농민의 계급분화 및 농민의 노동자화'라는 식민지 공업화의 본질적 성격을 객관적 현실 묘사를 통해 그

리고 있다.50)

이 텍스트는 땅을 판 병신들이기에 공간적으로 이동해야만 했고, 이주해 간 고향사람들은 신체적으로 변하게 되는 필연적 결과에 이른다. 병신이 되었기에 이제 상투를 자르고 감발을 치며, 고기잡이에서 공장 노동자들로 변한 것이다. 일제의 자본이 들어오기 전과 후의 변화를 그리고 있다. <파괴된 고향>은 <변모된 육체>로 전이되는 은유적 구조를 보이고 있다.

> 장진물이 넘어서 수력전기 되고요
> 내호바닥 공장에선 질소비료가 되네
>
> 아리랑 아리랑 아라리가 났네
> 아리랑 고개로 넘겨넘겨주소
>
> 논밭간 좋은 건 기계간이되고요
> 계집애 잘난건 요리간으로가네51)

아리랑의 노래 소리조차 내용이 변하여 새 가사를 담게 된다. 새 노래에는 현재의 변해진 모습을 담고 있다. 창선이는 고향에 돌아왔지만 고향을 잃어버린 것을 알게 된다. 고향은 존재의 중심이며, 모성적 공간이다. 창선이는 존재의 중심을 상실한 것이다. 존재의 근원을 상실한 자, 주체를 잃어버린 자의 징표로서 상투를 잃어버리게 되는 것이며 이러한 신체적 변모는 존재론적 하강을 의미한다.

---

50) 송호숙, '작품해설', 『한설야 작품집』(동광출판사, 1990), 402쪽.
51) 한설야, 『한설야 작품집 귀향』(동광출판사, 1990), 22쪽. 현진건의 「고향」에도 유사한 노래 가사인 <아리랑>이 나온다.

「상투」

이 텍스트에서는 신체의 일부인 상투가 다른 사람에 의해서 잘려진다. 예전부터 머리카락은 부모로부터 물려받은 것으로 여겨, 함부로 자르는 것을 금기했던 전통적인 문화의식에서는 상투를 잘리게 되는 것은 부정적 변화로 해석된다.

텍스트 서두에서 '있지 있구말구'라고 입 속으로 되뇌이는 것은 상투가 없어진 자신의 모습을 인정하고 싶지 않기 때문이다. 또 그 사실을 믿을 수 없기에 중얼거리는 것이다. 텍스트에서 4번이나 반복되어 진술되면서 점층적으로 김첨지의 억울하고 우울한 심정이 가속화되고 있다. 상투가 '있다/없다'는 김첨지 한 사람 안에서 변별되는 자질이지만, 상투가 있다였을 때는 일차 언어체로서, 의미작용을 하지 않았지만, 있던 상투가 없다로 바뀌면서 의미작용을 하게된다.

텍스트는 1-8로 분절되어 번호가 매겨져 있는데, 서사단락 1에서 상투가 <있다(+)/ 없다(−)>의 대립상황에서 김첨지의 내적 갈등이 나타난다. 과거에는 있었던 상투가 현재 없기 때문에 김첨지는 원통해한다. 상투가 '있다구' 믿고 싶은 마음은, 아내가 죽었지만 '돌아오길' 기다렸던 심정과 동일하게 묘사되고 있다. 아내에 대한 소중함과 그리움이 상투에 그대로 투사되어 일치되어 나타나는 것이다. 죽은 아내를 생각하는 마음이나 잘린 상투를 생각하는 마음이나 같다. 상투라는 기호는 아내와 같은 존재로 의미 해석을 할 수 있는 것이다.

왼편다리를 약간 절름거리며 장거리를 향해서 걸어가는 김첨지의 뒷모양이 점점 멀어갈수록 족으마한 몸집은 그만 땅속에 자즈러들고 유별나게 큰 상투만 웃줄웃줄 걸어가는 것 같은 −누가 보든지 그렇게 우스꽝스럽게 뵈이는 것이었다.

　　그만큼 그 상투의 존재가 위대하였다. 실상 위대한 상투의 존
재가 김첨지의 전부라고는 못하더래도 어느 정도까지 김첨지의
중요한 부분을 대표할 수는 있었다. 하여간 김첨지와는 분리할 수
없을 만큼 김첨지에게 있어서 가장 중요한 지위를 가지는 것이기
때문이다.[52)]

　상투는 김첨지의 작은 몸집과 대조적이며, 상투의 존재가 '위대'하
기에 김첨지와는 분리될 수 없는 김첨지를 대표하는 기호이다. 다른
사람이 다 상투를 자르고 있어도 김첨지는 상투를 고집하고 있다. 상
투는 육신의 일부일 뿐 아니라 김첨지의 마음의 세계와도 동일시되고
있다. <김첨지=상투>의 의미를 지니고 있었는데, 면소 앞을 지나다
가 젊은 쓰메에리를 입은 면직원한테 그만 단번에 잘린 것이다. 자신
이 자른 것이 아니라 타인에 의해서 잘려진 것은 신체의 중요한 일부
를 빼앗긴 것을 의미한다. 더구나 일본말을 쓰는 젊은 면직원한테 상
투를 잘렸기에 김첨지는 잘린 상투를 '시체'로 해석하고 있다.

　　① '눈동자는 … 상투의 무참한 시체 위에'
　　② '상투의 시체를 움키어 쥐고 통곡하였다.'
　　③ '상투를 위해서 밤낮으로 통곡하지 않으면 안 되는 마음의 상
　　　주이었다.'
　　④ '천반자 속에 깊이 간직해둔 상투를 눈앞에 끄내 놓고 울었다.
　　　싸고 또 싸고 열겹, 스무 겹 상투의 시체를 싸놓은 백지를 한
　　　장씩 풀어놓고 울었다.'

라고 반복되는 진술에서 <상투 = 시체>, <김첨지 = 상주>가 되고
있다. 신체의 일부가 시체가 되었으니 환유적 관계에서 김첨지가 시
체인 것이다. 김첨지는 죽은 시체이면서 동시에 죽은 시체를 위해 매

---

52) 최인준, '상투', 『월북작가 대표문학』 제2권(서음출판사, 1988), 269쪽.

일 통곡하는 상주가 된다. 상투는 김첨지의 위대한 존재이며, 자랑거리고 동시에 죽은 안해와 동일시되는 기호이다. 예전에 안해가 정성껏 손질해주던 상투이기에 안해의 살내음새가 묻어있다. 안해는 죽었지만 대신 죽는 날까지 떠나지 않으려던 '반려 = 상투'마저 잃어버린 김첨지는 자기자신(自身)을 잃어버린 것이다.

상투는 신체공간에서 가장 높은 곳에 위치하며 신체의 정신과 고상함을 표상한다. <상투 = 김첨지 = 김첨지의 안해 = 조선의 얼굴>로 연접되어 진술된다. 단순히 신체의 일부를 점유하고 있는 것이 아니라, '이 땅의 표상' '자기의 표상'으로 상투를 지칭하고 있다. 머리카락의 의미는 '힘과 독립의 상징'이라 머리카락을 자르지 않고 보존하는 것이며 '빡빡 깎은 머리모양'을 하는 것은 구속을 나타내는 것이며 명백한 노예의 표시[53]라고 해석할 수도 있다. 김첨지는 상투를 '이 땅의 표상'이라고 느끼기 때문에 잘려진 상투는 '시체'가 되는 것이다. 사회 시대적 상황에서 단발령을 강요했지만 김첨지 만은 '조선의 얼굴'을 지키려고 하였던 것이다.

> "이 비상시에 처해서 우리농민들은 자력갱생 자력갱생을 하지
> 않으면 안되오. 그럼에는 우선 색의단발(色衣斷髮)을 해야하거든,
> 그 보기 싫은 '존마게'를 머리 우에 올려 모시고는 도저히 이십세
> 기 문명인이라고 하는 수가 없단 말이요. 알어 듣겠오." (272쪽)

상투를 강제로 잘리고 면직원에게 설교까지 듣는다. 상투라는 기호는 김첨지에게는 조선의 얼굴로 의미되고 면직원에게는 반문명인으로 의미되는 차이성이 나타난다. 상투 자르기를 강요하는 인물이 일본말 쓰는 면직원으로 대표된다. 마을 사람들도 이미 다 상투를 잘랐으며,

---

53) 아지자, 올리비에라, 스크트릭공저,『문학의 상징 주제 사전』, 장영수 옮김,
   (청하, 1987), 116쪽.

이들은 김첨지가 상투를 고집하고 있는 것을 웃음거리로 삼는다.

> ① '신식'이라고 떠드는 햇아이들이 → 김첨지 상투를 <존마게상! 이라고 조소>한다.
> ② '개화풍'에 떠들려서 마을구장, 양반 행세하는 허대감 → 김첨지가 상투 잘린 후, 눈물 흘리는 것을 보고 <속알머리가 좁다고 비웃음>
> ③ 네냐내냐 하고 지내는 천길이는 → 김첨지 상투를 <자르려고 덤빔>

'신식' '개화층'의 인물들 뿐 아니라 같은 계층인 천길이까지도 상투를 자르려고 하고, 김첨지의 상투를 조롱거리로 삼는다. 신체적 변별자질인 상투는 외형적으로 차별화 될 뿐 아니라 심층적 의미를 내포함으로써 김첨지는 다른 인물들과 변별되는 징표를 지닌 인물이 된다.

주인 허대감은 상투를 잘린 후 눈물을 흘리는 김첨지를 속알머리가 좁다며 일하러 나가라고 독촉한다. 김첨지는 잘린 상투를 드러내놓고 다닐 수 없어 왜수건으로 가리고 벼 베기에 나갔다. 김첨지에게는 상투가 없음이 '부끄러움'인데, 다른 사람들에게는 이 사실이 재미있는 사건일 뿐이다. 천길이가 수건을 벗기자 '상투 잘리운 자리'가 '시퍼렇게' 들어 났다. 이것이 모든 사람들의 웃음거리가 된다. 상투 잘린 자리는 조선의 얼굴을, 조선의 '표상'을 잃어버린 흔적이다. 상투를 스스로 잘라버린 신식 개화풍의 인물들이 웃음거리가 되는 것이 아니라, 반대로 '표상'만은 잃어버리지 않으려고 애쓰는 '고집'이 웃음거리가 되는 것이다. 스스로 노예가 되는 자와 노예가 되지 않으려고 고집하는 자의 가치의 전도화가 이루어진다. 김첨지는 잃어버린 상투로 인한 부끄러움을 아는 자이다. 다른 사람들이 다 잘라도 자르지 않았던 상투였기에, 상투가 없어진 사실이 다른 사람들의 웃음과 조롱을 유발하는 것이다. 다른 인물들이 다 잘랐을 때도 지켰기 때문에 유표화 되고, 이 징표로 인해 조롱 받았지만, 잘려진 상투는 이제는 무표가 된다. 그런데, '무표'라면 웃음을 유발하지 않아야 하지만, 타의에 의해서 강제로 무표가 된 것이고, 또 이 무표를 애써 감추려는 행위가 다시 유표가 되어 다른 인물과 변별되므로 웃음거리가 되는 것이다.

개화풍, 신식, 문명체계에 속하는 인물들과 변별되는 김첨지는 무표화된 것을 서러워한다. 다른 인물들과 차이가 나지 않고, 똑같이 상투가 없어진 꼴이 된 것을 부끄러워하는 김첨지는 그 날밤 무표를 인정하고 싶지 않기에 그 마을을 떠난다. 세속의 흐름에 휩싸이기를 거부하는 진보가 아닌 <자기의 것>을 지키려는 인물이기 때문이다.

사라진 김첨지는 세 번의 겨울이 지난, 어느날 거지가 다 되어 나타난다. 김첨지는 형체를 알아 볼 수 없도록 상거지가 되었으나, 무표화 되었던 상투는 다시

> 마을 사람의 눈에 띠인 것은 그때 잘리웠던 상투가 보라는 듯이 머리 한복판 가운데 들어앉은 것이었다. (283쪽)

<상투>는 '머리 한복판'에 있으면서 김첨지의 정신을 표상하고 있다. 자기의 주체를 다시 찾은 것이다.

서사단락 8은 서사단락 1과 반대 상황이다. 서사단락1에서 서사단락 8로 진전은 '상투가 없다'에서 '상투가 있다'로 바뀌는 과정이다. 서사단락 1에서는 상투가 상실된 모습이었지만, 텍스트 결말에서 상실된 상투를 다시 찾은 것이다. 없어졌던 상투를 다시 찾은 것이니까 김첨지는 본래의 모습을 되찾은 것이다. 이 텍스트는 자신의 본래의 모습을 되찾는 자기 의지의 표현이다. '상투 = 조선의 얼굴 = 안해

= 본래의 자기 표상'을 되찾는 과정이다. 회귀성이 김첨지의 속성이다. 자기를 되찾았을 때, 자기의 마을로 되돌아 온 것이다. 비록 외면은 상거지의 모습이지만, 내면은 자기의 표상을 되찾은 자기 찾기의 승리이다.

	과거	서두(Begining)	결말(Ending)
상투	있다(+)	없다(−)	있다(+)

텍스트의 처음과 끝의 상황이 변화하는 것을 보여준다. 상실한 상투를 회복할 수 있게 한 동인이 바로 이 텍스트의 정신이다. 이것이 김첨지의 고집이다. 김첨지는 상투가 없어졌음에도 '있구말구'라고 되풀이 되뇌임으로써, '없어진 상투 = 시체'에 흘리는 눈물과 '복수의 잠재의식'이 불타서, 없어진 것을 있게 하는 정신이 된다.

김첨지의 다시 자란 상투를 보고 다른 사람들이 아무런 말을 하지 않지만, 상투는 그들에게 강한 힘을 발휘하게 된다. 더 이상 조롱거리가 되지 않는다. 허대감도 천길이도 더 이상 할 말이 없다. 김첨지는 고향으로 돌아온 날, 천길이의 간호를 받으며 밤새도록 앓다가 새벽녘에 죽는다. <상투>는 한개인의 고집, 집착물(fetish)의 의미를 넘어서 <조선의 정신>이라는 기의로 확장된다.

상투는 인간의 신체공간의 가장 높은 부분에 자리한다. 상투는 인간의 정신, 주체의 자주성, 조국의 독립을 상징하고 있다.

「과도기」에서 창선이는 고향에 다시 돌아오면서, 고향이 없어졌음을 알게된다. 잃어버린 공간이다. 고향은 존재의 중심이 되며, 모성의 공간이다. 그러므로, 창선이는 존재의 중심을 상실한 자가 된다. 그러

나 결말에서는 창선이도 상투를 자르고 감발을 친 노동자로 변함으로
서, 조선인의 모습이 아닌 다른 존재로 변한다. 상투를 자르는 것은
조국의 상실이며, 조선인의 본래 모습의 상실임을 의미한다.

일인들과 조선인들의 대립관계에서 순진하고 어리석어서 속은 사
람이 병신이 된다. 이해타산에서 모자람이 병신으로 되는 신체적 징
표로 은유되고 있다. 「과도기」에서 조선옷, 조선말투, 조선의 상징인
상투는 사라지고 병신들인 조선의 고향사람들은 신체적으로 변화하게
되므로 규범에서 벗어난 비정상적인 낯선 모습이 된다.

「상투」에서 김첨지는 일본말을 쓰는 젊은 면직원에게 상투를 잘린
다. 머리를 자른다는 것은 이전의 모습이 아닌 다른 존재로 새롭게
태어난다는 의미에서는 긍정적이지만, 이전의 존재를 상실한다는 점
에서는 부정적으로 해석된다. 김첨지는 존재, 고상한 정신을 상실하였
기에 굴러떨어진 상투를 상자 속에 보관하고 '시체'를 통곡하는 상주
가 된다. 상투는 그 존재가 '위대'하기에 김첨지와 분리될 수 없는 기
호이며, 신체의 일부일 뿐 아니라 '이땅의 표상' '자기의 표상' '조선
의 얼굴'로 의미되고 있다. 개화풍의 신식의 문명체계에 속하는 인물
들이 김첨지의 상투를 비웃지만, 김첨지는 이제껏 상투의 위대한 존
재를 지켜왔는데 상투를 잃어버림으로서 그들과 변별되지 않는 무표
화된 것을 서러워한다. 김첨지는 그들과 똑같은 존재가 된 것을 비웃
는 마을 사람들로부터 떠나간다. 상투를 다시 기른 김첨지는 마을로
다시 돌아와 그 다음날 죽는다. 「상투」의 김첨지는 자신의 본래의 모
습, 조선의 표상을 되찾으므로 편안히 죽는다.

두 텍스트에서 상투는 조선을 의미하고 있다. 「과도기」는 상투를
상실해 가는 인물들의 이야기이고, 「상투」의 김첨지는 죽음으로라도
상투를 되찾는 인물이다.

6. 감추는 몸: 옷

의복은 제 2의 피부이다. 맥루한54)은 의복을 피부의 확장으로 보고 있다. 의복은 체온 조정의 메카니즘으로, 자아를 사회적으로 규정할 때의 수단으로 생각할 수 있다.

일반적으로 인간은 나체를 가리려는 수치심에서, 혹은 악천후에서 몸을 보호하기 위해서나, 자신의 몸을 장식하기 위해서 옷을 만들었다. 여기에 롤랑 바르뜨는 다른 기능을 덧붙이고 있다. 즉, '의미기능'이다. 인간은 의미활동을 하기 위하여 옷을 입었던 것이다. 옷을 입는다는 것은 사회적인 활동이다'.55) 의복은 신체의 씨니피에56)로서 대상에 의미를 부여하므로 약호화(Codification)의 대상이 된다. 「고향」과 「행진곡」에서의 의복은 일탈된 복장으로 약호화 된다.

또 옷은 신분적 층위, 경제적 층위, 성(Gender) 층위를 대변해 줄 뿐 아니라, 성격적 특성인 교양, 취미를 나타내주는 기호가 되며, 사회적 속성을 반영하기도 한다. 문학에서 의복의 변화는 텍스트 내에서 인물의 조건, 상황의 변화를 의미한다. 또 심리적, 상징적 의미로 작용한다.

옷의 담론에는 두 종류의 체계가 있는데 하나는 랑그(Langue)로 민족의 의복체계인데, 조선인에게는 조선옷이 있다. 또 하나는 빠롤(Parole)로 개인의 취향과 신분을 드러내는 개성적인 옷차림이다.

<옷>은 '일상적인 옷/기괴한 옷', '비싼 옷/ 값싼 옷'으로 나뉘고, 행

---

54) 마샬 맥루한, 『인간의 확장』, 김인홍 역 (집문당, 1987), 120쪽.
55) J.B. 파주, 『구조주의란 무엇인가』 김현 역, (중앙일보사, 1980), 121쪽.
56) Roland Barthes (1967) 『The Fashion System』 trans, Matthew Ward and Richard Howard (London: Jonathan Cape, 1985), p.258.

위층위에서는 '옷을 입는다/옷을 벗는다'으로 구별된다. 심리적 층위
에서는 몸을 '감추는 옷/ 드러내는 옷'으로 신체적 양상을 표현하기도
한다.

옷은 신체의 일부 또는 신체의 확장이다. 옷의 기호를 통하여 어떤
신체적 상상력을 보이고 있는가? 여기서는 입혀진 몸을 관찰하고, 입
혀진 기호를 해석해 보려 한다. 「고향」과 「행진곡」에서 인물의 변이
된 복장은 어떤 의미를 지니며, 어떤 의미작용을 하고 있는가를 보겠
다.

「고향」

의복은 종족, 그 사람의 신분, 인격을 반영하며, 취향을 알려주는
속성이 된다. 「고향」에 나오는 '그'는 기괴한 옷차림을 하고 있다. 조
선인이면 조선옷을 입고 일본옷을 입었다면 일본인이라고 생각되는
것이 일반적이 의복의 체계이지만, '그'는 삼국의 옷차림을 함으로써
일반적인 의복의 체계로부터 일탈하고 있다. 한 개인의 신분과 상황
에 따르는 옷차림이 특이한 징표가 되어, 비친숙화(defamiliarize)되며
옷이라는 기호는 강렬한 의미활동을 하게 된다.

일제강점기에 일본옷을 입은 조선인들은 일본인처럼 행세하기 위
해서, 또 일본인이 되고 싶어하는 의식을 보여주는 탈주체적인 옷차
림을 하였다. 또는 자신의 신분을 감추기 위한 변장의 방법으로 일본
옷이나 중국옷을 입기도 했다. 이 텍스트에서는 기괴한 옷차림으로
등장하는데, 그 이유는 무엇일까?

> ① 나와 마조안진 그를 매우 흥미있게 바라보고 또 바라보았다.
> 두루마격으로 <기모노>를 둘렀고, 그 안에선 옥양목 저고리가
> 내어 보이며 알에돌이엔 중국식 바지를 입었다.

② 발은 감발을 하얐는데 집신을 신었고 <고부가리>로 깍근 머리
    엔 모자도 쓰지 안핫다.
③ 일본말로 곳잘 철철대이거니와 중국말에도 그리 서툴지 안흔
    모양이었다.[57]

예 ① ② ③에서 보면, '그'는 의복 · 머리 · 발 · 언어에서 삼국의 옷
과 세 나라 말은 그가 한 몸에 세 나라를 혼합하고 있음을 나타내고
있다. 그의 의복은 겉옷으로 일본옷을 속옷으로 조선저고리에 중국식
바지를 입은 모양이 신체적 변별징표가 된다.

일본옷이라는 기표는 일본인이라는 기의가 되는데 일본인이 아니
기에 일탈되며, 이 텍스트에서는 2차적 의미로 해독하여야 한다. 화자
인 '나'와 독자가 구축하고 있는 일차적 의미체계를 해체시킴으로써
일상적 세계관은 무너지고, 세계(대상인 '그')를 다시 보게 하는 장치
로 '일탈된 옷'을 '입고' 있다.

텍스트의 화자인 '나'는 '그'를 경멸하고 외면하려 한다. 처음에 '그'
에 대한 나의 태도는 동정적이거나 동족의 친밀감을 느낄 수 없다.
같은 찻간에 앉은 옆의 중국인, 일본인들에게서도 외면 당한다. 세 사
람의 태도를 보면,

  <나 > 나는 쌀쌀하게 그의 시선을 피해 버렸다. 그 주적대는 꼴이
           엇줍지 안코 밉살스러웠습니다.
  <일본인> 마지못해 쌋댁 쌋댁하는 고개와 함께 '소데수가'란 한마듸
           로 코대답을 할 따름이오 잘 바다주지 안흐매,
  <중국인> 뚜우한 얼굴로 수수격기 가튼 우슴은 씌울 뿐이오. 별로
           대꾸를 하지 안핫건민.

---

57) 신동욱 편저, 『현진건 연구』(새문사, 1981) Ⅲ-34쪽.

그는 중국말로, 일본말로 옆의 중국인 일본인에게 말을 걸어보지만 인간적 관계는 매번 좌절당한다. 그의 삼국의 의복과 삼국의 언어는 삼국의 사람들에게 환영받는 것이 아니라, 오히려 경멸 당하고 있다. '그것은 마침 짐승을 놀리는 요술장이가 구경군을 바라볼 때처럼 훌륭한 제재조를 갈채 해 달라는 우슴이었다.' 라는 진술에서 웃으며 친밀한 관계를 맺고 싶어하는 그를 재주 피우는 요술장이 같다고 함으로써 동류의 인간이 아닌 구경의 대상물이 되고 있다. '그'는 다른 인물들과의 관계에서 하위층위에 속하게 된다. 또한 화자인 나는 심리적으로 거리를 두고 차단하고 있다.

텍스트 서두에서 '나'는 그에게 무감각하고 친밀하지 않은 관계에서 할 수 없이 대화를 나누게 된다. 대화를 나누게되는 매체가 고향이다. 처음에는 '시선을 피해버렸던' 그와 술을 주고 받으며, '그는 우리가 어릴때 멋 모르고 부르는 놀애를 읍조리었다.'는 관계58)로 변하게 된다. 고향의 이야기는 삼국의 의복을 입은 정체불명의 인물인 '그'가 본래의 모습은 조선인으로 밝혀지며, '그'의 얼굴이 '조선의 얼굴'임을 의미하게 되는 것이다. 다시 말하면, 삼국의 의복은 당시 일본인에게 농토를 빼앗기고 서간도로 일본탄광으로 유랑하며 부모를 잃고 홀로 된 조선인의 모습을 의미하고 있다. 그는 옷을 입었다기 보다 옷 속에

---

58) ① 권순종 『한국현대소설연구』 77-78쪽, 그는 일정한 거리를 유지한 채 그의 모습에서 <조선의 얼굴>을 찾는 것으로 만족하고 있다. 진정한 식민지의 지식인이 되려면 가장 고통받는 하층계급의 민중을 위해 무엇을 할 것인가 고민하며, 그의 인생과 아픔을 함께 하거나 최소한의 의지나 자세를 보여 주었어야만 했는데 작품 마지막에서 <아리랑>을 함께 부르는 것만으로 어느 정도 성취할 수 있었으나, '나'는 그것을 거부함으로서 행동하는 지식인으로 부각되지 못했다.
② 최원식은 지식인과 고통받는 민중이 하나임을 확인하면서 만남의 계기를 이룬 것은 「고향」이전의 작품에서는 볼 수 없었던 획기적 사건이라고 보고있다.
신동욱 편저, 『현진건 연구』(새문사, 1981), 1-86쪽.

몸이 갇혀 있다. 자유로 선택한 옷이 아닌 그의 시대적 현실이 입혀
준 옷이며, 유랑의 흔적을 나타내는 기호가 된다. 옷은 '그'의 얼굴이
면서 <조선 민족의 얼굴>로 의미가 증폭되고 있다. '눈엔 눈물이 괴
인듯 삼십세 밧게 안되여 보이는 그 얼굴이 십년 가량은 늙어진 듯
하얏다.'라는 진술에서 처음에는 이화감을 느꼈던 '나'와의 관계는 그
의 정체가 드러나면서, 조선의 얼굴을 발견한 후에는 친화적 관계로
전환된다. '나'와 '그'의 관계가 어떻게 변하고 있는지, 다음 진술에서
알 수 있다.

① 나와 마조안진 그를 매우 흥미있게 바라보고 또 바라보았다.
② 나는 쌀쌀하게 그의 시선을 피해버렸다. 그 주적대는 꼴이 엇
   줍지 않코 밉살스러 웠습니다.
③ 나는 이 지내치게 반가워하는 말씨에 … (생략) … 구대지 대
   답하기도 실키에 덤덤이 입을 닥처버렸다.
④ 조곰 성가시다 십헛스되 대꾸부를 안흘수도 업섯다.
⑤ 나는 그 신사스러운 표정이 얼마쯤 감동되어서 그에게 대한
   반감이 풀려지는듯 하였다.
⑥ 나는 내대답이 너무 랭랭하고 불친절한 것이 죄송스러웠다. …
   (생략)… 그대신 나는 은근하게 물었다.
⑦ 그의 눈이 번들번들함은 눈물이 쏘다젓슴이리라. 나는 무엇이
   라고 위로할 말을 몰랐다. …(생략)… 정종병 마개를 빼엇다. 차
   잔에 부어서 그도 마시고 나도 마시엇다.
⑧ 그 눈물 가운대 음산하고 비참한 조선의 얼굴을 똑똑이 본듯
   십헛다. 이윽고 나는 이런 말을 물었다.
⑨ 내 또한 넘우도 참혹한 사람살이를 듯기에 쓴물이 낫다.
⑩ 우리는 서로 주거니 밧거니 한되병을 다 말리고 말았다. 그는
   취흥에 겨워서 우리가 어릴때 멋모르고 부르든 놀애를 읍조리
   엇다.

위의 예문은 그에 대한 나의 반응이 어떻게 변하고 있는지를 보여준다. 예①~④에서 냉담한 반응을 보였던 나는 예⑤~⑦에서 변하는 감정을 보이며, 예⑦~⑩에서는 그에게서 눈물을 보면서, 그에게서 진정한 얼굴을 발견한다. 나는 그의 얼굴을 통해 조선인을 발견함으로서 완전히 감정적으로 동화된다.

<그>는 <조선의 얼굴>과 은유적 관계가 될 뿐 아니라 그의 <고향>은 바로 <조선인의 고향>의 현실이 된다. 그는 지금 9년만에 고향을 돌아보고 떠나오는 길이다. 고향은 없어진 것이다. 백여호 살든 고향이 십 년도 못 되어 통 없어진 것이 조선 농촌의 모습이다. 또 그는 고향에서 돌아오는 길에 읍내에서 혼인 말이 있던 처녀를 만났다. 처녀의 아버지가 20원에 유곽에 팔아버린 처녀는 이미 병들고 나이 늙어 산송장이며 얼굴빛도 마치 유산을 끼 언진 듯 변해 버린 것이다. 9년 전의 아름다웠던 처녀의 얼굴은 늙고 변해버렸으며, 일인 집의 아이 보는 식모가 되어 있었다. 고향 농촌이 없어지고, 고향의 처녀가 변하고, 그의 옷이 바뀌어졌다. 그는 삼국의 옷을 입는 인물이 된 것이다. 시대가 입혀준 <삼국의 옷>이 그의 징표가 되어 조선의 현실을 증언하고 있다.

'그'는 나에 의해 관찰 당하며, 인간적 관계는 차단되었지만, 속이야기인 '잃어버린 고향'이 매개가 되어 징표는 확충되며, 전 조선인의 얼굴로 표상된다. 그가 부르는 아리랑 노래, "벼섬이나 나는 전토는 신작로가 되고요…… 인물이나 조흔 계집은 유곽으로 가고요"[59]는 변모되고 상실한 조선의 얼굴을 증언하고 있다. 그의 의복은 일탈된 복장이다. 이것은 '그'를 다시 보게 하는 변별 장치로 효과적이다.

'그네들이 흔히 입는 유지모양으로 번질번질한 암갈색 필육으로 지은' 옷은 그가 사회적·경제적 층위에서 화자와는 다른 계층인 노동

---

59) 「과도기」에서도 똑같은 노래가 나온다.

자인 것을 드러내고 있다. '그'의 옷은 중국인·일본인과 민족적 층위
에서 변별되고, 나와 비교할 때도 '일상적/특이함'에서도 변별되며 '경
제적' 층위에서도 거리를 보여주고 있다. '그'의 <옷>은 그의 얼굴이
며, 신체적 언어이다. '그'에 있어서 옷은 강렬한 의미활동을 하는 담
론이 된다.

여기서 '그'가 입은 삼국의 옷은 그의 시대적 상황을 드러내는 기
표이다. 그것은 그가 옷을 입은 것이 아니라, 입혀진 것이다. 여기서
그의 몸은 삼국의 옷에 갇혀 있음을 의미한다. 그의 입혀진 옷은 고
향을 잃고 나라를 잃은 자의 유랑의 흔적이기 때문이다.

「행진곡」

이 텍스트에서는 '청년'이 중심인물이 되면서, 또 한 인물인 소년(?)
과 함께 서사공간을 장식한다. 「행진곡」에서는 두 인물이 입은 옷이
의미활동을 하고 있다.

> ① 혼잡한 밤 정거장의 잡도를 피하며 남과 뒤떨어져서 봉천행
> 삼등차표를 산 그는 깊숙이 쓴 모자 밑 검은 안경 속으로 주위
> 를 은근히 휘돌아 보더니, 대합실로 향하였다. 중국복에 싸인
> 청년의 기상은 오직 늠름하였다.[60]

> ② 그것은 몹시도 핼쑥하고 부드럽고 약간 강한 맛을 띠인듯한
> 소년이었다. 다 낡은 양복이며, 깊이 쓴 캡이며 흡사 활동사진
> 에 나오는 유랑하는 소년이었다.

예 ①은 서두인데 중국 복을 입은 청년의 모습이며, 예 ②는 열차
안에서 청년의 눈에 띠인 낡은 양복을 입고 캡을 쓴 소년이다. 청년

---

60) 이효석, '행진곡', 『이효석 전집』(창미사, 1983) 39쪽.

과 소년의 옷은 중요한 징표가 되어 서사를 장식하고 있다.

먼저 청년은 어떠한 인물인가?

첫째, 청년의 의복이 중국옷 이니까 1차적 언어체에서는 중국인이라는 기호가 된다.

둘째, '피하여' '뒤떨어져' '깊숙이 쓴' '휘돌아 보더니' 등의 진술에서 청년은 자신을 숨기는, 들키지 않으려 하는 태도가 나타난다.

셋째, 계속되는 서술에서 "나는 뭇사람을 위하여 일한다." "이 호복 입은 사내가 대체 무엇이라도 할까" 등에서 그의 정체가 조금씩 드러나고 있다.

넷째, 그는 코수염을 붙이었다가 떼기도 한다.

다섯째, 전날 밤 이야기로 되돌아가면서 —과거서사로 바뀌면서— 그 청년은 아라사 청년이라는 호칭으로 바뀐다. 위와 같은 점에서 그 청년의 의복은 자신의 정체를 감추기 위한 것임을 알 수 있다. 그는 지금 '눈'을 피하기 위해 변장을 하고 위장한 것이다.

> 시골뜨기같이 차린 친구 — 호조한 도리우찌, 어색한 양복저고 리 짧고 깡똥한 바지 어디서 주워 모았는지 너절한 후까고무 게 다가 값싼 금테안경으로 단장 한 그들의 눈은 불유쾌하리 만치 날카롭게 빛났다. (39쪽)

청년을 잡으러 다니는 시골뜨기도 어색하게 보이는 이상한 옷차림이지만 사실은 날카롭게 빛나는 '눈'을 가진 사람이다. 시골뜨기라는 순박한 지칭과는 상반되는 '무서운 독사의 눈'인 것이다. '쫓기는 자/쫓는 자'는 대립관계이지만, 자신의 정체를 숨기고, 또 정체를 숨기기 위한 방법이 의복의 변형이란 점에서는 동일하다. 청년과 시골뜨기는 정체를 '숨기는 자/찾아내는 자', '계획하는 자/계획을 부수는 자'의 대치관계에서 중요한 열쇠는 2차적 의미를 찾아내는 것이다. 청년은 중국인이라는 기호를 나타내고 있지만, 시골뜨기인 체 하는 자는 <중국 옷을 입은 몸>이 <중국인이 아니고 조선인인 것>을 알아채어야만 찾아 낼 수가 있다.

낡은 양복에 캡 쓴 소년은 어떠한 인물인가?

서사의 담론은 과거로 돌아가 전날 밤 노동 숙박소에서 있었던 일이 서술된다. 아라사(=중국옷 청년)청년이 숙박하는 노동자들에게 아라사의 노동자 이야기로 열을 올리고 있을 때, 소년이 나타난다. '쫓기는 양과 같은'소년은 아라사의 도움을 받아 처음에는 몸을 숨겼으나, 다시 되돌아 온 당숙과 호인에게 잡힌다.

> ① "캡 쓴 아이 하나 여기에 안왔읍니까!"
> "캡 쓰고 양복 입은 아이말요." (46쪽)

> ② …깊이 썼던 소년의 모자가 벗어져 달아나고 ― 방 사람의 놀람은 컸다. ― 서리서리 틀어 올렸던 머리채가 거멓게 풀려 내렸다. 가날프던 <소년>은 별안간 늘름한 처녀로 변하였다. 가는 눈썹, 흰 이마, 검은 머리 다시 보아도 늘름한 처녀였다. (49쪽)

아라사와 방안 사람들 눈에 '불쌍한 소년' '가날픈 소년' '연약한 소년'으로 보였으나, 당숙에게는 '캡 쓰고 양복입은 아이'로 불린다. (예①) 캡과 양복은 소년을 유표화 하는 징표이다. 그러나 예 ②에서 징표는 벗겨지면서 소년의 정체가 드러난다. 소년의 의복징표는 소년과 당숙의 관계에서 의미작용 하게 된다.[61] 캡과 양복은 처녀가 아닌

---

61) Pierre Guiraud, 『Semiology』 trans. George Gross(London: Routledge & Kegan Paul, 1975), p.40.
「마담 보봐리」 서두에서 프로베르는 남자주인공의 기괴한 모자를 묘사한다. 모자도 의미작용을 한다. 이것은 샤르르의 촌스러움과 취미의 결여와 친구들과의 교제에 있어서 세련되지 못함을 나타내는 기호이다. 그 모자는 기호이면서 의미작용 하는 기호인 것이다.

소년이라는 기호였지만, 처녀라는 사실이 밝혀지면서, 캡과 양복은 내
포된 의미에서 정체를 감추기 위한 지표이다. 당숙이 처녀를 중국인
에게 팔았는데, 도망쳐서 노동자 숙박소에 변장을 하고 들어왔던 것
이다. 전날 밤 잡혀갔던 소년은 다시 도망하여, 봉천행 열차 안에서
캡쓴 소년은 청년을 다시 만난 것이다. 소년은 청년에게 말하기를,

③ "그뒤에 바로 가서 머리까지 깍아 버렸어여"
　　　하더니 모자를 벗고 새빨간 머리를 드러내 보였다. '소년'의
　　　대담하고 용감스런 마음에 청년은 자못 놀랐다. (51쪽)

'캡쓴 소년 → 머리가 긴 처녀 → 머리를 깍은 캡 쓴 소년'으로 신
체적 변이를 보이고 있다. 머리를 깍는 것은 상징적인 죽음이며, 새로
운 몸으로 변신하는 의미를 지닌다. 즉, 소년은 머리를 깍으므로써 철
저한 변신을 시도한다. <팔려 가는 신세>가 아닌 자신의 <새로운 삶>
을 획득하고자 하며, 결말에서 이 새로운 삶은 단순한 변화가 아닌
정신의 발전적 변모를 보여주게 된다.
　　자연의 천부의 성(Gender)을 감춘 소년은 캡과 양복이 단순히 변장
했다는 의미를 넘어선다. 이 기표는 소년(=처녀)이 자기의 생을 개척
하겠다는 의지를 표상 한다. 국적을 감추지 않으면 안 되는 청년은
조선인이 아닌 중국인의 복장을 하였지만, 반대로 더욱 조선인 됨을
의미하는 변장인 것이다. 조선인을 위해 행동하고 조국을 구하려는
'행동'을 감추기 위한 것을 의미한다.
　　청년과 소년은 의복이 유표화 되는 것에서 동위소일 뿐 아니라, 쫓
기는 자인 점에서 유사관계이다. 또 청년에게는 굶고 병들어 죽은 누
이동생이 있었고, 소년에게는 지금은 생사를 모르는 오빠가 있다는
점에서 같다. 소년의 오빠도 색다른 옷을 입고, 코밑에 수염도 붙이는
변장하는 사람인 것이다. 그러므로 청년과 소년은 심리적 거리는 밀

접하고, 생존의 상황 조건이 유사하다. 또 청년과 소년은 당시 조선인들의 생존 모습이다.

청년과 소년은 시골뜨기를 피해서 식당 찻간으로 갔으나, 그 찻간에서 총격이 벌어진다. 청년은 시골뜨기를 쓰러뜨렸지만, 청년은 쫓겨가야만 하는 상황이다. '언제든지 또 다시 만납시다'란 말을 남기고 사라져간 청년을 생각하며, 소년은 오빠를 회상한다. 쫓겨다녀야만 하는 청년과 오빠를 통해 소년은 '이제 와서 똑바로 그 무엇을 파악'했음을 발견한다. 그래서 소년은 정신적으로 발전적 변모를 하게 되는데, '다시 만날 때까지 나도 배우고 알아서 같이 손을 잡고 일할 만한 훌륭한 자태'를 보여 주자는 결심을 하게 된다.

이러한 결심을 하면서 수레바퀴의 우렁찬 음향이 행진곡이 울리는 것으로 들리는 것이다. 제목이 「행진곡」인 것은 결말에서 명확하게 드러나며, 청년과 소년이 행동하는 의지를 보여주는 인물임을 의미한다. 소년의 신체적 징표는 변해진 신체만을 의미하는 것이 아니라, 청년의 행동과 정신을 매개로 하여 정신의 발전적 변모를 보여준다. 청년의 신체적 징표는 그의 행동과 정신을 의미하며 또한 소년(=처녀)의 변모에 동인이 된다. 처녀가 <팔려가는 몸>이 아니라, 자기의 <새로운 역할>을 창조할 수 있게 되는 것을 <입은 옷>의 변화를 통해서 기표화 하고 있다.

「고향」과 「행진곡」에서는 일탈된 옷을 입은 인물이 유표화 되고 있다. 「고향」에서 그는 조선인이면서, 한 몸에 삼국의 옷을 입었다. 그는 옷을 입은 것이 아니라 옷 속에 몸이 갇혀 있다. 자유로 선택된 옷이 아니라, 시대의 조국의 상황이 그런 옷을 입게 했으며, 그것은 그의 유랑의 흔적이다. 낯설게 하여 다시 보게 하는 장치로 화자인 '나'가 시대의 현실을 발견하게 하는 매체로 의미작용을 한다. 그의 삼국의 옷차림은 조국을 빼앗긴 조선인의 모습을 표상하고 있다.
「행진곡」에서의 의복은 몸을 감추기 위한 장치이다. 청년은 조선인
인데 중국옷을 입었고, 소년은 처녀이지만 캡과 양복을 입었다. 이러
한 변복은 자신의 정체를 숨기기 위한 것으로 청년은 조국을 위해 활
동하고 조선인이라는 사실을 숨기며 순경으로부터 몸을 피하기 위한
것이다. 처녀는 성(gender)를 위장하고 있다. 중국인에게 팔아버리려고
쫓아오는 삼촌으로부터 도망가기 위해서 이다. 두 텍스트에서 <입은
옷>은 당시 조선의 상황을 의미하는 기호로 해석된다. 「고향」의 그는
조선인의 몸이지만, 삼국의 옷을 입게 되는, <잃어버린 것>을 표현할
수 없는 유랑하는 조선인이다. 「행진곡」에서는 조선의 독립을 위해
활동하며 일인 순경에 쫓기는 청년은 정체를 숨기기 위한 것이며, 처
녀는 중국인에게 팔아버리려는 삼촌으로부터 몸을 감추기 위해 소년
으로 변복한 것이다. 노예 되는 것을 거부하는 것이며, 탈주체가 아닌
주체적 자아가 되기 위한 의지의 표상이다.

두 텍스트는 일상적인 의복의 체계로부터 일탈된 변장이다. 이것은
조국의 상실된 정체성을 의미하며, 또한 그것을 부정하고 <잃어버린
주체>를 찾기 위해 새로운 옷을 입으려는 몸의 언어이다.

7. 몸을 찾아서: 어머니

어머니의 몸은 본래의 몸이며, 고향이며 원초적 공간이다. 어머니
는 벗어버린 자기 몸의 껍질이다. 인간은 어머니의 몸으로부터 분리
되면서 하나의 인격체인 또 다른 몸이 된다. 그리고 분리된 몸은 본
래의 몸과 접촉하면서 자아가 형성되어 간다. 벗어버린 껍질에 대한
애정과 원망과 상실감으로, 어머니의 육체를 재현하고자 하는 욕망의

표출구를 찾고 있다. 이 출구는 <예술>의 길로 이어진다. 그러므로 <어머니의 몸>을 찾아가는 길은 <나>를 찾아가는 길과 통한다.

「광화사」와 「무녀도」의 솔거와 낭이는 어머니를 그리고 있다. 여기서 <어머니의 몸 찾기>는 무엇을 의미하는 것이며, 이것은 어떠한 신체적 상상력을 보이고 있는가?.

'솔거'는 베수건으로 가린 추한 얼굴이 변별징표이고, '낭이'는 귀머거리며 벙어리라는 변별징표를 지닌 인물이다. 두 텍스트에서 신체적 징표인 결손자질은 어머니 몸에 대한 창작 욕구로 전이되고 있다.

「광화사」

이 텍스트는 예술가의 창작과정을 형상화하고 있다. 서술화자인 '여'(余)가 창조하는 '솔거'와 솔거인 '화가'가 그리는 '미녀상'(美女像)은 한 서사공간에서 형성되어 간다. 많은 논자들이 언급하고 있듯이 이 텍스트의 액자형 구조는 '여'의 이야기가 밖의 이야기이고, 솔거의 이야기는 속이야기 이면서 분리되는 것이 아니라, 두 개의 서사가 겹쳐진다.

'여'는 소설가이며 '여'62)가 창조하는 소설의 인물은 '솔거'인 추남의 화가이다. 솔거가 창조하는 예술은 최고의 '미녀상'을 그리는 것이다. 솔거가 어떻게 미녀상을 그려야 할지 고심하며, 장안을 떠도는 것과 '여'가 어떻게 '솔거'라는 인물을 성격화할 것인가를 망설이는 것은 예술의 표현 방법63)에 대한 고뇌를 보이고 있는 것이다. '여'는 예

---

62) 작가 자신 과거의 회오와 암울한 현실의 수렁에서 재생을 염원하는 내면심리를 투사한 것이라고도 할 수 있겠다. 이렇게 볼 때 화자인 '여'는 작가의 분신인 셈이다.

윤병로, 『한국근대작가작품연구』(성균관대학교출판부, 1988). 165쪽.
63) 한혜선, 『구조와 분석』 2권(창, 1993), 135쪽.

술가 상으로 솔거라는 화가를 택하여 성격화하였는데, 솔거는 신체적 변별자질을 지닌 인물이다. 그는 추한 인물이며 추한 얼굴을 베수건으로 가리었다는 것은 '-' 징표로 의미된다. 또 솔거가 '미녀상'을 완성하기 위해 택한 인물이 '소경소녀'이다. 소경소녀도 앞이 보이지 않는다는 '-' 징표를 지녔으며, 솔거는 소경소녀의 눈을 그려 '-'징표를 해소하려 하나 예술적 표현욕구는 충족되지 않는다.

텍스트의 서두는 예술가인 '여'의 예술 창작의 공간인 산속에서 시작된다. '여'는 한 인물을 또 한 작품을 창작하기 위해서 서울의 도심에서 떨어진 인왕산 바위가 있는 심산에 자리잡는다. 인왕산 속 깊은 곳에서, 사람의 발길이 밟아 보지 않은 곳에서 예술이 탄생한다. 즉 예술가 '여'의 창작공간은 고립된 공간이다. 나(여)는 '이곳까지 올라오느라고 애쓰던 그런 맹랑한 노력을 하여 본 바보가 '여' 이외 몇이나 있었을까'하고 진술한다. 예술성과 공간성이 일치한다. 그러나 이 심산에 올라오려고 애쓰는 사람이 드물듯이 고상한 예술작품을 만들려고 애쓰는 사람이 얼마나 있을까하는 물음으로 시작하는 것 또한 창작공간의 고립성을 나타내 주는 것이다. 예술가의 층위는 높은 곳, 깊은 곳, 외딴 곳의 위치한다. '솔거'가 자리 잡은 곳도,

① 인가에서 꽤 떨어진 이곳, 사람의 동리보다 왜 높은 이곳, 길도 없는 이곳, 아직껏 삼십년간을 때때로 초부나 목동의 방문을 받아 본 일이 있지만 다른 사람의 자취를 받아 보지 못한 이곳에 웬 처녀일까[64]

'여'가 '솔거'를 만나는 곳이 심산유곡의 사람의 발길이 닿지 않은 공간이듯이 '솔거'가 '소경소녀'를 만나는 곳도 고립된, 사람이 다니지 않는 공간인 것이 동일하다.

---

64) 김동리, '광화사' 『김동리 단편선』(정양사, 1959), 804쪽.

솔거는 소경소녀를 만나기 전에, 그림의 모델인 미녀를 찾기 위하여 경복궁 대궐 북문 밖, 뽕밭으로 다니며 숨어서 기다렸다. 그러나 잠원의 궁녀들에게서도, 장안의 거리에서도, 예술의 대상이 될 만한 색다른 '표정'의 미녀를 만나지 못했다. 흔한 미녀는 있지만 솔거가 생각하는 미녀가 없는 것이다. '여'가 솔거를 어떻게 그릴까 하고 고심하는 것과 같다.

예술가는 혼잡한 도시에 거주하지 않는 것이 아니라, 고립된 공간에 거주하는 것이다. '여'가 도시가 아닌 고립된 곳에서 '솔거'를 창조해 내듯이, 솔거는 인가를 떠나서 백악의 숲 속에 조그마한 오막살이에서 산다. 화가인 솔거는 공간적인 고립성을 보여줄 뿐 아니라, 인간관계에서도 고립성을 보여준다. 낮에 거리에 나갈 때는 방립을 쓰고 그 위에 얼굴을 베로 가리고 다닌다. 방립과 베는 다른 사람의 시선으로부터 얼굴을 숨기기 위한 것이다.

> ② 이 화공은 세상에 보기드문 추악한 얼굴의 주인이었다. 코가 질병자루 같다. 눈이 퉁방울 같다. 귀가 박죽같다. 입이 나발통 같다. 얼굴이 두꺼비 같다. —소위 추한 얼굴을 형용하는 온갖 형용사를 한 얼굴에 지닌 흉한 얼굴의 주인으로서 그 얼굴이 또한 굉장히도 커서 멀리서 볼지라도 그 존재가 완연할이 만하다. (801쪽)

「장화홍련전」의 허씨부인의 추한 얼굴의 비유만큼이나 솔거의 흉한 얼굴의 묘사는 비사실적이다. 사실적일 수 없는 흉한 얼굴이 바로 현실적일 수 없는 예술가의 표상이다. '솔거'의 신체적 변별자질인 흉한 얼굴이 예술가의 징표로 유표(mark)되는 것이다. 예술가는 일상인과는 변별되어야 한다는 것이 '여'의 생각이며 작가의 예술관이다. 솔거의 신체적 징표는 일상인과 변별되는 공간적 차이화를 보이게 된다.

'여'가 도시 속에 있을 수 없듯이 '솔거'도 장안, 인가에서 살 수 없는 것이다. 유표되는 흉한 얼굴 때문에 솔거는 다른 사람들과 고립되어 외딴 산 속에 살게 된다. 솔거가 얼굴을 베수건으로 가리고 다니는 것은 추물이기 때문이지만, 그 기의는 한계성, 결핍에 대한 부끄러움의 인식이다. 이것은 굴욕의 표시이면서 동시에 일상인과는 변별되는 징표이다. 두 번의 결혼에서 첫날밤을 지내자마자 색시들이 놀라 달아난 일을 당했던 솔거는 사람들의 얼굴을 대하기 싫어하게 되고, 인가를 떠나 백악의 숲 속에서 살게된다. 또한 이러한 솔거의 신체적 징표는 미녀상의 모델을 구하러 떠돌게 하는 행위로 나타난다. 공간적 고립성과 차단된 인간관계에서 솔거는 여인에게 소모하지 못한 정력을 손끝으로 뻗어 수천 점의 그림을 그리는데 쏟게 된다.

> ③ 백발백염(白髮白髥)의 노옹이나 피리 부는 목동이외에 좀더 얼굴에 움직임이 있는 사람을 그려보고 싶다. 표정이 있는 그림을 그려보고 싶다. (801쪽)

> ④ 그의 어머니는 희세의 미녀였다. 대대로 이후의 자손의 미까지 모두 미리 빼앗았던지 세상에 드문 미인이었다. …(중략)… 철이든 이래로 자기를 보는 얼굴에서는 모두 경악과 공포밖에는 발견하지 못한 화공에게는 사십여년 전의 어머니의 사랑의 아름다운 얼굴이 때때로 몸소리치도록 그리웠다. 그것을 그려보고 싶었다. (802쪽)

예 ③에서 솔거는 화가로서 예술의 새로운 차원에 도달하고자 한다. 스승에게서 배운 전통적 예술세계가 아닌 다른 것을 그리려는 욕구로 십여 년간 사람의 표정만 그리느라고 세월을 보냈다. 산, 나무, 노인, 목동들의 그림이 아닌 표정이 있는 그림을 그리려는 솔거는 세

상 사람들과는 멀리 떠나 따로 사는 고립된 인물이다. 고립된 인물이
기에 사람들의 표정을 기억할 수 없다. 그러면서도 가장 생생한 사람
의 표정을 구하는 것이 아이로니이며 예술의 본성이다. '산, 나무/장
안, 인가'라는 공간적 대립은 '백발노인, 목동/표정 있는 사람들'의 대
립체계로 나타난다. 예 ④에서 산 속의 고립된 인물이면서 사람의 표
정을 그리려 하는 솔거에게는 기억에서 사라졌지만 때때로 기억의 표
면에 떠오르는 어머니의 표정이 잊혀질 수 없는 것이다. 어머니의 사
랑스런 얼굴만이 불멸의 미(mortal beauty)의 대상[65]이다. 어머니의 표
정이 솔거에게 예술의 본체로 구축된다. 이러한 아름다운 표정의 미
녀를 그려서 '자기에게 아내를 주지 않은' 세상을 비웃어 주고 싶은
것이다.

솔거가 그리는 미녀상은 미녀의 아랫부분만 그려진지 수년이 지나
도록 얼굴의 표정을 그리지 못하여 솔거는 얼굴을 싸매고 장안의 거
리를 돌아다닌다. 세상의 미녀는 보통 미녀들뿐이지 사랑의 표정이
없다. '절세의 미녀를 차지하고자 하는 화공의 커다란 야심'은 보통
미녀로 만족하지 못한다. 솔거는 흉한 얼굴 때문에 아내가 없으므로
그 결핍의 공간을, '－' 자질을 바꾸려는 욕구가 강해진다. 세상으로
부터 버림받은 인간의 보상심리가 '＋'로 전환시키려는 미적 욕구로
강하게 표출된다.

⑤ 세상에 드문 미녀였다. 나이는 열여덟과 그 얼굴 생김이 아름
답다기보다 얼굴 전면에 나타난 표정이 놀랄 만큼 아름다왔다.

---

65) 솔거의 죽은 어머니에 대한 '모성고착(mother-fixation)' 내지 '오이디프스 컴
플렉스' 또는 무의식적인 근친상간적 욕구'등에 그 요인을 두고 있는 것으
로 풀이된다. 말하자면 스승의 전통적 화론에 대한 반발은 부성에의 도전심
리와 같은 것이며 모정을 모델로 미인도를 제작하는 행위는 억압된 오디프
스적 에로스의 감정을 승화시킨 것이라는 설명이 가능한 것이다.
윤병로 (1988),『한국근대작가』(성균관대학교 출판부), 115쪽.

흐르는 시내에 눈을 부었는지 귀를 기울렸는지 하여간 처녀의
온 주의력은 시내에 모여있다. 커다랗게 뜨인 눈은 깜박일 줄
도 잊은 듯한 황홀한 눈으로 시내를 굽어보고 있다. (804쪽)

⑥ 아름답기는 다시없는 아름다운 눈이었다. 그러나 그의 눈은 사
   내의 사랑을 구하는 '여인의 눈'이었다. 병신이라 수모 받던 전
   생을 벗어버리고 어제 밤 처음으로 인생의 봄을 맛본 처녀는
   인제는 한 개의 지어미의 눈이요 한 개의 애욕의 눈이였다.
   (807쪽)

소경처녀의 눈은 예⑤에서 예⑥으로 변하게 된다. 처음 소경소녀를
발견했을 때(예 ⑤), 솔거는 십년간 여항의 길거리에서도 우물가에서
도 뽕밭에서도 발견하지 못한 아름다운 표정의 황홀한 눈의 처녀를
만난다. 아름다운 표정은 장안의 거리에서 발견되는 것이 아니다. 고
립된 공간, 사람의 발길이 닿지 않은 곳에서 아름다움이 창출되는 것
이다. 단절, 고독, 십여 년간의 노고만이 예술과 함께 할 수 있다.
화공이 '미녀상'의 얼굴 표정을 어떻게 그릴까 고심하는 것과 마찬
가지로 서술화자인 '여'는 '화가'인 '솔거'의 마지막을 어떻게 처리할
까 고심한다. '여'가 이야기의 결말을 어떻게 할까 궁리하고 있을 때,
유행가 소리가 들려와 '여'의 공상은 중단되고 잡인들의 노래가 들리
지 않는 샘가 바위로 자리를 옮겨 이야기의 끝을 맺는다. 이곳은 솔
거가 외딴 시냇가에서 소경처녀를 만난 공간과 유사한 공간이다.
'솔거'는 소경처녀의 황홀한 표정을 그린다. 용궁의 여의주가 광명
한 일월을 볼 수 있게 해준다는 이야기를 듣는 소경처녀의 얼굴은 놀
라울 정도로 빛난다. 솔거는 황혼이 어둠으로 변하자 눈동자만 미완
으로 남겨 둔 채 그림의 완성을 내일로 미룬다. 솔거는 소경처녀의
체취에 온몸이 마비된 듯 삼십년간의 독신생활을 벗어버린다. 소경처
녀와 '조반을 함께' 먹은 후, 그림폭 앞에 앉았을 때, 처녀의 눈은 어

제의 눈이 아닌 것을 발견하게 된다.(예⑥)

10여년 미녀상의 완성을 갈구하던 예술가 '솔거'에게 공동의 식사와 육체의 합일은 이전의 고립, 단절, 소외에서 벗어남을 의미한다. 고립의 공간이 예술가의 자리였다면 공동의 자리는 일상인의 공간이다. 미가 일상적 공간에 머무르게 되면 예술적 가치는 소멸된다. 소경처녀도 병신자식이라 부모로부터 외면 당하며, 황혼의 아름다움을 보기를 꿈꾸던 아름다운 눈을 가진 시냇가의 처녀가 아니다(예⑤). 이미 사내의 사랑을 알게 됨으로써 용궁의 아름다운 이야기도 사라지고 다만 눈뜨기만을 탐욕스럽게 기다리는 눈(예⑥)이기에 어제의 눈이 아닌 것이다. 어제의 아름다움을 상실한 눈은 애욕적인 눈으로 변하게 된다. '어제/오늘' '아름다움/애욕적'눈이라는 대립체계를 형성하므로 솔거는 소경소녀에게서 어머니와 같은 아름다운 표정을 찾을 수가 없다.

어머니	소경소녀
idea의 세계	현실의 세계
불가시적 세계	가시적 세계
정 신 적	육 체 적
모성	애욕
영 원 성	현 재 성
불멸의 세계	사멸세계

어머니와 소경처녀는 대립되는 세계의 인물이다.

⑦ "자 용궁을 생각 해봐"
"생각하면 뭘 합니까? 어서 이 눈으로 보아야지." (807쪽)

상상의 세계는 욕망으로 인해 차단된다. 여인이 애욕적인 눈이 되기 전에는 상상으로 자연의 아름다운 무지개 빛을 볼 수 있었지만, 육체적 탐욕은 소경처녀의 마음의 눈을 상실하게 하였다. 용궁을 상상하려 하지 않은 눈은 '멀겋게 뜬 눈자위'로 표현된다. 솔거는 '천치야' '병신아'라고 소리치면서 처녀를 흔들어대는 바람에 소경처녀가 넘어지면서 뒤집혀진 벼루에서 먹물 방울이 그림에 튀어 원망의 '눈동자'가 찍히게 된다.

여기서 추남 화가 솔거와 눈먼 소경처녀와의 관계66)는 다른 여성들과의 관계에서 조명되어야 한다. 먼저 결혼했던 여성들은 눈뜬 사람들이다. 이들의 '눈뜸'은 화가 솔거에게는 '추남'인 것을 확인시켜 주는 기능을 할뿐이다. 또 다른 여성인 어머니는 솔거의 영원한 원초적 여성이다. 어머니의 맹목적인 눈먼 사랑은, 솔거에게는 추함을 의식조차 하지 못하는 절대적 공간을 형성하므로 미와 일체가 되는 합일의 경지이다. 어머니를 잃었을 때, 비로소 어머니 상을 그리려는 미적 욕구가 발생하는 것이다. 결핍에 대한 갈망에서 예술적 창조 욕구가 생긴다. 그러나 눈뜬 여성과 반대로 소경처녀는 '눈먼' 상태이기에

---

66) 다른 논자들은 솔거와 소경처녀의 관계를 다음과 같이 해석하고 있다.
  ① 윤홍로 '동인속의 죽음 의미' 『현대소설연구』(정음사), 33쪽.
  육체를 알아버린 눈먼 소녀의 눈은 금기 파괴로 속화되었다. 소녀의 죽음은 절대점(絶對點)의 창조를 위해 제물이 되게 한 것이다.
  ② 홍태식 『한국근대단편소설의 인물연구』, 83쪽.
  소경처녀가 이제 와서 병신천치로만 보이는 것은 어머니를 범했다는 자신의 죄책감의 투사다. 처녀 살해는 자기파괴의 충동에서 빚은 살인이다. 극복되지 않은 대상(부성원리)에 대한 살해 욕망은 자신에게 투사되며 그것은 자살과 같은 자기파괴 행위로 나타난다.
  ③ 이재선 『한국현대소설사』(홍성사, 1979), 253쪽.
  미화된 모성의 상징으로 보이던 처녀를 밝은 날 빛 아래서 보는 솔거는 그녀에게서 여인의 '눈'과 '바보' '병신'의 추함뿐임을 확인하게 되는 것이다. 이에 솔거의 야행적인 추물의 열등감 여성기피증 및 모성고착증의 복합적인 감정이 발동하게 됨으로써 그는 살인충동을 갖게되며 그 살인의 결과로서 수반되는 공포 때문에 마침내 그는 자기 .파괴적인 죽음에 이르게 되는 것이다.

화가 솔거의 추함을 발견하지 못한다. 소경처녀가 아름다운 황혼을 상상하는 눈을 보였을 때는 미와 인접한 인물이지만, 상상할 줄 모르는, 아름다운 표정을 상실한 '눈'에서는 미를 발견할 수 없다. 그러므로 소경처녀의 눈은 병신으로 되돌아가고, 미의 대상으로서 자격을 상실하게 되는 것이다. 화가 솔거가 미녀상의 아랫도리만 그리고, 얼굴 부분을 아직 그리지 못해 모델을 구하려고 애쓰는 것은 미의 탐구정신이다. 원망의 눈동자가 찍힌 미녀상은 완성된 그림이 아니다. 그러므로 솔거는 광인이 되어 저자거리를 돌아다니게 되고, 늙어 죽을 때까지 여인의 화상을 품고 죽는다.

솔거의 추한 신체적 변별징표는 아름다움의 결핍과 한계성을 의미한다. 아름다움을 추구하여 결핍공간을 미의 완성의 공간으로 전환시키려고 고뇌하는 정신적 에네르기가 작용한다. 소경처녀의 눈멈은 아름다움의 장애적 요소가 되고 있어, 눈이 멀었다는 신체적 징표는 변환되어, 신체적 상상력의 결핍으로 의미되고 있다.

「무녀도」

「무녀도」에서 신체적 변별자질을 가지고 있는 인물은 '낭이'이다. 낭이는 주인 할아버지가 이름을 물었을 때 대답을 할 수 없었다. '귀가 먹었기' 때문이다.

낭이는 어머니인 모화와의 관계 속에서 드러나는 인물이다. 다른 연구자들이 「무녀도」를 논의할 때 '모화'를 중심으로 작품을 해독하고 있는데, 이것은 텍스트의 중심인물을 '모화'로 보기 때문이며, '모화와 아들 옥이'와의 관계에서 주제를[67] 읽어내는 논점을 택하고 있

---

67) 「무녀도」는 1936년작과 1947년 개작은 동일한 인물들이 엮어가고 있는 텍스트이지만, 모화와 낭이, 모화와 옥이의 관계에서 어느 쪽을 부각시키느냐 하는 관점에서 다른 주제를 읽을 수 있다.

기 때문이다.

그러나 여기서 해독하려는 1936년 작 「무녀도」는 낭이와 어머니 모화의 관계가 더 선명하다. 두 작품 다 '무녀도' 그림에 대한 묘사로부터 시작하고 있다는 점에서 또 텍스트의 처음과 끝을 낭이가 장식하고 있다는 점에서 '낭이'는 「무녀도」의 중심 인물이라고 본다.

텍스트의 서두는 '무녀도'라는 그림에 대한 묘사로 시작된다. '무녀도'는 낭이가 그린 그림이며 '그것은 소녀의 얼굴에서 보는 듯한 어떤 슬픔 숨결이었다.'라는 서술에서 낭이와 모화의 연접성이 드러난다. '무녀도'라는 그림은 낭이의 자아와 어머니 육체의 동질화하기의 심상이다. 매체인 작품과 예술가, 예술대상인 작품과 독자사이의 미학적인 상호작용의 원형은 유아와 어머니사이에 무의식적으로 느끼는 만남과 같다.[68] 예술가의 영원한 매체는 어머니이다. 낭이가 어머니 모화의 그림을 그리는 것은 어머니 속에서 낭이의 예술이 창출되고 있기 때문이다. '무녀도'를 보고 주인할아버지는 다른 그림들과는 다른 필치에 감탄한다.

이 텍스트의 서술화자는 '나'이지만 나는 할아버지로부터 들은 이야기를 전해 주는 역할을 하고 있다. 그러나 일인칭 서술화자는 틀의 역할만 하고 있을 뿐 텍스트 내에 관여하지는 않는다.

텍스트 속이야기인 모화와 낭이의 이야기는 살고 있는 '집'[69]에 대한 서술로 시작된다.

    한머리 찌프러져 가는 묵은 기와집이었다. 집웅 우에는 기와버섯이 퍼렇게 뻗어 올라 독한 흙 냄새를 풍기고, 너른 뜰에는 도트라지 오요개지 같은 이름도 모를 잡풀들이 거다게 성하야, 군데군데 사람의 키가 묻힐 지경이었고 땅(마당)은 봄에 물이 녹을 때

68) 엘리자베드 라이트, 『정신분석 비평』, 권택영 역(문예출판사, 1989), 116쪽.
69) 김동리(1936), 『중앙』, 34쪽.

부터 시작하야 도루 얼어붙을 때까지 사뭇 축진해서, 배암같은 지
렁이들이 한자씩이나 폈다. 움츨리고, 잡풀 뿌리 지음에는 개구리
머구리들이 쌍쌍이 앉어 얼을 빼고 집 주위는 높지도 않은 앙상
한 돌담이 문허지다 남은 옛성처럼 꼬불꼬불 외어 쌓다 한군데가
끊어졌을 뿐 울타리랄 것도 없고 우울한 처마아래 단 하나 방문
은 언제나 무겁게 닫혀져 있었다. (34쪽)

　서사공간의 배경은 인물의 환경을 나타낸다. 한 인간의 집은 그 사
람 자신의 확대이며 집을 묘사하는 것은 그 사람을 묘사하는 것으로
인물에 대한 환유적 또는 은유적 표현이다.[70] 한 인물의 물리적 환경
(방, 집, 거리, 도시)은 그의 인간적 환경과 함께 특성을 내포하는 환
유로서 사용하게 된다.[71] 모화와 낭이가 살고 있는 집은 '무너져 가
는 집' '잡풀' '배암, 지렁이, 개구리'로 수식되어 그 안에 살고 있는
모화와 낭이의 특성을 장식하고 있다. 특히 방문은 무겁게 '닫혀져'
있는 공간이다. 그리고 누구나 이 집에 오기를 꺼리며, 지나가기도 싫
어한다는 것은 인간관계에서 고립되고 폐쇄적이라는 것을 알 수 있
다. 큰 구렁이나 오래된 여우나 쥐, 묵고 낡은 집은 정상적인 집이 아
닌 일탈되는 초자연적 표명이 된다.[72] 모화의 집이 초자연적 공간이
듯이 그 속에 사는 모화 또한 눈에는 무서운 정열이 흐르고, 귀신과
이야기하며 개와 도야지와도 통하는 초자연적 인물로, 자기가 낳은
낭이를 용신님의 딸이라 한다. 모화의 집이 배암과 개구리가 있는 일
탈된 세계임을 의미하지만. 또한 동네 사람들은 모화가 무당이기 때
문에, 그들 스스로 백정이나 무당의 족속과는 분별하려는 차별의식이
작용해서 모화네집 사람과 가까이 하지 않는다. 이렇게 마을 사람들

---

70) Rene Welleck & Austin Warren(1949), 『Theory of Literature』 (Penguin Books),
　　p.221.
71) 이상일 '변신설화와 원초의식' 『충격과 창조』(창원사, 1975) 318쪽.
72) S.리몬-케넌, 『소설의 시학』, 최상규 역(문학과 지성사, 1985), 102쪽.

로부터 단절된 공간이 모화의 집이며, '닫혀진 문' '소외당하는 집' 안
의 인물이 낭이이다. 낭이는 어려서부터 집밖을 나오지 않았으며 '귀
가 먹었기' 때문에 외부와는 단절된 공간 속에 사는 인물이다. 이 텍
스트에서 집은 상징적 의미를 지니며 인물의 내재적 특성을 나타내는
인접관계를 보여주고 있다. 환경뿐 아니라 인물의 외양(external
appearance)은 인물의 특성을 나타내주는 지표로 사용되기도 한다. 낭
이는 어머니를 닮아 얼굴이 '푸른 소녀'였다. 사람들은 어미는 '퍼렁
이', 딸은 '파랑이'라 부른다. 얼굴빛이 나타내는 외적자질은 인물의
성격적 특성과 유사관계를 이룬다. 무너져 가는 집과 푸른빛의 얼굴
은 괴기스럽고. 초현실적인 분위기를 보여준다. 여기서 집, 얼굴, 인물
은 인접관계를 이루고 있다. 또 인물이 운명적 결구에 도달하게 되는
인과관계를 구축하고 있다.

낭이의 얼굴빛이 파란빛이라는 외적자질은 텍스트의 분위기를 구
축하는 장치이고, '귀가먹고' '벙어리'인 신체적 변별자질은 낭이의
운명과 관련되는 인과관계를 이루고 있다. 낭이가 '귀가 먹은' 연유는
징벌 때문이다. 모화의 말에 의하면 낭이는 수국 <꽃님>의 화신인데
수국 용신님의 열두 번째 따님으로 열한 번째 형의 낭군을 가로챘다.
크게 노하신 용신님이 '꽃님의 귀를 먹게 하시고 수국에서 추방'하였
다.

'귀'와 '눈'은 외부세계를 안으로 받아들이며, '입'은 내부세계를 밖
으로 내보내는 기능을 지니고 있다. 외부세계를 받아들이는 '귀'를 상
실했으므로 낭이는 '눈'으로만 외부세계와 교통할 수 있다. '입'을 상
실했기 때문에 낭이는 다른 표출 기능을 필요로 한다. 내적으로 응집
된 세계를 '그림'으로 표출한다. 낭이는 무너지는 집과 어머니를 그림
으로 그린다. 그림 '무녀도'는 무녀인 어머니 모화가 춤을 추는 것을
그린 것이다. 여기서 텍스트는 「무녀도」라는 제목이 된다.

이웃사람들이 가까이 오기를 꺼리는 인간관계의 단절, 폐쇄적 공간은 들을 수 없고 말할 수 없는 신체적 징표를 지닌 인물을 잘 드러내는 요소가 된다. 이것은 낭이가 원초적 공간에 머물고 있는 인물임을 의미한다. 버섯과 잡풀이 우거진 집은 어머니의 자궁과도 같은 원초적 공간이다. 낭이는 아직 어머니와 분리되지 않은 '자궁' 안에 자리잡고 있다. 낭이는 집안에 머무는 인물이며, 어머니를 그리워하지만, 모화는 집밖으로 나다닌다. 신령에 취해서 끼니도 굶으며 돌아다니거나 동구 밖에서 술에 취해 돌아온다. 낭이는 어머니가 굿을 나간 날이면 밤을 새며 그리워한다.

낭이와 모화의 관계는 일탈된 모녀의 관계를 보이고 있다. 모화는 낭이를 용신님의 따님으로 사랑하며 '낭이님'이라고 부른다. 그러나 낭이는 모화에게서 평범한 어머니의 애정을 기대한다. 이웃집 옥녀네와 같은 일반적인 관계이기를 바란다. 옥녀는 어머니와 싸우기도 하며, 울기도 하고 두드려 맞기도 하는 것이다. 낭이는 모화에게서 사랑은 받지만 그 사랑은 신령님께 받치고 난 껍데기뿐이라고 생각한다. 낭이는 만약 '입이 열리었다'면 누구에게나 하고 싶은 말이 '어머니가 없다'라는 말이다. 여기서 낭이와 모화의 관계는 무너져 가는 집으로 은유되고 있다.

> 어머니라고 가슴에 안은 것이 금시 어머니가 아니고 차고 꿋꿋한 어머니의 송장이기도 하고 어머니는 어머니이면서 사람아닌 어머니기도 하였다. 그럴 때마다 그는 느껴 울다 소스러쳐 깨이며, 그의 곁에는 언제나 시퍼런 모화 무당이 누어있고 하였다.
>
> (124쪽)

모화는 어머니라기보다, 송장이거나, 사람이 아닌 무당이다. 일탈된 관계에서 낭이의 모성에의 결핍의식에서 다른 출구를 통해 사랑을 충족시키려 한다. 결핍공간을 충족시키려는 에네르기는 인간적인 사랑의 욕구인데, 이것이 결핍되어 있기 때문에 그림을 추구하는 것으로 대체된다. 인간적인 사랑에의 에네르기는 오빠 욱이에게로 향하게된다. 욱이는 한숨지으며 뛰어드는 낭이를 밀쳐 버리지만 또 다시 까물어 칠 듯이 뛰어드는 누이의 손을 쥐어준다. 욱이는 어려서는 무당 아들이기에 글방에서도 받아주지 않았고 아이들에게도 멸시를 당했다. 욱이는 절에서 공부하다가 우연히 선사를 죽이게 되어 감옥에 있었다. 욱이도 집, 절, 감옥 등, 단절된 세계의 인물이다. 낭이와 욱이는 공간성에 있어서 유사관계이다.

낭이는 오빠가 돌아온 지 사흘만에 그 집을 그린 그림을 내놓았다. 욱이는 낭이가 그림으로 향하는 에네르기를 발산할 수 있는 촉매가 된다. 낭이의 아버지는 낭이에게 그림을 그리게 했으며, 낭이의 어머니는 낭이의 그림이 된다. 낭이와 아버지, 욱이, 모화의 관계는 그림을 통하여 이어진다. 낭이의 그림은 안락한 공간이 아닌 '페허의 집'이며 어머니로서가 아닌 '무녀 모화'이다. <집/페허의 집>, <어머니/무녀>의 체계에서 집이 아니며, 어머니가 아니기에, 부재의 공허함의 아름다움이 예술의 핵이 된다. 집이 아닌 집이며, 어머니 아닌 어머니를 예술로 승화하고 있다. 이러한 <빈 것에 대한 그리움>이 낭이의 내적 세계에서 상충되며 긴장미를 창출한다. 어머니를 그리워하지만, 어머니를 그릴 수 없고 무녀를 그려야하는 <어긋나는> 감성이 표출되어 나타나는 예술세계를 보이고 있다. 모화는 '어머니'이며 동시에 '무녀'라는 이중적 의미를 지니기에 낭이는 모성에 대한 그리움이 충족되지 않는다.

낭이는 어머니의 몸으로부터 분리될 수 없다. 모화는 존재하지만 그러나 어머니는 없다. 모화는 이러한 양극적 존재이므로 예술의 대상이 된다.

　　화가나 시인의 상상력은 이러한 불만족에 형태나 생명력을 줄
수 있다. 예술이 표상이라면, 그것은 우리들이 보고 알고 있는 세
계의 것이 아니고, 볼 수 없는 것이요, 미지의 것이다. 다시 말하
자면, 예술은 표상을 매개체로 하여 그러한 것을 전달하며 도치시
키는 것이다. 이것은 일종의 정신에 기인한 표현방법으로 예술가
가 느끼는 것과 흡사한 결정적인 감동을 불러일으킨다.73)

　낭이는 '벙어리'이기 때문에 어머니의 부재는 침묵의 세계에서 응
축된다. 그러므로 모화가 어머니면서 신령의 딸이라는 의미는 낭이에
게 관여하여, 낭이의 신체적 변별자질과, 고립된 폐쇄 공간은 내적세
계에서 결합되어 창조적 공간으로 전환된다. 한편으로는 충족되지 않
은 공허감과 그리움이 의붓 형제인 욱이에게로 향하여, 그리고 낭이
는 잉태하게 된다. 낭이가 잉태한 것은 인간적 속성인데, 모화는 신령
에 의해서 잉태했다고 믿게 된다. 이러한 확신으로, 모화는 멀어져 가
는 마을 사람들의 믿음을 회복하려한다. 모화는 마을에 들어온 예수
교 때문에 사람들이 모화에게 오지 않는다고 생각하고 있었다.
　마을에는 두개의 구경거리가 생긴 것이다. 하나는 하나님 아버지를
믿는 사람은 소경이 눈을 뜨고 앉은뱅이는 걷게 되며, 귀머거리는 들
을 수 있고, 벙어리는 말을 하게 된다는 이적 행위이다. 또 하나는 예
수교의 저주를 받으며 마을 사람들로부터 괄시를 받는 모화가 꽹과리
치며 잡귀신을 쫓는 굿이다. 양국놈들의 예수교가 벙어리를 말하게
한다는 이적행위에 맞서서 모화는 낭이의 입을 열게 하겠다고 말한
다. 신령이 의해 잉태한 낭이 따님이므로 '아기의 울음소리와 함께 낭
이 따님의 입이 열릴 것'이라는 모화의 말과는 반대로 낭이는 유산을
했고, 입은 여전히 닫혀 있으므로 모화는 더욱 사람들의 비웃음을 사

---

73) 임영방(1979) 『현대미술의 이해』(서울대학교 출판부) 117쪽.

게 된다.

낭이의 신체적인 결함이 용신님의 징벌에 의한 것이며, 이제 신령에 의해 말을 하게된다고 믿었던 모화는 성스럽게 빛나던 정열의 눈빛은 사라지고 눈물이 어리게 된다. 낭이의 '귀머거리' '벙어리인' 신체적 변별 자질은 '−' 징표이면서 또한 사랑하는 어머니 모화의 굿의 효험을 믿지 못하게 하는 자질이 되었다. 모화는 굿의 효능을 회복하기 위해 큰굿을 하게 된다. 부잣집 며느리의 죽은 혼백을 건지러 예기소에 들어가나, 오히려 모화는 몸이 물 속에 잠기게 된다. 낭이는 본래의 몸이었던 어머니가 현재의 공간에서 사라짐으로 해서 원초적 공간은 상실된다. 또 원초적 공간의 이미지는 찌그러져 가는 모화네 집으로 유추된다. 무너지는 집은 모화와 낭이에게 있어서 상호 내포적 관계를 맺는다.

모화는 죽고, 욱이는 사라져 버리고, 낭이도 아버지를 따라 떠나버린 폐허의 집에는,

> 모화의 집 뜰에는 잡풀이 더 검어졌다. 그리고 밤이면 늘 처마에 희미한 종이 등불이 걸리어 있었다. 들으면 낭이의 외할머니 되는 이가 와서 홀로 죽을 날을 기두리고 있다한다.
> 방안에는 낭이가 그린 모화의 초상화 한 폭이 걸려 있었다.
>
> (129쪽)

모화의 집은 잡풀과 죽음의 집이 되어 있다. 모화의 분신들은 사라지고 모화의 어머니가 그 집을 지키고 있다. 텍스트 결말의 서사공간은 낭이의 어머니는 없고(−) 낭이가 그린 모화의 초상화만 있는(+) 것이다. 모화는 낭이에 의해 새롭게 존재하게 되는 것이다.

'예술가의 매체는 어머니의 육체이고 원초적 대상으로부터 자아를 분리시키는 것은 주요한 형태의 경험이다. 창조행위는 어머니의 육체

로부터 분리되는 경험의 반복이다.'74) 낭이는 어머니의 육체로부터 분리되었다 또다시 어머니의 몸으로 되돌아간다. 어머니이며 또한 신령의 딸인 무녀 모화는 현세에는 존재하지 않지만 예술 세계에서는 영원히 존재하게 된다. 모화는 다시 살아나는 것이다. 낭이는 '무녀도'를 그리면서 아버지와 함께 떠돌지만, 본래의 공간인 어머니 몸으로 되돌아가는 것이다.

「광화사」에서 추한 얼굴을 베수건으로 가리고 다녀야 하는 솔거는 어머니상인 <미녀상>을 그리고, 「무녀도」에서 귀머거리며 벙어리라는 이중징표를 지닌 낭이는 어머니인 <무녀도>를 그린다. 결손징표를 지닌 솔거와 낭이는 본래의 몸을 찾고자, 어머니의 몸을 형상화 하려고 한다.

솔거에게는 세상에서 가장 아름다운 얼굴이 어머니이며, 가장 사랑스런 시선의 눈을 지녔으므로 어머니인 '미녀상'을 그리려 한다. 양가집 처녀에게서 어머니의 아름다운 얼굴을 발견하는 것이 아니라 심산유곡 시냇가에서 만난 소경처녀에게서 아름다운 얼굴을 발견한다. 고립된 공간, 단절, 소외는 예술의 공간이지만 소경처녀와의 육체적인 합일은 고립공간의 예술성을 파탄시킨다. 또 소경처녀도 육체적 합일은 탐욕과 눈뜰 수 있기를 기다리는 욕망에 어두워 표정의 아름다움을 상실한다. 육체의 추함을 보지 않는 어머니의 눈먼 사랑은 불멸의 존재이지만 육체적 경험에 눈뜬 소녀는 탐욕으로 사멸의 존재가 된다.

「무녀도」에서 낭이가 그린 <무녀도>는 '소녀의 얼굴에서 보는 듯한 어떤 슬픈 숨결이었다'에서 그림과 낭이는 동일시되고 있다. 낭이의 공간은 안락한 집이 아닌 폐허의 집이며, 소외된 공간이다. 낭이의

---

74) 엘리자베드 라이트, 『정신분석비평』, 권택영 옮김(문예출판사, 1989), 116쪽.

어머니는 어머니이면서 어머니가 아닌 무녀이다. 낭이의 '귀머거리, 벙어리'인 신체적 징표는 사랑하는 모화의 굿의 효험을 부정하는 결과가 된다. 낭이의 본래의 몸이며 원초적 공간인 모화는 현세에는 존재하지 않지만, 모화의 초상화가 폐허의 집에 걸리므로 예술적 공간에 존재하게 된다. 무녀 모화는 낭이에 의해서 다시 살아나고 있는 것이다.

솔거는 어머니의 육체로부터 분리하는데 실패하였고, 결국 그림을 완성하지 못하고, 좌절과 광기에 빠진다. 반면 낭이는 어머니의 몸으로부터 분리되어 예술적으로 승화되어 그림을 완성하였다.

제 6 장 결 론

앞에서 신체적 징표들이 외형적으로 개인의 세계에 어떻게 작용하고 있으며, 또한 그것들이 어떻게 인간관계를 형성하고 있는지를 서술하였다. 벗어날 수 없는 강력한 변별 징표들이 그들에게는 구속력이 되며, 그들은 그것으로 인해 사회적 냉대를 받는 등, 비인간적인 관계로 인간성을 박탈당한다. 더 나아가서는 열등인, 국외자, 소외자로 추방되거나 상실되기도 한다.

신체적 결손 징표의 인물들은 그들 본래의 이름은 상실된 채 벙어리, 장님, 애꾸눈, 문둥이, 절름발이, 외팔이, 인두지주, 택부자 등으로 불려진다. 자신의 이름이 아닌 신체적 징표로 불려짐으로써 인간적 관계가 이루어지지 않는다. 그러므로, 그들은 정체성을 상실하게 된다. 또 그들의 신분은 사회적으로 주도적 역할을 수행할 수 없는 계층에 속한다. 그들은 사회에서 정당한 직업을 얻을 수 없는 인물이며, 학교에서 쫓겨나기도 한다. 이 사실들은 곧 그 당대의 현실을 반영하는 것이다.

첫째, 신체적으로 결손징표의 인물들은 걸인(5인), 식모(4인), 하인(2인), 무직자(남 4인, 여 6인), 노동자(5인), 점쟁이(1인), 장돌뱅이(1인),

농업(2인), 급사(1인), 화가(2인), 작가(1인), 不明(1인)의 직업을 가지고 있다 결손 인물들은 대체로 걸인, 식모, 하인, 무직자, 노동자 등 하위 계층의 인간들이 많으며, 직업이 있어도 사회에서 정당한 인정을 받지 못하는 인물들이다. 이 들은 공재도(「산협」)를 제외한 모든 인물들이 가난하고 비참한 삶을 영위하고 있으며, 「지하촌」, 「인두지주」, 「한여름밤」, 「도시와 유령」, 「고향」, 「누이동생을 따라」 등에서는 가난이 신체적 결손을 유발하는 원인이 된다. 그 이외의 작품에서는 신체적 결손징표 때문에 빈곤한 생활을 해야만 하는 인물들이 등장한다. 신체적 결손 인물들은 신체적 '-'징표와 '가난'이라는 이중의 고통을 당하며, 자신들의 삶의 조건들을 변화시키려는 의지조차 박탈당한 자들이다.

둘째, 신체적 변별자질은 인물과의 관계에서 다음과 같이 '-'요소로 작용한다.

① 가족으로부터 쫓겨난다. : 「백치아다다」 「항구」 「누님」 「추물」
   「실명」 「바위」 「옥심이」 「항구」 「병풍에 그린 닭이」
② 자기 스스로 가족으로부터 떠나야 한다. : 「누이동생을 따라」
   「누님」 「계산서」 「산협」
③ 주인으로부터 쫓겨난다. : 「벙어리 삼룡이」 「계집하인」 「추물」
④ 자기 스스로 주인으로부터 떠난다. : 「정순이의 설음」 「상투」
⑤ 마을, 집단, 사회로부터 추방된다. : 「바위」 「옥심이」 「지하촌」
   「한여름 밤」 「도시와 유령」 「인두지주」
⑥ 마을, 집단, 사회로부터 이탈한다. : 「실명」 「캉카루의 조상이」
   「비오는 길」 「모밀꽃 필무렵」 「고향」 「행진곡」 「지주회시」 「광
   화사」 「무녀도」

가족, 마을, 사회로부터의 추방자들이거나 이탈자들인 신체적 '-' 징표를 지닌 인물들은 이러한 공간의 차이화에도 관여하여 고립된 공

간에 존재하게 된다. 집안이 아니고 집 밖, 마을 안이 아니고 마을 밖, 사회 속이 아닌 사회 밖의 공간에 존재하게 된다. 이들은 신체적 결손징표로 인하여 공간의 경계를 뛰어넘을 수 없는 추방자들이 된다.

경계공간으로부터 탈출할 수 없는 신체적 변별징표의 인물들은 죽음을 통해서만 한계적 상황으로부터 자유로을 수가 있다. 「백치아다다」「벙어리 삼룡이」「무녀도」「오몽녀」(지참봉), 「누이동생을 따라」(애꾸눈), 「바위」(문둥이), 「항구」(곽서방) 「상투」(김첨지) 「광화사」(솔거)의 인물들은 버림받고 쫓겨나며 죽음에 이르러 해방되는 존재들이다.

사회로부터 추방된 자들이지만 어머니의 무한한 애정 속에 수용되는 「지하촌」의 칠성이, 「사계와 남매」의 옥순이, 아버지와 마을로부터 쫓겨나지만 아버지의 사랑으로 포용되는 「옥심이」의 천수, 남편과 집으로부터 떠나야 하지만 아버지의 사랑이 있는 「누님」의 남순이, 아들과 같은 애정을 받는 「항구」의 곽서방, 같은 노동자들의 사랑을 받는 「어둠에서 주은 '스케치'」의 절름발이와 「인두지주」의 거미, '나'의 긍정적 시선에서 서술되는 「누이동생을 따라」, 「한여름 밤」, 「도시와 유령」, 「고향」등에서의 결손자들에서 보는 바와 같이, 사회의 조소와 경멸 속에서 연민과 사랑의 시선이 공존한다. 버림받은 인간, 비정상적・불구적 인간의 모습을 통해서 인간의 진실을 발견하려는 노력은 부정적이든 긍정적이든 차별된 세계가 아닌 함께 생존하는 세계로 향하게 한다.

셋째, 신체적 결함이 외부세계와의 친밀한 결속에 장애가 된다. 외부의 억압으로부터 벗어나지 못하여 정상적인 인격으로서의 생이 차단되므로 존재에 장애를 받는 인물들이지만, 반대로 자신의 내부세계를 구축하는 양상을 보여 준다.

(1) 가족이나 사회로부터 병신이라고 조롱 받지만, 신체적 변별성 때문에 순수함과 선, 사랑에 도달했다고 볼 수 있다. 「백치아다다」, 「벙어리 삼룡이」, 「사계와 남매」의 아다다, 삼룡이, 옥순이는 신체적 결손징표가 오히려 정신적 순수성과, 선함을 의미하고 있다.

(2) 신체적 변별자질이 자기와 타를 구별하는 요소가 되어 자신을 고립시키지만, 정상적인 인물들이 오히려 더 마음의 불구자들이며, 위선적이고, 비주체적인 인물들임을 발견하게 하는 정신적인 승리자들이 있다. 「실명」, 「캉가루의 조상이」, 「정순이의 설음」, 「상투」, 「어둠에서 주은 '스켓치'」의 인물들은 강인한 정신을 보여준다.

(3) 신체적 징표들로 해서 외부세계와 차단되지만, 반대로 내적인 표현욕구는 예술로 변이된다. 애꾸눈의 단소소리, 솔거의 미인도, 낭이의 무녀도는 결손징표가 창조적 세계로 충전된다.

(4) 타인들과 정상적인 관계를 교류하려 하지 않고 내부의 밀폐된 공간을 구축하며 내부세계 속에서 외부세계와의 대결을 증폭시키는 인물들이다. 「비오는 길」 「계산서」 「지주회시」는 내부세계의 극대화를 이루고 있다.

이 네 유형의 인물들은 신체적 변별자질은 '−' 징표이지만 존재론적 층위에서는 '+'적 요소로 변모되는 상향적 인물들이다. 그러나 「오몽녀」의 지참봉, 「계집하인」의 양천집, 「옥심이」의 천수, 「발가락이 닮았다」의 M, 「병풍에 그린 닭이」의 박씨부인, 「산협」의 공재도, 「과도기」의 창선이, 「황토기」의 억쇠, 「한 여름밤」과 「도시와 유령」의 거지 등은 신체적 징표가 그의 운명과 세계를 지배하여 존재 층위에서 변모된 모습을 보여 주지 못한다.

34편의 텍스트를 해독한 결과 불구인 신체적 결손자질은 개인의 고통이거나 가족의 문제로 제시될 뿐 사회적 문제로 제시되고 있지는 않다. 그러나 불구적 인물을 통해서 사회의 불구적 삶을 인식하게 한다. 「어둠에서 주은 '스케치'」에서는 일본의 노동착취를 고발하고 있고, 「상투」와 「과도기」에서는 조선인의 정신의 상징인 상투를 말살하려는 일인들을 증언하고 있으며, 「한여름 밤」과 「도시와 유령」에서는 비참한 불구 거지들의 모습이 유령과 같은 존재로 나타나며, 병든 도시사회를 고발하고 있다.

그들은 불구적 신체성으로 인해 자신들의 한계성을 의식해야 하는 인물이다. 타인들의 시선에 접촉하는 순간, 자기를 의식해야만 하는 인물들이며, 뿐만 아니라 보이지 않는 시선까지도 의식해야만 하는, 타인의 시선으로부터 자유로울 수 없다. 다른 사람들의 시선을 받아야 하는 것이 영광이 아닌 부끄러움을 의미하며, 자신의 신체를 감출 수 없는 노출된 자들이다. 그러면서도 소외되고 고독한 자신들을 발견한다.

감추어진 신체가 아닌 드러난 신체는 익명의 인간으로 도피할 수 없는 육체이다. 항상 목격되고, 징표화 되는 육체이므로 그들은 신체적 결손징표로 불려지며 자신의 고유한 이름을 상실한 채 동물적 존재로 비하되며, 조소와 경멸의 대상이 된다. 외적으로 자신의 신체를 의식하며, 행위에 구속을 느끼지만, 내적으로는 부끄러움으로 여과된 자신의 내적 진실을 추구하며 또 다른 내면의 육체를 구축해야만 하는 고통에 시달리는 존재들이다. 정상적/비정상적 대립관계 속에서 나와 타인들의 거리를 의식하는 내적 시선을 지닌 자들이 된다.

이 신체적 징표들은 인간이 완전성, 전체성을 이루지 못하고 분절되고 해체되는 모습을 보여준다. 인간적 존엄성은 상실되어 사물화되어 가고 소외되고 고립된 인간들의 모습이기에 특정한 한 개인의 소외이며, 고립이라고 말할 수는 없다. 사회현실로부터 이탈해가고, 탈출하려는 인간의 모습이 곧 우리 자신들의 모습인 것이다. 문학은 사회의 거울이며, 우리들 자신을 비추어보는 공간이다. 결손된 인물들

의 모습을 통해, 인간 존재의 또 다른 모습을 비추어 볼 수 있다. 그
때, 반사되는 훼손된 비정상적 모습이 우리들 자신의 모습임을 발견
할 수 있게 된다.

위의 텍스트들은 정상적인 생의 모습에서는 규명할 수 없는 인간
의 모습과 양상을 보여주고 있다. 그러므로 신체적 결손징표는 인간
의 한계적 상황이며 두려워하는 경계공간의 고통을 상징한다는 데 의
미가 있다고 볼 수 있다.

넷째, 인간은 자기 존재의 의미를 확인할 수 없으며, 본래적으로 신
체적 한계성을 지각하고 있다. 이러한 한계상황에서 구속감, 압박감으
로부터 자유롭기를 원하는 인간의식의 한 표현으로서 신체적 결손의
식이 반어적 미학으로 형상화되고 있다. 신체적 결손인물을 통해서
정상인들의 삶에서 드러나지 않은 또 다른 세계를 발견하도록 하는데
의의가 있다. 정상적인 신체와 비정상적인 신체의 대조와 긴장을 통
해 안이하게 구축된 세계의 균형화, 질서화 체계화된 일상적 삶을 무
너뜨리고 찌그러뜨리는 부정의 미학이다. 완성된 미적세계(숭고함)가
아닌 불완전한 미적세계(그로테스크)로 환원하게 됨으로써 해체된 세
계의 내면적 진실을 드러내게 된다. 따라서 본고에서 신체적 결손 인
물을 조명해본바, 신체의식(somagram)은 다음과 같이 종합해 볼수 있
다.

① 신체적 결손요소가 정상적인 신체의 인물에 비해서 경멸과 조
롱의 대상이 되고 있지만, 내적으로 드러난 사실은 정상적인 신체의
인물보다 더 순수하며(innocent), 정상적인 신체의 인물들이 지각하지
못하고 있는 진실의 세계를 발견하고 있음을 알 수 있다. 아다다는
일상의 언어로 소통하는 세계의 인물들과 변별되는 가치관을 보여주
는 인물로서, 일상적 언어의 질서의 세계를 무너뜨리고 있다. 말을 할
수 없는 <벙어리>라는 신체적 결손자질은 오히려 일상적인 말이 낡

고 탐욕적·물질적 세계에 속함을 의미하게 한다. '실명'에서 보이지
않는 눈은 자연적 시력을 지닌 볼 수 있는 사람들이 더 위선적이며
탐욕적이라는 사실을 발견하게 한다. 장님인 원칠이는 볼 수 없지만
가시적 세계를 넘어서 자연의 순수함과 아름다움을 인지할 수 있는
어둠의 세계에서 밝음의 세계로 깨어나는 인물이다. 이와 같이 신체
적 결손이 정상적인 인물보다 더 정상적인 가치관을 보여주는 역설적
인 가치의 전가치화 (transvaluation of value)의 세계를 나타내고 있다.

② 옴두꺼비 같이 생긴 벙어리, 언챙이, 곰보, 애꾸눈, 문둥이 등의
결손 징표는 외모의 추한 모습으로 인해서 그로테스크한 형상으로 표
현되고 있다. 이 그로테스크한 인물들은 아름답고 정상적인 인물들과
대비되면서 조소적인 웃음과 연민적 동정을 동시에 유발하고 있다.
그러나 이 인물들은 그들의 생에 숙명적으로 관여하는 징표의 차별세
계로부터 벗어 나려하며 구속된 세계로부터 자신을 해방시키려 한다.
이 그로테스크한 형상은 완전함이 아닌 비정상적인 결손의 미학을 형
상화하고 있다.

③ 신체적 결손 징표는 시대와 사회적 고통, 도덕적 결여, 현실적
삶의 비참함을 표상 하는 은유와 상징이다. 절름발이는 정상적 신체
의 인물과 대비됨으로서 현실적 삶의 어려움을 보다 극명하게 시각화
(visual image)하고 있다. 비틀거리는 다리는 일상적 현실에서 정상적
일 수 없는 일탈된 세계를 의미하는 은유이다. 「항구」와 「어둠에서
주은 스케치」에서 외팔이와 절름발이는 정상적 신체가 도달할 수 없
는 한계 경계를 넘어서 내적으로, 정신적으로 결손된 신체를 확장하
고 있다. 거미형상을 한 그로테스크한 인간의 모습은 현실의 삶에서
유리된 자의 표상이며, 상투는 정신적 독립심과 주체적 자아를 상징
하고 있다.

④ 신체적 결손 징표는 예술가의 속성인 결핍과 고립성을 의미하

고 있다. 「누이동생을 따라」의 절름발이인 애꾸눈은 신체적 결손의식
에서 피리로 아름다운 정신의 고양된 음율을 생성한다. 「캉가루의 조
상이」에서 애꾸눈은 그의 정신적 이상성을 표현하는 창작을 하면서,
독자들로부터 외면 당하지만, 정상인들이 오히려 마음의 불구자임을
발견한다. 「광화사」에서 얼굴을 베수건으로 가린 추한 얼굴은 반대로
가장 아름다운 미녀상을 그리려는 예술적 욕구를 표출한다. 「무녀도」
에서 낭이는 귀머리이며 벙어리이므로 단절된 세계에서 내밀화된 예
술적 감성을 표현한다.

이러한 신체의식은 우리들이 익숙하게 길들여진 세계를 그대로 보
는 것이 아니라, 새로운 시선을 부여하고 있다. 인간의 진실을 탐사하
기 위해서 완전한 정상적인 신체와 대비되는 일탈된·비정상적 신체
를 형상화함으로서 새로운 세계를 구축하는 것이다. 따라서 일탈된·
변별적 신체를 통해서 인간적 한계성·구속성으로부터 해방되는 역설
적 미학이 구현되고 있다.

참고문헌

1. 자 료 편

강경애(외), 「신한국문학전집」, 어문각, 1972.

계용묵, 「현대 한국단편소설전집」 8. 문원각, 1974.

계용묵, 「백치아다다」, 학원사, 1988.

김동리, "무녀도" 「중앙」, 1935.

김동인, 「김동인전집」, 삼중당, 1976.

김정한, 「김정한 소설선집」, 창작과 비평사, 1985.

박영희, "정순이의 설음," 「개벽」, 1925.

백신애, 「백신애 작품집」, 보성출판사, 1987.

엄흥섭(외), 「월북작가대표문학」 제 1~제 24권, 서음출판사, 1988.

윤병로(편저), 「현진건 · 한국대표명작」, 지학사, 1985.

이북명(외), 「한국근대단편소설대계」, 태학사, 1988.

이주형, 권영민 편저, 「한국근대단편 소설대계」, 태학사, 1988.

이태준, 「이태준 전집」 1권, 서음출판사, 1989.

임종국 편, 「이상전집」, 문성사, 1966.

전광용 편, 「원본 한국근대소설의 이해」, 민음사, 1983.

전광용 엮음, 「한국의 근대소설 · 2」, 민음사, 1985.

최서해(외), 「한국문학전집」 12권, 민중서관, 1959.

한설야, 「한설야 작품집: 귀향」, 동광출판사, 1990.

효석문학연구회편, 「이효석 전집」, 창미사, 1983.

2. 연구 논저

강인숙, "자연주의를 중심으로 한 김동인연구", 숙명여대 석사학위 논문, 1963.

까간, M.S. 「미학강의 1」, 진중권 역, 새길, 1989.

공준모(1989), "Thomas Mann의 마리오와 마술사연구", 서강대학교 석사논문 미간행.

글릭크스버그, C.1. 「20세기 문학에 나타난 비극적 인간상」, 종로서적, 1983

김경희, "광화사의 심리적 연구", 「김동인 연구」, 새문사, 1982.

김상태, "동인의 단편소설고", 「국어국문학」 46호, 1969.

_____, 「언어와 문학세계」, 이우출판사, 1989.

김성곤, 「포스트 모더니즘과 현대미국소설」, 열음사, 1990.

김영화, "계용묵론," 「현대작가론」, 형설출판사, 1981.

김정진. 「카프카 연구」, 탐구당, 1983.

김종은, "이상의 理想과 異常", 문학사상 7호, 1973.

김준영, "한국 현대소설에 나타난 인물묘사 연구," 경희대 교육대학원, 1977.

김천혜(외), 「카프카」, 문학과 지성사, 1978.

김화영, 「프랑스 현대비평의 이해」, 민음사, 1984.

김현, 「현대 프랑스문학을 찾아서」, 홍성사, 1978.

더글러스, 케네스·새어라 N.로월, "상징주의와 모더니즘," 「세계 문학사조사」, 을유문화사, 1990.

뒤랑, 질베르. 「상징적 상상력」, 진형준 역, 문학과 지성사, 1983.

라이트, 엘리자베드, 「정신분석비평」, 권택영 역, 문예출판사, 1989.

유리, 로트만. (1970), 「예술 텍스트의 구조」, 유재천 역, 고려원, 1991.

레비-스트로스, 클로드, 「구조 인류학」, 종로서적, 1983.

뢱브느와, 「징표, 상징, 신화」, 윤정선 역, 탐구당, 1988.

리파떼르, 마카엘, 「시의 기호학」, 유재천 옮김, 민음사, 1989.

마샬 ·맥루한, 「인간의 확장」, 김인홍 역, 집문당, 1987.

만. 토마스, 「토니오 크레가 外」, 지명렬 역, 범조사, 1977.

매조리볼트, 「소설의 분석」, 김영민 역, 동천사, 1984.

미셸 제라파, 「소설과 사회」, 이동열 역, 문학과 지성사, 1977.

민현기, 「한국근대 소설론」, 계명대 출판부, 1984.

바슐라르, 가스통. 「공간의 시학」, 곽광수 옮김, 민음사, 1990

＿＿＿＿＿＿ , 「로트레아몽」, 윤인선 역, 1985.

바흐친, M.(1963). 「도스토엡프스키 시학」, 김근식 역, 정음사, 1988.

＿＿＿＿＿＿ , 「장편소설과 민중언어」, 전승희 · 서경희 · 박유미 옮김, 창작과 비평사, 1988.

반퍼슨, C.A. 「몸 · 영혼 · 정신」, 손봉호 · 강연안 옮김, 서광사, 1985.

박동규, "현대 한국소설의 성격 연구", 문학세계사, 1981.

배혜원(1989), "Thomas Mann의 초기작품에 나타난 병의 문제", 성균관 대학교 석사논문 미간행.

변성완(1983), 「발터 벤야민의 문예이론」, 민음사.

Shards, Harley C. and James D. Meltzer, "의학기호학," 「예술과 비평」, 이희 옮김, 1985, 여름.

서인석, 「한 처음의 이야기」, 생활성서사, 1986.

서종택, 「한국근대소설의 구조」, 시문학사, 1982.

송하섭, 「한국현대소설의 서정성 연구」, 단국대학교 출판부, 1989.

송하춘, "한국소설에 나타난 작중인물 연구," 고려대 대학원, 1980.

송호숙, "작품해설," 「한설야 작품집」, 동광출판사, 1990.

숄즈, 로버트, 「기호학과 해석」, 유재천 옮김, 현대문학사, 1988.

쉬클로브스키(외), 「러시아 형식주의 문학이론」, 한기찬 역, 청하, 1986.

신동욱, 「현진건 연구」, 새문사, 1981.

아지자, 올리비에라, 스크릭 공저, 「문학의 상징 주제 사전」, 장영수 옮김, 청하, 1987.

엘리자베드 · 라이트, 「정신분석 비평」, 권택영 옮김, 문예출판사, 1989

엘리아데, 「성과 속」 이동하 역, 학민사, 1983.

오명환, "효석 소설의 작중인물 연구", 동아대 대학원, 1981.

우이찌, 도누마고(1978), 「인간척도론」, 김영하 역, 단국대 출판부, 1985.

월리암, M. 크뤽 생크(편), 「특수아동심리학」, 신형순 편역, 이화여자대학교

출판부, 1985.

윌슨, 에드먼드. "필록테테스: 상처와 활," 「현대 영미문학 비평의 이해」, 최
　　종수 편역, 한신문화사, 1987.

유기용, 「한국현대소설 작품연구」, 삼영사, 1989.

유리·로트만, 「예술 텍스트의 구조」, 유재천 옮김, 고려원, 1991.

윤병로, 「한국근대작가작품연구」, 성균관대 출판부, 1988.

이명현, 「이성과 언어」, 문학과 지성사, 1982.

이상일, "설화문학의 변신사상과 원초적사유," 「이화영 교수회갑기념 논문
　　집」, 서울대 출판부, 1972.

────, "변신설화와 원초의식," 「충격과 창조」, 창원사, 1975.

이정숙, 「실향소설연구」, 한샘, 1989.

이재선, 우리문학은 어디에서 왔는가」, 소설문학사, 1987.

────, 「한국근대소설사」, 홍성사, 1979.

────, 「한국문학의 지평」, 새문사, 1981.

────, 「한국현대소설사」, 홍성사, 1981.

────, 「한국현대 소설 작품론」, 문장, 1981.

────, "현대소설의 병리적 상징," 「문학의 해석」, 서강대 출판부, 1988.

────, 「한국현대소설사」 1945-1990, 민음사, 1991.

임영방, 「현대미술의 이해」, 서울대 출판부, 1979.

임종국, 「한국문학의 사회사」, 정음사, 1974.

장병일, 「신화와 상징」, 향린사, 1969.

장주근, 「한국의 신화」, 성문각, 1961.

전광용 외, 「한국현대소설사연구」, 민음사, 1984.

전혜자, 「현대소설사연구」, 새문사, 1987.

정귀엽, "정신 분석학적 문학비평," 「신한국문학전집」 제3권, 어문각, 1990.

정창범, 「작중인물의 심충분석」, 평민사, 1978.

정하영, "심청전에 나타나는 악인상," 「국어국문학」 97호, 국어국문학회,
　　1987.

정한숙, 「소설기술론」, 고려대 출판부, 1973.

정현기, 「한국고대소설의 인물유형」, 인문당, 1983.

제라파, 미셸. 「소설과 사회」, 이동열 역, 문학과 지성사, 1977.

조남현, 「한국지식인 소설연구」, 일지사, 1984.

_____ , 「한국현대소설연구」, 민음사. 1987.

조명수, "이효석 소설의 인물연구" 경희대 교육대학원, 1985.

조용만·김광호 외, 「영미작품론」, 신구문화사, 1985.

쯔네아리, 후꾸다, 「예술이란 무엇인가」, 이성화 역, 열화당, 1983.

천승걸, 「미국소설과 그 전통」, 서울대출판부, 1985.

케넌, 리몬, 「소설의 시학」, 최상규 역, 문학과 지성사, 1985.

콜웰, 카아터, 「문학개론」, 이재호·이명섭 역, 을유문화사, 1973.

토도로프, 츠베탕 「바흐쩐: 문학사회학과 대화이론」, 최현무역, 까치, 1987.

톰슨, 필립(1972), 「그로테스크, 김영무역」, 서울대 출판부, 1986.

투쎙, 베르나르. 「기호학이란 무엇인가」, 윤학로 옮김, 청하, 1987.

파쥬, J,B 외, 「구조주의란 무엇인가?」, 김현 역, 중앙일보사, 1980.

피셔, 에른스트. 「예술이란 무엇인가」, 김성기 옮김, 돌베게, 1984.

프라이, 노드롭. 「문학의 구조와 상상력」, 이상우 역, 집문당, 1987

_____ , 「비평의 해부」, 임철규 역, 한길사, 1982.

프랭스, 제랄드. 「서사학」, 최상규 역, 문학과 지상사, 1988.

한봉흠, "고전소설에 나타난 그로테스크 현상," 「이회영교수 기념논문집」, 1972.

한혜선, 「시간구조와 공간구조에 나타난 事象性연구」, 이화여자대학교 석사 논문 미간행, 1974.

_____ , "눈먼사람과 눈뜬사람" 「화랑」, 1983.

_____ , 『구조와 분석』 2권, 창, 1993.

호옥스, T. 「구조주의와 기호학」, 오원교 역, 신아사, 1982.

홍태식, 「한국근대 단편소설의 인물연구」, 한샘, 1988.

황철자, 「소설의 다음화 현상, 함의와 해석」, 한신문화사, 1989.

황패강, 「한국문학과 원형」, 단국대 출판부, 1988.

휠라이트, 필립(1962). 「은유와 실재」, 김태옥 역, 문학과 지성사, 1987.

Barthes, Roland(1967). The Fashion System. trans. Matthew Ward and Richard Howard. London: Jonathan Cape(1985).

Cirlot, J.E. (1962). A. dictionary of Symbols. London: Routledge & kegan Paul

Burrows, D. J. (1973). The Myths and Motifs in Literature. A Division of Macmillan Publishing.

De Man. Paul. (1983). Blindness and Insight. The University of Minnesota press.

Eco, Umberto. (1980). The Name of the Rose, trans. Willam Weaver. 4 Time Warner Company. 1984.

Friedman, Norman, "Point of view in Fiction." The theory of the Novel. ed Philip Stevick. New york: A Division of Macmillan Publishing.

Frye, Northrop. (1976) . The Secular Scripture. Harvard University press.

_____, (1971). Anatomy of Criticism. New Jersey: Princeton University.

Furness, A. S. (1973) Expressionism. The Critical Idiom, London : Methuen & Co. Ltd.

Guiraud Pierre, Semiology. trans. George Gross. London: Routledge & Kegan Paul 1975.

HILL. Nancy K. (1981) A Reformer's Art Athens: Ohio University Press

Schilder, Paul. (1964). The Image & appearance of The human Body. International Universities press. New York: John Wiley & Sans. Inc.

Trilling, Lionel. (1950). The Liberal Imagination. New York: Viking Press.

Tytler, Graeme. (1982), Physiognomy in the european Novel. Princeton University Press.

Wellek, Rene and Austin Warren (1949). Theory of Literature. Penguin University Books.

Welty, E. (1968). "Place in Fiction." Critical Approaches to fiction. New York: Mc Graw-Hill.

■ 한 혜 선

이화여대 국문과, 동 대학원 졸업. 문학박사.
현 경문대학 문예창작과 교수

■ 대 표 논 저

『그물코 한국문학』(전4권)
『한국 패러디소설 연구』(공저)
『한국소설과 결손인물』
『한국현대소설의 인물연구』
『이인성, '당신'의 글쓰기』
『최수철의 '화두, 기록, 화석'』외 다수.

한국소설과 결손인물

인쇄일 초판 1쇄   2000년 07월 15일
        2쇄   2015년 01월 30일
발행일 초판 1쇄   2000년 07월 25일
        2쇄   2015년 02월 03일
지은이 한 혜 선 외
발행인 정 찬 용
발행처 국학자료원
등록일 1987.12.21, 제17-270호
서울시 강동구 성내동 447-11 현영빌딩 2층
Tel : 442-4623~4 Fax : 442-4625
www.kookhak.co.kr
E-mail : kookhak2001@hanmail.net
ISBN 978-89-8206-516-3 (03810)
가 격 13,000원
*저자와의 협의 하에 인지는 생략합니다.